武穆悲歌

毕宝魁 尹博——著

辽宁人民出版社

© 毕宝魁 尹博 2025

图书在版编目（CIP）数据

武穆悲歌 / 毕宝魁，尹博著. -- 沈阳：辽宁人民出版社，2025．7. -- ISBN 978-7-205-11438-1

Ⅰ．I25

中国国家版本馆 CIP 数据核字第 2025M8V064 号

出版发行：辽宁人民出版社
　　　　地址：沈阳市和平区十一纬路 25 号　邮编：110003
　　　　电话：024-23284191（发行部）　024-23284304（办公室）
　　　　http://www.lnpph.com.cn
印　　刷：清淞永业（天津）印刷有限公司
幅面尺寸：160mm×230mm
印　　张：21.5
字　　数：280 千字
出版时间：2025 年 7 月第 1 版
印刷时间：2025 年 7 月第 1 次印刷
责任编辑：祁雪芬
封面设计：乐　翁
版式设计：一诺设计
责任校对：吴艳杰
书　　号：ISBN 978-7-205-11438-1
定　　价：78.00 元

目　录

第一回　麟儿降生天鹅鸣贺　大侠传功岳飞学武 …… 001
第二回　联金灭辽以为得计　引狼入室实际遭殃 …… 011
第三回　京师沦陷北宋灭亡　昏有昏报二帝成囚 …… 019
第四回　三把大火神奇逃生　临危现身建立南宋 …… 024
第五回　大义教子岳母刺字　立志报国岳飞投军 …… 031
第六回　临危受命鞠躬尽瘁　憾恨而终三呼过河 …… 039
第七回　用人再错开封失守　皇帝昏聩扬州逃难 …… 055
第八回　激兵变皇帝遭禁闭　救危难太后稳危局 …… 064
第九回　四将合心力挽狂澜　苗刘无谋渐落彀中 …… 076
第十回　建奇功韩世忠凯旋　敬英雄梁红玉择偶 …… 085

第十一回	独闯虎穴冯辖高义	握手骨折韩帅神功 …… 094
第十二回	两路大军追击两人	狼狈逃亡山中海上 …… 102
第十三回	杜充投敌丢失故土	岳飞抗金创立新军 …… 116
第十四回	金兀术落魄黄天荡	梁红玉击鼓战金山 …… 125
第十五回	初面圣岳飞受眷顾	再结婚鹏举得佳偶 …… 137
第十六回	战李成一万胜十万	降张用片纸抵雄师 …… 150
第十七回	爱好汉封赏猛郭进	惜英雄义释杨再兴 …… 158
第十八回	挞懒派遣秦桧回国	初见秦桧赵构对心 …… 168
第十九回	出师北伐大获全胜	岳飞登楼感慨万千 …… 179
第二十回	随机应变智破杨幺	神机妙算八日功成 …… 189
第二十一回	陪伴銮舆奉制作诗	侍奉慈母送终尽孝 …… 204
第二十二回	将领告状有伤风雅	岳帅谨慎处理得当 …… 212
第二十三回	排挤赵鼎秦桧再相	矫情以孝赵构辱国 …… 218
第二十四回	出尔反尔赵构反复	处置失当淮西兵变 …… 224
第二十五回	岳飞忠心光昭日月	赵构多疑心理暗阴 …… 234
第二十六回	接受诏谕赵构屈膝	怒斥投降胡铨骨鲠 …… 241
第二十七回	金人毁约大举南下	岳飞亮剑重创兀术 …… 250
第二十八回	刘锜智勇顺昌大捷	秦桧阴险矫诏班师 …… 261
第二十九回	郾颖大战天崩地裂	岳飞神勇兀术惨败 …… 269

第 三 十 回	胜券在握奉命班师	良机顿失憾恨千古 …… 278
第三十一回	随同张俊视察楚州	力主恢复反遭诬陷 …… 284
第三十二回	出卖大宋出卖百姓	跪舔成功玷污历史 …… 290
第三十三回	守正义营救韩世忠	有预感无法脱网罗 …… 302
第三十四回	编制罗网秦桧逞威	恶人作恶底线全无 …… 308
第三十五回	东窗密谋秦桧阴损	助夫为虐王氏狠毒 …… 314
第三十六回	爱国英雄光照千古	卖国奸贼遗臭万年 …… 320

岳飞生平大事年表 …………………………………………… 330
后　　记 ……………………………………………………… 335

第一回

麟儿降生天鹅鸣贺　　大侠传功岳飞学武

　　崇宁二年二月十五，公历1103年3月24日，岳飞出生在河北西路相州汤阴县（今河南汤阴县）永和乡孝悌里的一个普通农家。这一天上午八点多钟，正当辰时，农民岳和的妻子姚氏顺利生下一个健康白胖的大儿子，足有八斤多重，非常欢实，实在是招人喜欢。

　　岳和是一位稍通文墨勤劳朴实的农民，在十里八村人缘极好，是有名的大善人。当时天下动荡，天灾人祸接踵而至，时常有讨饭的乞丐到处流浪。每当有乞丐到他家门口时，他肯定都会热情地送给一碗饭或几个饽饽。其实他们家也不充裕，捉襟见肘，自己家人都经常食不果腹。

　　有的人不理解，问他为何这样做。他便说："我们好歹还能吃上两顿饭，怎么能忍心自己吃饱，看他们饿着呢？应该'裁我之仅有，济人之绝无'嘛。""裁我之仅有，济人之绝无"这十个字就很有文化水准，表达非常准确，剪裁我仅有的一点点，救济他人的绝对没有，具有这种心思便是菩萨心肠。发心是非常关键的，能够尽最大努力救济他人之困便是慈善。

　　孔子所提倡的"君子周急不济富"，其实也是这种境界。岳飞的母亲姚氏是贤惠的女人，而且也有一定的文化，念过几年私塾，识文断字，是绝对的贤妻良母。然而她以前生的孩子却一个也没存活下来。如今已经三十六七岁了，又生这样一个大儿子，怎能不欢天喜地？

　　孟子说："莫非命也，顺受其正。"岳飞不但能够活下来，而且非常健康聪明，天生禀赋特别好，这就是命。眼前飞过一个小飞虫，他的小眼珠便会跟着转动，眼力好得特殊；听力也如此，一根针掉到地上，他都会侧耳，听力好得特殊。

　　据说，正在岳飞出生之时，茅草房的屋脊上忽然落下一只白色大天鹅，洁白的羽毛比雪还要白，体态漂亮优雅。屋里传出小孩几声响亮的哭声时，大白天鹅也站起来抖搂抖搂羽毛，扇呼扇呼翅膀，伸长脖子仰天大叫三声，声音洪亮，穿透力强，然后展翅高飞，直上云霄。

　　很多人见此情景，都感觉很诧异。岳和听到天鹅鸣叫，急忙出屋来看，眼见一只大白天鹅从自家茅草屋上飞走。见此情景，岳和在隐约中感觉到这孩子有点来头，看到大白天鹅展翅高飞，于是便给儿子起名叫岳飞。

　　"天有不测风云"，就在岳飞刚刚满月的那天，黄河一条不知名的支流不知怎么就发大水了，洪水突如其来，水很快就进了院子。岳母急中生智，急忙让岳和将厨房中的一个大肚子水缸挪出来，她抱着襁褓中的岳飞坐进去，顺着洪水便漂走了。

　　洪水如同脱缰的野马咆哮着往下游冲去。岳母紧紧抱着自己的儿子，暗暗祈祷上苍保佑。不知漂了多远，水缸有时在旋涡里还打几个转，又转出来了。在一个拐弯处被一棵大树的树根给挂住，恰巧岸上有人看见，便把母子二人救了上来。

　　岳母仔细看儿子，见岳飞还在睡觉，居然抿着小嘴"咯咯咯"笑出声来了！刚刚满月的婴儿根本不知道害怕，小孩子坐在大缸里在水上漂，催眠的效果与摇篮差不多，当然更容易睡着了。岳母的心一下子便轻松起来。

这一情节是岳飞的孙子岳珂回到故乡访问时，听当年遗老讲述的。

岳飞五岁了，悟性极好，岳母暗喜，便亲自教儿子读书写字。这方面岳飞有极高的天赋，一学便会，进步特别快。九岁时已学习完《论语》和《孟子》，还能阅读背诵许多文学作品，过目不忘。岳飞没有系统读过书，也没有参加科举的经历，但他的诗文水平却很可观，这来源于母亲的启蒙教育和岳飞勤奋读书的好习惯。

转眼间，岳飞十二岁了。天生的钢筋铁骨，力气很大。听说邻村有位神秘人物叫周侗，因对朝廷政治的黑暗严重不满，对社会完全失望，便退出官场隐居起来。都传说此人武功高强，本领极大却深藏不露，于是岳飞便专程前往，一心要拜周侗为师。

提起这位周侗，那可大有来头。他是当世著名大武术家，用现在的话说，就是当代第一大侠。他早年活动于陕西一带，江湖号称"陕西大侠铁臂膀周侗"，铁臂膀是赞美其臂力超常，射箭本领高强。据说这位大侠当年曾得到亲王器重，被请入军中为军官，后担任京师御拳馆教师。御拳馆有天、地、人三个席位，周侗为"天"字号教师，地位最尊，因此他几乎是当年天下武功最高之人。他专心武学，确立了官派正规武术的若干套路，如五步十三枪戳脚、发展自少林的翻子拳以及周侗棍等，都是他发明创造的武术招式。

他悉心传授武功，在御拳馆期间正式收徒二人，一个是玉麒麟卢俊义，一个是豹子头林冲。卢俊义广有田产，不愿意做官，学成后便回到大名府当地主豪绅去了。曾经有人说卢俊义在梁山上武功最高，也不是虚语。林冲则借助周侗的关系，担任了宋朝八十万禁军教头，所以习称"林教头"。周侗出生在1060年，如从年龄因素考虑，林冲等人大约都出生在 1080 年前后甚至更晚些，说他们是师徒关系也是完全可能的。据说武松也和他学习过武功，但具体情况难以考证，此事真假我们姑且不论，只是说这位周侗确实大有来头，足矣！

周侗这年已经五十五岁，岳飞刚刚十二岁，真的就是父辈。晚年的周侗对于世事已心灰意冷，他对朝廷、对国家的前途已彻底绝望。此时徽宗皇帝昏庸透顶；蔡京、王黼等"六贼"把持朝政，腐败透顶；百姓生活在水深火热之中，苦难透顶；宋江、方腊等好汉揭竿而起，打打杀杀，天下混乱透顶。在这样腐败透顶、苦难透顶、混乱透顶的"三透顶"时代，即使有天大的本领，绝世的武功，又到哪里施展？于是，老英雄决定不收徒弟，就这样在平静中离开这个混浊的世道算了。

当他听说邻村孝悌里出了一位神童，名叫岳飞，小小年龄，虽然家境贫困，但在母亲教导下刻苦用功，已经粗通诗书，且孝悌忠信，明白事理，又有大志，心中早已称奇。岳飞主动前来拜师，周侗见这少年相貌堂堂，一脸正气，天庭饱满，地阁方圆，身材魁梧，胖瘦适中，两眼炯炯，心中怦然而动，立刻感觉这是千载难逢的好苗子，能遇到便是一种神奇的机缘，便破例收下岳飞为徒。

周侗身高大约在一米八五以上，国字脸，红脸膛，三绺胡须雪白，器宇轩昂。再看岳飞，虽然年仅十二岁，但身高已经一米七以上，体魄健壮，双目炯炯有神，一看就气宇非凡。

岳飞一听周侗肯收自己为徒，立即跪倒叩头拜师，周侗俯身将其拉起来，告诫他明天早晨五更准时前来，不得迟到。他要将自己的全部本领都传授给这位关门弟子。

五更相当于现在凌晨的三点至五点，从此岳飞每天五更时分到老师家里，先扫院子挑水。周侗家住在村子边上，后院是很大的空场，早已拾掇出来，是很好的练功场。于是周侗便从基础教起，一招一式，站桩、马步等，严格要求，中规中矩。无论什么技术都是有基本功有规矩的。

从此，岳飞每天早早到老师这里来学艺练武，十点左右便回家，再到地里去帮助父亲侍弄庄稼。岳飞心灵手巧，庄稼活看一眼就会。无论做什么，岳飞都尽量追求完美。在练武干农活的闲暇时间，稍微有一点点工夫，便读书思考。他要把所有的时间都充分利用起来，不让一分一秒空过。

天生地，岳飞在下意识中便有一种强烈的生命意识，感觉生而为人实在太难得了，是上天对自己的恩顾与赐予。生命便是时间流动的过程，只有抓紧时间，使一切可以利用的时间都充分利用起来，才会无愧无悔。因此岳飞的刻苦学习、刻苦练武、刻苦干活完全是出于自觉。只要是自觉去做的事情，便会执着发愤，感觉生命是充实的，而并不感觉苦和累。

孔子所说的"生而知之者"，其实便是岳飞这种与生俱来的知道刻苦学习与劳动的人，并不是生下来就有知识和学问。因此后来他在词中写道："莫等闲，白了少年头，空悲切！"实际便是植根于他灵魂深处的这种极其宝贵的自觉认识。其实，孔子也是这样来看待自己的，他也说自己不是"生而知之者"，而是好学而勤奋的人。

父母看在眼里，喜在心头。在儿子身上，他们看到了家门的未来和希望。师父看在眼里，也是充满期待，在这个最心爱的弟子身上，他似乎看到了自己生命的延续，他心中常常涌现出幸福感和自豪感。晚年能够收到这样的弟子，真是前生修来的福。周侗常常这样想。

时光荏苒，日月如梭，转眼就是四年。这四年中，岳飞是三更灯火五更鸡，练武、读书、干活，没有片刻时光虚度。武功大长，学问大长。人的一生，不过百年左右的光阴，故每分每秒都是极其珍贵的。而在一生中，有几个最关键的节点，也就是成长最关键的时期，如果能够抓住，便有可能走向成功。

这一天，练功将要结束，老英雄周侗要试试弟子学习的效果，便说："岳飞啊，我看你武功和箭术进步都极为神速，为师今天看看你的箭法如何。为师先给你表演一下，你就按照我的做法来。"

岳飞抱拳道："弟子遵命！老师，请。"

周侗五十九岁了，依旧是精神抖擞，前后弓步站好，拿起弓，搭上箭，弓满月圆，"嗖—嗖—嗖"，连发三箭，都射中百步之外箭靶中心的红点，三支箭的箭尾都向外分开，形成一个等边三角形。

老英雄面不改色，也不喘气，那身子骨确实不一般。岳飞上前一步，双手接过老师递过来的弓，站到老师刚才的位置上，双脚的位置与老师的几乎是重叠的。拉弓搭箭，"嗖"的一声，第一支箭正好射在周侗那三支箭的中间。周侗眼睛瞪起来，仔细观瞧。岳飞稳稳搭上第二支箭，"嗖"的一声，第二支箭直接射在第一支箭的左上角，第三支箭则射在右上角，三支箭的箭尾也形成一个等边三角形。

周侗见状，大为惊喜，连连叫好，把六支箭拔下收好，便带岳飞回到自己家的书房。师徒俩坐下后，周侗道："岳飞，看到你刚才的精湛箭术，为师非常开心。你的箭术已经学成，你的武功也已经学成，今天你就算出徒了。"

"师父，弟子尚未学成，还要追随老师继续学习！"

"不必了！老师的所有本事都已经传授给你！况且我已经年迈，力不从心，没有能力再教你了。你是我最后一个弟子，也是我最满意的弟子。今天我宣布三件事，你要遵命。"

岳飞跪在地上，仰着脸，眼中噙着泪花，"弟子遵命。"

"你先起来吧，坐下听我说。"

岳飞乖乖坐在对面的椅子上。

周侗道："四年来，我观察你的一言一行，一举一动，皆明理通情，仁义忠信，谨慎勤俭，难得啊！你又能如此自强不息，黾勉勤奋，前途无量。为师对你充满信心。你今年已经十六岁，为师将近花甲之年，已经过了练武之人的黄金岁月，何况世道混乱，故不再练功。你现在还没有字，本来应该在加冠之年命字，但为师恐怕等不到那个时候，今天就先给你命个字吧。你的名字是'飞'，我赐给你的字叫'鹏举'，若北海之大鱼'鲲'，化而为鹏，展翅高飞九万里，举之而运南海。今后你的字就叫'鹏举'，如何？"

岳飞道："感谢恩师赐字，弟子遵命！"从此，我们的主人公就叫岳鹏举了。

"第二件事，我的这张弓是吾师父所传，乃天下第一弓，必须三百斤力量才可以拉开。师父从今天之后便不再舞枪弄棒，开弓射箭了。这张弓就送给你，要好好保存好好使用。我的这张弓也算得到传人了。"

岳飞急忙跪倒磕头，"谢师父大恩！"双手接过那张弓，起身坐到椅子上。

这时，周侗起身把他身旁一个立柜上面的锁头打开，拿出一个匣子来，匣子也有锁头，再打开，里面是一个书套，他把书套打开，里面是薄厚不同的七册书，展开让岳飞看。岳飞上前仔细观看，见这七本书的题签都是工整的正楷，分别是：《孙子兵法》《吴子兵法》《六韬》《司马法》《三略》《尉缭子》《李卫公问对》。岳飞大喜，他只听说过"武经七书"，但从来未见过。

这时，周侗道："徒儿，这是'武经七书'，是朝廷颁发给武官的。今天为师就把他传给你。学习刀枪棍棒，骑马射箭只是一人敌，非万人敌也。为将一定要上知天文，下知地理，知六韬三略，晓行军布阵之法。这些都在这里了。为师将其传授给你。"

岳飞再度跪倒磕头，以头触地，他激动得声音有点发颤了，道："师父恩德，天高地厚，弟子没齿不忘，弟子绝不负师父期望。"

从此，岳飞除坚持练功、抽空也帮助父亲去干一些农活外，便是阅读这些兵书，他已经开始思考如何带兵打仗了。岳和与妻子商量，儿子大了，赶快娶妻生子吧，岳家的男丁不旺，自己也五十多岁了，真盼能有个孙子。于是，托媒人介绍，岳飞娶个姓刘的姑娘，比岳飞大两岁。

来年七月十四，刘氏生下一大胖小子，岳飞给起名叫作岳云。岳飞当父亲了，这是人生一大喜事，喜悦的同时，他也感觉到肩膀上的压力更大了。正在高兴的时候，忽然传来噩耗，恩师周侗去世了。

岳飞急忙来到恩师家，操办周侗的丧事，完全用儿子的身份进行办理。周侗之死和岳云之生居然是同一天，这真是个蹊跷的事情。

岳飞的外祖父姚大翁见外孙爱好习武，便与门婿岳和夫妇商量，干脆继续让岳飞习武吧！乱世习武，起码可以防身保护家门，也可以从军博取功名。岳和夫妇当然同意。

姚大翁认识县里一位叫陈广的武术教师，便带领宝贝外孙前去拜师。陈广自然收留，此人武术功底扎实，十八般兵器样样精通。所谓的十八般武器在宋代是指矛锤弓弩铳、鞭锏剑链挝、斧钺并戈戟、牌棒与枪杈，后来再明确一点则是刀、枪、剑、戟、镗、棍、叉、耙、鞭、锏、锤、斧、钩、镰、扒、拐、弓箭、藤牌，有进攻的，有防守的。在实战中，攻防同样重要。

陈广的武艺算不上精湛，但套路都对。师父领进门，修行在个人，岳飞习武天赋奇高，一点拨就通，不到一年，各种武艺样样精通，尤其善于使枪，一杆长枪舞起来密不透风，攻击对方时出手快，如闪电一般，虚实相间，全县已无敌手。岳飞这次习武的最大收获，是认识了几位同学，其中有三位非常要好，对脾气，都是本县爱好武术之人，正是青春年少，风华正茂。一个叫汤怀，一个叫张显，一个叫王贵。汤怀也和岳飞一样，学习枪法，二人常常对练，故进步特别迅速。张显学习钩镰枪，当刺出去落空后，还可以用倒钩如同镰刀的玩意杀伤敌人。而王贵使一把大刀。

父亲年龄日大，家中又添人进口，生活越来越拮据。但每逢初一、十五之日，岳飞一定要到周侗的坟前祭奠。他背挎弓箭，带上几样贡品、一瓶酒、几张烧纸来到坟前，先把几样贡品摆在坟前供桌上，把几张烧纸压在坟头之上，然后跪下磕三个头，作揖站起来，把那瓶酒向师父坟头浇下去半瓶，剩下的自己仰脖喝光，把酒瓶子放下，然后摘下弓，抽出三支箭，一边默诵苏东坡的词句"会挽雕弓如满月，西北望，射天狼"，一边将那三支箭向西北方射去。

没有钱买贡品和酒，岳飞就将自己的衣服到当铺当了，几次之后，他的衣服已经寥寥无几。父亲发现，便责问儿子把衣服弄哪去了。岳飞如实相告，父亲紧皱眉头，没有埋怨和责怪。岳飞道："父亲，咱们家的地少而瘠薄，靠种这么点地难以养家糊口，我想另找门路。儿子有的是力气，又有一身功夫，应该出去闯荡一下。"于是他把自己的想法向父亲和盘托出。他听说北面安阳县昼锦堂韩家有几百顷良田，长期雇人耕种，自己可以去那里打工，再挣点钱补贴家用。父亲点头。

岳飞所提到的昼锦堂，在当时可是大名鼎鼎。遗址如今还在，位于河南安阳古城内东南营街，是北宋仁宗朝宰相韩琦回乡任相州知州时，在州署后院修建的一座堂舍。当代大文豪欧阳修为之撰写《昼锦堂记》，如今收在欧阳修文集中。大书法家蔡襄书写的碑文。《汉书·项籍传》："富贵不归故乡，如衣锦夜行。"韩琦是反其意而用之，衣锦夜行家乡人看不见，就来个"昼锦"。

如今韩家大院的掌门人是韩肖胄，1075年生人，比岳飞大28岁。他的曾祖便是大名鼎鼎的韩琦，祖父是北宋重臣韩忠彦。韩家的田地多而肥沃，岳飞和其他佃农一样起早贪黑干活，收入微薄，大部分都上缴给东家了。岳飞满身武功却无处可用，铲高粱、割豆子不比好的庄稼把式强多少，收入微薄是在情理之中的。将军和教授种地可能真的不如好的老农。所以孔子当年就说自己种地"不如老农"，种菜"不如老圃"，不是谦虚，是实情。岳飞感觉到社会不公平带来的压抑实在太深重，便借酒浇愁，结果是"借酒浇愁愁更愁"，便再喝酒，于是形成恶性循环。年轻的岳飞居然有醉酒的历史。

一天晚上收工回来，岳飞住到伙计们简陋的房间，忽然门外一片嘈杂之声，院子里也纷乱起来。护院的十几名家丁都拿起武器奔向各自的岗位。那时候贵族大院都有高高的院墙，牢固的大门，也有十几名看家护院的家丁，一般的小股土匪是难以打劫的。嘈杂声的起因，是一名叫张超的土匪来抢大户。

岳飞闻听，急忙操起弓箭登梯子爬上正面的门楼，岳飞的眼力特别好，一眼就看见一个正在远处指挥的人，料定其一定是这伙人的头目，便搭箭拉弓，箭似流星一般，那名指挥的头目大叫一声，应声而倒，箭穿透咽喉，当场毙命。众匪抬着尸体就跑，一哄而散。

主人韩肖胄不在家，故错过了认识岳飞的机会。家里总管听说雇用的伙计还有这样的高人，便想要长期雇用岳飞作为自己看家护院的家丁班领班，岳飞哭笑不得并予以拒绝，于是总管给岳飞二百贯钱作为酬谢，岳飞领取后便告辞而归。

"燕雀安知鸿鹄之志哉！"岳飞感觉无人真正了解自己，对方也缺乏礼贤下士的风度。于是回到家中等待时机。一百贯钱对于普通百姓家的生活就是非常有用的了，何况是二百贯呢。所以这二百贯钱解了岳飞家庭生活的燃眉之急。不久，机会还真的来了。正是：

天鹅鸣叫见预征，洪水脱险有神灵。
欣遇名师复苦练，成就盖世之神功。

第二回

联金灭辽以为得计　引狼入室实际遭殃

之后的几年，天下越来越乱，百姓的日子已举步维艰。宋徽宗是个艺术家，书法、绘画、音乐、蹴鞠等都是入流的，书法和绘画还是大师级水平，但政治才能实在拙劣到极点。他重用蔡京、王黼、童贯、梁师成、朱勔、李彦，被称为"六贼"，还有陷害林冲的高俅，这帮昏君奸臣把天下搞得乌烟瘴气。

其实，一个政权的核心作用就是让百姓过上温饱安定的生活，温饱后才可以进行教化，才可以提高道德水准和文化水准。腐败的政权便会丧失民心，丧失民心的军队是不可能有战斗力的。政权的安全是依靠军事实力的，而军事实力的关键是军心军魂。故一切外交都以军事实力为前提。一个软弱的政权，主要表现便是军队战斗力低下。北宋腐败的政治深入骨髓，深入军队中，宋军当然便成为疲软而没有战斗力的队伍。

为转移内部矛盾，这帮人又开始要发动战争来转移人民的注意力。他们侦察到在契丹以北出现新兴的女真政权，新建立的金非常有战斗力,已经把契丹的主力打垮,并不断南侵,已占领今吉林、辽宁的大部分地区,东北地区当时的重要城市辽阳已被金朝占领。从1118年春天开始,朝廷便派遣特使马政通过山东半岛与通过辽东半岛前来的金朝大使在海上谈判,有时候则到高密。经过多次讨价还价,双方终于在1122年谈判成功并签订条约,其主要内容是:宋金出兵南北夹击,彻底消灭辽。金从北面对契丹发起总攻,消灭或驱赶其在长城以北的势力。宋朝从南边发动进攻,收复长城以南的所有领土,将契丹彻底消灭或驱离。战争结束后,长城以外的所有领土归属金,长城内的领土归属宋,而宋朝以前奉送给契丹的白银和布帛依照原来的数量如数转送给金。这份盟约被称为"海上盟约"或"海上之盟"。

金兵南下,摧枯拉朽一般横扫契丹余部,天祚帝耶律延禧只是一味逃跑。长城以北的金取得全胜,肃清了契丹在长城以北的所有势力。宋朝借契丹兵败如山倒的大好形势,也要出兵收复一直梦寐以求的燕云十六州,于是派童贯和蔡攸率领十万大军去进攻契丹。

腐败的军队是绝对不会有战斗力的。童贯和蔡攸本身就是特大号腐败分子,蔡攸是老贼蔡京的长子,这两个人带兵打仗,不就如同肉包子打狗吗?

这一年是宣和四年(1122)五月,童贯和蔡攸统帅的两路大军向北攻击前进,耀武扬威,派头十足。可是刚刚渡过拒马河,遭遇到契丹的军队,便被蓄势待发的辽兵打得大败,极其狼狈,逃了回来,损兵折将。

十月份,再度出兵去进攻燕京。在出兵前先将燕京改为燕山府,摆出必得的姿态。由于契丹军队在同金军作战的过程中消耗太大,这次进攻开始取得一点进展,过了卢沟桥,便把大本营设在这里。有七千多军队攻击前进,一部分军队居然还能攻进城去。但是在巷战中又被打得大败,有的将官从城墙上用绳子缒下逃生,逃出城来的官兵鬼哭狼嚎,一路号叫着往卢沟桥南的大本营逃去。哭号声传到大营时,童贯和蔡攸立即腿肚子转筋,急忙命令赶快放火烧营,他们俩带着亲兵急忙上马就跑。营房火光冲天,他俩先跑,其他军队也都狼狈逃窜,败兵相互践踏,百里之内尸横遍野,狼狈至极。还没有等敌兵来打,自己便相互踩踏死了不少人。这仗打得惨不忍睹,这样的军队统帅也是很少见到。

就在这种风雨飘摇的时代,河北安抚使刘韐在真定府(今河北正定县)招募"敢战士",即现代的敢死队,岳飞急速赶去,凭借他的身体条件和全身的武功,立即被刘韐选中,并委任他当了小队长,领导十个人。但由于这都是高标准挑选出来的兵,素质都很高。这便是岳飞从军的开始,他成为一名真正的战士,即将要为保卫祖国而驰骋疆场了。

当岳飞摩拳擦掌准备为朝廷去与敌国作战的时候,朝廷讨伐燕京的军队惨败而归。新招募的这点部队当然不可能再投入战争。此时,在相州出现一小股叛乱的百姓,占山为王,给地方造成很大祸患。刘韐已经发现了岳飞的军事才能和胆略,便任命他为统领,率领新招募的一部分军队前去征剿。

这是岳飞第一次直接指挥作战,不到两天,便出色完成任务,两名匪首陶俊和贾进便被擒获,投降者都被遣散回家。

写到这里,要说明一下,即岳飞镇压匪寇的问题。所谓的匪寇指的是农民起义军,即岳飞一生镇压过多起农民起义军,这无疑是一个复杂的情况,我们应该如何看待如何评价?这需要具体问题具体分析。在朝廷和起义军之间,作为一名朝廷命官,只能站在朝廷一边,况且当时的起义军并没有给百姓带来安定和幸福,岳飞、辛弃疾都遇到过同样的问题。我只想如实叙述岳飞的人生轨迹和他的赫赫战功,故不避讳他镇压农民起义的历史事实。

刚刚交完差,便接到父亲去世的噩耗,岳飞立即请假,火速赶回家为父亲办理丧事并居家守丧。

岳飞居家守丧期间，形势发生了巨变。童贯和蔡攸这两个奸贼把兵败的消息紧紧隐瞒，然后哀求金朝出兵替宋朝收回燕京和太原两地。金军就是厉害，契丹兵一见宋军就精神抖擞，特别能战斗，一见金兵就胆战心惊，立马投降。燕京和太原被金兵攻克。童贯和蔡攸又哀求金把这两座城池送给宋，金兵把两城的金银财宝和年轻女子抢劫一空，临行并向宋朝索要打仗消耗的军费，还是笔不小的数目。

童贯和蔡攸接管了两座空城，恢复生活便很艰难。于是上疏，谎报军功并向朝廷索要大量金钱来送给金。

这么严重的情况，徽宗怎么能一点也不知道呢？真是奇怪。这得昏庸到什么程度？真是令人惊奇。但宋徽宗被蔡京等群小包围，就是相信。

当时天下百姓对蔡京和童贯都恨得牙根痒痒的，开封街头巷尾经常有小孩唱："打破筒，泼了菜，便是人间好世界。"筒，谐音童，隐指童贯；菜，便隐语蔡京。当时的"界"字发音为"该"，是押韵的。一旦进入民谣，便是无法洗雪的耻辱。可见民愤到了什么程度。

"六贼"之名最早出于太学生陈东宣和七年（1125）的上书中，陈东说："今日之事，蔡京坏乱于前，梁师成阴谋于内，李彦结怨于西北，朱勔结怨于东南，王黼、童贯又从而结怨于二国，败祖宗之盟，失中国之信，创开边隙，使天下危如丝发。此六贼异名同罪，伏愿陛下擒此六贼，肆诸市朝，传首四方，以谢天下。"[①]

于是"六贼"的名词出现了，随着历史的推进，已成为专用词语，一提"六贼"，人们首先想到的便是蔡京和童贯。而那位臭名昭著的高俅还没有列入其中。

宋朝和金朝联合灭契丹的过程暴露了宋军战斗力之差，这极大地刺

---

① 《续资治通鉴》宋纪九十五。

激诱发了金人的野心。于是，来年即靖康元年（1126），金朝便大军南下，直接就包围了东京汴梁。

其实，这本身就很奇怪，让敌人的军队很轻易就包围了首都，边防便不等于虚设吗？宋徽宗赵佶急急忙忙把皇帝位置传给长子赵桓，他当起太上皇来。宋徽宗在传位的前前后后出了许多丑，他六神无主，失魂落魄，有一次居然从床上掉到地下。当然，把天下弄到这个地步，别说当太上皇，就是当太上皇他爹也没有好果子吃了。

城中，钦宗赵桓也是六神无主，几次想要逃跑，都被坚决主张抗战的大臣李纲反复陈述利害才拦阻下来。

这位李纲是我们认识这段历史的关键人物。李纲（1083—1140），字伯纪，号梁溪先生，常州无锡人，祖籍福建邵武。进士出身，他父亲是武将，故他很懂打仗，是文武全才。当金兵包围京城，宋朝危急存亡的关键时刻，他临危受命，任京城四壁守御使。他指挥得当，军民同仇敌忾，击退了金兵的攻势。这便是著名的汴京保卫战。

金统帅完颜宗望见宋朝勤王军队不断到来，虽产生退意，但还是提出苛刻的条件，勒索大量金银财宝，并要求将太原、中山、河间三座城池割让给金。李纲坚持不能答应割地，但软弱的钦宗还是答应了。金兵临撤退时，怕宋军堵截追击，便要求派出两名人质，必须是一名宰相一名亲王。

钦宗犯难了。宰相就派右相张邦昌吧，但自己的弟弟派谁去，他可有点难心了。于是，把几名弟弟叫来，咨询他们自己的意见，看谁能去。谁都知道，这可太危险了，去了能不能回来就很难说，片刻的沉默后，九王子赵构站起来，坚定地说："我愿意去。"

赵构这一年虚岁刚刚二十，中等偏高一点的身材，五官匀称，人也很清秀，但很机灵刚毅。钦宗见九弟愿意前去，既高兴又感激。出发时，钦宗带着文武百官给赵构和张邦昌送行，赵构对宋钦宗说："朝廷若有便宜，勿以一亲王为念。"意思说，如果朝廷有特殊需要，不要因为他而放弃应该坚持的利益，他是带着必死之心走的。听赵构这样一说，张邦昌立马就哭了，大鼻涕像面条一样往下淌。

金营为他们俩举行了特殊隆重的欢迎仪式。武士在大帐门口排成两列，刀出鞘，箭上弦。两边的刀都举起来，相对的两个刀尖相搭，人就在亮闪闪的刀尖下走过。完颜宗望在里面观察这两个人。

只见张邦昌一副战战兢兢的样子，两腿都有点筛糠了，哆嗦得特别有节奏感。而年轻的亲王却很平静，一副毫不在乎的样态。完颜宗望对宋朝赵家人颇有成见，认为他们都是唯唯诺诺的窝囊废，因此，他对赵构有个初步的印象：这小子不是老赵家人，是冒充的。宋朝亲王应该个个贪生怕死，而这个年轻人有胆量，太反常，他开始怀疑起赵构的亲王身份来。

张邦昌哭鼻子，吃不香，睡不着。赵构该吃吃，该喝喝，该睡睡，反正是豁出去了，大不了就是一个死嘛。其实，人如果真的想开了，置生死于度外，便什么都不在乎了。

第二天夜里，北宋名将姚平仲建议宋钦宗派兵偷袭金军，一定会成功。这种策略老将军种师道明确反对。种师道可是名将，确实深知军事与战争，提出一套如何对待金兵的战略思想，非常实际和可操作，可以取胜。但钦宗根本听不进去，他居然同意去偷营。然而，有奸细把情报偷偷送给金人，劫营失败。

完颜宗望大怒，去质问赵构，赵构矢口否认，并反问这些情况即使是真的，他在这里怎么能知道，与他又有什么关系。张邦昌则满脸是泪，张口结舌说不出话来。完颜宗望蔑视地看看张邦昌，再看看神情自若的赵构。《续资治通鉴》（宋纪卷九十六）明确记载："张邦昌恐惧涕泣，王不为动。"

完颜宗望益发确定自己的判断：这个亲王肯定是假的，否则作为亲哥哥的皇帝怎么会干偷营劫营这样的勾当？那不明明是要自己弟弟的命吗？于是他下令让赵构这个假亲王赶快回去，换一个真的亲王过来，否则就兵戎相见。

赵构反复说明自己真的就是亲王，但完颜宗望越发不信，让他回城中换一个亲王来。走到中间，赵构趁金人不注意，便没有回城，而是打马向北疾驰，离开危险之地。

这时，大臣李纲坚决守城，金兵见四方勤王的军队不断前来，军队的后方给养并不可靠，也不想恋战，于是便提出以下要求：一、输纳黄金五百万两，银五千万两，牛马万头，绢帛百万匹。二、尊金帝为伯父。三、把燕云两地人一律遣返原籍。四、把太原、中山（今河北定县）、河间三镇和三镇所辖州县、人民割让归属金朝。只要能够满足这些要求，他们就解围回归北方。

其实，当时的情况是"麻秆打狼——两头害怕"，陕西宋军紧急东下前来救援，各地义勇军即农民起义军也都与金兵开战。其他战场上金兵也受到很大打击。李纲守城部署很到位，如果军民坚守，金兵在短时间内是难以攻破的。老将种师道也在城中，多次提出建议，都是很有见地符合实际的谋划。笔者曾仔细阅读这段历史文献，种师道老将军确实深谋远虑，所提之建议均稳妥且有现实操作性，可惜昏君赵桓怯懦无能，根本不听，居然全部答应金人的要求，金兵心满意足地撤兵北去。

写到这里，笔者义愤填膺。当年北宋每年的收入能有多少啊？大家想想，五百万两黄金，五千万两白银，一万头牛马，百万匹绢帛，多么巨大的数字，几乎把汴梁城中搜刮净尽啊！

宋钦宗真是徽宗的亲儿子，一样的昏庸无能。金兵北撤，给他留出一年的时间，本应该抓紧整顿朝政，部署防务，调集军队防守，但他什么都没有做，依旧在群小包围下享受起纸醉金迷的生活来，还感觉割地有伤自尊，于是又派大使去照会金朝，要求收回太原、河间、中山三地。真是历史的笑话。这更是引火烧身。宋朝就是不提出索回三地，金兵也要南下。因为他们发现宋朝太富有了，而且太好打了，抢一次就会获取大量的钱财，比本朝百姓一年劳动的收入还要多。

金兵撤走不久，坚决主战的李纲就被撤职，奸佞之辈黄潜善和汪伯颜掌握京师防务。秋天，金兵再来包围开封，并下战书，要求宋朝投降。

一年时间啊！怎么能这样任人宰割？怎么能不尽快增加守备，调动军队守卫边疆？这样的政权不亡才是怪事。正是：

家邦安全仰武装，引狼入室必遭殃。
徽钦二帝昏庸甚，不是天亡是人亡。

第三回

京师沦陷北宋灭亡　昏有昏报二帝成囚

　　钦宗这才感觉事情的严重，没了主意，急得团团转，急召兵部尚书枢密使黄潜善来见。黄潜善急忙到后殿见驾，刚要叩拜，钦宗没好气地挥挥手，道："免礼。别折腾了，赶快想退敌之策。"

　　黄潜善哭丧着脸道："陛下，现在是巧妇难为无米之炊，京师中没有军队，只有三万禁卫军，守卫皇宫尚可以，守城作战实在无能为力。要想退敌，只有一法，可以一试。不知陛下是否采纳。"

　　"只要能够退敌，什么法都可以。你说。"

　　"臣认识一个高人，名叫郭京，据说是太上老君的嫡系弟子，会施法术，能用六丁六甲，有撒豆成兵之术，能够驱使天兵天将，可敌千军万马。足以退敌。"黄潜善道。

　　"快传此人前来见朕，越快越好。"

　　"是，臣立即亲自去请。"说罢立即起身出去。

　　不到半个时辰，黄潜善领来一人，五短身材，一身道袍，怪模怪样。见到钦宗，竟长揖不拜，道："方外之人，不讲俗家礼数，请万岁见谅。"还一副公鸭嗓。

"听说大师有退敌之术，是否果真如此？"钦宗问。

"万岁如果信任本道士，只用七千七百七十七人，经过某教练点化，莫说退兵，就是擒拿敌帅也不在话下，到时候某一定会擒拿敌人主帅来见。"

钦宗一听，大喜道："若果能如此，天下苍生有救了。朕又何惜金钱。黄爱卿，传朕旨意，由府库支出银两，一定满足郭大师用度。"

黄潜善和郭京领旨而出。

黄潜善和郭京刚刚出去，钦宗赵桓忽然闪现一个念头，正是这个念头使大宋王朝往后延续了一百多年。

他知道九弟赵构上次去金营谈判，金营统帅完颜宗望怀疑他不是亲王，便让他回去换个亲王来，赵构一直就没有回来，故不在围城之中，而在相州，于是奋笔疾书，写了一篇诏书，内容是任命康王赵构为河北兵马大元帅，组织在河北的朝廷军队，并招安活动在附近的义军，共同前来勤王，解救京师。同时任命原磁州知州宗泽和相州知州汪伯颜为副帅。信封在一个蜡丸中，命一个精明的内侍在夜间缒城而出。

郭京本来就是个市井无赖，如今等于拿着尚方宝剑，大把挥霍国库银两，招募些市井游民，不管会不会拿兵器，也不看身体如何，只要岁数差不多就行。两天便招募足数。他将这些人集合到校场，装模作样地分成七堆，说是什么天兵天将，北斗七星阵云云。其中还任命几人是六丁力士、北斗神兵、天阙大将等，各自有位置。各自的装束也不一样。

只见郭京口中念念有词，不知是什么咒语。闭目合眼，一手拿着拂尘指天，一手握剑指地，两眼紧闭，口中念念有词，道："天灵灵，地灵灵，太上老君显神灵，先派二十八星宿，后遣六甲与六丁。托塔天王为元帅，三眼二郎做先锋。发兵八百八十万，统属大师名郭京。飞沙走石逯神勇，顷刻之间退金兵。天灵灵，地灵灵，啊啊阔阔机阿并，啊啊阔阔机阿并……"谁也听不懂是什么咒语。

然后收兵，说是准备停当。

金兵再度包围汴京，周围几十里都是金兵大营。旗幡招展，人欢马叫。钦宗传旨，命令郭京立刻带领他训练的天兵天将出城御敌。

郭京大模大样率领七千多人的乌合之众从南门出城，这些人都化了装，奇形怪状，好像唱大戏的一般。金兵以为是搞什么表演的，都远远观看。

一出城门，郭京仿佛出笼的鸟，入水的鱼，随便了。他发一声号令，集中队伍，找一个高地方登上去，一边用手指着金兵大营一边高声说："众位弟兄，我哪会什么法术，你们又哪里是什么天兵天将。咱们吃过几碗干饭自己还不知道吗？你们看，那么多金兵大营，声势那么大，朝廷正规军都打不过，咱们不是白白送死吗？我之所以这样做，是因为那些昏君佞臣根本不可依靠，咱们如果不把这些钱骗到手，他也会拿这些银子去给金人。大家赶快各自逃生，让那个昏君傻等着破敌吧！"说罢，向大家一抱拳，高声道，"弟兄们，谢谢大家的配合，但愿后会有期。再见！"

呼啦啦啦，七千多人作鸟兽散。城楼上观看神兵破敌的人不知怎么回事，因他们根本听不到郭京说的是什么，只知道他讲了几句话，也不和金兵开战，更没有看见天兵天将，人们就散了。

这次金兵主师是粘罕，见宋军也不出战，出来一批怪模怪样的人又都散去，知道没有守城抵抗之力，也不攻城，先派手下谋士萧庆为特使，进城与宋朝谈判，要求钦宗皇帝亲自出城会谈。

这位萧庆当年便是辽朝的特使，与北宋打交道，离间北宋君臣的便是此人。这是个有奶就是娘的奴才和奸贼。

钦宗一听让他去，如何能答应，提出派两名大臣去。萧庆连哼一声都没哼，转身出城。

金兵四面攻城，外城很快土崩瓦解。紧接着，内城也被攻破。满城鸡飞狗跳，乱糟糟。钦宗被一群卫兵簇拥着就往出跑，被金兵和混乱的人群挡了回来。萧庆已率领一队金兵到达，见到钦宗，道："这回应该亲自去了吧！"说着，对跟随的金兵道："请大宋皇帝出城到大营去。"钦宗身边大臣面面相觑，只有吏部侍郎李若水道："我随万岁前去。"

接着，又有金兵把太上皇徽宗赵佶也押解着出城，父子二人均成为金兵的俘虏，任人宰割。

李若水（1093—1127），原名若冰，字清卿，洺州曲周县（今河北省曲周县）水德堡村人，靖康元年为太学博士，官至吏部侍郎，曾奉旨出使到过金。为人忠义，在这种时刻敢于随皇帝前往金营，确实需要勇气。萧庆和金兵押解着钦宗和李若水而行。其他金兵肆意抢掠，哭声喊声震天。

李若水紧随宋钦宗来到金营，随后徽宗也被押来。粘罕居然逼迫徽宗和钦宗换上金人的服装，这是最大的侮辱。李若水见状，斥责道："这是我们大宋朝皇帝，怎么可以随便换上你们的服装？"

这时，粘罕一声令下，来几个金兵硬按倒钦宗就给换衣服，李若水大怒，骂道："你们如此不讲信义，如此糟踢我们大宋王朝的皇帝，禽兽不如！"

粘罕道："你的嘴还挺硬，把他的舌头割了！"

来几个金兵，将李若水倒剪双臂，另一人抽出刀来，将李若水的舌头拽出来割掉了。李若水满口是血，依旧大骂这帮禽兽。粘罕一挥手，李若水被架出去斩首，壮烈殉国。李若水的壮烈，金人也很佩服，多次提起他，说大宋王朝灭亡，真正为其殉国的只有李若水一人。

几天后，金兵将皇宫中、汴京城中所有的金银珠宝、所有富户的财产都抢劫一空，之后又把皇帝专用的所有礼器、法物、教坊乐器、八宝、九鼎、浑天仪、刻漏、天下府州县地图、皇宫侍女、戏曲演员、技艺工匠等各类人才全部看押带走。凡是皇帝用的东西他们都觉得很好玩，也都抢回去享受一把。然后将宗室谱牒上皇室所有的男女老少全部按照花名册一个个点名对照，两千多名，全部看押着出城。正因为按照花名册查点宗室和后宫的嫔妃，才落下一个重要人物，给金朝带来很大麻烦。后文要重点写到。多少辆大车都拉满货物，军队看押着两千多男女，都是赵家的公子嫔妃，还有一些文武大臣，所有的人都哭哭啼啼。

　　金人在准备开拔的前三天，要对宋朝有个交代，把人家的皇帝和太上皇都押解走，还得立一个皇帝啊。完颜宗翰，即我们熟悉的粘罕，也称作粘没喝，和完颜宗望见张邦昌胆小怯懦，是个好驾驭的人，两个人商量后便决定把赵宋王朝废了，彻底换皇帝，把老赵家换成老张家，建立一个张姓王朝，朝廷也不能再称作宋朝，而换成楚。但在宣布这个决定时，有几个人表示反对，新科状元、御史中丞秦桧还递上一封信，建议金继续用赵家人做皇帝，说这样做对金也有好处。完颜宗翰见这个年轻人有胆识，干脆决定把他也带走，于是便把秦桧也押解着出了开封。秦桧的妻子王氏听说丈夫被金人押走，便风风火火从家赶来，也跟随丈夫北去，要与丈夫生则同衾，死则同穴，还真是个有性格的女子。

　　金兵开拔了。浩浩荡荡的金兵队伍，哭哭啼啼的宋朝皇帝的龙子龙孙和后妃，还有一部分官员，如同一股特殊的洪流向北缓缓滚动，是历史上一道难以忘怀的特殊景观。从这一天起，北宋就灭亡了。后来，金给宋朝的这两个昏庸皇帝还封侯，徽宗封为"昏德侯"，钦宗封为"重昏侯"，真的挺贴切。这正是：

　　　　已雨不知急绸缪，奸佞满朝昏未休。
　　　　直到父子被押走，昏德重昏亦封侯。

第四回

三把大火神奇逃生　　临危现身建立南宋

再说钦宗赵桓送出蜡丸是在靖康元年的腊月初一，赵构接到时已经是初十了，于是在相州（今河南安阳）成立大元帅府，经过十几天的紧张筹备，集结了五万多兵马。这时新建立的大元帅府中的核心人物是赵构和宗泽、汪伯颜。宗泽建议尽快出兵南下解救京师之围。而赵构胆小如鼠，汪伯颜揣摩赵构的心思，建议大军向东平（今山东东平）开发，可以避开金兵，保存实力。宗泽急于救援开封，皇帝和太上皇尚都在包围之中。赵构和汪伯颜见宗泽如此坚定，不好否决，便分兵一万给他，让他率领南下，而赵构和汪伯颜则率领大军向东平而去。

前文提到，金兵在撤走的前一天，安排宰相张邦昌做皇帝，赵宋王朝算是灭掉，而命令张邦昌建立的王朝叫楚，张邦昌就算第一任楚帝。

张邦昌暗自惊喜，自己当过多年朝官，最近还当上宰相。如果真的当了皇帝，也能够承担起来。就在他做皇帝梦时，一个绝对重量级人物的出现，使局面产生意想不到的改变，历史也随之产生变化。

次日早朝，张邦昌心中暗喜，但不敢流露出来，装作面带忧色，同样穿上龙袍，也从侧面登上大殿前台，坐到龙墩上。

文武百官来的人还不到一半，站得也不整齐，更没有人进行组织。张邦昌觉得非常难堪，就自我解嘲道："众位爱卿，朕——"刚说完朕字，看下面人的脸色都不怎么好看，连忙改口道："予也是没有办法。金人威逼，众位爱卿都签字画押，予被逼迫登基。国不可一日无君，你们说我现在也不得不如此啊！大家还是按照规矩行事吧！"言外之意，是让百官承认他这个皇帝。

这时，左正言朱胜非说话了："张丞相，你知道大家是怎么签字画押的吗？"

"知道，知道，那是金人用刀架在脖子上才不得不如此的。予不也是一样吗？如果不是这样，予怎敢答应当这个皇帝呢？"

"你知道就好，这不过是演戏，是演给金人看的。金人已经撤走了，这个戏就别演了吧！"朱胜非态度很明确，这个皇帝别当了，你不配。

"可怎么也得有个皇帝啊！国不可一日无君，赵氏男男女女都被押走，实在是找不出人来啊！"张邦昌说得似乎也不无道理。

"怎么，张丞相难道还要假戏真唱？真想当皇帝？"

"我有什么办法？实在没有人啊！"张邦昌摊开两手，表示无奈。

"不要着急，稍待片刻，马上就有人了。"朱胜非满有把握。说着，他向大殿外面望了一眼，道："众位看，谁来了？"

张邦昌和群臣的眼睛齐刷刷向大殿门口望去。

两个人向大殿走来，越走越近。一男一女，男的三十多岁，体魄健壮魁梧，一身戎装，英气勃勃，挎着佩剑。女的一身青衣，戴着幂帽。所谓的幂帽是当时贵族女子出门时经常用的装束，形状仿佛是一个斗笠，在斗笠边下垂一圈薄薄的青纱，既可遮挡灰尘，也可遮住女子容貌，免得抛头露面。这样，女子可以看清外面，外面的人却无法看到女子的模样。男子腰挎一把佩刀脚步轻盈沉稳，一看便知有一定的功夫。

越走越近，男的看清楚了，原来是汉留侯张良的后代，现任太常寺主簿的年轻有为的张浚，因为是现任官员，在场的官员没有不认识张浚的。张邦昌倒抽一口凉气，马上意识到自己的皇帝梦要泡汤。但女的是谁看不清楚。张邦昌忽然觉察到来人身材步履体形很像一个人，难道是她？他不敢相信。

群臣都直愣愣看着，当看清张浚时，齐声抱拳施礼道："参见张主簿。"张浚道："众位免礼，你们看，谁来了？"说着，一指青衣女子，那女子这时才将幂帽摘下，露出其庐山真面目。众位大臣一看，不约而同地"啊"了一声，台上的张邦昌一看此人，如同木雕泥塑一般，目瞪口呆，眼珠都不会转了，立即六神无主，愣在台上。

此人一摘掉幂帽，仿佛一道闪电照亮整个大殿，众人都大吃一惊：这不是孟皇后吗？她因巫术事件被废二十多年，不已被大火烧死了吗？怎么又活了？张邦昌更惊讶，目瞪口呆，张着嘴闭不上。

众大臣如同在暗夜中见到一缕光线，如同溺水者抓到一块木板，马上有了主心骨，又惊又喜，齐刷刷跪倒一地，齐声高呼："皇后千岁千岁千千岁！"张邦昌见状，也连忙跪倒在御座旁，跟着喊："皇后千岁千岁千千岁！"但晚了半拍，还有点结巴，听起来特别别扭。

"众爱卿免礼平身！"声音洪亮，底气十足，孟皇后的一句话，众人都站起身来。张邦昌要回御座，又不敢，左右为难，不知该如何。

这时，朱胜非说话了："张丞相，给金人演的戏该结束了。太阳出现，萤火虫还能有光吗？还不赶快隐身？主角出现，配角还不让位！"

张邦昌明白这句话的意思，马上规规矩矩从台上下来，走到自己原来的位置上，站立在那里，耷拉着脑袋，像个霜打的茄子，一声不吭。

孟皇后的表现极其精彩，达到无可挑剔的完美。从这一刻起，她又找回了自我，仿佛一个重返舞台的名角，闪亮登场。

这时，孟皇后健步走上台去，登上御座，朗声说道："众爱卿一定感到奇怪，因为多年来，人们都以为我死了，变成鬼了。我现在郑重告诉大家，我是人，不是鬼，我还活着，而且活得非常好，非常健康。就是为了那些处心积虑要置我于死地的人，我也得活着。现在金兵虽然已经撤离，但走得不太远，张邦昌暂时还要担这个名，免得金兵重新返回。朝廷要严守秘密，暂时不要把我的情况透露出去，以争取时间。"

张邦昌听到这里，又挺直了腰板。孟皇后接着说道："另外，刚才张邦昌说大宋王朝无人了，并不是这样。虽然太上皇、皇帝以及皇子诸王都被金人掳走，但赵氏还有人，而且是非常精明之人。我现在告诉大家一个好消息，九皇子赵构已经安全脱险，正统领军队驻扎在东平府。我已经通知他尽快赶到应天府，做好准备。现在是特殊时期，我决定，立九皇子赵构为新君，以便领导抗击金军，保卫国家黎民。"

"千岁！千岁！千千岁！皇后圣明，我们坚决拥护。"大臣们异口同声。

"现在，我宣布：张浚代理枢密使，总管全国军队，统一协调指挥保家卫国、抗击金军的重任。现在属于非常时期，张将军多受累，请同时负责京师和皇宫的保卫工作，京师内外，一切武装力量统统归张将军调遣。"

张浚向前跨了一步，一抱拳，非常严肃地答应道："臣谨遵懿旨。"

皇帝的命令叫圣旨，皇后的命令叫懿旨，大殿里站立的文武百官都知道这种称呼。

张浚是朝廷新近出现的新秀，张浚的一位友人是孟皇后的保镖兼武术教练，那位友人的父亲是韩忠彦的部下兼好友，他们父子与孟皇后一直留在京师，暗中保护孟皇后。孟皇后之所以能够逃过三场大火，就是他们和其他武林高手将其救出的。现在大殿中的文武百官多数认识张浚，对其敬佩而信任，孟皇后对其如此尊重，自然都不敢怠慢。

"朱胜非。"

"臣在。"

"从现在起，你兼任应天府尹，负责准备新君登基大典事宜。一切从简，但所有程序不能缺少，要尽快筹备。有事情随时向我请示。"

"臣谨遵懿旨。"又一个大臣谨遵懿旨。

"冯澥。"

"臣在。"

"从现在起，你负责一切政务大事，要与张将军合作好，使全面工作尽快恢复正轨。"

"臣谨遵懿旨。"

"张邦昌。"

"臣在。"

"你可知罪！"孟皇后的语气突然严厉起来。

"臣知罪，但臣也是迫不得已，有诸位大臣可以作证。"张邦昌满肚子苦水。

"你的具体处境本皇后完全知晓，但你的私心也昭然若揭。如果没有特殊背景，你胆敢当什么楚帝？不早就要灭掉你的九族了嘛。现在依然继续做你的楚帝。你的具体事务是尽快恢复京师治安，好好表现，本皇后暂不追究你趁机谋逆之罪，看你的表现如何，再做定夺。"

"臣谨遵懿旨，一定好好表现，争取宽大处理。"张邦昌都要哭了，他感到自己太窝囊了。好容易借助金人的力量当上皇帝，过把瘾，可连龙墩还没坐热乎就被赶下来了。其实是不但没有过瘾，反而弄了一身罪。

刚才孟皇后的一番安排，军政大权分别属于他人，筹备新君没有他的份儿，他干的都是脏活累活，干不好还不行。谁不知道，京师刚刚被金兵抢掠一空，社会秩序极其混乱，要想稳定下来，谈何容易。可又能怎么办，他只能自认倒霉。

"众位爱卿。"孟皇后提高了嗓门。

"臣在。"文武百官也都提高嗓门，回答声音既洪亮又整齐。

"金兵侵犯我疆土，分裂我河山，劫持我皇帝，抢掠我钱财，屠戮我生灵，糟蹋我姐妹，是我大宋王朝不共戴天之敌。现在我们大宋王朝处在生死存亡之时。但我们也不必被金兵之威猛凶残所吓倒，我朝宗泽、韩世忠、张浚各统领大军数万，各地方还有军队，还有百姓自发组织起来的义军，还可以与金兵正面作战。只要我们军民一心，上下一心，朝野一心，便完全有能力保卫家国，收复失地。因此，我们要勠力同心，同仇敌忾，团结一致。众爱卿要各司其职。我从现在起入住崇庆宫，临时权摄军国大政。大家有什么事情，可随时前去求见，我随时恭候。待新君即位，我便撤帘，权归新君。"

一段话说得慷慨激昂，百官受到很大的鼓舞和感染，高声而且非常整齐地回答道："臣等谨遵懿旨，一定勠力同心，共扶王室。"

其实，如果仔细分析，孟皇后此次行动也有一定的冒险性，一个被废二十多年的皇后，社会上认为其已被烧死，一般年轻的官员都不认识她，就连皇宫中后妃名册上都没有了名字，正因为如此，她才逃过一劫。在这种极其特殊复杂的背景下突然出现，并且立即控制宋朝的军政大权，没有胆识和魄力是绝对不敢干的。而她所以能够立即控制住局面，大臣张浚和朱胜飞的作用是举足轻重的。而她重新回到历史舞台前台中心位置的第一次表演，取得了惊人的成功。

她的部署稳妥合理而有操作性，她用人很准，她的讲话很有鼓动性，极大地鼓舞了士气。可以说，她的表现真是精彩，达到无可挑剔的完美。从这一刻起，她又找回了自我，仿佛一个重返舞台的名角，闪亮登场。

写到这里，有必要将此人的来龙去脉简单交代一下，读者诸君便可以知晓前因后果了。这位孟献皇后是哲宗的皇后，徽宗的嫂子。由于贤淑知礼，很受她的奶奶婆婆，即哲宗的奶奶，垂帘听政八年的高太皇太后喜欢，而且是高太皇太后亲自确定的人选。高太皇太后死后，她在激烈的后宫争宠与朝廷大臣争权的斗争中遭受逸害而被哲宗打入冷宫。

哲宗死后，徽宗还到冷宫中看望过她。宋徽宗对这个嫂子是非常尊重的，她是个很有智慧的女人。蔡京和一名叫作郝随的宦官都很畏惧她，怕她对徽宗施加影响，便先后放三把火要烧死她。每次都是在危急时刻被人救出，最后便隐姓埋名在一个地下室里隐居起来。有专门的武功高手保护，并教她习武。这样，消失了二十多年，由一个二十多岁的青年妇女变为四十多岁的中年女性，而且还有了相当健康的体魄和相当不错的武功。由于多年的皇后身份，朝廷中稍微老一点的大臣都认识她，而且对她印象特别好，因此她才有如此的号召力。在某种意义上说，南宋政权的建立和险些被颠覆又稳定下来，她的功绩都非常巨大而不可替代。

孟太后在那么凶险的环境里却奇迹般活下来，并且在历史的关键时刻产生关键的作用。南宋王朝得以建立得以延续，她才是最关键的人物。这正是：

自有天命害不死，国破之时敢担当。
赵宋王朝得延续，隆祐太后功绩长。

第五回

大义教子岳母刺字　　立志报国岳飞投军

　　岳飞在家为父亲守丧，每天都练习武功，骑马射箭，研读师父留下的兵书，对《孙子兵法》研读尤其深入，他一边读书一边思考，一边联系亲身经历的一些事情，领悟许多道理。守丧期一满，岳飞便去投军。这年，河北路遭遇大灾，岳飞在家生活实在太艰难了。

　　河北等路发生水灾，岳家生计艰难，岳飞为了谋生，前往河东路平定军（山西平定县）投军。当时朝廷在几个地方都有招募军人的地方，一是补充朝廷的兵员，二是怕自然灾害太重，百姓无法生活而啸聚山林。岳飞到那便被录用，并充当骑兵效用士，就是骑兵，不久就被提拔为偏校，是一名低级军官。

　　不久，他们被调往太原去增援，当时太原在金兵的猛攻下危在旦夕，岳飞带领几十名骑兵随着统制向太原方向驰去。

　　他们的部队离太原城十几里的时候，太原已经被金兵攻破。他们立即调转马头往回赶，迎面遇到金军的几十名骑兵。这时，身后是已经被敌人占领的太原，前面是敌兵，狭路相逢。岳飞见状，高喊一声："弟兄们！狭路相逢勇者胜！跟我杀！"一拍战马，挺枪向金兵冲杀过去。岳飞枪法精湛，出手如电，连刺带挑，几个金兵毙命。本来金兵也不多，岳飞很快杀出一条血路，冲了出来。回头一看，跟随自己的那些骑兵也杀出来几名。到前面见没有敌兵了，几个人商量一下，也不知道自己的大部队在哪里，因为他们是刚刚组建的，还没有归属。一路上又见金兵到处杀人抢夺，奸淫妇女，简直就是一帮土匪。岳飞提议，咱们赶快各自回家，保护自己的家人，然后再寻找出路。

岳飞心急火燎往家里赶。路上看见金兵所过之处，村庄残破不堪，人口稀少，便怒火中烧，更加惦念家人。到家一看，家中完好，敌人还没有到这一带来，这才放下心来。为了保护母亲和妻子儿子，岳飞决定暂时不走了。但他时刻关注着宋朝的命运和朝廷的消息。

转眼就到了靖康二年，金人掠走徽钦二帝和赵宋王朝的所有公子王孙以及后妃，掠夺走大量金银财宝，这消息传得沸沸扬扬。岳飞心急如焚，但又担心老娘和妻儿，便犹豫不决。岳飞不断听到各种消息，心情沉重，可是又放不下老母亲和妻子儿子，这老少三口生活都难以维持，在这兵荒马乱的时代，没有一个男人保护怎么可以？他的心向往杀敌的战场，但割舍不得亲人，这可如何是好。

每天晚饭后，岳飞都在庭院里练一套枪法，儿子岳云也跟着比比划划，岳飞看在眼里，喜在心头，看出儿子也是练武的苗子，等他八岁以后，自己便可以亲自教他武艺了。

知子莫如母，岳母太了解自己的儿子了。一天晚饭后，岳飞刚要拿枪出去练，被母亲叫住了。"飞儿，今天就不要去练了。娘跟你说说话。"

"娘，您有什么吩咐？"

"娘看你这几天心神不定，一定心中有事，一定是忧心国事吧？有志男儿，要报效国家。如今国家正急需用人，你又练就一身武功，飞儿就去从军吧！"

"可是，娘年纪很大，岳云又小，我怎么能放心离家呢？"

"飞儿！国家，国家，没有国哪有家？近几年金人年年入侵，疯狂抢掠。保家卫国，才是有志男儿，才是大丈夫。飞儿你尽管前去，娘还未老，和你媳妇共同经营这个家，还不至于饥寒。"

"娘，您这么说，孩儿明天就去从军，誓死保家卫国，与金人血战到底！"岳飞的最后两句话是咬牙切齿说的。

"这才是我儿子！你既然有如此大志，为娘嘱咐你一句话，一定要尽忠报国！一定要尽忠报国！"

岳飞受了感染，斩钉截铁地说："娘！儿子记住了，尽——忠——报——国！"岳飞把四个字拉长声，提高音量，说得斩钉截铁。

"好！既然如此，娘就把这四个字刺在你的后背上，你背负着这四个字，更要牢记在心，奋勇杀敌，报效国家！"

岳飞立即脱下上衣，跪在地上，露出整个后背。岳母拿过毛笔，蘸上淡墨，估摸一下位置，在儿子后背脊梁的两侧，右边写"尽忠"两个字，左边写"报国"，一共四个字。古代文字都是竖排，从右边向左边念，故这样写。[①]

岳母端详一下，然后拿起绣花针，皱皱眉，一针一针刺下去。每一针拔出来，便浸出一点点血来。岳飞跪着不动，岳母一针针刺血点。足有半个时辰，四个字清晰出现，岳母让刘氏打盆清水，把淡墨和血迹全部擦拭干净，然后用朱砂色往上揉，揉了一会儿，朱砂色渗入到皮肤中去了。四个朱红色的字清晰地出现在岳飞的后背上。

岳母露出心疼但很坚毅的表情，岳飞让妻子拿面镜子来，和前面的

[①] 关于岳飞后背刺字，有"精忠报国"和"尽忠报国"两种说法，但史书上都是"尽忠报国"，故当是"尽忠报国"。而文字是一竖行还是分两行，恐怕没有办法确定，但根据人之生理，两行为是。因为一行竖排则必须居中，正在脊骨上，肉薄一定非常疼，且会刺到骨头上。故应该是两边各二字为宜。

镜子对照，找好角度，看得清清楚楚。跪下给母亲磕头道："孩儿一定牢记母亲的教诲，尽忠报国！"岳飞是咬着牙说的，嘎嘣脆，斩钉截铁。

笔者有诗赞美岳母道：

> 针芒尖尖兮刺儿肌肤，点点鲜血兮心疼慈母。
> 深知儿孝兮砥砺淬炼，尽忠报国兮发自肺腑。
> 保疆爱民兮天日昭昭，浴血杀敌兮气吞强虏。
> 岳飞壮烈兮义薄九天，岳母大义兮流芳千古。

也有人怀疑岳飞后背的字不是岳母刺的，因为没有明文记载岳母是否有文化，是否会写字，因此怀疑字是岳飞请别人刺的。没有明文记载岳母有文化，同样也没有明文记载岳母没有文化啊！"岳母刺字"，一直都如此说，何必要怀疑和否定呢？而岳飞为什么请别人在自己的后背上刺字呢？

刺字在宋代是比较普遍的现象，罪犯都在脸颊上刺字，那叫"黥面"，《水浒传》中的英雄宋江、林冲、杨志、武松都曾经遭受此刑，用的是黑色。在北宋中叶王安石变法之前，所有的军人都要刺字，一般都刺在手背上，也是黑色。具体刺什么字不敢确定，应该是部队性质或番号什么的。总之，肯定有刺的字就是，主要作用是防止逃跑。

王安石变法后取消了这种制度，表示要尊重士兵，爱护士兵，使他们自觉为国家而战。和岳飞同时的抗金大将王彦部队"八字军"，他们是发自内心地要赤胆忠心，是相互之间在脸上刺字，是红色，仅此一点就可以使敌人闻风丧胆。他们是当年抗击金兵的一支劲旅。

在相州城里，朝廷派专人正在大张旗鼓地招募军人。相州便是岳飞家乡汤阴县北面临近的地方，属于州一级，城市规模当然比汤阴大很多，而且岳飞曾经打过工的昼锦堂所在的韩家就在这里，是岳飞非常熟悉的地方，于是便直接向相州而来。

在这里负责招兵的武翼大夫刘浩一见岳飞的身材气质和弓箭大枪，非常重视，便命岳飞临时负责管理这些招募来的新兵。更令岳飞惊喜的是早年一起练武的好友张显、汤怀和王贵也来投军，几人都大喜过望。招募一定数量后，刘浩便将这支新军交由上级。岳飞这些人辗转间来到河北安抚使张所的大营。

张所在当年也是声名赫赫，他是抗金名将，山东青州（今山东益都）人，进士出身，曾任龙图阁直学士，现在充河北西路招抚使，是河北西路最高级别的朝廷大员。四十多岁，是坚定的抗战派，大忠臣李纲将他提拔起来，委以重任，命他负责河北西路的招抚事宜。

君子爱君子，大将爱大将。张所一见岳飞，眼睛一亮，心有灵犀一般，见岳飞器宇轩昂，立生爱意。岳飞抱拳道："新军首领岳飞奉命报到，参见将军。"

张所仔细打量岳飞，问道："我已经听说过你是位英勇的战士。今天见面，果然不同凡响。请问，你在战场上可以敌战几名敌军？"

"一己之勇不算勇敢，那能抵挡几名敌人？匹夫之勇不足凭恃，关键要知道战机和谋略。"

张所一听，又惊又喜，立即让人搬过一把椅子，请岳飞坐下，说道："好汉，你不是一般战士，一定能成为我大宋王朝的栋梁之材。我受命招抚河北，尚不得要领，请谈谈你的看法，当如何经略河北。"

"承蒙将军垂爱，岳飞便谈谈粗浅的看法。就目前形势看，河北是拱卫京师的战略要地，如今京师汴梁虽然失守，但河北多地尚在宋军的手中。招募新军后，要抓紧训练，迅速形成战斗力，分别驻守几地的城池。况且金人一来就大肆抢劫奸淫，河北人民对其愤恨至极，分散各地的义军尚有几十万，如果朝廷进行组织和鼓励，都是可以利用的力量。如果河北始终有几个军事据点，驻扎一定数量的军队，便可以对金军形成强大的牵制。只有这样，才可以保卫京师。河北如同四肢，京师如同心脏，四肢不存，心脏怎么可以保卫？"

张所微微颔首称是，并立刻决定，提升岳飞为统制，统领五百军兵，归属都统制王彦。这是岳飞得到的第一个真正的军官之职，领导五百名军兵，相当于现代的加强营的营长。张所是他第一个知己加恩人。张所是真有眼光，不但提拔了岳飞，并将自己随身的义子张宪直接交给岳飞，让他跟从岳飞征战。

很快，张所招募和原有的军队已经达到七千人的规模，都统制王彦便是这支队伍的总司令。王彦也是当时的狠人，作战勇猛不要命，曾经参加过抗击西夏的战争，是久经沙场的大将，四十六七岁，正当年。这时金兵押送着徽钦二帝和三千多人浩浩荡荡向北退去。张所得到命令，令河北招募的军队渡过黄河攻击金兵占领区，扰乱金兵的北撤。

王彦部署并亲自统领岳飞、张翼、白安民等十三统制的全部军队七千余人渡过黄河，很快攻占了卫州的新乡县城。新乡地处河南省北部，南临黄河，与郑州、开封隔河相望；北依太行，与鹤壁、安阳毗邻；西连焦作并与山西接壤；东接濮阳并与山东相连，是开封的北面屏障。

实际上，王彦为都统制，便是统制的直接领导，根据其编制七千人，应该相当于加强师，而十三统制便是十三个加强营，岳飞只是一个营的营长。这样，我们便可以理解当时岳飞的地位以及与王彦的关系了。

岳飞的军队担任前锋，他拍马舞枪冲锋陷阵，见一金兵打着大旗在不远处，他立即拍马直接朝有旗帜的方向杀去。枪快马快，杀开一条血路，夺取了金兵大旗，挥舞着冲杀，部下见自己的主将如此勇敢，便紧紧跟随，一战便攻克被敌人占领的新乡县城，活捉金军千户阿里孛。接着再出城野战打败金军的万户王索。

次日，有一队金军出现在侯兆川，岳飞奉命前去攻击，免得敌人形成合围之势。岳飞集合自己的部下，站在高处，高声动员道："金兵没有什么可怕的，昨天已经被我们打败。今天跟随本将去侯兆川大战金兵。他们人多，我们人少，我们更要有必胜的信心，各位都要奋不顾身，以一当十，与敌人血战到底，有如此勇气则一定胜利。如有胆小怕死，不服从命令者斩首！"

说罢，率军出发，由于五百将士皆奋勇向前，侯兆川一战又是大获全胜，令王彦刮目相看。岳飞治军严厉，爱护士卒，已经显示出大将的风采。金军以为他们是宋军的主力，便将周围几支军队尽快调来要与他们决战。

王彦和岳飞商量，敌人越聚越多，他们七千军队不断有减员，而且没有粮草没有援兵，再打下去就太危险了，于是决定分兵突围。

血雨腥风，喊杀声不断。两天下来，攻势一拨接着一拨而来。外面根本没有丝毫救援的希望，军队的粮食即将用完。于是王彦和部下商讨，必须尽快突围出去，保存这些宝贵的抗金战士。

趁着黑夜的掩护，敌人摸不清实际的情况，在王彦和岳飞等大将率领下，杀出重围，重新聚拢的军队还有两千人左右。这时，下一步如何行动，到什么地方去，岳飞和王彦的意见不同，于是岳飞便率领自己的部队向西北太行山方向而去。王彦很生气，他整理自己的部队，只有八百人。

王彦是条好汉，他与这八百人歃血为盟：誓死同金军血战到底，永远不停止战斗，永远不离开战场，永远不退缩。发誓后，为表达这种为国捐躯誓死杀敌的决心，每个人都在脸的左右面颊上刺八个字，一面是"赤心报国"，一面是"誓杀金贼"，两两捉对，相互刺字。于是，这八百勇士的脸上都有鲜明的八个血红的文字"赤心报国，誓杀金贼"。中原的人们都非常喜欢这支队伍，称之为"八字军"，八百勇士在当年已成为金人的噩梦。

很快，"八字军"的精神在河北广泛流传，河北百姓都倾其所有为之提供粮食、衣服甚至马匹。在河北地区，八字军与金军多次作战，每战必胜。俗语说，"硬的怕横的，横的怕不要命的"，八百壮士都不要命，那是多么可怕的战斗力。王彦懂得军事，他率领这八百人转战到共城县（今河南辉县）的西山去据险扎营。他派遣心腹去联系两河豪杰，共同抗击金兵。不久，河北河东的忠义民兵大营就有十九个营寨的首领表示入伙，愿意共同作战。如傅选、孟得、焦文通、刘泽等，都是拥有几万人的义军首领，都是响当当的好汉。况且，附近还有许多有血性的青年和原来的义勇军都纷纷前来参军参战。这支军队的大部分成员也都效仿王彦原班人马的做法，在脸上刺上"赤心报国，誓杀金贼"八个字。王彦的直系部队很快发展到几万人，是河北抗击金军的主力。

两宋皇帝对臣民压榨盘剥有道，对金兵抗击乏心，用自己统治下百姓的较大数额的血汗钱买和平，屈辱苟且，这样的统治者实际是保护自己小圈子的利益而不顾最基层最广大百姓的死活，都是应该否定的。因此，我对于有人为两宋大唱赞歌的说法一直不赞同，说什么用金钱买和平云云，是最大的谬论，那些金钱都是民脂民膏啊！

为此，我创作一首歌颂"八字军"精神的短章，《破阵子·八字军颂》，用以表达敬意：

发愿赤心报国，誓杀金贼为民。舍生忘死感天地，赴汤蹈火泣鬼神，英雄八字军。

面颊刺字耀眼，内含赤胆忠心。壮士神魄化豪气，勇于亮剑儆后人，永传华夏魂。

正是：

敢于亮剑向敌人，浴血捐躯卫国门。
尚武精神振千古，令人常忆八字军。

第六回

临危受命鞠躬尽瘁　憾恨而终三呼过河

　　数日后，宗泽接到朝廷发来的关于立九王赵构为新君的懿旨。宗泽立即派人帮助赵构尽快去应天府准备登基，他在这里继续留在原地领导组织军队，以图恢复。

　　宗泽（1060—1128），字汝霖，是浙东乌伤（今浙江义乌）人，进士出身，为人干练正派。沉稳刚毅，颇有军事才能，朝野闻名。曾经被蔡京一帮奸佞排挤，心灰意冷。靖康元年临危受命，出任磁州知州。磁州即今河北磁县，位于河北省最南端，晋、冀、鲁、豫四省通衢，与石家庄、郑州、太原、济南四个省会城市的距离均在200公里左右，是具有极其重要战略意义的重地。

　　宗泽到任，立即抓紧时间，修筑城墙，招徕流亡的散兵游勇和流离失所的难民，很快便取得成效。不久前，再受命为河北路招抚使兼天下兵马副元帅，大元帅便是即将要登上新君之位的赵构。宗泽率军与金兵交战十三次，全部取胜，名声大振，军威大振，河北义军都称呼他为

· 039 ·

"宗爷爷"，只要宗爷爷一声令下，比亲爷爷的命令都管用。也可以看出宋军和金军的战斗能力几乎相当，关键是军队统帅的能力和敢于战斗的决心。

这年的五月初一，赵构在应天府（今河南商丘）草草登基，但确是正式的皇帝，与张邦昌的楚帝和后来刘豫的齐帝不同。张邦昌和刘豫是不被历史承认的伪皇帝，而赵构则是中国正史上用来纪元的正统皇帝，南宋的历史从这一天便开始了。宗泽则继续担任天下兵马副元帅之职，并加"东京留守"职衔。

新皇帝即位，表明大宋王朝还没有灭亡，只不过是由北方改成了南方，后世分别称之为"北宋"和"南宋"，统称为两宋。宗泽自己也获取了最高的信任，原来繁华的京师交给他经营守护，这是最大的荣耀。这年，这位可敬的将军已经六十九岁，那是一位即将步入古稀之年的老人，他极度兴奋，信心满满，他要献出自己生命剩余的全部光辉给自己钟爱的南宋。于是，他把大营驻扎在原来禁卫军的驻防之地，开始全面部署收复中原的大计。

这时，王彦统帅的以"八字军"为战斗核心的军队已经发展到几万人，是黄河以北打击金兵的最重要力量。正在这个时候，岳飞率领他的军队也从太行山区转战出来，向这里集中。

原来，岳飞率领一支孤军离开王彦后，便向山西太行山一带而去，一直寻找机会打击金军，曾经生擒金军将领拓跋耶乌。与金兵有过几次小规模的战斗，每战必胜。新皇帝登基，宗泽进驻开封，王彦的"八字军"令金兵闻风丧胆的事迹岳飞也听说了，他立即对王彦产生了极高的崇敬之情，这样与敌人血战的英雄气概就令岳飞敬佩。岳飞是位敢于承认错误，而且知错就改的好汉，他率军直接来到王彦的大营，让门军去通报，说他要拜见都统制。

王彦听说岳飞求见，传令进来。岳飞一身戎装，进帐一见自己的老上级，年长自己十多岁的老大哥，率领千军万马与敌人血战到底的大将，岳飞心中五味杂陈，单腿跪地，双拳举过头顶，说道："王将军在上，末将特来请罪，当日擅自率领部下离开，自知罪过深重，请将军处置。"

知过就改，不躲不闪，坦坦荡荡，这便是岳飞，这才是大丈夫。

王彦对他怒目而视，一句话不说。他的心里也是五味杂陈啊！他是性情暴躁的将领，可以说是杀人不眨眼，他是真心喜欢岳飞，但当时率军擅自离队，按照军纪国法就是死罪，没有商量的余地。

岳飞抬头望望王彦，没有说话，也没有求情。这样僵持了大约两分钟，王彦挥挥手，说："你起来吧！军法虽然难容，但我念你是爱国志士，是一条好汉，我也很敬佩你的勇敢和忠诚，我就不处置你了。如今你已经具备独立作战的能力，你就统帅你的军队直接到宗爷爷大营，听从宗爷爷处置和安排。是杀是留是重用，如何安置，任凭宗爷爷。"

岳飞站起来，对王彦深深一鞠躬，又是一揖道："谢将军不杀之恩，将军恩德山高水长，岳飞当永铭五内，没齿不忘。愿我们尽弃前嫌，勠力同心，共同辅佐朝廷，杀敌报国！告辞！"

王彦也是双手高高一揖："告辞！"

岳飞出来之后，王彦的两名亲信劝王彦除去岳飞，说这是个难以驾驭的人，现在犯了军法，正好杀掉。王彦摆摆手道："岳飞必成大器，我大宋正在急需人才之际，怎么可以自相残杀？我真的是很爱惜他。但他不是我所能统帅之人。由他去吧！"

"不忮不求，何用不臧"，这是孔子赞美子路的话，王彦真有点子路的性格，是位真诚直率的英雄人物。

岳飞大步走出王彦大营，集合自己的部下，直接奔开封而来。

宗泽受命为开封府尹并东京留守后，实际执掌这里的军政大权。他率领自己的人马进入开封，立即展开多方面的工作。

宗泽首先把全城划分为东南西北四区，各派军官率领军队镇守，负责全城的治安和守卫，给百姓以安全感。再在四郊选择有利地形，创立坚固营垒二十四所，并将新收编的义军分拨驻扎其中，各设统领守御将官，对这些新兵进行训练。又在开封北面黄河沿岸的十六个县内选择有利地形建设许多营寨，每个营寨都有几百军兵守护，如同鱼鳞一般，故称为联珠寨，严防死守，防止金兵再来进犯。

接着，宗泽再派专职人员到河北、河东两地去，与那里的起义军首领取得联系，希望他们以家国大义为重，共同抗击金兵。

这一时期，在河北、河东，即今河北、山西等地区，有众多农民起义军。活动在淮水流域的是王再兴、李贵两支义军，拥有七万多人。活动在濮州（故址在今山东菏泽市埋城县）一带的是王善，号称有十万大军，活动在洛阳一带的是绰号叫没角牛的杨进，他势力更大，号称三十万，虽然这些数量好像都有水分，但其规模很大是毋庸置疑的。还有一些三两万人的队伍。这些首领得到宗泽的手书后，先后都表示放弃原来要推翻赵宋王朝的目标，而愿意团结在宗爷爷的周围，一切听从宗爷爷的调度和指挥，愿意为保卫宋朝而战，共同抗击金兵的压迫。

当这些工作都完成后，老英雄怀着至诚之心，给刚刚登基的新皇帝高宗赵构又上了一封奏疏，字字恳切，句句忠诚，我们先看看老英雄是怎样写的：

本朝提封万里，京师号为腹心，宗庙社稷所在，民人依之。今两河虽未救宁，犹一手臂之不伸；乃欲并腹心而弃之，岂祖宗付托之意，与睽睽万目所以仰望之心！昔景德间，契丹侵澶渊，警报一闻，中外震恐。是时王钦若江南人，劝幸金陵，陈尧佐蜀人，劝幸蜀都，惟寇准请帝亲征，卒用成功。臣何敢望准，然不敢不以章圣望陛下也。且臣奉迎銮舆还都而后，即当身率诸道之兵，直趋两河之外，亲迎二圣，雪靖康一再之耻，然后奉觞玉殿，以为亿万斯年之贺，臣之志愿始毕。①

笔者曾经反复阅读这封充满激情的奏疏，有理有据，而且完全有现实可行性。怎么能把宗庙社稷都轻易放弃呢？怎么能把祖宗百年的基业放弃呢？"岂祖宗付托之意，与睽睽万目所以仰望之心！"两句话实际上很重，即是说这种做法哪里是祖宗托付的意思，又怎么面对百姓众目睽睽仰望的心情？众目睽睽就够多了，宗泽还来个"睽睽万目"，可见其心情的迫切和渴望。而且这已经不是第一封奏疏了。我宗泽虽然不敢和寇准相比，但圣上却应该以真宗为榜样，不必您亲冒矢石，而有众将护持。您的大驾到来之后，我便亲自率领军队到黄河两岸去守卫，绝对会保证京师的安全。

上疏之后，宗泽又经营修缮宗庙、宫室、台省，又因为准备在乐门迎接高宗的车驾，于是特意增修扩大，装饰一新。真可谓尽心竭力，其心天地可鉴。只等高宗回来。

赵构在不断收到宗泽的请求回銮以及汇报河北百万义军归顺朝廷的奏疏后，在一次回复中居然说"遂假勤王之名，公为聚寇之患"，把义军聚众抗击金军的行为完全理解为是聚众造反了。其实，义军造反的初衷确实有推翻朝廷的意思，但当他们的父老乡亲、兄弟姐妹遭受金人屠戮的时候，便把仇恨集中到外敌方面，是真心拥护宗泽要参与抗金战争的。而赵构在这种认知下，要求宗泽解散义军，宗泽心在流血，于是满含深情回复，据邓广铭先生考证，这是宗泽写给赵构的第十四封奏疏：

今河东、河西不随顺番贼，虽强为剃头辫发而自保山寨者

---

① 《续资治通鉴》宋纪一百。

不知其几千万人。诸处节义丈夫，不敢顾爱其身而自黥其面，争先救驾者，又不知几万数也。今陛下以勤王者为盗贼，而保山寨与自黥面者，岂不失其心耶？此语一出，则自今而后，恐不复有肯为勤王者！①

在第二十封奏疏中，宗泽向赵构倾诉了他的部下披肝沥胆誓死保卫朝廷的决心和"共济国事"的愿望：如拥有十万义军的丁进，愿意承担保卫开封的全部责任；拥有几万人的李成，愿意在迎接皇帝回銮后"即渡河剿绝敌寇"；拥有近三十万义军的没角牛杨进，也要率众渡河，去把被俘虏的两个皇帝迎接回来。文中"自黥面者"很明显是指"八字军"。而在第二十一奏疏中，他又说道：

京师城壁已增固矣，楼橹已修饰矣，龙濠已开浚矣，器械已足备矣，寨栅已罗列矣，战阵已阅习矣，人气已勇锐矣，汴河、蔡河、五丈河皆已通流，泛应纲运，陕西、京东、滑台、京洛北敌，皆已掩杀溃遁矣……但望陛下千乘万骑……归御九重，为四海九州作主耳。②

宗泽苦口婆心详细解说，说如果不趁此机会回銮，则会丧失民心，天下危矣。

高宗是千呼万唤不回来，岳飞是不召自到。宗泽见到岳飞，不但没有治岳飞的罪，反而很喜欢和器重岳飞，因为岳飞勇敢善战的名声早就传到了宗泽耳朵里。宗泽安排岳飞留在自己大营中，听他直接指挥，暂

---

①《宋忠简公文集》卷一，建炎二年三月《乞回銮疏》，据《三朝北盟会编》卷一一五引文校改。
②《宋忠简公文集》卷一，建炎二年三月《乞回銮疏》，据《三朝北盟会编》卷一一五引文校改。

时休整练兵，等待新的战斗命令。宗泽又直接划归五百骑兵给岳飞，这是宗泽大军中的精锐部队。岳飞大喜过望，对于宗爷爷是感恩戴德，他忽然感觉自己遇到第二位伯乐了，自己这匹千里马即将要驰骋疆场，大展宏图。想到这，他耸了耸肩膀，感觉浑身都是力量。

宗泽听说过岳飞英勇善战，而且善于用兵，作战机动灵活，不但勇敢，而且会用脑子，于是准备亲自考验一下，然后大用之。

宗泽反复观看地图，琢磨用兵方向和策略，他下决心要将被金兵占领的滑州（今河南滑县）抢夺回来，这对于保卫京师是非常有战略意义的。但进攻三次都未能得手，目前大军还驻扎在滑州城外，只需要最后的进攻了。于是，他派岳飞率领自己原来的部队和新增的五百骑兵前去增援，要求一定要拿下滑州。

岳飞第一次统帅这么大规模的军队，而且是步兵骑兵混合编制。但他心中有数，他把师父周侗给他的那些兵书翻阅过多次。每次打仗结束，稍有一点工夫，他便捧书阅读。战场上瞬息万变的局势和书上所写的理论发生了奇妙的联系，故他对于战场上发生的变化随时便有应对的策略。

此时，岳飞身边的助手和副将也给予他强大的支持，成为他的左膀右臂，汤怀、张显、王贵一直跟随着岳飞，都已成长为战将，成为他最信任的骨干力量。老将军张所的公子张宪也是一位战神级别的骁将。一杆大枪出神入化，只要一进入战场，就只见枪不见人，如入无人之境，敌人一死就是一大片。

岳飞率领部队向滑州进发，在滑州外围胙城和黑龙潭与金兵进行两次血战，重创了金军外围的主力，岳飞的军兵战马和人全都沾满敌人的鲜血，"人为血人，马为血马"，真是血性至极。岳飞也有几处受伤，血染征袍，脸上也有血迹。接着，岳飞率领这支血染的军队乘胜追击残敌，并一股气攻破滑州城，建立大功。

回到开封，宗泽大喜，立即上报朝廷，为岳飞请功，封官加爵。

休整数日后，宗泽请岳飞到自己的大帐来，他要好好了解一下这位年轻有为的军官。他交给岳飞一本《阵图》，告诉岳飞，回去好好看看，然后来与自己讨论一下排兵布阵以及如何指挥打仗的问题。宗泽是真心要栽培岳飞，其心比金子还可贵。

次日早饭后，岳飞便来到宗泽大帐，宗泽白发萧萧，一脸和善，马上就要七十岁的人了。这年岳飞才二十五岁，英气勃勃。宗泽让下人准备好茶水，他要与这位年轻的后生好好谈谈。

客套几句后，言归正传。岳飞抱拳道："老将军的《阵图》，下官已经仔细熟读，大受启发。但这些阵图都是古代的经验，时代变化，作战方式也要改变，不可能一成不变。何况在战场上，情况瞬息万变，有时和敌人突然遭遇，猝不及防，根本来不及思考，更谈不上排兵布阵。"

宗泽在仔细听着，没有插话，岳飞继续道："兵者，诡道也。打仗关键是出奇制胜，根据具体情况随时改变战法，灵活机智，才可以攻无不克战无不胜。"

宗泽微微一皱眉，问："岳飞，你学习过兵书？"

岳飞将老师周侗临终赠送给自己"武经七书"的情形以及自己时常阅读的情况如实向老英雄汇报。

宗泽听罢，先是有些惊讶，后来简直是喜出望外了，连连道："鹏举，原来你是老英雄周侗的弟子，我说武艺如此纯熟高强呢！周侗老英雄我早就如雷贯耳，早年就听说过他的武功天下第一，曾经在禁军任天字号教官。老英雄现在还在吗？"岳飞告知恩师去世多年，宗泽连连叹息。

然后话题一转，道："好啊！太好了。鹏举，生于乱世，安邦济世，保卫国家，就是需要你这样的人才。你如此年轻，有如此武功，又有如此兵法功底，且有突出的军事才能，难得！难得！天下之希望就在你们身上了。老夫真是开心啊！天下有望，大宋王朝有希望了！"

老英雄爽朗真诚的态度感染了岳飞，因为只有特别亲密的长辈才可以直呼后生的字，宗泽对于岳飞实在太器重和喜欢了，像对待自己的孩子一般，于是便称呼他的字。

宗泽高兴了，让岳飞品茶，他开始和岳飞谈论起自己恢复中原的大志来。

宗泽告诉岳飞，自己已经见过新君赵构，虽然年轻，这一年刚刚21岁，但感觉还算不错。目前，开封虽然两度遭受洗劫，但必定是拥有一百多年历史的古都，基础尚在，自己进行了全方位多层次的部署和设防，朝廷还有三支大军，每支大军都在十万以上，是有相当战斗力的。更可喜的是黄河北岸河东、河北地区还有百万义军，这些义军本来是要推翻朝廷的，如今，由于金人的杀掠抢劫，中原百姓遭受涂炭，这些义军的官兵对于金军都恨得咬牙切齿，我已经好言劝慰，招降他们，几大首领都发誓要听从我的节制，共同抗击金兵。

这样的话，我们不但可以守住开封，守住黄河，如果发愤图强，还可以恢复中原。中兴大业是有希望的。目前，最关键的是万岁能够返回銮舆，进入开封，这样，就可以振奋人心。我已经向万岁上了奏疏，一是请求回銮，一是请求朝廷批准收编这些义军为朝廷军队，至于给养暂时都可以缓图，这样，百万义军就都名正言顺，算是大宋王朝的军队了。我正急切盼望圣旨呢。

赵构登基是历史机遇，如果不是昏庸无能的老爸和大哥把天下弄丢了，大概就没有他什么事了，因为他是九王子，前面八个哥哥，皇帝的宝座怎么能够论到他坐呢？他又遇到一个好伯母，那位三把大火烧不死的女人本身就是传奇，她力主拥立赵构为新君，这无疑是重要的因素，这一点赵构心里明明白白。

天下动荡，赵构刚刚即位，需要获取民意的支持，他需要有民望的大臣辅佐，于是他首先想到李纲，那是坚决的主战派，深得天下百姓的拥戴，于是他任命李纲为首席宰相，由他来组成朝廷的班底。军事上，他则把老将军宗泽推到前台，让他为天下兵马副元帅，经营京师，重新恢复元气。

然而皇帝赵构生性怯懦，他内心里对于金兵有严重的恐惧症，因此他始终犹豫徘徊，举棋不定。他身边有两个近臣，一个叫黄潜善，一个叫汪伯颜。

这两个人物也很重要，需要介绍一下。黄潜善（1078—1130），字茂和，邵武（今福建邵武）人，南宋建立之后官至左仆射兼门下侍郎，即所谓的左相，他上谗言力主杀害了公开揭发弹劾"六贼"的太学生陈东，政治立场可见一斑。他排挤贬谪与自己政见不同的张所、李纲等主战派大忠臣，与右相汪伯彦狼狈为奸，把持朝政，一味屈膝投降，军民百姓把他恨得咬牙切齿，但高宗就是喜欢他。

汪伯彦（1069—1141），字廷俊，徽州祁门县（今安徽祁门县）人，是南宋初年宰相、著名奸臣秦桧的老师，是主和派的重要人物。

赵构听说了陈东的大名，便召他前来见驾。"东至，上疏言宰执黄潜善、汪伯彦不可任，李纲不可去，且请上还汴，治兵亲征，迎请二帝。其言切直，章凡三上，潜善等思有以中之。"[①] "有以中之"，就是有机会就中伤他。后来找个机会上谗言，赵构批准，便把陈东和几名忠义志士杀掉了。当年陈东 42 岁。

陈东上疏提出的三件事都是当务之急，黄潜善、汪伯彦不可用，李纲不可去，应该尽快返回京师汴梁，都是当时的关键问题。三次上疏，可见其忠心与胆识。高宗不但不采纳，反而听信黄潜善的谗言杀害陈东等，这得昏庸到何等程度啊，忠奸不分，是非颠倒，这是执政者最严重

---

① 《续资治通鉴》宋纪九十九。

的问题，也是昏君最显著的特征。杀害陈东等人的性质和杀害岳飞的性质实际是一样的。真的令人叹息扼腕。

黄潜善五十多岁，汪伯颜快六十岁，这样的两个老奸巨猾的奸佞之徒一唱一和，他们揣摩出高宗的心思，共同哄这位刚刚20岁的小皇帝开心，给他找女人，劝阻他千万不能到开封去，那里可太危险了。一味劝其妥协，不要抗战。面对金兵进攻，推行的是割地、纳贡、称臣等屈辱政策。

当初，汪伯颜率兵跟随康王赵构在河北，担任副元帅、集英殿修撰。赵构登基之前即在当时的东平，共有五万多军队，当初宗泽提出全军开赴前线解救汴京之围时，就是汪伯颜坚决反对，最后只给宗泽一万兵马前去。当金兵迫近京城时，阻拦宗泽抗击。靖康之耻后，极力反对宗泽、李纲的抗金主张，促请宋高宗一个劲向南逃跑。联合黄潜善同居相位，专权自恃，主谋南迁。

当然，这一切的主要责任还是要由赵构来承担。20岁也算是成年人了，为什么不能担负起历史的责任，担负起拯救天下、拯救人民的历史责任？春秋时期的晋悼公14岁被拥立为晋国的国君，非常有主见，执政十几年极其英明。战国时期的赵武灵王也是十六七岁即位为国君，极其英明果断，建立起一支以骑兵为核心的强大军队，叱咤风云。年轻国君有政治才能、有担当的大有人在。而国君是开明还是昏庸，最关键是看他亲近什么人，疏远什么人。诸葛亮在《前出师表》中说得极其清楚："亲贤臣，远小人，此先汉所以兴隆也；亲小人，远贤臣，此后汉所以倾颓也。"

道理归道理，现实是现实，赵构就是喜欢退缩和南逃，凡是劝他抗战的他都烦，劝他往南跑的就高兴喜欢。忠心耿耿的老将军宗泽前后给他上了二十四份奏折，反复陈情，请他返回京师开封，天下尚有可为。他连回去的念头都没有产生过。任凭宗泽如何着急，没有什么用。乃至老英雄抱恨而终。

就在宗泽上奏疏请求高宗赵构回銮的时候,岳飞也有些着急,他太关心朝廷的命运了,于是有一次满怀激情写了封简短的奏疏,附在宗泽的奏疏中一起呈交上去。宗泽能够允许岳飞将自己的意见呈交给皇帝,也可以看出宗泽对岳飞的信任。

岳飞的奏疏说:"陛下已登大宝,社稷有主,已足伐敌之谋。而勤王之师日集,彼方谓吾素弱,宜乘其怠击之。黄潜善、汪伯彦辈不能承圣意恢复,奉车驾日益南,恐不足系中原之望。臣愿陛下乘敌穴未固,亲率六军北渡,则将士作气,中原可复。"[1]

岳飞是很有胆量的,没有任何地位,就敢点名道姓地指责黄潜善和汪伯颜这样的大臣,确实需要勇气,更关键的是他对宋朝及其百姓的无比热爱,而岳飞最可贵的恰恰就是这种勇气。

岳飞满腔热血,但得到圣旨的批复是"小臣越职,不宜所言"八字,并下诏革除其军职。

皇帝的做法、朝廷的态度令岳飞百思不得其解,他异常郁闷,他窝囊,他愤怒,但无处倾泻。他无论怎么想都不能理解朝廷的意思,更不能理解皇帝的意思。回到自己的住处,喝了几杯闷酒,但越喝越郁闷,真是"举杯浇愁愁更愁",心情更加不好。躺到床上,迷迷瞪瞪就睡着了,睡着便进入了梦境。

梦中,他率军冲入金兵大营,一阵拼杀,正在兴高采烈之时,忽然醒来。渐渐,梦境退去,月光照进窗帘。外面的蛐蛐叫个不停。他无法入睡,睁大眼睛看着天棚。心如一团乱麻,理不出头绪来。于是起身到外面绕着台阶来回踱步。走着走着,一首词在他的脑海中渐渐形成。词牌便是《小重山》。

---

[1]《宋史·岳飞传》。

昨夜寒蛩不住鸣。惊回千里梦，已三更。起来独自绕阶行。人悄悄，帘外月胧明。

白首为功名。旧山松竹老，阻归程。欲将心事付瑶琴。知音少，弦断有谁听。①

人最怕孤独，而在当世在眼前没有知音的时候，无非是超越时空向前人去寻觅，或者写出作品向后世去传递。这首词写完，岳飞的情绪渐渐稳定下来。文学的最重要功能便是缓解内心的焦虑，也有向未来寻求知音的意义。

但宗泽并未执行圣旨，他不但没有将岳飞革职，反而还加以重用，将部下大将毕进统领的两千军队划归岳飞统领。这里顺便交代一下，这位毕进当时是一员骁勇善战的大将，他的儿子毕再遇后来成长为叱咤风云的人物，在其后宁宗朝韩侂胄北伐中是一路大帅，一把大刀杀得金兵哭爹喊娘，在对金兵作战中，只有毕再遇一军百战百胜，获取"大刀毕再遇"的美名。是历史上著名大将。这是后话，带过不提。

岳飞被提拔后，他统领的军队已经达到三千人了，而且还有骑兵。宗泽便派岳飞率领部下前往西京洛阳去驻守，保卫这座名城。于是，岳飞便离开了开封。

再说李纲罢相，高宗重用黄潜善、汪伯彦的情况天下尽知。黄、汪二人早已臭名昭著，顶风能臭出八百里，天下人对这两个人恨之入骨。而且朝廷对于义军也没有一个明确态度，本来燃烧起爱国激情的这些义军首领都大失所望，众首领各自散去，重新啸聚山林，当起强盗来。

宗爷爷是真心和义军结盟，义军真的是相信宗爷爷，但朝廷根本不

---

① 唐圭璋：《全宋词》，中华书局 1965 年版，第 1246 页。

理睬宗泽的一再请求，不给予答复，故这些义军便没有名分。其实义军首领们并没有马上就要军需粮草的意思，只要朝廷承认他们抗金的身份，承认他们是朝廷军队的身份就可以，可就这最低的要求也得不到满足，谁能不愤怒？

消息传来，宗泽眼睁睁看着自己辛辛苦苦创造出的大好局面毁于一旦，愤怒懊恼，大叫一声，仰倒在地，口吐鲜血，人事不省。夫人急忙传郎中前来。几位部下听说老将军突然发病，赶来探望。不一会儿，里外间屋就有十几人，都在焦急等待。

郎中到来，急忙先用银针扎人中，又扎几个穴位，宗爷爷总算苏醒过来。醒后，宗泽说背部疼痛难忍，郎中脱衣一看，老将军右肩胛下生一块大疽疮，又红又肿。连忙贴膏药，进行处理。老将军看看跟随自己征战多年的部下，老泪纵横，叹口气，道："因为二帝蒙尘，山河破碎，大好计划却得不到陛下批复，我才激愤至此，你们如果能够杀敌报国，我死也没有遗憾了。"

众人连忙表态道："我们一定努力杀敌，请老将军放心。"宗泽微微点点头。

稍停片刻，宗泽又断断续续吟道："出师——未捷——身先死，长使——英雄——泪——满——襟。"说罢，向大家摇摇头，又昏迷过去。

郎中和夫人怕人多影响宗爷爷休息，劝众将回去。但谁也不肯走，都要看着老英雄醒过来，脱离危险方肯离去。

过了大约半个小时，宗泽突然醒了，一下子坐起来，手指前方，仿佛在指挥千军万马一般，高呼："过河——！过河——！过河——！"声音之大，与平时指挥作战相差不多。喊罢，身子一软，停止了呼吸，眼睛依旧睁着，望着前方。

外面电闪雷鸣，风雨交加，天在哭泣，在震怒，在咆哮。

《续资治通鉴》（宋纪一百二）载："是日，风雨晦冥，异于常日。

泽将殁，无一语及家，但连呼'过河'者三。遗表犹赞帝还京，先言'已涓日渡河而得疾'，其末曰：'属臣之子，记臣之言，力请銮舆，亟还京阙，大震雷霆之怒，出民水火之中。夙荷君恩，敢忘尸谏！'"

出于对宗泽老将军的无比崇敬，笔者写诗《颂宗泽》云：

满腔忠义动豪杰，百万义军敬宗爷。
英雄虎胆为社稷，部署周严百战多。
慧眼先识岳鹏举，论功远过汉萧何。
临终尚在麾万马，大吼三声要过河。

他慧眼识岳飞，与当年萧何慧眼识韩信是可有一比的，但刘邦采纳萧何的建议而赵构根本不理睬宗泽的话，这便是最关键的地方。

宗泽死后，留下一封遗书，是上交给皇帝的。古代大臣死前，惯例都要向皇帝上《遗表》，宗泽遗表最后几句话说："属臣之子，记臣之言，力请銮舆，亟还京阙，大震雷霆之怒，出民水火之中。夙荷君恩，敢忘尸谏！"还用尸谏的方式请求鼓励高宗赵构要建立信心，重整山河。其忠心真的可以感天地，泣鬼神，却不能感动赵构之心。

宗泽死后将近百年，南宋理宗宝庆三年（1227），三十六岁的刘克庄是建阳县（今属福建省）知县。他的朋友陈韡（字子华）调知真州，兼淮南东路提点刑狱，路过建阳。真州即今江苏省仪征市，位于长江北岸，是靠近当时宋金对峙前线的要地。刘克庄在送别陈子华之时，写下《贺新郎·送陈真州子华》一词：

北望神州路。试平章、这场公事，怎生分付。记得太行山百万，曾入宗爷驾驭。今把作、握蛇骑虎。君去京东豪杰喜，想投戈、下拜真吾父。谈笑里，定齐鲁。

两河萧瑟惟狐兔。问当年、祖生去后，有人来否。多少新亭挥泪客，谁梦中原块土。算事业、须由人做。应笑书生心胆怯，向车中、闭置如新妇。空目送，塞鸿去。①

这首词对宗爷爷当年与太行山百万义军结盟共同抗敌的大义凛然和英雄壮举依旧热烈歌颂着，而对其未能成功表达了憾恨之情。"今把作、握蛇骑虎"是对当年朝廷无能胆怯的严厉谴责。可见宗泽的历史影响该是多么久远。正是：

抗敌声浪壮两河，百万义军敬宗爷。
可叹赵构非明主，错失良机可奈何？

---

① 唐圭璋：《全宋词》，中华书局1965年版，第2624页。

第七回

用人再错开封失守　皇帝昏聩扬州逃难

　　宗泽一死，赵构便任命杜充为东京留守，接替宗泽。这样，本来在宗泽手下的岳飞便顺理成章归属杜充了。这不但给天下带来不幸，也给岳飞带来不幸。当然，重用杜充的主意是黄潜善和汪伯颜给出的。但关键问题是赵构也不是三岁小孩啊！这得昏庸到何等程度啊！

　　杜充不但人品不好，而且没有一点善政和政绩，其人胆小如鼠，又一肚子坏水。河北归属宗泽的百万义军既得不到朝廷的承认，宗爷爷又死了，很多人都了解杜充的为人，他虽然没有顶风臭出八百里，也得臭出五百里，反正是够臭的。我有时真的不理解，高宗赵构怎么这样有眼无珠，在重要职位上重用错了这么多人。义军们对于朝廷已经完全失望，于是便各自为政，又混乱起来。

　　杜充是真正的小人，高宗赵构在用人方面真的是实在太差了。很可能是他身旁多小人，故所用多是同类。一把好牌打个稀烂，本来很有希望的局面越弄越糟。

我们再回过头来看看岳飞以及开封的情况。宗泽一死，东京留守位置出现空缺，高宗赵构便发圣旨任命杜充接替宗泽的位置当上了开封府的最高官，并负责两河汴京以及北路军事，即把宗泽的全部职责交给了杜充。

我们再具体看看这位杜大人的履历和近期的表现。此人生性残忍好杀，没有一点本事，就会吹嘘，好大喜功。徽宗统治期间，官场腐败透顶，这时爬上高位的多数是宵小之辈。

杜充，字公美，相州（今河南安阳）人，生年未详。靖康元年，他是沧州知州，金兵所过之处，生灵涂炭。燕京的百姓逃亡到沧州来寄居的人很多。

杜充怕这些人中有金人的奸细，便下令将新从燕京流亡来的几千百姓，不分男女老弱全部抓起来杀掉，极其残忍。毫无道理，丧尽天良。

建炎元年（1127），杜充升任为天章阁待制，北京大名府留守，权力和官衔都非常大。这时候，提刑官郭永向他提出几条非常切实可行而且应该马上实行的建议，但他根本不听。

从大帐出来，郭永仰天长叹，道："此人徒有大志而无才干，好名而无实学，真是'银样镴枪头——中看不中用'，重用这样的人，必误大事。嗨！骅骝拳跼不能食，蹇驴得志鸣春风！此人不会得善终，国事也不可为矣！"说罢，无奈离开。

就在金兵攻破开封的前夕，杜充还在帅府中在众位下属面前吹牛，大话道："什么运筹帷幄之中，那只不过是一种借口，是不敢到前线指挥。当统帅的就应该亲冒矢石。"

正在说大话的时候，有军兵来报，金军大帅之一完颜宗望率领东路大军杀来，杜充吓得脸色煞白，急忙令部下将黄河大堤掘开，企图用洪水阻挡金兵。一场大水不但不能阻止金兵南下，反而把淮河南北的许多村庄冲毁，二十多万百姓被突如其来的洪水淹没，惨不忍睹，接着便是瘟疫流行。

就这么个人，赵构居然让他来接替宗泽空缺的职务。杜充巴不得早点离开大名府，立即带领他的班底进驻开封。他到任后，第一件事便是立即取消宗泽的一切措施，终止一切北伐的举措。调岳飞立即离开驻守的西京洛阳，主动放弃这样一个重要城市，率军回开封听令。另一位统制薛广已经率领军队进驻相州，但接续部队王善和张用却因杜充的阻挠未能派出，最后薛广战死，相州陷落，守臣赵不试自杀死节。洛阳和相州两个重镇等于拱手让给了金兵。

就在宗泽死后不久，在黄潜善、汪伯彦这两位宰相的反复鼓吹下，赵构彻底放弃了开封以及河北、河东路的广阔领土和广大的百姓，任凭金人占领和宰割，而把行宫暂时驻扎在扬州。

粘罕统领金军从大同向东南进攻，他从黎阳渡河路过澶渊先去围攻濮州，濮州城池较小，粘罕很轻视，结果被濮州守将姚端劫营，赤足逃跑，险些被捉。而濮州也守了一个多月，最后筋疲力尽被攻破。

粘罕又进攻澶州（今河南濮阳），澶州军民奋起抵抗，坚决不降，金兵攻打三十三天最后破城，粘罕下令，将城中所有人口全部屠杀，乃至一位澶州在外地生活的人十几年后回到故乡，一个故人都无法找到。

转眼就到了建炎三年（1129）的春天。金兵又来了，分几路对宋属北方各州郡展开攻势，很多州郡陷落。敌军接近徐州，离扬州已不太远。前锋已渡过淮河，距离扬州只有几十里的路程。扬州的东、北两面完全暴露在金兵攻击的正面，而且无险可守，形势万分危急。但高宗对于这种局势居然毫不知情。因为黄潜善和汪伯彦终日报喜不报忧，高宗以为天下太平，可以安享荣华富贵了。

临时来到扬州的高宗，正在行宫中和两名爱妃玩投壶的游戏。在几案上放置一个绘画精美的壶，高宗和两名妃子站在 2 米左右的距离上，手拿一尺左右长的竹箭，瞄准壶口投过去。每人投三枚，谁进去的多谁为胜者。

还有更高级的玩法，就是投壶人背对壶，完全凭感觉从背后投进去。三人玩得兴高采烈，内侍邝询忽然风风火火地闯了进来。

高宗刚要发怒，邝询大声道："官家，别玩了！可别玩了！不好了，金兵杀来了，离城已经不远了。"高宗忙问："是真的吗？"邝询道："千真万确！"高宗一听，立刻吩咐道："赶快给我备马，立刻起驾镇江。"回头嘱咐二妃道："你们不要惊惶，一会儿随众人一起前往。"

说罢，急忙出宫，只带领自己的护驾亲兵一百多人以及内侍邝询、康履、蓝珪，便匆匆忙忙赶往镇江。黄潜善和汪伯彦一点也不知道皇帝已经先跑了，午后照常前来议政，这时，知情的内侍告诉他们，说万岁已经先往镇江，命令他们俩组织文武百官、后妃及应当撤离的人尽快撤走，马上到镇江去。

黄潜善和汪伯彦大吃一惊，立刻组织所有人撤离。一时间秩序大乱，乱糟糟的满街是人。守城的士兵都破口大骂："都是黄潜善和汪伯彦这两个大奸臣，两个兔崽子误国，才造成这种祸害。杀了这两个奸臣！杀黄潜善！杀汪伯彦！"虽然纷乱，虽然说法不一，却可以随时随地听到类似的口号声。黄潜善和汪伯彦知道众怒难犯，悄悄混迹在禁卫军中溜出城去。

司农卿黄锷和自己属下随着纷乱的人群往出走，快到城门时，一位属下问道："黄大人，我们此行要去什么地方啊？"还没等黄锷回答，一个士兵喊道："那个穿官服的就是黄潜善，杀了他！"乱兵蜂拥而来，黄锷和下属连忙辩白，可士兵的喊声太大，他们的声音完全被淹没，而且未等他们说完一句话，黄锷的脑袋已被砍掉。哪个庙里都有屈死的鬼，黄锷只因为与黄潜善同姓，便遭此冤屈，冤哉！枉也！

在荒乱的人群中，还有一个人更是狼狈，他就是太常少卿季陵，因为他负责家庙事宜，临逃跑时还要背上那些牌位。在拥挤中，几次把包裹挤掉，牌位也散了。逃难的人群中也没有人顾及他，他连忙捡起来，粗略数了一下，包裹起来接着跑，结果把太祖赵匡胤的神主弄丢了，任凭慌乱的人们踩踏。当他们辛辛苦苦跑到镇江的时候，意想不到的情况又发生了。

高宗跑到镇江，只住一宿，不顾大臣的劝阻，只听王渊的建议，连忙又逃向杭州，因为那里距前线更远，安全系数更高。

说到这里，就要把王渊灵魂深处的龌龊揭示出来。高宗赵构到扬州后，王渊担任的职务是御营司都统制，是主管调度渡江船只的总管，他利用职权，先调来一百多条大船，把他自己家的所有财物和亲眷都运送到江南，直接送到杭州他的家中。第二步是安排众多船只把大部分宦官的私财和亲戚等人送过江去。等到金兵逼近扬州时，几万兵马，几十万百姓都拥挤在长江北岸，而只有很少的船只可以用来渡江，士兵和百姓拼命拥挤抢登，掉在大江中不计其数，哭爹喊娘，混乱凄惨至极。因为他的家人和财产都已经运送到杭州，所以，当很多大臣建议高宗留在镇江或建康，这样便于与北方抗金的军队和义军取得联系时，王渊坚持到杭州去，说那里离前线远，更安全，并说那里有"重江之险"，高宗便采纳他的意见，也坚决要到杭州去。

杭州的原住居民对王渊已怀有深仇大恨。一年前，王渊曾到杭州镇压过一次部队哗变，在哗变军人已经投降臣服后，他又杀了一百四五十人，接着以搜查"赃物"之名，把杭州富商大户的家财狠狠搜刮一遍，这次用许多船只从扬州运来的家产，大部分是这些不义之财。[1]

"多行不义必自毙"，王渊这些劣迹，正在向自己的脖颈上套枷锁，这些债务早晚是要还的。但没有想到来得如此之快，如此之剧烈。

皇帝尚如此惊慌失措，怎么可以指挥前线作战？随后跟来的文武大臣及禁卫军官兵都是满腹牢骚，尤其是禁卫军的两名军官苗傅和刘正彦更是

---

[1]《建炎以来系年要录》卷二一，《建炎三年三月壬午》条附注所引朱胜非《秀水闲居录》。

生气，因二人曾经历许多征战，如今也未得重用，对于黄潜善和汪伯彦的奸佞行为早已恨之入骨，对于高宗亲近小人宠信奸佞的做法深怀不满。

高宗匆匆忙忙来到杭州，将行宫安置在府衙之中，而把随后接来的隆祐太后安置在显忠寺中，因为那里环境清幽，生活条件也不错。隆祐太后曾经在寺庙中生活过二十余年，对那种生活比较习惯。

一切刚刚安顿下来后，几名大臣联名上奏疏弹劾黄潜善和汪伯彦二人，列举了二十条大罪。件件都有事实，高宗对二人一直隐瞒敌情、造成狼狈出逃的情况已非常不满，也知道二人民愤极大，便将弹劾的奏章扔给二人看。二人看后，还在为自己推脱责任。高宗这才认识到二人官迷心窍，都到这个份儿上，还赖着不肯退位。于是将二人罢相，让黄潜善知江宁，汪伯彦知洪州。同时将其赶出朝廷，依旧是地方高官，没有受到应有的惩处。同时罢免两名宰相，就空出两个位置，而且又正是多灾多难、军政事务繁忙之时，焉能没有主持军政之人，于是高宗立即任命朱胜非和一直跟随自己身边的王渊为左右相，当然是朱胜非为首席宰相，负责政务，王渊兼管枢密院，负责军事，直接领导宫廷禁卫军。

一石激起千层浪，这一任命不但没有平息人们对于高宗偏信黄潜善和汪伯彦二位奸臣的不满情绪，反而加深了这种情绪，从而发生一件意想不到的事变，对当时非常糟糕的政治局势雪上加霜，使其更加复杂和严峻。

前文提到，两名禁卫军统帅苗傅和刘正彦对于高宗亲近小人，重用黄、汪二贼早已一肚子气。从扬州仓皇逃跑时便满腹牢骚，一直到镇江气也没消，这又跑到杭州，刚刚贬走黄、汪，又起用王渊。王渊和宦官走得近，早就引起一些人的强烈不满。此次从镇江跑杭州来，确实就是他的主意，他没有什么资历，没有任何功绩，却受到高宗的偏爱。这样的人物骤得相位，朝野之人都极其不满，也是可以理解的。

苗傅不到 40 岁，短粗胖的身材，络腮胡子，为人豪爽仗义，颇得士卒拥戴，手下有 30 名亲兵，绝对听从他的指挥。另外，他还有三千亲军，对他也是绝对忠心，号称"赤心军"，武器精良，训练有素，战斗力极强。刘正彦40出头，曾经在宗泽麾下当过军官，屡立战功，才提拔到现在的职位上。听说王渊当了宰相，苗傅便到刘正彦军营来发泄不满，恰好中大夫王钧甫也在那里。

一看苗傅气呼呼的样子，刘正彦明知故问道："苗大将军为什么事生这么大的气？""什么事？你还不知道？你说，咱们哥儿们出生入死保卫天子，结果天子却是这么个人。先重用黄潜善和汪伯彦这两个王八蛋，把好端端的形势弄得支离破碎，宗爷爷活活气死，前线军民浴血抗战，他却终日拥姬抱妾，金兵来了就知道逃跑。跑到镇江还不保险，又跑到这里来……"苗傅越说越气，声音也越来越大，王钧甫连忙打手势制止他，苗傅这才停下来。

王钧甫是文官，心比较细，对苗傅道："苗将军一片赤胆忠心可昭日月，但要防备隔墙有耳，说话还是注意点好。"刘正彦出门看了一眼，见附近没人，对守门的卫兵道："严格守卫，不准任何人靠近。""是！"士兵回答干脆。

刘正彦回到原来位置，压低声音说："苗老弟，你的话没错，万岁带着他的后妃家人，我们呢？我们的家属还在扬州城里，生死未卜，即使活着可能也在遭罪。这一切不都是万岁的昏庸无能造成的吗？如今，刚刚贬谪黄潜善和汪伯彦这两个大奸臣，又提拔专会玩弄权术的王渊，你说，他王渊干什么了？凭什么提拔他领导咱们哥儿们？"刘正彦也是越说越气。

王钧甫道："二位将军光生气也没有用，不能解决任何问题，弄不好传出去还会招来杀身之祸。"到底是文官，考虑事情实际。

苗傅一听这话，火腾地就起来了，对刘正彦道："刘将军，咱们不能就这么受王渊这小子的调遣。你说吧，咋办？"

王钧甫提醒道："王渊能够得此美差，是康履和蓝珪这两个太监的力量。王渊与这两个人关系那可不一般,也要防备这两个人。"

"把这两个男不男女不女的玩意儿也都一勺烩。"苗傅道。

刘正彦道:"如果杀了这三个人,那可不是一般的事了。你想,一个是皇帝刚刚重用的大臣,两个是皇帝身边的心腹,我们杀了他们,皇帝能饶我们吗?"

"我看,反正也是这么回事,不如来个一不做二不休,连皇帝也给他一勺烩。"苗傅是武夫,胆子真大。

刘正彦连忙摆手制止他,道:"那可使不得,万万使不得!"

"那你说怎么办?"苗傅有些着急。

最后议定,刘正彦、苗傅与幕僚王世修及王钧甫、张逵、马柔吉率领的"赤心军"先杀了王渊,再除去宦官。于是他们告知王渊临安县境有盗贼,希望王渊同意他出动部队。刘正彦道:"就按照咱们研究的办,明天早晨就动手,咱们恐怕要把天捅个大窟窿。"

"管他呢,舍得一身剐,敢把皇帝拉下马。那也叫英雄!"苗傅道。

这时,宦官康履的侍从得到密报,有一张疑似欲兵变造反的文书,上头有"统制官田押,统制官金押"的签名字眼,"田"就是"苗","金"就是"刘"的代号。康履密报给赵构,赵构要他找来宰相朱胜非,并使他通知王渊,康履说,苗傅等人近来总聚集在天竺寺附近,现在终于知道了他们的企图,并告知王渊,苗、刘所谓"郊外有贼"是要借口让士兵出外。于是当晚王渊埋伏了五百精兵在天竺寺外,城中惊慌,居民皆闭门不敢出入。但一夜平静,王渊以为就没有事了。

次日清晨,霞光万道,是一个难得的好天。暮春三月,是百花接力开放的季节,有的花开始凋零,有的花则刚刚开放,到处是姹紫嫣红的景色。西湖畔,白堤两侧,绿草如茵,上面点缀着五颜六色的小花。西子湖湖面碧波荡漾,在朝霞的映照下呈现着粼粼玫瑰色,那景致,令人心醉。

高宗到了这里,文武百官和内侍后妃等也都随行而至,但除了行宫附近显得繁华一些外，其他地方没有什么变化。西湖的水照样荡漾，灵隐寺的晨钟暮鼓照样响起，如今梅子刚刚结成。一切都很平静。

高宗到达杭州之后，因远离前线，比较安全，颇有民愤的黄、汪二人被遣往外地，引发动乱的因素已不复存在，面对山清水秀的杭州美景，他感到欣欣然，有一种满足感。他感到自己安全了，宝座坐稳了，但也隐约觉察出苗傅和刘正彦两位将军近来有些不满情绪，于是决定调在外面带兵的刘光世为殿前指挥使，统领禁卫军以及京师附近的军队。因为这是一项重要任命，所以文武百官都上朝听宣，隆祐太后也被请进内宫。

早朝不到半个时辰就结束了，百官开始退出。一切依旧平静，朝廷大殿中的香烟袅袅升起，花草的芳香随着轻微的和风在空气中弥漫。

王渊已经53岁，中等身材，中等学识，下等人品，但因为会说话，左右逢源，与内侍康履和蓝珪关系密切，故骤得美官。这王渊自从当上宰相，从心里往外地美，经常是不知不觉间就哼起小曲来。这天早晨，依然高高兴兴上朝，还站在百官的前列，这是以前从未有过的荣耀，他太得意了。下朝后依然高高兴兴骑着马优哉游哉走出宫城。一边走一边还唱着："大江东去，浪淘尽，千古风流人物……"好像他就是词中说的千古风流人物似的，昂首挺胸，美滋滋的。正是：

宗爷气死杜充来，大好河山尽丢哉。

黄河不保江防坏，一把好牌成烂牌。

第八回

激兵变皇帝遭禁闭　救危难太后稳危局

　　王渊哼着小调出了宫门，又出了北城的城门，走上护城河的桥，突然从桥下冲出来一伙禁卫军官兵，王渊大惊，一下子从马上滚落下来。带兵的军官正是刘正彦。王渊刚要爬起来，刘正彦不由分说，上前一剑，将王渊的首级砍下，干净利落，到底是武将，宝剑也锋利，他用手提着王渊的首级上马。

　　城里的苗傅见刘正彦得手，带兵一起拥向行宫宫门。上千人的队伍在旷野中作战显得不多，在城里可不算少。到宫门外后，苗傅和刘正彦下令，立即搜捕内侍，全部斩尽杀绝，一个不留。在外城的内侍算是倒了大霉，很快便被抓到一百来人，顷刻间做了刀下之鬼。哭声喊声震天。

　　康履一见，吓得屁滚尿流去报告高宗。高宗听说发生兵变，立刻哆嗦起来，连忙说："这可糟了，这可糟了，这，这，怎么办？这怎么办？"双眉紧锁。康履知道如果乱兵一旦进入宫中，自己的脑袋肯定保不住了，脸色苍白，哆哆嗦嗦。这两个人都在那里发抖，一个劲哆嗦，没有办法。

这时高宗也渐渐得到一点叛乱的消息，守宫门的中军统制吴湛和苗傅是好朋友，引导苗傅的手下进城，并高喊："苗傅不负国，只为天下除害。"

这一天，留在宫中值班的宰相朱胜非听见外面乱糟糟的，连忙出来观看，这才知道禁卫军在两位首领苗傅和刘正彦的领导下有组织地发动事变，已经杀了王渊，又杀了一百多太监。如今包围着内宫，但并没有攻打宫门和内宫的宫墙。朱胜非不知道这两个军官到底要干什么，便急忙登上城楼，见苗傅和刘正彦都红了眼，刘正彦手中还拎着王渊那颗血淋淋的人头，便高声问道："二位将军为何擅自诛杀大臣？"

苗傅比朱胜非的嗓门更高，道："朱丞相，这件事你管不了，你也做不了这个主，我们要面见圣上，直接跟圣上说明。"

朱胜非道："将军有话，我可以转达，何必非要见驾不可，千万不要惊了圣驾。"没等苗傅回答，里面守门的军官已经打开宫门，士兵们蜂拥而进，一边高喊："我们要见驾，我们要见驾。"古代京师，外城里面有内城，内城里面有内宫，内宫里面还有许多独立宫殿，因此，苗傅和刘正彦及部分禁卫军虽然进入内宫，但高宗所居宫殿依然还有一道宫墙。以前有天子宫门九重之说，就是指城中套城、宫中套宫的建筑格局，要见皇帝不知要跨过多少高高的门槛。

隆祐太后已到了高宗的宫里。朱胜非见状，知道皇帝不出面肯定不行了，这才急忙向内喊话，请高宗登上城楼，安慰官兵。

高宗听到报告，说朱丞相请他登楼晓谕官兵，知道自己是躲不过去了，只好硬着头皮，哆哆嗦嗦走出宫殿，主管仪仗的太监急忙把黄罗伞盖支撑起来，紧紧跟随。黄罗伞是皇帝的象征，好像将军的帅字大旗。高宗在内侍的搀扶下硬撑着走上城头。

高宗登上城楼，头顶上支起黄罗伞盖。他往城下一看，队伍也不成形，乱糟糟的一片，吵吵嚷嚷，刀光剑影闪动，鼻子尖马上热气腾腾，因为扶着墙垛，腿虽然哆嗦，但还可以站住。

苗傅和刘正彦先看到一个黄罗伞盖出现，接着在黄罗伞盖下一个戴冕旒的脑袋出现了，待脑袋稳定下来，才看清楚，真的是高宗皇帝，后面还站着几位官员。

毕竟是封建社会制度，毕竟有君臣之份，二人一见高宗，连忙跪倒，齐声道："臣拜见吾皇陛下，万岁万岁万万岁！"见他们二人还给自己叩头，高宗的心稍微放松一些，身上哆嗦的频率降低，提高声音问道："二位爱卿，领兵犯阙，究竟为了什么？"

苗傅高声答道："陛下信任中官，赏罚不公，我们浴血奋战，不闻封赏，内侍亲近之人，尽得高官。黄潜善、汪伯彦误国到这种程度，不加治罪，依然做高官，王渊遇到金兵不战，最先逃跑，只因结交陛下近侍康履，却当上枢密使，臣等自从陛下即位以来，功多赏薄，都感到不公平，现在已经将王渊斩首，在宫外的中官都已斩杀，但罪大恶极的康履还在万岁身边，请陛下将其绑缚交给臣，将其正法，以谢三军将士！"

高宗身边的康履一听点名要自己，立刻哆嗦成一团，哭着乞求高宗："万岁，救命！"高宗试探着回答道："黄潜善、汪伯彦已经罢官外放，康履朕也当重重责罚，按照惯例当遣送偏远地方。二位爱卿还是率领部队回营听信吧！"

"天下生灵无罪，都是中官擅权，蒙蔽陛下，如果不斩康履，臣等决不回营。"苗傅的态度斩钉截铁，根本没有商量的余地。高宗回头看了看康履，道："你看这架势，朕也保不了你了。"

康履扑通一声给高宗跪倒叩头，哭着哀求："万岁救命，万岁救命……"高宗回头看了一眼，哭丧着脸道："现在的架势，朕自己能否保住尚未可知，救不了你了。"说罢，一挥手，两个近侍架起康履，但不知怎么让他下去。因为大门还关着，没法出去。城上设备比较齐全，有人拿过一个大竹筐来，拴上绳子，把已经瘫软的康履放进去，从一个城墙垛把竹筐放下去。

竹筐一到地面，苗傅就像抓小鸡一样把康履拎出来，往地上一放，骂了声："奸贼！"一刀砍下脑袋来。康履已经被杀，高宗便道："两位爱卿，康履已交给你们正法，你们率兵回营去吧！"

苗傅和刘正彦也不宣布退兵，二人嘀咕一会儿，苗傅又高声说道："陛下，你本来不应当急急忙忙登上大位，如果渊圣皇帝回来，将如何处置？"渊圣皇帝指钦宗，当时只28岁。

听二人如此一问，高宗不好回答。朱胜非一直在高宗身旁，因局面太紧张，也没有他说话的机会。此时见自己说话的时机来了，于是便对苗傅和刘正彦道："二位将军，话不能这么说，圣上本意不想登基，是奉隆祐太后懿旨和百官恳切请求才不得不如此的。如今你们杀了王渊，又杀了一百多中官，又要求圣上交出康履，圣上都满足了你们的要求，你们可不能太过分。太过分了对二位不利。"话软中带硬，二人当然能明白是什么意思。

"那，你问问圣上，如何对待我们？"

朱胜非道："请二位将军允许我和圣上商量商量。"

"可以。"苗傅回答得非常爽快。

高宗现在虽然不哆嗦了，但也像霜打的茄子要瘟的鸡一样蔫蔫巴巴。朱胜非压低声音，只有他们两人可以听清，道："臣无能，让陛下受惊了。据臣所知，这两个人有勇无谋，现在整个杭州在他们控制之下，陛下暂时一切都答应他们，以后再缓图。"

"朱爱卿，你说现在咋办？"

"他们刚才问如何对待他们，就是要官，陛下就给他们官，先稳住

· 067 ·

他们，让他们退兵，其他就好办了。"朱胜非道。

"那你说，给他们什么官？"高宗现在一点主意也没有了。

"先封苗傅为'承宣御营都统制'，刘正彦为'承宣御营副都统制'即可，使他们统领禁卫军名正言顺。"朱胜非出谋划策道。实际这二人现在的权力就是这些，但没有名分，如此一封，二人的实际兵权没有扩大，但官位却显得大了。

高宗道："行，就这么办。"然后稍微提高声音对下面的人喊道："苗傅听旨。朕授命你为承宣御营都统制。"苗傅跪倒，道："臣领旨谢恩。"

"刘正彦听旨：朕授命你承宣御营副都统制。"

"臣领旨谢恩。"刘正彦跪倒再爬起来。

"二位爱卿已经受封，朕命你二人立即率领队伍回营。"

高宗的话稍微硬气一点，用命令的口吻。

下面的士兵乱糟糟的，有的乏了，干脆席地而坐，只有一些下级军官警惕性很高，在注视着事态的发展。苗傅和刘正彦两人也不退兵，又凑到一起商量起来。嘀咕几句后，还是苗傅说话，道："陛下即位以来，没有善政，我们请太后垂帘，才可以放心。"

高宗一听，立即应允，道："朕准二位爱卿所请，恭请太后垂帘就是，二位爱卿回营去吧！"

又停了片刻，刘正彦道："没有太后亲自面允，我们不放心，务必请太后亲自登楼回话。"这哪是君臣对话，简直是买卖双方在讨价还价。

高宗一听，他们还不肯退兵，又开始哆嗦起来，预感到事情要不妙。对朱胜非道："看来这两个人是不肯退去了，非要面见太后不可，太后不出来肯定不行了。看样子他们是非逼朕避位不可。但朕是太后宸旨确立的，还得请太后手诏方可。"

朱胜非看得清清楚楚，便安慰高宗道："陛下不必惊惶，臣这就去请太后出来，先答应他们。"接着，朱胜非对城下面的苗傅和刘正彦喊道："我这就去请太后，二位将军稍待片刻。"

刚刚散朝，太后还没有回去，在宫中休息，便发生了如此重大的事件。正因为太后还在，比较方便，朱胜非立即小跑着去请。

一路上，太后坐着肩舆，即两人抬的轻便小轿，朱胜非把情况大致告诉太后，请她见机行事。太后心中有点数了，即苗傅和刘正彦二人现在是骑在老虎背上不好下去，此时只能顺着他们，一旦惹急，什么情况都有可能发生。

两个轿夫有力气，直接将太后抬上城墙。太后下了肩舆，跟着朱胜非往高宗所在的正面城楼走去。高宗见太后来了，站起身来毕恭毕敬，请太后坐。太后道："请官家坐。"

高宗软白白地说："朕能不能再坐这个位置，就要看太后的了。"语调中多少有乞求的味道，太后听得出来。"官家先坐着，不要那么悲观。"隆祐太后安慰道。

隆祐太后从垛口往下一看，见士兵们松松垮垮，也没有队形，有的蹲着，有的坐着，但绝没有想要攻城的迹象。太后是见过世面的人，经历那么多磨难，知道事情不是几句话可以了结的，便对朱胜非道："看现在的形势，我不出去跟他们面谈是不行了。"

朱胜非很为难，道："太后，以您的尊崇地位和玉体怎能冒如此之险？"

"我不下去才真正危险。我必须下去，我都是死过的人了，还有什么可怕的！"太后决心出宫门。

"可——"朱胜非指了一下绳子拴着的竹筐，面露难色。太后看出了他的意思，道："我堂堂太后，怎能坐这么个玩意上上下下？随我下楼，打开城门，我要从城门出去。"

"能行吗？"高宗很害怕。

"他们如果想要攻城，恐怕城早被攻破了。不要怕，我就不信他们要造反。肩舆侍候！"太后非常坚决，起身下楼，不但要从门出去，而且要乘坐肩舆，朱胜非紧随其后。

城门洞开，太后和朱胜非大大方方走出来，果然没有人冲击城门。太后回身命令："关闭城门。"守门军兵不知什么意思，只能按照命令行事。"咯吱——咯吱——"厚厚的包着铁皮的大门完全关闭。

其实，隆祐太后的这种做法一是自己要面子，二也是表示自己敢于出城而且不想再回去的决心，要把事情彻底解决。

肩舆在前面空地上落下来，因为没有坐具，太后就坐在肩舆上没有下来。苗傅和刘正彦双双跪倒："臣参见太后千岁。"这两位将军和士兵们对这位太后的印象都非常好，格外尊重。

"平身！二位将军站起回话！"太后语气威严。

"是！"二人习惯性拍一拍两个膝盖，实际上面也没有尘土。

太后先问道："自从道君皇帝误信奸臣，才造成今日之大祸，不是当今皇帝之过错。今皇即位之后，惩处六贼，组织抗击金兵，没有失德。即使有些事情处置不当，也都是被黄潜善、汪伯彦两个奸人所误。奸人已经被贬黜出朝廷，这些情况，两位将军难道不知道吗？"

苗傅回答道："现在我们只相信太后，一定要太后亲政方可放心。请太后务必答应。按照道君皇帝的故事，皇帝传位给皇太子赵旉，皇帝当太上皇，由太后垂帘听政。"他们所说的皇太子赵旉是高宗之子，此时虚岁三岁，实际就一周岁多，不到两周岁，还病恹恹的。

隆祐太后非常为难，道："二位将军试想，就是在太平时代，此种事都很难办，如今大敌当前，我一个女子，抱一个三岁小儿，如何号令天下？何况，也容易被敌人轻视。请将军考虑。"

"那有什么不可以？只要太后能够亲政，我们就放心。太后如果不答应，我们决不回营。如果太后实在不答应，此事便无法了结，士兵们直到现在还没有吃饭，时间不能拖得太久。"苗傅是个直肠子，一条道跑到黑，绝不回头，话说得明白，太后不答应，就要另外拥立别人。

此时已经过午，士兵们很明显有饥饿感、厌烦感，有些躁动不安。隆祐太后见事态万分危急，转脸对站在身旁的朱胜非道："局势如此紧急，正是需要大臣决断之时，为何不发一言？"那眼神虽然不是所谓的递眼色，但朱胜非也理解太后的意思，马上看着苗傅对太后道："臣看二位将军决心已下，请太后恩准，立太子旉为帝，太后垂帘。"

"那还不赶快去办？"隆祐太后回答简练干脆。

隆祐太后的态度朱胜非一下子全明白了，答道："臣谨遵懿旨。"回头对苗傅和刘正彦道："二位将军稍待片刻，我这就上去和万岁商量。"说罢，对城楼上喊："把竹筐放下来，我再上去。"

竹筐缓缓坠下，坐进竹筐的朱胜非随着竹筐缓缓上去。朱胜飞坐竹筐上下城的本事见长。

坐在楼头上的高宗如坐针毡，也听不清楚苗傅、刘正彦和太后说话的内容，看朱胜非坐着竹筐上来，连忙起身。朱胜非来到身旁，高宗忙问："怎么样？怎么决定的？"

朱胜非气还没有喘匀，回答道："陛下不必着急，容臣慢慢说。"

"说吧。"高宗能不着急吗？

"形势十分急迫，太后已经答应他们的要求，请陛下禅位。"朱胜非道。

"怎么？太后同意让朕禅位？朕的皇帝就这么给废了？"高宗急不可耐，也不甘心。

"陛下不必惊慌，臣好友是苗傅下属，刚才告诉臣说，苗傅和刘正彦二人均忠心过头而学识不足，有勇无谋，现在只能暂时将皇位禅让出去，以解救眼前的危机，容当缓图。何况有太后垂帘，事情便有缓和的余地。"

高宗挥手让左右后退，附耳告诉朱胜非："朕今与卿利害正同，当为后图；图之不成，死亦未晚。"遂命胜非以四事约束苗傅和刘正彦：一曰尊事皇帝如道君皇帝故事，供奉之礼，务极丰厚；二曰禅位之后，诸事并听太后及嗣君处分；三曰降诏毕，将佐军士即时解甲归寨；四曰禁止军士，无肆劫掠、杀人、纵火。如遵依约束，即降诏逊位。①

朱胜非与苗傅等人一说，都满口答应。

高宗见只能如此，便写了一道禅位的诏书："朕自即位以来，强敌侵凌，远至淮甸，其意专以朕躬为言。朕恐其兴兵不已，枉害生灵，畏天顺人，退避大位。朕有元子，毓德东宫，可即皇帝位，恭请隆祐太后垂帘同听政事。庶几消弭天变，慰安人心，敌国闻之，息兵讲好。"②

自己主动退位，将皇帝宝座传位给皇子赵旉，隆祐太后亲自预政。朱胜非拿着墨迹未干的诏书再坐筐从城上下来。也够难为他的了，虽然属于中年，毕竟是朝廷大臣，就坐在一个竹筐里上上下下。

朱胜非这时成了忙人，竹筐刚一落地，急忙出来，将高宗亲笔写的传位手诏交给隆祐太后，太后看了一眼，随手让内侍交给苗傅和刘正彦。等他们看过后，太后道："二位将军，皇帝已经同意传位，你们该带兵回营了吧！"语气很严肃。

苗傅和刘正彦商量几句，苗傅回答道："遵从太后懿旨。我们马上收兵回营。为保证太上皇和太后的安全，臣等要安排布置一下。"

于是二人决定，既然高宗禅位，就不能再居住宫中，而应当让垂帘听政的太后和新君在此办理政务，高宗应当移居显忠寺，和太后交换地方。此时，刀把子在苗、刘二人手中，只能任凭他们摆布。

太后下令打开宫门，苗傅从"赤心军"中拨出五百人进入宫中，只允许高宗带领 64 名年老的太监和宫女随行。每个人都经过苗傅的严格检查，凡是看着不顺眼或以前曾经作威作福的太监，马上拉出来斩首。

---

① 《续资治通鉴》宋纪一百四。
② 《续资治通鉴》宋纪一百四。

高宗原来的侍卫官高湛与苗傅关系密切，留任继续负责高宗的保卫事宜，那五百名赤心军也归高湛统领。一行人进入显忠寺，便将显忠寺的牌子换下来，改为"睿圣宫"。

刘正彦的亲兵五百人保护隆祐太后进入皇宫，要求第二天便举行新君即位典礼，太后垂帘听政，处理军国大政。

事已至此，隆祐太后只能答应。这样，五百兵留下来，将太后所居宫殿严密保护起来，所有的宫门、侧门都设立了岗哨，就连狗洞都成为巡逻兵巡视的重点，就是一个苍蝇飞进去都要经过检查。苗傅和刘正彦这才率领队伍返回。

进入皇宫，回到后宫的一个寝殿，隆祐太后屏退侍女和守卫，一个人独自坐着发呆，疲乏感袭来，她觉得自己浑身酥软，简直像要瘫了一样。回忆刚才发生的一幕幕情景，不免感到非常后怕。这些军兵一旦控制不住，什么事情都有可能发生。自己决定从城门出去，也是凭借一时的勇气，是自己估计到苗傅和刘正彦还没有谋反，只是出于愤怒将事情越搞越大，收不了场，所以才冒险而出。当他们要求皇帝传位皇子，自己如果坚决不答应的话，也可能发生不测，因为他们会感到无路可退。不但自己和高宗的性命难保，有可能天下大乱。如今，自己出面主持政局，会缓解朝野舆论和在外面手握重兵的大将的抵触情绪。所以自己才接受这个现实。

如今，天下一切矛盾的焦点都在自己这里，刚刚感到轻松一点的两肩仿佛又压上了千斤重担，有些难以承受。她恨，恨这个多事的时代，恨自己为什么偏偏进入帝王家，偏偏遇上这么几个男人，或昏庸，或无能，或怯懦，丈夫哲宗人虽不坏，但耳朵根子软，又有刘娘娘、郝随、章惇、蔡京等人共同陷害，使自己含冤受屈二十多年。徽宗人也不坏，曾经想要为自己平反，但就是昏庸不明，又被坏人连放三把大火，自己险些命丧火海。金兵南来，二圣北去，在大宋朝命攸关的紧急时刻，自己在张浚的支持下一举扭转局面，把赵氏唯一的成年男子九王子赵构扶上皇帝的宝座。赵构当时已经21岁，算是成年皇帝，自己也算对得起老赵家，对得起太皇太后了。

可还不到两年，便发生这样的事，23岁的皇帝被自己禁卫军的两名军官软禁起来，而让自己这样一个中年女子抱着一个三岁大的小孩掌管兵荒马乱的天下，岂不是历史笑话？但是，事情已经逼到这种地步，自己必须要担起这个担子，尽管是千斤万斤，也必须坚强地挺起来。明天就要进行新君即位典礼，自己又要当一次主角，无论如何也得睡一会儿了。

次日辰时，新君即位典礼就在大殿里举行。隆祐太后身着太后的盛装，态度从容严肃，坐在旁边的椅子上，穿上临时做的黄色小衣裳的皇子赵旉被放在那把象征御椅的椅子上，等候着典礼的进行。

小皇子赵旉虽然算三岁，其实不满两周岁，开始时觉得坐在那里宽宽绰绰，屋子里人也挺多，烟雾缭绕，香味扑鼻，挺好玩的，故瞪着小眼珠看热闹，也不闹也不哭。

等宣读完传位诏书，宣布新君即位，在场的几十名大臣同时齐刷刷地对着他往地面上磕脑袋，还有不少人，胡子一大把，怪吓人的，小赵旉没有见过这种局面，不知道这些大人这是要干什么，吓得"哇哇"地大哭起来。

太后一见，连忙过去将孩子抱在怀里，一边用手心疼地抚摩孩子的脑袋，一边安慰道："别怕，别怕。"赵旉的哭声才停止。看来即使是叩头，如果叩错了对象，也有害无益。

这时，由宣旨太监宣读新君圣旨，尊退位的高宗为"睿圣仁孝皇帝"，隆祐太后因为是小皇帝的奶奶，故尊为太皇太后。改元，年号为明受元年，废止建炎年号。苗傅为武当军节度使，刘正彦为武成军节度使，朱胜非继续当首席宰相。诏告朝野，进行大赦，并对当时几位有兵权的大将张俊、张浚、吕颐浩、韩世忠、刘光世都进行调动。用的年号是"明受",即所谓"明受元年",所以,这次兵变又被称为"明受兵变"。

一切程序都已完成,小皇帝哭了几次,终于折腾完了。诏书传到前线,那些手握重兵的大将将会如何对待?他们的态度起决定作用。这正是:

明受兵变起苍黄,王渊康履理应戕。
大厦将倾须巨擘,江山再造太后强。

第九回

四将合心力挽狂澜　　苗刘无谋渐落彀中

诏书到达平江（今江苏苏州），枢密院签事平江留守张浚将其秘密扣押，不传达，不公布。张浚此时年仅33岁，血气方刚，正是大有作为之时，为人忠义，有胆识，大节方面立场很稳定，猜测出这道诏书不正常，年轻的皇帝怎么会主动禅让，一定是被奸人胁迫，朝廷中肯定发生了不测。正在烦闷之时，大将张俊求见。张浚连忙请进。

来人张俊当时是独自统帅一支军队的大将，与韩世忠一样，都是抗击金兵的主要将军。张俊当时手下有八千军队，久经沙场，战斗力非常强，是天下瞩目的抗敌英雄和战将，威望颇高。他的到来，他的态度都是至关重要的，张浚急于知道他是怎么想的。

张俊进屋见到张浚，一抱拳道："张俊这边有礼了，大将军别来无恙！"

张浚笑着抱拳答道："张浚这边还礼了，大将军别来无恙！"

"张将军，朝廷的诏书看到了吧？你怎么看？"张浚年轻，询问张俊。

"看到了。我还接到另外的诏书，命令我只带三百人到秦凤去，其他部队分散到其他将领属下，我觉得其中有问题，可能是奸人胁迫圣上辞位，又嫉妒畏惧我，故把我调开，我现在还没有交出军队，特意来找你商量怎么办。"张俊忧心忡忡。

张浚一听，道："真是英雄所见略同，我也猜测是朝廷发生变故，圣上一定被奸人所控制，因此你现在千万不要奉诏，不要交出兵权，咱们两个人合兵，力量就比较强大了，想办法起兵勤王，解救圣上。"

张俊听了，非常激动，道："好，我率部队暂时驻扎此处，等待时机。但投鼠忌器，圣上和太后尚在他们掌握之中，一切行动千万要慎之又慎。"

二人想法完全相合，都很兴奋，正商议间，突然江宁府派人送来加急牒文，此时的江宁府知府是有胆识的吕颐浩，张浚急忙打开阅览，一目十行，看完微笑着递给张俊，张俊一看，吕颐浩大意说万岁传位肯定被胁迫，请张浚倡议，兴兵问罪。镇江守将刘光世也派心腹来送信，内容几乎相同。二人见众志成城，大事可望成功，十分高兴。

张浚是当地地方长官，又兼朝廷枢密使签署的职衔，极力犒赏军队，人心大悦。两张部下摩拳擦掌，准备作战。几天后，朝廷发生的事情基本清楚，苗傅和刘正彦威逼皇帝退位，皇帝和太后都被两个人的军队严密控制起来，这些情况都清楚了。二人几乎是同时说："如果韩世忠将军也能加盟，则大事成矣！"

说曹操，曹操就到。大家都在盼望韩世忠时，忽然探马来报，韩世忠将军率领部队准备回京师，现在已经到达常熟，离此不远了。

张浚大喜道："盼谁谁来，天助我也，看来大事必成。"

张俊："请张将军修书一封，以枢密使签署的名义，向韩将军说明情况，请他加盟，同讨叛逆。"

张浚:"好,也请张将军以朋友名义修书一封,表明立场,那样更有力度。"

平江府衙后院的小花园凉亭里,环境优美。张俊、张浚、韩世忠三人鼎足形围坐在一张固定的圆形石桌旁,上面有几碟水果,每人前边茶盘中放着一个茶杯。周围有几名卫兵,手持明晃晃的利刃。外面还有一层卫兵。气氛很紧张。

张浚吩咐侍卫官道:"别搞这么紧张,好像如临大敌似的。让他们将里边彻底搜查一遍后都退到这个院的门外去,严密监视周围的情况,不准任何人进来。"

侍卫官:"是,执行命令!"

很快,气氛和谐清静下来。

张浚:"感谢韩将军深明大义,见到拙书立即赶来,多谢!"说完,抱拳一揖。

张俊:"是啊!韩将军之大义兄弟早有所闻。今日亲自赶来,大事成矣。多谢!多谢!"也一抱拳。

韩世忠:"二位张将军,应当感谢的是我。我远在外地转战,朝廷消息不灵通。二位能够及时将情况通报给我,免得我误信朝廷伪旨而酿成大错,是对我的最大信任和爱护。苗傅、刘正彦二贼本为天子禁卫军首领,不思尽忠君主,反而劫持天子和太后,罪大恶极,我韩世忠绝不和此类叛贼同戴一天,誓死讨伐。"

张俊、张浚同时:"说得好,韩将军,我们都一样,誓与逆贼不共戴天!"

韩世忠:"二位张将军,说吧,我们该怎么办?研究一下具体行动方案吧!"

三个人稍微往中间凑了凑,小声商量起来。

外面站岗的士兵挺直腰板,精神集中。巡逻的士兵沿着小院的围墙进行巡逻，警戒极其严密。

谈到最后，张浚严肃起来，问："今日之事，孰逆孰顺？"韩世忠和张俊皆说："我顺彼逆。"张浚道："浚若迷天悖人，可直取浚头颅归贼，即日富贵矣。不然，一有退缩，当以军法从事。"[①]实际等于是三人的盟约。

太阳开始西斜。三个人都露出轻松的笑容。

张浚："那好，我就不推辞了。因为我在这个位置上说话方便，我就统一协调，与二位将军多保持联系。"

说到此处，张浚来到军事地图前，指着地图部署道："韩将军暂时继续驻扎秀州（今浙江嘉兴），休整训练，张俊将军将一部分军队迁回到杭州之南驻扎，吕颐浩的队伍在金陵部署，这样对杭州形成一种包围的态势，估计二贼不敢轻举妄动。但万岁和太后在二贼手中，城狐社鼠，我们一定要慎重再慎重。寻找机会，等待机会。"

张俊："那就如此安排。韩将军要多出力，因为韩将军还有夫人梁红玉啊！久闻嫂夫人大名，不知何时能见到嫂夫人的美貌？"

韩世忠："那好办，等此次勤王成功，我摆酒席庆祝，请二位张将军光临，让你嫂子给你们敬酒。只因为红玉此时还在杭州城里，如果在身边，现在就让她见你们。"

张俊、张浚："怎么，嫂子在杭州城里？"

韩世忠："是，前些日子我护送陛下到杭州时，考虑前方战事紧张，你侄太小，我就把他们母子俩留在杭州了。没想到会发生这样的事情。"

张浚："那我们行动更加要谨慎了，无论如何也要保证嫂子和小侄的安全。"韩世忠："你嫂子是见过世面的人，武功也好，她会保护好自己的。一切以大局为重。"

[①]《续资治通鉴》宋纪卷一百四。

按照张浚的安排，韩世忠率领部队南下东进，进驻秀州，扼守要冲，离杭州仅一百多里，形成威慑态势。

隆祐太后除了有时抱着两岁的小赵旉像演戏那样出席早朝外，什么事也管不了。苗傅和刘正彦把持全部权力，什么圣旨、懿旨都是他们俩的意见，只不过借用皇帝和太后的名义罢了。

高宗更惨，被牢牢困在睿圣宫中，外面的情况一概不知。此时的他，真正是菜板上的鱼肉，人家随时可以宰割。他忧心忡忡，头发眼看着变白。想要与太后取得联系也不可能，只能苦苦等待，等待上天的意志。

听说张浚、吕颐浩、张俊、韩世忠联合起兵勤王，苗傅和刘正彦非常恐慌，他们加紧了对高宗和太后的警戒，增加岗哨，严密布防，形势骤然紧张起来。

张浚先派人来游说苗傅和刘正彦，对他们俩坚决果断清除干预政事的宦官给予高度赞美，称赞他们的忠诚，接着要求他们解除对高宗的软禁，恢复高宗的帝位。否则，将成为历史罪人。

苗傅和刘正彦现在还比较信任朱胜非，有事就找他商量。这时，派人将朱胜非请来，研究目前的严重局势和采取怎样的对策。

苗傅和刘正彦及他们的两个谋士王钧甫、马柔吉正在密谋，表情都很紧张。见到朱胜非到来，四人停止谈话。朱胜非落座后，苗傅说道："我们请朱大人来有重要事情商量，因为有些事要有你的支持才可。"

朱胜非道："现在局势确实很紧张，咱们应当协调一下，好统一行动。"

现在朱胜非实际代表朝廷百官的意见，也可以代表高宗和太后，临时的京师中现在实际上只是两种政治势力，一种是苗刘逆贼的势力，一种是正规的朝廷势力，而朝廷势力的真正代表人物都被软禁起来，能够有自由有点发言权的只有朱胜非了，故他的意见极其重要。"咱们""协调""统一"几个词使苗刘二人感到非常舒服。

还是苗傅说话，道："目前情况很紧张，叛逆张浚拒不接受诏命，联合张俊、吕颐浩、韩世忠等乱臣贼子，好像有要进攻的架势。我们目前有几种选择，一个是保护睿圣太上皇、皇帝和太后离开这里，转移到福建、广州一带，既可远离金兵的进攻，也可以暂避几位乱臣贼子的兵锋。"

谁是乱臣贼子，现在还真不好说，因为圣旨都是加盖御玺后正式发出的，从程序和形式上看没有问题。不奉诏就可视为乱臣贼子，如果站在苗傅、刘正彦的立场看，此话也有道理。其实，谁是乱臣贼子，谁代表正义，都由最后结果看，并不取决于当时。

刘正彦看了看朱胜非，没有吱声。朱胜非没有想到苗傅等人有这种想法，暗吃一惊，稍一思索，从容回答道："这样做不妥。二位将军试想，睿圣皇帝、小皇帝、太后和后妃、文武百官是何等庞大的队伍，如何保护？一旦出现闪失，那可不得了。而且，我听说，张俊的部队已经迁回到南方，如果咱们要是出城，难免遭遇，一旦打起来，如果有人将睿圣皇帝或者太后保护过去一个人，咱们就完了。因此，万万不可如此行事。"

刘正彦听完，道："朱大人说得有理。苗兄，你还有什么想法？"

苗傅道："几路大军中，韩世忠的军队最能打，而且离我们最近，他的妻子和儿子目前在京师里，已经被我派人控制起来，咱们把他的妻子和儿子抓起来做人质，他胆敢进军就杀他妻儿，只要韩世忠的军队不参与，就好办多了。"

"可以，这是个办法。"马柔吉说。

朱胜非摇了摇头，道："我的看法和你们正相反。试想，韩世忠军队进驻秀州已经几天了。秀州到这里不过一天多的路程。如果进兵，早已兵临城下。而他停止不前，丝毫没有进兵的迹象。我猜测，韩世忠现在是首鼠两端，在观望事态的发展。如果我们拘押他的妻儿，他孤注一掷，只能和我们为敌了。如果我们将他的妻儿礼貌地护送出去，尽量照顾好，韩世忠很可能会站到我们这边来。这几个人，只要能够稳住韩世忠，则不会有大事，如果能够把韩世忠争取过来，其他人便没有什么作为了。而且，睿圣皇帝和太后还在我们的严密保护之下，那几个人怎敢贸然进兵？"其实，是暗示苗刘二人，即使没有韩世忠妻儿，还有皇帝和太后，这不是更重要的人质吗？

苗傅听着，思索，刘正彦道："朱大人说得有道理，可行。"

"好，就这么办。"苗傅表了态，就算最后决定。

梁红玉和儿子韩亮住在一个不大的小院里，苗、刘二人发动的政变太突然，事前没有丝毫的迹象，故梁红玉没有任何思想准备。等到她知道局面的严重时，住宅已经被严密监视起来。如果她只身一人，要出城没有任何问题，但还有一个三岁的儿子，这是她和韩世忠唯一的骨血，她不能冒任何风险，何况苗、刘二人一直没有加害她们母子的迹象，她只能静观其变。

但她一天也没有放松演练武功，每天三更到五更都到后面的一个小空场去踢腿打拳练剑，以保持健壮的身体和精湛的武功。

这天，刚吃过早饭，突然来了一队官兵，通过装束梁红玉就认出来了，这是京师禁卫军中的赤心军，是苗傅的嫡系，为首的军官正是苗傅。苗傅与韩世忠比较熟悉，也认识梁红玉。

见到梁红玉，苗傅抱拳行礼道："给韩夫人请安。数日来杂务繁忙，也未来看望夫人，请原谅。"

梁红玉不是戎装，双袖一搭，躬身还礼道："不知将军到此，未能远迎，还乞见谅。"苗傅将自己的来意说明，意思是他们对于韩世忠将军以及梁红玉仰慕已久，如今韩将军已经到达附近的秀州驻扎，他要派兵保护梁红玉母子前去与韩世忠团圆，以享天伦之乐。并请转告韩将军,不要听信谗言,他们对太后和圣上是忠心的。

梁红玉是何等人物,马上明白了苗傅的来意,夸奖几句,无非是宦竖可恨,他们的做法是为民除害云云。对苗傅的关照表示感谢,并说要把苗傅的深情厚谊转告韩将军。苗傅听了很高兴。梁红玉又向苗傅提出,出城前先去谒见太后,苗傅答应。

此时,朱胜非已进宫去面见太后。以前,任何一个大臣也不能单独见太后,更不准商量事情。但这几天和苗、刘二人周旋得很有效果,苗、刘对朱胜非已经放松警惕,他单独见太后时,有时就没有人跟着了。这次也是如此。

太后见朱胜非到来,问道:"这两天情况如何,苗、刘二人有什么打算?"

朱胜非面露喜色,道:"臣带来好消息了。"

太后问:"什么好消息?"朱胜非看见太后身后还有一个老妇人,他不认识,就对太后道:"请屏退左右。"

太后明白他的意思,就说:"此人是张妈妈,曾经教过哲宗读书,绝对是自己人,卿但说无妨。"

朱胜非这才说道:"王钧甫说这两个人无能为,果然如此,今天已被臣说服,让韩世忠将军夫人梁红玉出城。这样,就可以将城里的消息带出去了。臣估计,梁红玉出城前肯定来谒见太后,商讨如何扭转局面。"

太后一听,马上感觉一阵轻松,看来是有希望了。稍加思索后,与朱胜非小声商量几句,朱胜非连连点头。于是,太后提笔写一封密诏,封入一个蜡丸中,专等梁红玉到来。朱胜非退去。

果然,辰时刚过,梁红玉求见,太后立即宣进。梁红玉领着三岁的儿子保义郎韩亮一起来的。韩亮虽然仅三岁,因韩世忠和梁红玉夫妇抗战功劳卓著,已经封郎。小孩长得丰满周正,精神健康。梁红玉此时是一身戎装，披着大红色斗篷，飒爽英姿，满身都透着英气。

梁红玉一进内殿，看见太后，跪倒见礼，道："臣无能，不能保驾，让太后和万岁遭受如此磨难，罪该万死。"说罢，流下泪来。

隆祐太后不知是高兴还是激动，一边流泪一边连忙起身将梁红玉拉起来，道："快快请起。事起仓促，你何罪之有。你们母子平安，老身非常欣慰。快坐下，时间不多，咱们抓紧研究一下。"

隆祐太后和梁红玉研究了大约一刻钟的时间，确定一个方案。因为时间太长怕苗刘二人生疑，太后将准备好的蜡丸交给梁红玉，梁红玉藏好，领着儿子出宫。苗傅的手下已经准备好一辆马车，梁红玉和儿子及丫鬟上车坐好。苗傅的亲兵一直送到城外。

果然，几天后，韩世忠派心腹给苗傅和刘正彦送来一封密信，感谢他们照顾自己的妻儿，并说他不会起兵与他们为敌，暂时驻扎在秀州休整。十多天，韩世忠方向没有任何动静。苗傅和刘正彦感到很轻松。

在秀州城郊区一个军队教练场里，韩世忠在紧急训练部队，工匠们在加紧制造云梯等攻城器械。骑兵在紧急收集训练马匹，要在短期内建立一支五百人的骑兵队伍，以便于急速行动。这正是：

危如累卵靠周旋，见机行事倩紫岩。
立场坚定谋划密，功臣辩士属冯轓。

第十回

建奇功韩世忠凯旋　　敬英雄梁红玉择偶

梁红玉和儿子韩亮的归来，令韩世忠充满了幸福感。他不由自主地回忆起前事来。

当年，韩世忠等人征讨方腊凯旋。途经京口，骑马过市，百姓夹道欢呼。韩世忠等挥手示意，面带笑容。众多将领中，韩世忠最为年轻，铁甲钢胄，一袭战袍，英姿勃发，气宇轩昂。

人群中有人呼喊："看！那个人就是韩世忠！擒方腊的英雄！"

群众欢呼："韩将军！韩将军！"

韩世忠挥手向两边群众致意，微笑，心里美滋滋的。

一女子夹在拥挤的人群中，目不转睛地望着经过面前的韩世忠，一直到队伍走远。身边的丫鬟看着她抿嘴笑了笑，一只手在她面前晃了晃，道："小姐，走吧！怎么走火入魔了？英雄也看过了，咱们回家吧，晚上知州大人还要邀小姐去演练舞蹈呢。"

女子笑着说："我就是想看看我们日日排练歌舞，是表演给什么样的人看。"

丫鬟："有名震天下的梁红玉为这些将军表演，是他们的荣幸嘛！"

梁红玉："只是知州大人命我编排的歌舞没什么新奇之处，唉！"望着远去的队伍思考。

锣鼓声传来，知州的轿子落在街心，众将军勒住马匹。知州出轿迎上前来拱手道："京口知州西门峻峰恭迎各位将军凯旋！各位将军征讨方腊功高盖世，为我大宋又立下大功！下官代表京口百姓向将军们感恩致谢！"

众将军纷纷翻落马背，向知州回礼。

知州："军士们一路跋涉，必然疲惫，下官已安排好休息住所，将军们带领军士们不妨在城中休整三日，再向京城进发。"

此次征方腊的最高将领辛兴宗抱拳："那就多谢大人了！"

知州府邸的后园，庆功宴正在热烈进行。知州与辛兴宗、韩世忠等将军列席而坐，韩世忠坐在末席。乐曲响起。

知州举起酒杯，向辛兴宗致意，并说道："将军此番立功，朝廷上下称赞不绝，下官先敬将军一杯，以表敬意。"

辛兴宗："多谢大人为兄弟们设宴款待！"举杯。

知州司马峻峰："各位将军，辛苦了！同饮！"

知州："这第二杯酒，再敬辛将军。近日有闻朝廷要犒劳诸位，辛将军也要加官晋爵，将军前途无量啊！"

辛兴宗兴高采烈，举杯道，"方腊等毕竟是江湖贼寇，辛某运筹帷幄，必然决胜千里之外！哈哈哈！"

韩世忠侧身看了辛兴宗一眼，心中不快，非常郁闷，自斟自饮，喝了一杯。辛兴宗傲气十足，颇为自大。其实孤军深入的是韩世忠，生擒方腊的也是韩世忠，朝廷加官晋爵却根本没有韩世忠。

众人微微有些酒意时，知州吩咐歌舞表演开始。

一行女伶随着乐曲徐徐来到众人面前。轻歌曼舞凝丝竹，楚腰纤细，弱柳扶风。这种宴会大抵是这种歌舞，柔软缠绵，美女如云。纵然花样翻新，细品来并无太特别之处。

韩世忠看着眼前的歌舞，心底失落，自斟自酌。

台上的女伶渐舞成一个圆圈，面朝外，腰向圈内弯，轻扬手臂，长袖纷飞。突然，乐曲变音，古筝一声声，如行云流水，众人闻声，不禁同时把目光聚到圆圈中心。刹那间，乐伎们双臂外展，自纷飞的长袖间舞出一女子，竟如飞一般，在空中舞动，婷婷袅袅。

韩世忠眼前一亮，喝彩道："好！"众人连连称赞，蔚为奇观。

韩世忠："白云出岫，凌波微步，只有习武之人才能达到如此境界，天下竟然有这等女子，叹为观止！"

知州："将军们，这就是名闻天下的侠女梁红玉。下官今日有幸请来为各位将军助兴。"

韩世忠："哦？早有耳闻，说京口有此人，出身寒微，沦落娼门，但心高气傲，武功高强，而且容貌美丽，令那些浪荡子弟垂涎三尺，但都无法接近。可是眼前之人？"

知州："正是，正是！梁姑娘听说为征讨方腊的英雄献艺，欣然应允。"

女伶随着乐曲的渐弱缓缓退下，此刻，战鼓声响起，一声，两声，三声，越来越紧，越来越急，越来越密。台上四角均有一面战鼓，四名男子猛烈击鼓。彻动天地。

众人一边诧异，一边饶有兴趣地看着这场别开生面的表演。

知州得意地笑了笑。韩世忠微微颔首。

鼓声阵阵，三十名妙龄女子戎装出场，一字排开，巾帼红颜，英姿飒爽。梁红玉此刻从天而降，扬手卸去披在身上的水红色长纱，一身戎装，稳稳地飘落在舞台上。

众人齐声喝彩。

韩世忠笑道："咱们大宋江山多奇才，巾帼出英雄，不爱红装爱武装，比得上我三军将士了！佩服！佩服！"

梁红玉向众人抱拳施礼："小女子梁红玉见过英雄。红玉闲暇时惟好钻研武艺，今日能为英雄们献艺，实为三生有幸！红玉不才，班门弄斧了！"说罢转身，如将帅统领三军，带领那三十名女子操练起来，为大家上演一场沙场武战的表演。

辛兴宗哈哈大笑，得意忘形："梁红玉果然名不虚传！"

知州："天下奇女子。"

梁红玉在战鼓声中为"士兵们"做示范，拳脚拼杀，勇猛不逊男儿。一时间舞台竟如战场，喝声不断，声势壮大，将军们犹如回归吹角连营。

表演过后，恢复平静。梁红玉来到台前，抱拳道，"请问在座将军，哪一位是擒方腊的英雄？"

众人的目光都射向韩世忠。

韩世忠站起身来，向梁红玉一笑，"在下韩世忠。人都称姑娘侠女，想来是江湖义气，今日相见，让在下对'侠'字有了另外一番感悟。"

梁红玉："怎讲？"

韩世忠："侠义之人，以锄奸去恶为常，以济道扶贫为本，以慈悲为怀。而见到姑娘，方知侠义之人更重要的是有报国之心，这颗报国之心，实在难能可贵，姑娘方才演练，竟如沙场杀敌，奋不顾身，勇往直前，可敬可敬！"

梁红玉注视着韩世忠，眼里是默默的赞许："韩将军一语道破红玉所想。可惜红玉只是一小女子，只恐此生没有机会驰骋沙场。"

韩世忠："且莫如此想法。只要报国之心在，就是天下英雄。"

梁红玉："红玉虽不才，但恳请与将军切磋一下武艺，不知将军愿否？"

韩世忠："请！"

全场一下子肃静下来，所有的眼睛一下子集中到两个人身上。

两人台上互相抱拳施礼。

韩世忠："先切磋拳脚吧！"

梁红玉："请将军先进招！"

韩世忠向前进步，一掌打出去。梁红玉轻轻一闪，用右手轻轻一拨，韩世忠掌风过去。接着，梁红玉一个鹞子翻身，凌空而起，一脚对着韩世忠的前胸而来，眼看就要踹到，韩世忠一个豹子跳涧，蹿出一丈来远，躲开梁红玉的秀脚。立地站稳，稳如泰山。

梁红玉见韩世忠身形迅疾，轻功不错，腿虽走空，但腿是虚实相间，立即变实为虚，收回后轻轻落地，如同一只猫飘然落地，没有任何声息。

二人对视一下，谁也没说话。接着，开始继续进招，一趟拳脚下来，韩世忠微微带喘，梁红玉面露红润，二人打个平手。

接着比试兵器，梁红玉用剑，韩世忠用刀，比试到最高潮时，只见刀光剑影看不清人身。最后也是平分秋色，谁也胜不了谁。

刀剑入鞘，二人互相一抱拳，几乎同时说道："好功夫，名不虚传。"

座席上众人鼓掌喝彩。

知州笑道："两位的表演才是最精彩的，让大家大开眼界了！"

第二天，梁红玉练剑结束，回到里间屋看《孙子兵法》。丫鬟梁小玉在外间屋打扫卫生。有人叩门。丫鬟梁小玉："谁啊？"韩世忠："在下韩世忠。"

梁红玉听到，喊："小玉，快开门！"门打开，韩世忠带着一随从进来。

梁红玉急忙迎出，抱拳施礼，道："韩将军，不知来访，有失远迎，将军莫怪罪。"

韩世忠道:"在下来访,实属冒昧,怎敢怪罪姑娘。还望姑娘不要怪罪在下才好。"

梁红玉脸微微一红,道:"韩将军,不妨到敝室品茶小叙。"发出正式邀请。一般人很难进入梁红玉的房间。

韩世忠道:"叨扰了。"

韩世忠随梁红玉进入一个宽敞的房间。外间是会客厅,虽不大,但简洁高雅,窗明几净。梁红玉一指客位的那把椅子,道:"将军请坐,我刚刚练剑,待我到里间换衣服,小玉看茶。"因为穿着练武的紧衣紧裤接待客人显得不礼貌。说完,转身进了里间。

梁小玉聪明机灵,答应一声便去沏茶,片刻间端上来。

韩世忠说了声:"谢谢!"接过茶来,一边用茶杯盖轻轻扇几下热气,一边观看屋里的陈设,无形中发现前边的几案上放着《孙子兵法》《六韬》《三略》,而且已经翻阅多次。韩世忠感到有些惊异,一个民间女子学习兵法,绝无仅有。

很快,梁红玉换上女儿装出来,身材窈窕,虽未化妆,却是天生丽质,唇红齿白,上身紫色绣罗襦,双重心字浅蓝色衬衫,下身杏红镶边裙,眼若秋水,眉似春山。含情脉脉,袅袅婷婷,对韩世忠飘然一拜,已不再是抱拳的武人礼节,而是世俗间的女儿之仪。"不好意思,让韩将军久等了。"

韩世忠心中一动,连忙还礼,道:"想不到姑娘还学习兵书,末将实在佩服之至!"

梁红玉:"昨日韩将军所言极是,天下纷乱,敌人入侵,生灵涂炭,稍有良心的大宋子民便不能不产生同仇敌忾之心。闲暇时看一看兵书,不过是纸上谈兵,恨无用武之地,让将军见笑了。"

韩世忠注视着梁红玉,说道:"天下红颜,像姑娘这般的豪情壮志,实在难得。"

梁红玉："将军，红玉多言了——昨日在宴会上看到韩将军时，为何竟有些闷闷不乐？战贼寇，擒方腊，本是大快人心，功不可没，可红玉看韩将军似乎并不高兴。"

韩世忠右手敲在桌上，"姑娘见笑了，朝廷封赏，我并不在内。"

梁红玉怔一怔，颔首，微微一笑，"韩将军很在意吗？"

韩世忠："说不在意，倒不是真的。固然，沙场杀敌，并非为寻觅封侯，但此次功高，却官低奖薄，多少是有些怅然。"说罢，饮茶若酒。

梁红玉起身亲自为韩世忠斟茶。"韩将军，名利本是无常之事，又何必在意呢？倒是将军声名早已远扬，纵然不得加官进位，也是天下英雄！将军深入洞穴，勇擒方腊，早已成为美谈，什么样的奖赏军功能够抵得上百姓的口碑？将军昨日劝我要时刻怀着一颗报国之心，我很是感叹，以国任为己任，以国难为己难，方是人间至情英雄！韩将军，人生一世，还需淡泊了这名利，造福一方百姓，卫我疆土安宁！生前身后名，不过都是烟云过眼罢了。"

韩世忠起身作揖道，"姑娘此番话，真令在下汗颜！枉我徒有报效国家之念了！"

梁红玉连忙起身："将军不要这样，折杀红玉了！"

韩世忠："不，你的话惊醒了我，心中的芥蒂早已荡然无存。"

梁红玉看了看韩世忠："这才是我……大家心目中的英雄。"因失语，脸微微的红。

韩世忠："是吗？"

梁红玉颔首，微笑。

小玉进客厅，走到韩世忠面前，一拜，"将军，小玉已代小姐备好酒菜，将军今日中午在这用餐可好？"

韩世忠："好个机灵的丫头！"

小玉:"谢韩将军夸奖。小玉啊,只是小聪明,我们小姐才是大智慧。有多少王孙公子、达官显贵想结交我们家小姐,小姐都置之不理,小姐说……"

梁红玉喝道:"小玉,多嘴!"

小玉伸了伸舌头,做了个鬼脸,退下。

梁红玉看着韩世忠:"韩将军,见笑了。小玉顽皮,不要听她胡言乱语。"

韩世忠定定看着梁红玉,片刻的沉默,又道:"'小姐说……'小姐说什么呢?红玉,可以告诉我吗?"

一句话拉近了两人的距离。

梁红玉深情看着韩世忠,"将军真的想听?"

韩世忠:"红玉可以不回答,如果你愿意用这一生的时间来告诉我这个答案?"

梁红玉:"将军……"

深夜。梁红玉闺房,亦是洞房。红烛高烧。韩世忠和梁红玉坐在喜床上。

韩世忠右手轻轻托起梁红玉的下巴,目光流连在梁红玉的脸庞上,温存至极,"红玉,想不到这么快我们就成了夫妻。"

梁红玉羞涩地笑道:"是啊,认识你,不过是前天的事情,只有三天时间,我就成了你的夫人。"

韩世忠:"知州大人肯做媒人,成全了你我,不过,我认为成全我们的还是我们自己。你说呢?"

梁红玉:"那天在人群中,第一眼看到的就是你。你那么气宇轩昂,英姿飒爽。后来,在宴会上,你的一席话语惊四邻,说到了我心里,让我感慨万分。小玉说得对,王孙公子、达官显贵,我是全然不会理睬的，我等的人如果永不到来，那么我就一直等下去。"

韩世忠："我不是及时到来了吗？命运真是奇妙，你的出场让我那样震撼，你的见解又何等高深，让我自愧不如。"

梁红玉："将军，眼下天下纷乱，我要随你战场杀敌，不能再闲居这京口了。"

韩世忠："好，目前前方战场情势对我大宋极为不利，你我夫妻二人要并肩作战，奋勇杀敌，戎马天涯，捍我大宋万里江山！"

梁红玉点头。韩世忠深情地拥她入怀。

就这样，韩世忠和梁红玉喜结良缘。两个人婚后才逐渐知道对方的一些其他自然情况，包括年龄、家庭、经历等等。当年韩世忠32岁，梁红玉23岁。这便是缘分，无论人们信与不信，缘分确实是存在的，尤其是婚姻，更是说不清道不明的事情，夫妻的结合最主要的因素就是缘分。阴差阳错，该是鸳鸯棒打不散，不是夫妻金子也换不来。

婚后，梁红玉一直跟随韩世忠征战在外，一晃已过去八年。两个多月前韩世忠回扬州面见高宗时，将妻子梁红玉和儿子韩亮留在了扬州，后来随着高宗和朝廷官员先跑到镇江，最后来到杭州。正因为妻子梁红玉和儿子韩亮还在杭州，便给这次勤王举动增加了很多变数。如今，妻子和儿子已经回到自己身边，韩世忠完全没有了顾虑。正是：

自古美人爱英雄，英雄拥美更雄风。
至今镇江金山下，似有击鼓大战声。

第十一回

独闯虎穴冯轓高义　握手骨折韩帅神功

这十多天中，吕颐浩留一部分军队镇守江宁，他亲自率领主力部队南下，向杭州进发。张浚和张俊的部队也做好战斗准备，都向杭州城靠近，但在距离城池五十里左右都停下来，没有兵临城下，更没有攻城的苗头。

杭州城里非常平静，街道上，市场里，各行各业，都在正常运营，没有任何政治危机的迹象。城门准时关闭，人们进进出出，与往日一样。

张浚想要派辩士带着信件进杭州见苗刘二将，先用好言安抚稳住他们，正苦于无人。张浚有一位客卿，即遂宁进士冯轓，素负气节，听说后，慷慨请行，且曰："事成预窃名，不成不过死。"事情成功便与诸位将军一样也有功名，不成功不过就是死嘛。可以看出是抱着不怕死的决心前往的。很多时候，往往越不怕死越能求活。有这种气魄便很了不起。

三月辛卯日，张浚便派遣冯辅前赴行在，转达张浚的意见，请主上亲总要务，同时给苗刘谋士马柔吉、王钧甫写了一封信，大略云："浚与二公最厚，闻苗广道、刘子直颇前席二公，事每计议而行，今日责在二公。浚初闻道路传余杭事，不觉惊疑。继闻广道、子直实有意于宗社大计，然此事不反正，终恐无以解天下后世之惑。"① 首先要去说服苗刘的两名谋士，实际是攻心之术。意思很明确，"苗广道"即苗傅，"刘子直"即刘正彦，二人总是把两位谋士放在最前面的席位上，最听从二位的意见，苗、刘二人杀王渊、诛除宦官是为朝廷除害，但如果始终不允许圣上亲政，恐怕始终无法解除天下人和后世人的疑惑吧。

接着，吕颐浩和张俊再分别上奏章要求皇帝亲政，没有起兵讨伐的意思，给苗刘二人留下回旋的余地。这样，便是打出了组合拳，且没有用起兵讨伐的言辞。

一天之后，冯辅再次直接到军营去面见苗傅和刘正彦。他不紧不慢地说道："冯辅是为了国事前来，现在已经过去两天，没有听到将军的命令和答复。当前的情况是这样的，我知道一旦把话说明白说透彻，可能触怒二位将军，立即就会死在将军之前，但如果不来把话说清楚，以后的事情会越来越大，也会死在乱兵之手。反正都是死，还不如把话说透了再死，也让两位将军知道我冯辅不是贪生怕死的胆小鬼。自古以来，宦官乱政，盘根错节，根株相连，难以根除，如果诛杀必然会祸乱天下。东汉末年的宦官之乱，都是最好的证明，是可以考察知道的。二位英雄一旦动手便诛杀了那些为害的宦官，为国家根除几十年的祸患，天下蒙受的福气太多，你们的功劳也太大了。然而圣上春秋鼎盛，正值当年，天下人没有听说他的过错，怎么可以如此快就传位给襁褓中的小孩儿呢？而且前些日子发生的事，名为传位，其实就是废立。自古以来

---

① 《续资治通鉴》宋纪卷一百四。

废立都是在朝廷之上，不在军队之中。二公本来有为国家朝廷利益着想的意思，怎么可以因为这件事而遭受天下人的诽谤呢？二位将军仔细想一想吧！"

听冯轓说完，苗傅手按宝剑瞪眼看着他，怒道："金人所针对的就是建炎皇帝，如今主上登基，太皇太后垂帘，将要重见太平，天下人都认为是对的。如张侍郎当年处在侍从的地位时，也曾经有过拥立的行为，凭什么对这件事就从中作梗？"

冯轓也睁大眼睛，针锋相对地说道："太皇太后深居九重宫中，怎么能率领军队与金人对抗周旋！对于此事，天下自有清议，希望太尉深思熟虑。"苗傅更加发怒，就要发作。刘正彦见冯轓脸色不变，义正词严，便拉一下苗傅的衣襟，两人过去和王钧甫、马柔吉小声商量一下，便转身对冯轓道："张侍郎想要恢复皇帝的位置，这是好事，但需要张侍郎前来面议才好。"语气非常温和。

第二天，即派遣归朝官宣义郎赵休与冯轓一起回平江，并给张浚带去一封信，约张浚到杭州共同商议。

数日之前，在杭州城里百官中有一位叫甄援的保义郎，私下里抄录明受诏赦和苗刘二将的檄书出城，在余杭门被巡逻和守门的军兵搜出来。苗傅一听大怒，要斩了他。甄援不慌不忙，笑着说："将军正在为国家建立大功，奈何斩壮士？"

苗傅骂道："净胡扯，你把话说明白了。我听一听有道理就饶了你。"

甄援道："如今误国奸臣多散处在外。某愿意带着将军的檄文出去纠结聚合忠义之士，诛除那些漏网之鱼以报答将军。"

苗傅的怒气消了，刘正彦道："这些话未必可信。"于是把他软禁起来。几天后，看押他的人一疏忽，他化装换衣服跳墙逃跑出来，直接跑到平江见张浚。因为是朝廷命官，张浚当然认识他。甄援向张浚陈述说，他在别宫秘密见到了高宗皇帝，高宗皇帝告诉他："今日张浚、吕颐浩必起兵，刘光世、韩世忠、张俊等必竭力相辅，语令早来。"[1]并说万岁心情非常急切。

张浚也没有追问他见高宗的具体细节，立即派他到张俊、韩世忠诸军去向他们转述皇帝的口谕。诸位将帅更加感奋。甄援特别善于说辞，众将帅听后都感觉自己是皇帝亲信倚重的人，士气大振。

后来，在几路大军向杭州逼近的军事威胁下，苗傅和刘正彦向高宗请求了免死金牌，高宗也都给他们了。但他们俩还是感觉难以有生命保证，便在一天傍晚，带领两千多赤心军打开涌金门逃跑，临行前让士兵一路纵火。但当时天降大雨，火并没有烧起来，杭州百姓避免了一次大的灾难。

韩世忠的部队离杭州最近，因此韩世忠率领军队最先进入城中。当韩世忠准备进入宫门时，部下提醒他要提高警惕。韩世忠是大将，先带领三百亲兵进入宫门，因为是特殊时期，他并没有受到阻拦，于是韩世忠部署军队把守宫门，保证了皇宫的绝对安全。这里，顺便交代一下，那时候大帅的亲兵都是绝对忠诚且特别能打仗的士兵，是亲兵中的核心力量。

韩世忠甲胄在身，见到高宗后，双手抱拳，深深鞠躬见礼。高宗握着韩世忠的手流下泪来，那种感激之情难以言表。这便是秦桧害韩世忠没有害成的重要原因，后文书还要提到。

韩世忠道："如今叛乱已经平定，刘正彦、苗傅逃窜，臣请陛下归位，诏告天下，以尽快亲自处理军国大政。"

高宗道："不可，朕退位是奉太后宸旨，尚须太后宸旨，通告天下方可。"高宗说的是正式手续问题。

太后道："当时完全是出于无奈，方请官家传位，否则你我恐怕都

---

[1]《续资治通鉴》宋纪卷一百四。

性命难保。那是权变之策，官家今日即复辟，正位宫中。"

"不，明天继续请太后垂帘，朕在旁观看，以垂训将来，朕要再亲睹太后垂帘的风采。朕之皇帝之位，完全是太后玉成，太后之恩，胜过亲生母亲。朕当向众爱卿表示，太后虽是朕之伯母，朕今后以母亲事之，晨昏问安，年节叩拜。太后不但有大恩于我，也有大恩于大宋朝，是我们大宋王朝的当之无愧的国母。"高宗的话出自肺腑，没有一点虚假。

"陛下所言极是，太后圣德，对于国家百姓之恩昭于日月，必将名垂史册，千古流传。"韩世忠和梁红玉齐声道。

见高宗态度诚恳，太后也没有推辞，说："好！那就如此决定，通知下去，文武百官，京师中五品以上官员以及全部谏议监察之官出席明天的早朝。"

这时，高宗轻轻向韩世忠打个手势，韩世忠连忙过来，小声问："陛下，有何吩咐？"

高宗压低声音说："高湛以前是朕侍卫，此次从逆，对朕看管甚严密，毫无臣子之心，现在依然是朕侍卫军首领，手中尚有兵权，属于肘腋之患。能否替朕将其除掉？"

"臣领旨，陛下放心，此人最惧我，我这就去办，陛下在此稍候。"

太后和梁红玉见高宗和韩世忠君臣在商量事情，不便打扰，便拉着梁红玉的手道："到我宫中歇一会儿，喝点茶，说说话。"二人携手而走，太后的内侍和宫女跟随而去。

见韩世忠满有把握，高宗很轻松，道："我在旁边那个偏殿等待，爱卿马上去办，可要有把握，不能冒险。"

"陛下放心，高湛那点本事臣清楚，您就在这等着，我这就去。"韩世忠一挥手，带领自己的亲兵卫队十人跑步出宫，前往显忠寺。

高湛统领苗傅留下的五百赤心军监视看管高宗，一直非常严密，没有给高宗与外界联系的丝毫机会，高宗对其非常痛恨。

韩世忠只带十名亲兵，来到高湛军营外求见。高湛自以为自己有点武功，而且听说韩世忠只带十人，便请韩世忠只身进帐，卫兵不得跟随。

韩世忠一听，马上明白高湛的意思，如果说好则已，说不好便扣留韩世忠做人质。韩世忠什么世面没见过，根本不在乎高湛。于是昂首挺胸、跨着宝剑走进大营。韩世忠无论是官品军衔还是威望都比高湛高出许多。

高湛见韩世忠进来，不由自主站起来，离座迎接，韩世忠不动声色，边走边笑着说："高将军别来无恙。"高湛连忙赔笑，道："韩大将军前来，末将未能出帐迎接，请恕罪。"边说边主动伸手来迎韩世忠伸出的手。

高湛很高兴，见韩世忠对自己一点敌意都没有，完全放松了警惕。当两手握在一起时，韩世忠并没有像往常那样握一下便松开，而是继续握紧不放，大家感到有点诧异。

突然，只见韩世忠胳膊肌肉一收缩，高湛"哎哟"一声，脸色煞白。高湛手下的人发觉有异，就要拔刀，韩世忠"噌嘟嘟"宝剑出鞘，横眉怒目，用宝剑指着众人道："放下武器，赦你们无罪。本将军受皇帝密旨，擒拿高湛，与众位无关，放下武器，让开道路。"声音中有极强的威慑力和穿透力，令人心颤。其他人听说有密旨，而且韩世忠的大军城内外都有驻扎，何况高湛被韩世忠紧紧控制住，便都乖乖放下武器，眼看着韩世忠用宝剑逼着高湛带出大营。

韩世忠的十名亲兵各个武功高强，精明强干，早已做好战斗准备。见主帅将对方押解出来，都松了一口气。韩世忠将高湛用劲一推，高湛一个前趴摔倒在地。韩世忠一声令下："绑了。"待高湛的手被韩世忠松开，中指和食指耷拉着不能动弹，原来都已粉碎性骨折。须知，高湛也是大将啊，韩世忠能把他的手握成骨折，那不就是神力嘛！这是史书上明文所写，没有丝毫的夸张。

高湛被押解到宫中，高宗大为欢喜，下诏斩首。

次日早朝，百官队列整齐。为了不让小皇帝赵旉受到惊吓，太后亲自抱着他坐在旁边的凤椅上，龙椅就那样空着。

小赵旉在这一个月中，虽然没有天天临朝，也被抱来抱去地折腾得够呛，故显得消瘦很多。高宗在太后的旁边侍立。

文武大臣按照每天惯例，先向小皇帝行叩拜三呼万岁之礼，一是因为习惯了，二是因为被太后抱在怀里，故小赵旉今天没有紧张，也没有哭。很自然，或许他在潜意识里感觉到这是自己今生最后一次当皇帝接受大臣参拜了吧。

太后在帘后口述懿旨道：

"众位爱卿，本太后因情势所迫，行权宜之计，立三岁孺子为帝，垂帘亲政将近一个月。这期间，一些诏旨非出于本太后之意，乃为苗傅、刘正彦两位乱臣胁迫所为。改元无效，取消明受，恢复建炎年号。张浚、张俊、吕颐浩、刘光世、韩世忠等将军深明大义，审时度势，起兵勤王，有大功于社稷，待明日官家复位再行封赏。尤其是韩世忠、梁红玉夫妇智勇双全，解救社稷危难，功高日月，本太后昨日已行封赏。其他有功人员，一概由复位之君行赏。现在，本太后正式宣布：明日正式撤帘，天子赵构复位，希望众位爱卿尽心辅佐，抗击敌兵，收复中原，迎请二圣，光大赵宋王朝基业。今日早朝结束，散朝！"

严肃而祥和的早朝结束，众大臣满面喜色，有秩序退朝。

退朝后，高宗紧紧抱住自己的儿子赵旉，又是贴脸又是抚摩，心疼地说："是父亲无能，让你受苦了。这么点的小孩就承受这样大的压力，都怪父亲啊！"几滴眼泪落在赵旉的脸上。小赵旉憋憋屈屈，又哭了。

高宗传诏，好生照顾皇子赵旉，并正式册封其为太子。专门配备御医进行治疗调养，配备乳母、保母、侍女等，精心服侍，因那是他现在唯一的骨血。

次日，高宗重新登上皇帝的宝座，这一天是建炎三年四月初四（公元1129年4月23日），高宗于三月初四被废置，四月初四复辟，整整一个月。

晚唐皇帝昭宗被宦官头目锁在少阳院中整整一个月，从一个小孔往里送饭，比高宗还惨，那是宦官之祸的直接恶果。高宗被软禁也正好一个月，是禁卫军干的事。其实他本人也是有重要责任的。两者虽然不可同日而语，所巧合的都是正当年的皇帝，都被自己的下属囚禁一个月时间，而他们都不是英明的帝王，这也是毋庸置疑的。而孔子周游列国时，多次处在极端困难的境地，弟子们都衷心拥戴而没有怨言，这便是道德的力量。正是：

昭宗锁院一个月，高宗软禁三十天。

孔子困厄在陈蔡，门徒拥戴无怨言。

第十二回

两路大军追击两人　　狼狈逃亡山中海上

我们再到金朝的首府上京（今黑龙江阿城）去看看。

高宗复辟的消息诏告全国，混乱的人心重新燃起希望。消息传到上京，金朝最高统治层立即召开高级会议，研究对宋的战略问题。

金皇帝完颜晟亲自主持，粘罕、金兀术、挞懒参加。完颜晟道："诸位，这三年来我大金年年向南发兵，攻城略地，但没有一个明确的目标，很多地方是得而复失，黄河以北至今还没有完全占领。如果经常这样打下去，我们消耗太大，而且最后得到的是什么呢？朕这样想，以我们现在的兵力和管理能力，还不可能占领宋王朝的全部领土，因此，应当制定一个战争目标，先打下长江以北，将宋朝政权赶过长江。一个月前，宋朝内讧，苗傅和刘正彦发动军事政变，关押了儿皇帝赵构。让一个寡妇和黄嘴丫子还未干的三岁小孩执政，群龙无首，对我们非常有利。没想到被这个寡妇将事情翻过来了。赵构这小子又登基了。这样对我们非常不利。诸位看，我们现在应当怎么办？"

金兀术是急性子，好战，最先发言道："我们最大的失误就是当初忽略了隆祐太后这个寡妇，没有一起把她也抓来。其实，这也不怪我们，他们的那个名册上没有啊！如今她倒成了气候，给我们添不少麻烦。我看，下一步我们集中主要兵力先把她抓住，赵构就无所作为了。"

粘罕老成持重，仔细听，没有发言。挞懒说道："我看，总是硬打也不是上策，倒不如来个反间计，让他们自己内部争斗，我们坐收渔翁之利。"

"反间计？怎么用？"金兀术没有明白挞懒的意思。

"我们掠来的昏德侯和重昏侯这两个废柴如今关押在五国城，对我们没有任何用处，还得供他们吃喝，养活他们。而且一直引起宋朝人的强烈的反抗情绪。如果我们把这两个废物放回去，赵构这小子就不好办。把皇帝的位置再给他哥哥，他不会甘心，而重昏侯赵桓原来是皇帝，回去一定还要当皇帝，也不会甘心就这么让位了，一些大臣也会借机起事，他们非内乱不可。"

书到此处，顺便交代一下，金兵将徽宗赵佶和钦宗赵桓押解到北方后，将其关押在五国城（今黑龙江依兰）。但这对父子毕竟当过皇帝，金朝当时也正在迅速接受中原文化，对于投降或被俘虏的皇帝按照惯例都要封号的。于是便在建炎元年（1127）八月对二人进行了加封，封徽宗为"昏德侯"，钦宗为"重昏侯"。一个是道德昏庸，一个是重复昏庸，封号还真的很符合二人的品性。

完颜晟认真听着，没有表态。粘罕道："一个赵构，便把我们的计划打乱了。如果再把这两个老皇帝都送回去，他们对咱们的虚实都了解很多，对于宋朝大臣的情况了解也很多，如果吸取教训改弦更张岂不坏事，这种赔本的买卖不能干。"

金兀术道："我看还是打，把赵构和隆祐太后都消灭或抓起来，然后再用宋人中拥护我们的人当儿皇帝，天下不能再让他姓赵了。"

"打恐怕不那么容易，我们现在实际占领和真正控制的宋朝领土很少。不如放回两个废柴让他们内乱，我们从中取利。"挞懒还是坚持自己的看法。

"不行，不如打，干脆，把赵氏江山彻底灭掉算了。"金兀术也不退让。

粘罕听了一会儿，捻一捻下巴颏上的一绺小胡子道："你们二人不必争了。现在必须打掉宋朝的政治中心是第一前提。但打击的目的还是要得到实惠，得到土地，得到金银布匹，先狠狠打击他们一下，如果能够彻底消灭赵氏王朝，那最好，即使不能消灭，也让他们完全听我们的摆布，让他们统治宋人，生产财富供给我们，不是更好吗？"

粘罕在几人中资格最老，地位最高，此人本名叫完颜宗翰，以前书籍中译名有时也叫粘没喝，是金军南下攻宋的主要大将。此人勇猛而有谋略，是金上层决策人物之一。其实，挞懒辈分比粘罕高，但地位不如粘罕。粘罕的话当然受到重视。金主完颜晟没有完全理解他的话，道："粘罕不妨把话说明白，具体怎么办？"

粘罕道："现在我们不要分散兵力四处出击，而是要集中优势兵力打政治战，专门攻击他们的政治中心。现在看，宋朝的政治中心人物就是二人，一个是赵构，一个是隆祐太后，我们现在制定一个新的战略目标，就是坚决消灭这两人。两个人在一起，就集中兵力打击所在地，两个人分开，就分兵两路，如同两把尖刀，紧紧刺向这两个人。别的什么都不必管，就是以最快速度、最集中的力量紧紧盯住这两个目标，力争都消灭，如果不能，也要追得他们魂不附体。然后，我们再提什么要求就好办了。"说完，粘罕把拳头重重敲在桌子上，"哐"的一声，桌上的茶杯晃了晃。

金兀术听出门道来了，一拍大脑门子，哈哈大笑道："是个好主意，是个好主意，就抓这两个人。然后他们就群龙无首了。如果他们在一起，咱们也兵合一处，给他来个一窝端。如果分开，我带兵去追赵构，他年轻，跑得快，更有意思。"金兀术是金太祖完颜阿骨打的四儿子，金人称其为四太子，勇猛异常，是金朝第一猛将。

"既然兀术去抓赵构，如果宋朝分兵的话，我就去抓隆祐太后。"挞懒也表了态。

一看大家意见统一，金主完颜晟最后拍板，道："就这么决定，我全部军队集中行动，向南出击，方向是杭州。如果赵构和太后分开，则由四太子兀术攻击赵构方向，由挞懒攻击太后方向，粘罕协调全军行动，为两路接应使，以消灭活捉人为此次作战的主要目标。各自行动吧！"

"遵令！"三位军政大员同时答应，信心十足。

三路大军浩浩荡荡向南方杀来。

杜充继续深居简出，不做任何准备，岳飞感觉危机迫在眉睫，心急如焚，硬闯入杜充的府邸，劝谏道："胡虏大敌，近在淮南，睥睨长江，包藏不浅。天下危亡之机，没有超过此时也。然而相公却终日宴居，不理会兵事。万一敌人窥见我军的松懈，乘机举兵攻打，相公既然不亲自作战，能保证到时诸将舍命作战吗？诸将既不用命，金陵一旦失守，相公还能在这里高枕无忧吗？虽然我以孤军效命，对国家也于事无补啊！"杜充无话可说，支支吾吾几句，也没有说个子午卯酉来。岳飞起身愤愤离开。

听到金军渡江的消息后，杜充只派都统制陈淬率岳飞、戚方等将官统兵二万奔赴马家渡，又派王燮的一万三千人策应。十一月二十日，陈淬率军力战，岳飞率右军和金汉军万夫长王伯龙部对阵，但王燮临阵逃跑，宋军阵形大乱，陈淬战死，诸将皆溃，只有岳飞力战，全军而退，直接撤退到建康东北的钟山之上。

杜充接到马家渡战败的消息，率领亲兵三千人逃到江北的真州。金兀术让他投降，说可以让他成为"张邦昌第二"，他便信以为真，真的就投降了。仿佛一只狗，扔给一根没有肉的骨头棒子就搞定了。

杜充就这样轻易投降，金人非常瞧不起，连骨头棒子也没有真给。后来有人告发说他勾结南宋，有投降嫌疑，金兀术对他连打带骂，好一顿羞辱。最后他哭着说："就凭我的德性和表现，你就是送我回宋朝，我敢回去吗？"这样无能还反叛的人，没有人能瞧得起。他说的还真是真话，但这是两年后的事，带过不提。

金兵南下的消息很快传到杭州，高宗决定离开，自己率领作战主力逃跑，太后以及六宫后妃，与作战无关的官员，宗庙神主，就是前文提到的那些灵位，全部跟随太后到洪州去，因为那里相对算是后方，几年来没有受到金兵铁蹄的践踏，城池守备等都很完善，又命禁卫军首领杨惟中率领一万御林军保护太后及随行人员进入洪州（今江西南昌）。应该说考虑周详，准备充分。

同时，赵构连续给金军统帅粘罕写信递哀怜表，我们引用其在八月份写给粘罕的"乞哀书"，其中说：

> 古之有国家而迫于危亡者，不过守与奔而已。今大国之征小邦，譬孟贲之搏僬侥耳。……若偏师一来则束手听命而已，守奚为哉！……建炎三年之间，无虑三徙，今越在荆蛮之城矣。所行益穷，所投日狭，天网恢恢，将安之耶！是以守则无人，以奔则无地，……此所以朝夕悒悒然，惟冀阁下之见哀而赦己也。……前者连奉书，愿削去旧号，……是天地之间皆大金之国，而无有二上，亦何必以劳师远涉然后为快哉！[1]

---

[1]《建炎以来系年要录》卷二六，建炎三年八月丁卯记事附注引《国史拾遗》。

孟贲是古代大力士，僬侥则是仅三尺而不到一米高的小矮人，二者根本不是一个级别。看来赵构文化水准还是不错的，这个典故用得很精彩，把金比喻成大力士，把南宋比喻成小矮人，根本不值得一打。接着说自己是即将危亡之国，无非是防守与逃跑两种情形。而僬侥怎么可以防守孟贲，你们的大军一来，我们只能束手听命而已，怎么防守啊！今年来看，我已经逃跑几个地方了，由建康逃跑到镇江，再由镇江逃跑到临安，再由临安逃跑到越州，如今已经在荆蛮这样的蛮荒之地。就连逃跑的地方都越来越少，天网恢恢，我还能跑到哪里去？已经是防守也没有人防守，跑都没有地方跑了。因此请您哀怜而饶恕我吧。以前连续给您写信，情愿自己削去皇帝的称号，天地之间只有大金的皇帝而再没有第二个皇帝，何必劳动大军长途跋涉呢？

其实，赵构早早就已经投降了，主动放弃皇帝的地位，就连当儿皇帝的勇气都没有，只要让他活着就可以了。粘罕根本不理睬这些，命令金兵继续追赶他。真如他说的那样，陆地上已经无处逃跑，便跑到海上去了。赵构的这些乞哀书是送给粘罕的，但已经成为挞懒红人的秦桧应该是能够看到的，大概正是他看到了赵构这些哀求的语言和软弱跪舔的态度，启发了秦桧回到南宋来满足赵构愿望的心理。还应该指出，赵构写给粘罕和金兀术的乞哀书不是一封，"前者连奉书，愿削去旧号"，说得多么明白。因此，我忽然感觉秦桧之所以回到南宋后一直胸有成竹，就是他早就摸到了赵构的脉搏，看透了他的为人和心思。

当我们知道赵构在这封乞哀书中所表示的真情实感后，对于其前后的一切操作便都可以理解了，对于他怎么会重用黄潜善、汪伯颜、王渊、杜充便可以理解了，因为他本身就是软骨头。以前的人们都有"替尊者讳"的习惯思维，因为他是皇帝就总是躲躲闪闪，不愿意揭露他的真实嘴脸，如今应该摒除这种顾虑而公正客观对待一切古人。

就在高宗率领百官离开杭州，准备转移到建康的途中，又发生了令高宗悲痛欲绝的不幸事件。连日折腾，秋天气候多变，寒暑异常，本来体质极其虚弱的小赵旉患了疟疾，总是浑身哆嗦。晚上御医服侍小赵旉吃完药刚刚睡下，微微出点汗。御医和乳母感到一点安慰。

可能也是该有事，由于战乱，不敢点灯点蜡，住宿条件极端不好，一位宫女因太疲乏睡得晕头转向，下床时一不小心，一脚踹在铜盆上，铜盆"哐啷啷"一声响，在寂静的夜半时分特别刺耳，刚刚出汗睡着的小赵旉被这突然的响声吓得一激灵，哇哇哭起来，接着就全身一个劲抽搐，白眼珠往上翻，御医连叫带扎人中也无济于事，不到天亮竟死去了。那名宫女早吓得浑身发抖，如同筛糠一般。

高宗闻讯赶来，赵旉已咽气，高宗眼圈一红，掉下泪来，追认孩子为元懿太子，下令杖毙宫女，赐死保姆。杖毙即用大杖将人活活打死，而保姆则是用白绫活活勒死。其实这样处置很过分，宫女算是过失，保姆连过失也没有，怎么能都杀死呢？

想一想，这位赵旉的命真够苦的，虽然生在帝王之家，一天儿童应该有的乐趣都没有享受到，两岁多被抱着坐在龙椅上，那么多穿着官服的人对他又是跪拜又是高呼什么万岁，那一个多小时是真遭罪。在兵荒马乱中又得上疟疾，在惊吓中哆哆嗦嗦地死亡。

高宗知道自己男人最重要的功能已经丧失，不可能再有儿子了。而这么一个可怜的儿子也这样死去。自己的人生实际上已经没有什么希望。他心灰意冷，感觉人生真的很没趣。但还不能不硬挺着，因为他别无选择。

赵构写了几封乞哀书，也收不到回文，看来金人是不可能放过自己了。正当赵构不知所措的时候，大臣吕颐浩上了一封奏疏，给他出了个好主意，奏疏是这样写的：

> 金人以骑兵取胜，今銮舆一行，皇族百司，官吏兵卫，家小甚众，若陆行山险之路，粮运不给，必至生变。兼金人既渡浙江，必分遣轻骑追袭。
>
> 令若车驾乘海舟以避敌，既登海舟之后，敌骑必不能袭我。江浙地热，敌亦不能久留。俟其退去，复还二浙。彼入我出，彼出我入，此正兵家之奇也。①

一见此疏，赵构立即采纳，立即遵奉执行，马上派人到明州（今浙江宁波）去准备，后来真的就是如此逃跑到了海上。赵构是有主见的人，见到逃跑或投降的建议立即采纳，见到抵抗反击金兵的建议立即就驳回。

金兀术一路侦察到高宗到了建康（今江苏南京），大兵直扑过去，高宗率领文武百官就向南逃跑，先逃跑到临安（今杭州），临安被攻破，再逃跑到越州（今浙江绍兴），金兵追到越州。高宗再逃跑到明州（今浙江宁波）。

金兵在陆地上进攻和追击极其神速，高宗被追赶得无处逃跑，便在宁波率领百官乘坐二十条海船，其中一条最豪华的作为御舟，其他十九条船满载文武高级官员和百司禁卫，围绕御舟周围，腊月中旬，在定海县（今浙江镇海县）下海，开始在海上逃跑漂泊。金兵没有水军，骑兵无法追赶，只能在陆地边追。高宗的船只一直不敢靠岸，就在福建、台州一带的海上来回跑。这年的除夕和春节都是在海上度过的。

这期间还有一个小插曲，金兵追赶高宗的时候，大词人李清照也在追赶高宗。金兀术追赶高宗是要抓住他，李清照追赶高宗是要见到他，要告御状。原来李清照的丈夫赵明诚就是这年八月份死的，被人污蔑有

---

① 《建炎以来系年要录》卷二九，建炎三年十一月己巳记事。

什么"通金"嫌疑,真是太冤枉,于是李清照一定要见到皇帝为丈夫辩冤。有这种勇气就是大英雄。就在海上追赶高宗的过程中,才会有那种难以见到的奇特景色而产生深刻的人生感慨,从而留下《渔家傲》那首名词:"天接云涛连晓雾,星河欲转千帆舞。仿佛梦魂归帝所,闻天语,殷勤问我归何处。　　我报路长嗟日暮,学诗谩有惊人句。九万里风鹏正举。风休住,蓬舟吹取三山去!"前两句所写正是在天将拂晓大雾弥漫时远远望见皇帝船队的情景。"天接云涛连晓雾,星河欲转千帆舞",天水相接,拂晓大雾弥漫,天河在运转而千帆竞舞的情景准确描写了高宗逃跑船队在海上航行的图景,看来,当时李清照距离高宗的船队并不太远了。

李清照《夏日绝句》中"生当作人杰,死亦为鬼雄。至今思项羽,不肯过江东",就是讽刺高宗及文武大臣畏敌如虎、一味逃跑的行径。这一诗一词写作的时间应当很接近。

再说隆祐太后前往洪州的消息传到金兵统帅部,粘罕立即采取第二条作战方案,分兵两路,金兀术一路直接寻找高宗,挞懒一路直接寻找太后,不求与宋军作战打消耗,也不求攻城占地,就是追人抓人。大有点追击逃犯的感觉。

挞懒亲自统帅的金兵前锋从黄州(今湖北黄冈)渡江直接向洪州进犯。隆祐太后到达洪州尚未安排妥当,金兵已经兵临城下。洪州虽然没有经过战争,城池没有遭受破坏,但这里的军队也没有直接与金兵交战过,对金兵特别恐惧,洪州知州竟然以城投降。幸亏禁卫军和太后提前知道消息,仓皇出逃,太后和后妃也跑散了。隆祐太后在禁卫军首领杨惟中保护下,急急忙忙向吉安逃去。

金军骑兵一路紧追,太后到吉安城尚未休息,金兵的前锋已开始攻城。试想吉安区区一个小县城,如何能够抵抗金兵的强大攻势。禁卫军连忙保护太后从后门逃出,追击的金兵随后紧紧追赶。到太和县时,杨惟中的军队已经被追击的金兵打散，化整为零逃入附近山区去了。

太后身边只有中官何渐、使臣王公济、快行张明和后追来的潘妃，一个个如惊弓之鸟，漏网之鱼，气喘吁吁，披头散发，衣服不整，卫兵不到一百人，万分危急。一看，金兵在后面不远处，骑兵奔跑带起的尘土都可以看到，便急忙舍陆登舟，分乘几只小船，在清江中猛划。金兵的马队在岸边紧追不舍。形势万分危急。

金兵的骑兵速度当然比船只快，如果金兵跑到前边一定距离时弄到几只船到水面拦截，隆祐太后则非得被敌人俘虏不可。这可怎么办？

隆祐太后一看情况万分危急，连忙问船上当地的向导，附近可有山间小路通向险峻的深山。向导早已看出，在这种情况下，再继续在水面上跑，如果到前面两岸稍微平坦处就完了，连忙给太后出主意，告诉她前面不远处有郁孤台，郁孤台南岸旁边有小路，极其狭窄险要，其中有一段路途两边是悬崖峭壁，中间小路如线，都是石头台阶，大有一夫当关、万夫莫开的味道，可以暂时躲避金兵。

隆祐太后立即决定，到前边郁孤台下舍舟登岸，向深山险要纵深地方转移，使金军骑兵无法到达。说转移是好听的，其实就是逃跑。

将到郁孤台时，太后仔细观看，只见所谓的郁孤台是一座陡峭的石壁，临水矗立在南岸，正面刻着"造口壁"三个大字。就在郁孤台的下边，果然有一条羊肠小道，盘旋曲折，是牛羊或樵夫行走的茅草小径。

太后和潘妃连续几天疲于奔命，已经累得精疲力竭，连腿都抬不起来了。当地百姓听说这是隆祐太后，马上来了十几人，带着滑竿，比肩舆还轻便，坐着也很舒服，抬着隆祐太后和潘妃沿着小路就往山里跑。

金兵的马队果然在前边组织拦截，结果等了一会儿也不见船只下来，估计可能是在半路改变做法了。但水路没有支流，不可能逃窜，唯一可能的就是上岸跑了。于是挞懒急忙率马队往回兜，遇到后来的金兵报告，说隆祐太后和随行人员已经在郁孤台旁舍舟登岸，逃进山里。

·111·

挞懒来到郁孤台前打量一下地形，估计隆祐太后跑不了多远，立即命令自己的队伍过江追击。他紧急弄来几条船，很快渡过一些士兵，他亲自率领，沿着小路追下去。

隆祐太后的随从报告说金兵已上岸追击，刚刚准备休息一会儿的隆祐太后马上坐上滑竿，天气不冷，人又太紧张，靴子掉了一只，她毫无察觉。轿夫抬起就跑，一个宫女发现太后的靴子丢了，想要捡起来，可她也疲惫至极顾不上这些，太后的滑竿已经跑出去很远，宫女只好一瘸一拐地追去。

后边一些跑散的宫女、内侍、卫兵跑到此处一看，是个岔道口，路分出两条，觉得跟太后跑更危险，干脆向另外一条道跑吧。于是，后面乱糟糟的人则不知道太后往哪边跑了，便分散逃跑，两边的人数差不多。

挞懒带人追赶到岔路口，一看前面出现两条小路，而且都有人刚刚过去的迹象，便下令队伍停下，他进行观察和判断。忽然，一个金兵在往左边去的路边捡到一只高级精美的绣花靴子，靴子上有凤的图案，肯定是皇后或太后的靴子。于是一位军官往左边的方向一指，建议道："大帅，应当往那边追，太后肯定往那边跑了，这靴子应该是太后的。"

挞懒摇摇头，道："不对，这叫'调虎离山'，也叫'引入歧途'，是他们故意留下的，误导我们向那边追。我偏不上这个当，太后肯定往那边跑了，给我往那边追。"挞懒一指右边道路的方向，果断下达命令，金兵的队伍呼啦啦向右边追去。

隆祐太后坐在滑竿里，已经筋疲力尽，幸亏当地百姓都知道隆祐太后的情况，对其热爱有加，故千方百计帮助其逃跑。抬滑竿的农民拼命跑，尽量加快速度。隆祐太后身边跟随的士兵不到一百人，宫女嫔妃也只有五六个，她熟悉的人则只有潘素妃一个人了。

一行人稀稀拉拉，像逃难似的，在曲折蜿蜒的山间小路上奔行，忽然上坡，忽然下坡，忽然转弯，有时前面好像壁立千仞，无路可走，忽然又有小路在缝隙间转出。如果没有当地向导，真不知该怎么办。

隆祐太后跑得晕头转向，忽然随从的卫兵报告说前面路口有人把守，看样子不像军队，而像占山为王的土匪。后面远处有追兵出现。隆祐太后仰天长叹道："吾命休矣！吾命休矣！"众人都面如土色。

隆祐太后稍微平静一下，又果断命令道："先休息一下。是福不是祸，是祸躲不过。我已经死里逃生多次了，不信这次就大难临头。先派人到前后去侦察一下，然后再作决定。"

此时，隆祐太后镇定下来，呼吸也均匀了。她坐在路边的一块大石头上休息。抬滑竿的两个农民满身是汗，后背的衣衫都湿透了。

不一会儿，去前面的人回来报告说，前面山洼里有一处山寨，有一百多躲避战乱和沉重徭役的百姓聚集此处，占山为王，结下大寨，搭几十个简易窝棚，在附近打家劫舍，专门抢劫贪官污吏和不法商人、恶霸地主等，从不为难糟蹋普通百姓。他们的首领听说太后逃难至此，已经派人前来迎接保驾。不远处已有小规模队伍出现。后面的人回来说，随后而来的不是金兵，是跑散的官兵和宫女等人。

隆祐太后一听，长长出了一口气，深有感触地道："我们的子民多么可爱，我们的百姓多么可爱。可恨那些贪官污吏荒淫奢侈，昏庸腐败，重利盘剥，才把百姓逼到这种地步。待战争结束，我们一定要好好整治吏治，使天下清平，让百姓都过上好日子。""太后圣明。"随行人员感叹道。

说话间，那批小规模的队伍来到面前，山寨的头领亲自带人下山来迎接。那位首领四十岁左右，中等个，朴实中透着刚毅，一看便知是精明人。他一眼就看出太后了，连忙单腿跪倒，因山坡不平，且是特殊时期，他也没有叩头，向太后一抱拳道："草民章相厚拜见太后，太后千岁千岁千千岁。草民出于无奈，被贪官污吏逼迫得走投无路，与乡亲在此苟且偷生，请太后恕罪。"

隆祐太后见这位首领忠厚的相貌，更加放心，便和气道："章首领平身。本太后知道你们都是良民，被逼无奈不得不如此，何罪之有！国家内忧外患严重，首领能够深明大义，本太后十分欣慰。"

章相厚和手下人听说赦他们无罪，十分高兴，非常尊敬地将太后一行人接进山寨，并派出二头领带领几十人到前面险要处布置警戒，守住关口，告诉太后安心休息，此处绝对安全，别说几十号金兵，就是千八百的也休想攻打进来。

别看是山寨，因为经营很长时间，寨主的大堂和居室条件都还可以。大堂可容纳百八十人开会，居室也挺宽敞。隆祐太后的心情也放松了些。

再说挞懒率领一百多金兵向右边羊肠小道追去，路上稀稀拉拉的有一些宫女和跑散的卫兵，金兵追上就抓住先问太后是否往这边跑了，那些人真的不知道，怎么说的都有，挞懒十分恼怒，见一个杀一个，山谷小道上横七竖八地留下许多尸体，惨不忍睹。

追了半个多时辰，前面已经没有人影了，挞懒这才知道上当，追错了方向。骂道："追错了。上当了，原来是虚中有实，实中有虚，真真假假，让你难辨真假，往回返，往回返，快！快！"

众金兵紧紧跟随挞懒往回返，待回到岔道口时，向另一个方向望去，道路狭窄艰危，崇山峻岭中一片迷茫，连半个人影也没有。而且此时夕阳西下，暮霭沉沉，挞懒知道这次是白忙活了，隆祐太后肯定抓不到了。立刻率兵回到河对岸，面对着郁孤台的地方，选个宽敞的地方安营扎寨。准备明天再派人进山追击。

47年之后，南宋最著名的爱国词人辛弃疾首次登临郁孤台时，遥想当年隆祐太后被金兵追赶的奇耻大辱，在此处挥毫写下《菩萨蛮·书江西造口壁》一词曰："郁孤台下清江水，中间多少行人泪。西北望长安，可怜无数山。青山遮不住,毕竟东流去。江晚正愁余,山深闻鹧鸪。"①这首词对南宋政权不思振作雪耻表示失望和幽愤。一个皇帝,一个太后,被敌军追得望风而逃,一个逃跑到海上,一个逃跑到大山里,仰仗被逼造反的百姓来保护自己,真是千古奇耻大辱。

再说挞懒刚刚休息,忽接到粘罕军令,他一看军令,大吃一惊。这正是:

地上难逃海上逃,水上难逃山里逃。
全身无钙思跪舔,留下耻辱万古嘲。

---

① 毕宝魁:《宋词三百首译注评》,现代出版社 2014 年版,第 251 页。

第十三回

杜充投敌丢失故土　　岳飞抗金创立新军

　　回到开封的岳飞不能直接去和金兵作战，反而受杜充的节制。杜充几次严令岳飞率军去绞杀义军。前些日子还是一个战壕的战友，现在忽然要刀兵相见，不执行命令还不行。岳飞心里在流血。王善、长勇、丁进等被宗泽收编的大部分义军首领见杜充如此倒行逆施，便首先发难。岳飞奉命去征缴这些义军，最后的结果是大批义军重新回到起义反抗朝廷的行列中。

　　本来是自己的友军，却被杜充变成仇人，这种化友为敌的操作真的令人无法理解。其实这都是赵构的罪恶。岳飞郁闷、气愤而又无可奈何。

　　这样，好好的一把牌让杜充完全毁掉了。宗泽可以把义军收编为朝廷军队而投入抗金的战斗序列，而杜充则再把这些可以依靠的力量变化为敌对的力量，那可是上百万的战斗人员啊！

　　这些人本来就是各自为政，相互无法统一，回到河北几个月，就被金兵各个击破，河北义军的抗金力量基本被瓦解。

建炎三年六月，岳飞接到命令，立即集合队伍，准备随杜充出发去建康（今南京），放弃京师开封。岳飞一听，心中大惊，急忙求见杜充，杜充现在已经认识到岳飞的作用，故不能不见。

见面后，岳飞苦劝道："中原之地，一尺一寸都不能舍弃。如我军一走，则此地就非大宋所有，他日若想再来收复，非用数十万军队不可。大帅，可要三思啊！"

杜充摇头道："吾意已决，你听从命令就是。其他不是你所应该考虑的。"岳飞无奈，起身回到军中。

岳飞并不知道，一个多月前，赵构被刘正彦和苗傅折腾得够呛，那个惨样难以形容。一个年轻轻的23岁的皇帝，被逼迫退位当了一个月的太上皇。在寺庙里被严密看押了一个月。放弃开封等一切举措都是皇帝赵构的意思，杜充对赵构是了解的，而岳飞怎么能知道呢？

高宗赵构在隆祐太后和朱胜飞的精心安排下，由于韩世忠夫妇的忠心保护，才得以解放，他对开封感觉很别扭，于是起驾再到建康，那里曾经是六朝古都，南唐故国的宫殿还在，于是便到建康住在李后主朝思暮想的"雕栏玉砌应犹在"的地方。便用密诏召杜充放弃开封，而把他的全部人马都带到这里来。

因此，杜充放弃开封，等于放弃了北方全部疆土，这种做法不但没有受到批评，反而受到嘉奖，杜充被任命为同知枢密院事，官至执政。杜充推辞，宋高宗又破格任命他为尚书右仆射同平章事（即右相），官职仅在左相之下，杜充上任并兼江淮宣抚使，镇守建康。

住了一段时间，高宗总是感觉不安全，于是又回到杭州，并将杭州的行政区划由原来的临安县提格为府。临安的名字来源是因为临安山，西晋太康元年（280）因境内的临安山出名而更名临安县。至此，高宗已经决意定都在此，就必须要将其提升为府的建制，于是便称为临安府了。南宋首都在宋代文献中一般都称之为临安，就是这么来的。

前文已经提到，杜充放弃建康逃跑而建康沦陷，岳飞率领军队从马家渡回到建康，建康已经失守，于是岳飞的军队便成为完全脱离朝廷的军队，和朝廷失去联系。而且当时赵构被金兀术追到海上去，当然也就无法联系了。岳飞只能自己独立行动抗击金兵。这样也好，岳飞可以不受约束，可以按照自己的意志行事。岳飞当时率领军队撤出战场便转移到蒋山之上，安营扎寨，寻找战机。

这时，杜充率领他的三千亲兵南下真州后就投降了。其他军队有的作鸟兽散，各自回家去了，有爱国之心的便都投奔岳飞而来，岳飞的军队第一次如此迅速地扩大，达到五千人的规模，下属副将十多员。岳飞爱兵如子，军心大振。岳飞将自己的军旗按照最大的规格制作，中间一个大大的"岳"字。

金兀术占领建康府后，亲率主力追赶赵构。赵构由越州逃向明州，随后又从明州乘船，逃到海上避难。金兀术由建康进军，接连攻下溧水、广德、安吉、湖州，直取杭州而去。

岳飞则领军尾随其后，寻找机会给予痛击。见金兵主力远去，岳飞派遣副将刘经率兵千人夜袭溧阳，顺利攻克了被金军刚刚占领的溧阳县城。他留下一部分部队暂时驻守溧阳，算是临时的根据地，然后立即率领三千军队南下，进入溧阳南的广德地区，在牌坊村夜袭金兵，全部歼灭近千人，并缴获大量的武器和一部分粮草。岳飞发现，金兵并不是很能打仗的军队，有些杂牌军很多是从河北、河东临时抓来的。岳飞趁首次大捷的东风，又连续捕捉战机，先后再打马鞍山追击战、回龙岗反击战、钟村追击战等六次大战，六战六捷，最后将广德地区的金兵全部赶了出去。这些金兵向着西北狼狈逃窜。广德境内的金兵全部肃清。

岳飞的军队临时驻扎在广德的钟村，这一带由于连续遭受战争的重创，村落残破，民不聊生，军粮出现危机。岳飞严令部队不准扰民，不准强征，更不准抢劫。部队缺粮，出现军心不稳的情况。一些军官也出现疑虑，这样打下去，我们的目标在哪里？我们浴血奋战，但皇帝早已逃之夭夭，现在听说逃跑在海上。朝廷还有希望吗？有的部下提出干脆散伙。岳飞面临抗金以来最大的政治危机。

岳飞把将官们都集中起来，张显、王贵、汤怀、张宪这些中流砥柱全都到场，然后将中级军官也都紧急召来。岳飞登上高处，扫视一下前面这些跟随自己南征北战的官兵，心情复杂，他大声讲演道："众位英雄，我亲爱的弟兄们！大家好！"下面立即报以热烈的掌声和欢呼声："岳元帅好！"

岳飞大声道："弟兄们，我们经过浴血奋战，已将金人赶出广德境内。我们现在遇到了困难，但是我要求大家各自管理好我们的士兵，绝对不允许骚扰百姓，我们宁可饿肚子，也不能强征百姓的粮食，不准抢劫百姓，更不准奸淫妇女。大家想一想，我们如此拼命，不就是为了保护百姓，因为他们都是我们的亲人。因此，我宣布三条铁的纪律：一、不准骚扰百姓，不准抢夺财物和粮食，违令者斩；二、不准奸淫妇女，违令者斩；三、不准再提及散伙或投敌，违令者斩。大家试想，我们如果散伙或者投敌了，还有国了吗？没有国哪来的家？我岳飞是铁心保卫朝廷，保卫国家，保卫百姓，要与敌人血战疆场，马革裹尸在所不惜。目前的困难是暂时的，是能够克服的。有愿意跟随我的，都表个态！"

"我们坚决跟随岳元帅，誓死精忠报国，誓杀金贼！"其中有一部分本来就是"八字军"的战士，他们的脸上所刺的"精忠报国，誓杀金贼"八个字还都清晰存在。群情激昂，岳飞见士气可用。

百姓见这支部队不骚扰百姓，便都倾其所有供给这支队伍，虽然是捉襟见肘，但还可以勉强维持，军民关系很快就很和谐了。

就在赵构率领二十条大海船在海上到处逃窜的时候，就在赵构写信给粘罕哀求投降摇尾乞怜的时候，岳飞正率领几千军兵，为将金兵赶出广德、溧阳一带而浴血奋战。

　　说话就要过年了。当地百姓见岳飞的军队战斗力强，纪律严明，一些热爱宋朝的百姓主动为这些抗战英雄准备了年夜饭，虽然部队人多，但因这样热心的百姓也不少，因此，建炎三年的春节，岳飞和士兵们过得还算愉快。此时的赵构是在海上漂浮过的春节，他和大臣们饱尝了凄凉悲惨的滋味。

　　岳飞的军队纪律好，岳飞爱护士兵的消息不胫而走。一些被打散的散兵游勇和找不到伙的一些义军都纷纷来投奔岳飞。岳飞的队伍开始壮大，但随之而来的是给养不足。

　　正当岳飞犯愁的时候，忽然有大喜事传来。原来就在广德北面，在溧阳县西面有个宜兴县，是个比较大的县，正受到一些溃败军兵的骚扰，县令早就听说岳飞的大名，知道他是个爱民爱兵的将军，便派人来请岳飞到宜兴去，那里的军粮可以保证一万军队吃十年。岳飞大喜，立即答复，很快便率领军队进入宜兴。宜兴北端紧临太湖的地方有一个张渚镇，地势开阔，三面被太湖包围，驻军在此，容易治理，岳飞便将军队驻扎在此处，军营连成一大片，便于管理和警戒。这是岳家军驻扎的第二个地方。

　　给养解决了，军队又得以休整，休息三天后，岳飞开始全面练兵，提升士兵作战的能力。既演练配合作战，协同作战之能力，也演练单兵作战的技艺。

　　稍微闲暇下来，岳飞便开始思念自己的亲人，挂念老娘，思念妻子和两个儿子。岳飞离开家乡投军后不久，妻子刘氏又生了一个男孩，起名就叫岳雷。岳飞不能离开部队，便派出自己最亲密的朋友汤怀带领五名亲兵回老家汤阴去探望母亲和妻子、儿子，并把他们迎接到自己的军营来。

　　汤怀来到岳飞的故乡，不料已经人去房空，原来这里遭受金兵的抢掠，村子已残破不堪，村子里的居民也寥寥无几，有人说岳飞的家人可能到什么地方去了。汤怀几经辗转，终于找到了岳飞的母亲。

岳飞的家确实到了极端困苦的时候，刘氏受不了家庭生活的拖累，受不了苦楚，居然改嫁，跟另一个男人跑了。岳母带着两个孙子在动荡中逃难。周围的人虽然自己生活也不充足，但由于岳和与岳飞父子在临近几十里地的人缘很好，一听说是岳飞的母亲和孩子，都愿意帮助，这样才勉强维持着活下来。千辛万苦，汤怀总算把岳飞的家人迎接到军营来。

见到母亲和两个儿子，岳飞悲喜交集。知道妻子刘氏改嫁他人，虽然很伤心，也有一定的怨恨，但转念一想，一个女人在兵荒马乱的世道承担这么重的家庭负担，也属实太难了。天要下雨，妻要改嫁，由他去吧！看着两个标致帅气的儿子，岳飞的心中还是隐隐产生了感谢妻子的心情。只看她为自己生养的两个大儿子，自己就不应该怨恨她了。一切都是天意吧！岳飞这样想。

岳飞将家人安顿好，便开始继续训练士兵。这里有几家铁匠炉，师傅手艺都不错，趁着难得的休养时间，干脆给官兵们的武器都好好装备一下吧。于是岳飞让专门负责这方面的官员去与那些铁匠铺和铁匠师傅商量打造一些兵器，特别是这些大将。

岳飞以前使用过大刀，但他最精通的还是长枪，于是便与手艺最好的师傅讲明自己的想法，打造了一杆锋利坚韧、钢口最好的长枪，一丈八尺长，重八十斤。岳飞试一试，非常合适，不轻不重。汤怀打造一个钩镰枪，王贵是大刀。

岳飞的军队已经达到万人。他在士兵中的威望非常高，如今官兵们不称他为岳帅，而是称为"岳爷爷"，他的军队也被广泛称为"岳家军"了。从这时起，"岳家军"的名号已响彻天下。

在宜兴和广德的几个月间，岳家军爱民亲民，英勇作战，抗击金

· 121 ·

兵。百姓们相互传告，说："父母生我也易，公之保我也难！"这句话表达了当地百姓的心声。这两句话是有史料记载的，是非常可靠的。这话可以看出当年能够保护一方百姓不遭受敌人祸害该是如何艰难，岳飞的精神最可贵之处便在于他对人民真心的保护和关爱。岳飞的大名开始传扬开来。保卫爱护人民的军队自然会受到人民的衷心爱戴。当时的情景真的就是军爱民，民拥军，"军民团结如一人，试看天下谁能敌"，不是拔高，而是当时岳家军真的取得了这样的效果。可以说，岳家军已经是一支人民的军队。以后的岳家军百战百胜，便与岳飞建立军队的宗旨和给予军队的灵魂有直接的关系。军队的政治素养也是战斗力，而且是关键的战斗力，是军魂。

人格的魅力是无价的，是凝聚力形成的内在的无可替代的因素。岳飞以他金子一般，比金子还珍贵百倍的光辉俊洁的伟大人格，以他杰出的军事才能，和他那半是天赋半是刻苦练成的绝世武功融合在一起，形成了一股强大的精神凝聚力，使他率领的这支军队形成攻无不克战无不胜的一支精锐。

岳飞在给部下训话的时候，时常慷慨激昂地说："弟兄们，我们都是大宋的子民，我们要挺身而出，保卫我们的国家，保卫我们的生活，保卫我们的人民，不能让不知礼义的金兵占领我们的家园，屠戮我们的父老乡亲。我们是正义的。我们一定可以战胜他们。"

大战的帷幕即将拉开，岳家军将要与金军主帅率领的最精锐部队正面展开搏杀。大戏刚刚开场。

再说金兀术率领一百多条小船从明州（今浙江宁波）下海，去追击宋高宗御驾亲逃的二十条大海船的船队，在大海上是一道特殊的风景。"南人善舟，北人善马"，南方人在船上功夫好，北方人马背上本领强，这是从幼童时代形成的。所以曹操的百万大军被东吴的几万军队打败，也有这方面的因素。古代说皇帝亲自到前线督战叫"御驾亲征"，而高宗亲自指挥率领文武官员乘船往海上逃跑,不就可以称作"御驾亲逃"嘛。幸亏那时候我们的祖先已经发明了指南针,故高宗逃跑一直沿着中国海岸线的南北绕圈跑,如果没有指南针,要跑到太平洋彼岸去,恐怕最早发现新大陆的就是赵构了。

正因为这样,金兀术追了三百多里,没有办法捉到高宗赵构,金军第一战略目标无法实现,但还不能承认这一点,于是便扬言道:"搜山检海已毕。"依旧从宁波上岸,先把宁波衙门纵火烧毁,将宁波城中抢劫一空,再到杭州抢劫一番,把全部抢来的财产装了许多大船和许多大车,水陆并进,向北方而来。

岳飞这时还没有与朝廷建立联系,一切都凭自己的判断行事,他坚决英勇抗击金军完全是出自保卫老百姓的自觉,但也因此而形成孤军奋战的局面。最近几个月的所有战事,都是岳飞审时度势展开的,凡是侦察到附近有金兵的活动,岳飞便发兵剿灭或驱离,这样,广德、溧阳、宜兴地区的百姓便过了三四个月的安定生活。社会秩序在渐渐恢复。

侦察兵报告,发现庞大的金兵部队,还有一眼望不到边的大车,满载货物正从临安方向向北而来。

岳飞马上判断出这是金兵在往回运送抢劫的东西,于是留下刘经的部队守护大营保护这里的百姓,自己率领三千精兵立即出发,往前面金兵必经之路的常州方向而去。

金军那么大的队伍很容易发现,岳飞的部队隐蔽在一个山包后面,岳飞和几名副将登上高地仔细观看前面大路上不见首尾的金兵部队,然后迅速部署:放过金兵前面的大部队,在中间金兵薄弱的地方突然发起袭击,并迅速截获其中的一些大车,将这些被金人抢劫的货物抢回一些。这次战役,不以消灭金兵数量为目的,主要是骚扰其北撤的速度,抢回本来就是大宋百姓的一些血汗钱补充军需。

放金兵大部队过去,只有稀稀拉拉的金兵押送着那些大车缓慢地行进着。这时，岳飞大呼一声，"杀！"一马当先向路上押送大车的金兵冲去。看押大车的金兵被突如其来的攻击惊呆了，待反应过来，已有几名金兵被杀死，接着，岳飞和士兵截住前来的金兵进行大战，杀死几百名金兵，而那五百军兵则把几十辆大马车引领上旁边的一个岔路，岳飞和士兵阻断金兵追赶的路线。待那几十辆大车消失在视野中后，岳飞率领部队迅速撤出战斗，看看自己的部队，只有几名轻伤的士兵，无一死亡，大喜。

那些赶车的人本来都是中原或南方的农民，见是自己的军队来了，非常配合，将那些反抢回来的物资顺利运送到在宜兴的岳家军大本营。

岳飞乘胜又寻找战机打了三仗，擒获女真万户少主孛堇等十一名官员。岳飞所率领的是三千人的骑兵队伍，不能与金兵大部队正面对战，于是便选择骚扰战术。岳飞知道自己面前的这支部队是训练有素很能打仗的。但他还不知道，这便是金兀术旗下的队伍，但金兀术的主力部队尚未和岳飞的部队交手，而金兀术本人也没有直接与岳飞照面，这好像是一场大戏的序幕，两个主角并没有亲自交手。岳飞尾随金兀术的部队即将进入镇江时，接到了圣旨。

这是岳飞独立作战以来第一次接到朝廷的消息，先是对岳飞进行嘉奖，并命他在左路配合，因为金兀术即将进入韩世忠战区的范围。韩世忠部队将成为迎击拦截金兵的主力。岳飞可寻机配合韩世忠夺回建康城，将金兵逐出江南。正是：

浴血奋战保万民，锋芒初露得人心。
溧阳宜兴多少战，初创赫赫岳家军。

第十四回

金兀术落魄黄天荡　梁红玉击鼓战金山

原来，在江西造口壁追击隆祐太后的挞懒接到粘罕派传令兵送来紧急军情，说金兀术在镇江黄天荡遭到韩世忠和岳飞水旱两路截击，处境困难，命他率领大军火速前去支援，同时撤退回北方。此次的战略进攻结束。

挞懒向郁孤台南面的深山处望了望，攥了攥拳头，道："眼看要到手的鸭子飞了，隆祐太后，这回便宜了你。等下回再来，我非抓住你不可！"说罢，命令道："大军开拔，直接向镇江方向。"

一大队人马从南向北行进，队伍前不见头，后不见尾，旁边还有马车的车队，马车上都满载货物。

前面的部队过后，中间是两匹高头大马，并排而行。此二人便是金兀术和他的爱婿龙虎大王霍步昌。两个人都神采飞扬，霍步昌道："父帅勇武智谋，天下无双。这回可把赵构那小子追惨了，跑到海上去不敢靠岸，在海上漂了半个多月。"

金兀术一听，哈哈大笑道："赵构这个小子不行，太窝囊。让我从江宁追到杭州，从杭州一路追到海上。要没有大海，我非把这小子抓住不可。"

"那是，如果没有大海，赵构这小子早成父帅的阶下囚了。虽然没有抓到赵构，我们劫掠了这么多金银财宝、绫罗绸缎，全都运回去，也够本了。让赵构这小子再受用一年，等来年再来抓他。"

"哈哈哈……"金兀术一阵开心大笑，接着说，"不过，咱们也不能大意，带着这么多车辆货物，在北归途中或许有麻烦。而且，咱们还没有和他们的几位大将正面交锋，他们还在江北一带，或许会截击咱们的归路。"

"就凭父帅的勇猛智慧，什么人也阻挡不了。"霍步昌挑着大拇指说。

"前面就要到镇江了，我们就从这里渡江，只要渡过长江，咱们就什么都不怕了。派人到前面侦探，看江面上有没有宋军的水军。"

"是。"后面的随从答应一声，随即有几个骑兵向前方飞跑过去。

不一会儿，侦探的士兵回来报告："前面江面上一片寂静，没有军队，也没有发现船只。"

金兀术一听，"哈哈哈"大笑一阵道："马上安排船只过江。看来宋朝无人，连这样的天险都不知道利用，都是一帮酒囊饭袋。哈哈哈，哈哈哈！"

很快，金兀术来到江边，金兵从附近居住的渔村抢来几十条木船，大小都有，形状不一，但都可以载人或载东西。还有原来江边停泊的一些船只，共有一百多条。金兀术大喜，连忙命军队分批上船，他和龙虎大王霍步昌先上了一条最大的船。金兀术命令道："开船！"船手开始摇橹或划起桨来，船开始缓缓离开南岸。对面的江边是茂密的芦苇丛，一片寂静。

船刚刚离开江岸几丈远，距离江心还有一段距离时，突然对面号炮连天，从芦苇中突然出现几十条大船，船上是篷帆，一字横排摆开，足有几里地长，把长江北岸封住，中间船只上并排站立一男一女，男的金盔金甲，日光照射下粼粼闪光；女的头戴软盔，上面插着两根雉尾，即俗语说的野鸡翎，金盔金甲外罩白色鹤氅。两个人威风凛凛，正是宋朝名将韩世忠和梁红玉夫妇。

金兀术一见，大惊失色，就凭他这些参差不齐的船只和只会骑马打仗而不会水的士兵与对方交战，无异于以卵击石。

金兀术是久经战阵的大将，知道此时不具备交战的能力，也不鲁莽。马上传令所有船只停止前行，返回南岸。派使者前去下战书，约定明天午时双方在江面进行决战。韩世忠立即答复。双方都开始进行积极准备。

打发走金使后，韩世忠和梁红玉商议明天如何作战，如何打败金兀术，如果理想，甚至可以生擒金兀术。于是，马上进行全面部署，调来副将苏德挑选一百精兵，悄悄出去执行秘密任务。他们夫妇要在明天打一个漂亮仗。

次日清晨，天刚蒙蒙亮，韩世忠和梁红玉便坐在楼船最顶端的瞭望台上，眺望江对面的金山方向。忽然看见六个骑兵出现在山脚小路上，沿着盘山道向山上而去，韩世忠指着那六人道："来了，目标出现，等一会儿就有好戏看了。"

"将军预见很准，金人真的上了金山。但愿其中有金兀术。"梁红玉道。

"看那几个人已经过了山半腰，再有一会儿就会登到山顶的龙王庙了。"韩世忠显然有些兴奋。

"可惜我们在这里无法直接看到龙王庙，否则，这次非抓住这几个人不可。"梁红玉也面露喜色。

又等一会儿，从时间上估计那几个人已经进入龙王庙了。韩世忠高高举起右手使劲往下一落，十面大鼓同时敲响，鼓声极其响亮浑厚，通过江面传向对面的金山，山谷传响。游山的人谁也不知道是怎么回事，驻足观看，仔细辨听。

说时迟，那时快，埋伏在龙王庙中的一百宋兵听到鼓声迅速杀出，要封住庙门，活捉敌将。那五个人刚刚下马，只进去三个人，最后的两个还没有进去。听到鼓声，知道有变，迅速往回退，进去的三个人出来两个，一个当即被埋伏在门附近的宋兵擒获。

剩下的四个人一见，回头拼命往山下奔跑，里面的宋兵急速追赶出来。四个人中，有一个穿大红战袍、满脸络腮胡子的人，正是金兀术。几十名追兵追赶四个敌人，在盘山路上由上而下。快到半山腰时，因为天已大亮，山间的晨雾已经散尽，韩世忠和梁红玉看得特别清楚。

在山腰一个急转弯处，四人中跑在最前边的那个不知被什么绊了一下，摔了一跤，一个前趴。紧跟在后面的就是穿红袍的人被绊倒，也是一个前趴。但他没有趴在地上，趁势一骨碌，一个前滚翻站立起来，和另外两个人继续奔跑。而最先摔倒的那个人被擒获。

又跑不远，前面有一小块空地，一个人牵着几匹马在那里等。他已经发现了这种紧张的情况，早已解开马匹等待，自己先骑在一匹马上。到来的那三个人飞身上马，向山下紧急奔驰。留守的那个人在最后断后。很快，四匹马便消失了。

韩世忠和梁红玉惋惜道："那个穿红袍的可能就是金兀术，可惜让他跑了。"

不一会儿，苏德率领那一百兵回来报告，因为鼓声响得早了一会儿，那几个人还没有完全进入庙门，因此没有完成任务，只活捉两名金兵，都是金兀术的贴身侍卫，经过审问得知，那个穿红袍的果然就是金兀术本人，只差一点点没有将其擒获。

原来，韩世忠估计金兀术在大战之前肯定会亲自观察敌方军阵部署以及地形大势，而在镇江，金山顶的龙王庙是最好的观察点，金兀术有可能到那里去。于是派苏德率领一百精兵在半夜时悄悄上山，在庙中埋伏好。因为里面无法观察外面，于是约定鼓声为号令，听到鼓声便迅速杀出，导演了上述情景。

第一个环节成功了，可惜金兀术跑了，只能等午时开战时在第二个环节再打败或活捉金兀术了。

午时已到，双方战船开到江面，相对布阵。宋军船大，都是海船。正中间几艘大船，保护中间一条楼船，楼船上面傲然站立一位头戴雉尾、身披红色鹤氅的女英雄，一手拿大鼓槌，一手拿令旗，正是八面威风的巾帼英雄梁红玉，她站立的位置便是整个江面双方战船的制高点。

金兀术观察一下，看出那条最大最高的楼船是宋军的指挥中心，于是传令，主要战船集中兵力从中间攻击那条楼船。宋军船只按照一定队形摆开不动，等待金兵来冲阵。因为这次大战的胜负就是看金兵能否冲开宋军的船只而到达北岸。如果能够冲出一条道路，登上北岸，金兵就算胜利了。因此，宋军是守方而金兵是攻方。

金军最有战斗力的船队径直向那条楼船冲去。而金兀术的战船则顺江往下，想从东面侧翼迂回冲开一条道路。

这时，楼船上鼓声大作，只见梁红玉站在最高处，精神抖擞，红色大氅随风飘舞，亲自用重槌敲击一面大鼓，在她下面的平台上，有三十名军士同时敲击三十面战鼓。他们都看梁红玉的手势，随着梁红玉的鼓声节奏。鼓声随着战斗的节奏而变化。

宋军将士勇气倍增，将冲阵的金兵打得落花流水，战斗异常激烈。这时，伴随着激烈的水战，响起了歌声：

剑光倩影粲花才，赢得将军信步来。

烽火羽檄惊春梦，寇警狼烟照江淮。
将军拔剑长啸起，红粉披挂陟楼台。

战鼓敲起来！敲起来！
勇士怒气冲霄汉，
豺狼魂魄飞天外。
战鼓敲起来！敲起来！
不容外寇犯我神州土，
金瓯完整坚固传万代。
战鼓敲起来！敲起来！
不容外寇犯我神州土，
金瓯完整坚固传万代！

冲击楼船的金军船只根本无法靠近，首先被那条楼船外围的战船痛击，已经受到很大损失。即使有几条船在缝隙中接近楼船，也遭到极其强大的打击，楼船上配备当时最先进的强弓硬弩，力度大而密集，而且还有大炮，炮声一响，碗口大的石块射出，金军的船只很多被击破沉没。金兵损失惨重。

金兀术率领的攻坚船队刚接近东面的宋军，忽见对面船头站立一员大将，正是韩世忠。金兀术在陆地上都不敢轻视韩世忠，二人武功基本相当，在水面上他更不敢直接和韩世忠交手，连忙掉转船头，往回急行，想换个地方冲击宋军的船队。这时，楼船上鼓声大作，梁红玉亲自击鼓，宋军将士勇气倍增，将冲阵的金兵打得落花流水，战斗异常激烈。

金兀术眼睛都红了，往回行驶一段距离，觉得对面宋军船只稀疏，便想从这点突出去，传令船队向宋军冲击。刚要接近时，突然发现对面船只上仍然站着韩世忠。金兀术十分纳闷，怎么见鬼了。连忙传令改变方向，继续向上游行驶，双方船只众多，在江面上很混乱。

又行驶一段，金兀术下令，从这里冲过去。待掉转船头面向宋军船只时，只见对面船上站立的还是韩世忠。金兀术大恐，自言自语道："哎！这是怎么了？活见鬼了？韩世忠怎么知道我到什么地方了？我到哪他就跟到哪？"

金兀术身边的大将霍步昌见岳父如此惧怕韩世忠，心中不服，大怒道："韩世忠，你也不要猖狂，难道我们怕你不成？"说罢，噌，一纵身就是一丈多远，跳到韩世忠的船上。尚未站稳，便被船头的宋军军官横抡大枪的枪杆打下水去。

金兀术本想拦住自己的门婿，但迟了半步，眼看着霍步昌落水，急忙命士兵下水去救，可金兵和宋军士兵水下的功夫根本不是一个档次，何况霍步昌距离宋船近，金兀术眼看着自己的门婿被韩世忠军兵擒获。金兀术知道这次是冲击不成了，忙传令收兵。随着一阵紧急的锣声，金兵船只都往回撤退，宋军也不追赶，反正就是不让金兀术过江。

回到大营，金兀术好生烦恼。粘罕传令，让他尽快过江北上，中原战事很紧。而他被韩世忠阻挡在长江南岸，无论怎么也过不去。最后，他下决心和韩世忠讲和，情愿将掠夺的所有财物全部留下，交还给宋军，只求放他的军队过江。

韩世忠夫妇率领部队兴高采烈地回到江北大营，召来俘虏的金军大将进行审问，原来是金兀术的门婿龙虎大王霍步昌，立即下令将其斩首，以杀金兵的锐气。

原来，这是韩世忠和梁红玉精心设计战败金兀术的第二环节。梁红玉站在最高处击鼓助战，同时负责瞭望指挥，盯住金兀术的船只，金兀术的船到哪里，梁红玉的小旗就指向哪里，楼船最高处的一个鲜明的箭头指挥标就指向哪里，韩世忠船上专门负责观察的兵卒便指挥划船人划向哪里。因此金兀术无论怎么跑也逃不过韩世忠的船只。

金兀术的专使到达宋营，递上讲和书，韩世忠看罢，没有答应，明确要求金兵投降，全部撤回本土，送回二圣。金兀术一听，气得大喊道："韩世忠想得美！本元帅尚有十万大军，难道怕你不成？看我过江之后如何收拾你们！"

金兀术久经战阵，知道硬冲是过不了江了。躺下想计策，快到半夜时，金兀术突然眼珠一亮，想出一条计策来。连忙让传令兵传达命令，全军马上集合，立即上船，听从指挥。

黑夜中，金兵全部上船，悄悄起锚，悄悄划向江面，悄悄向上游划去，金兀术准备偷渡长江。但江面上有宋军巡逻的船只，而且对面也有宋军的岗哨，如此大规模的行动怎么能够避开。船出去没有一里地，就发现江面北边也有船只在行驶，只是比金兵的船只落后一些。但如果金兵的船只要向北横渡的话，肯定也会遭到迎头痛击。金兀术见此计不成，就想继续向上游行进，在行进中寻找机会。

这样，金兀术的船队在江面南面，宋军船队在江水北面，隔着江水的中心同时向上游行进，没有交战。

天色渐明，金兀术一看，后面宋军的船队紧紧尾随，两支船队形成了平行运动，始终拉不开距离。金兀术的船队不敢向江北靠拢，心中烦躁。忽然见前面江水出现一个岔路，宽阔的江面分出一个支流来，而且是在江水主航道的北面，如果进入那个支流也就等于进入长江之北了。再看韩世忠的船只都大，进入那条支流恐怕就不如他们的船只灵活了。于是金兀术下达命令，船队加速，驶向江面北边的支流。

金兵们见有逃脱的可能，都齐心协力拼命划船摇橹，终于抢在宋军船队前面进入支流。开始时水面很宽，水也很深，但进去几里远后，水面渐窄，水也逐渐浅了。他们的船只比较小，行驶没有问题。回头一看，宋军的船队已经没有了踪影，被远远甩在后面。

金兀术大喜道："这回可算把他们甩掉了，我们成功了。"命令船队继续加速前进。

水越来越浅，水面越来越窄。又行驶十多里的光景，水只有一尺多深，水底全是深深的淤泥，船只无法前进。往前看，原来此处是河流的尽头，前面是一片沼泽地，周围几里远都是烂泥，船只无法行走，人也无法行走。那淤泥不知多深，人一踩上去立即就会陷进去，越挣扎越往下陷，只能眼睁睁看着完全没影。

金兀术一看，这可完了，哪里是逃生，简直是送死。立刻派人回去探看，知道韩世忠已经派人将出口封死，两面布置了强弓硬弩，又有几只战船时刻守在通向江面的出口，要想再返回去都不可能了。

金兀术派人在附近找来几个打鱼的，一打听，才知道这里叫黄天荡，是个有来路无出路的死水道。这才明白韩世忠的船队不追赶的原因了。他见前无出路，后无退路，不由得仰天长叹道："我金兀术自从南下作战，所向披靡，没想到今天被困黄天荡，如此狼狈。天啊，告诉我，该怎么办？"

金兀术被困黄天荡，冲不出去又逃不走，想上岸周围又都是烂泥，只好在中间寻找可以上岸的地方，到附近地方抢掠一些食物维持，十分狼狈。足足被韩世忠困了四十多天。金兀术一筹莫展之时，有人领来一个当地的百姓，说是有办法帮助金兵脱离困境。此人贼眉鼠目，一脸谄媚之相，满嘴甜言蜜语，一口一个金爷爷，金兵说给他很多钱，便告诉说，从这里往西北，有一条老鹳河的故道，近几年才淤上，原来可以和长江主河道连上的，若派兵往前挖十几里地就可以利用老鹳河的河道接通长江，那不就出去了吗？

金兀术一听，喝问道："你说的可是真话？"

"嘿嘿嘿，您借我个胆也不敢糊弄您啊！"

那个奴才等着领赏呢，金兀术说："去，把他打发了吧！"

下面的人领着那人，出门后一刀就给杀了。金兀术嘴里的打发就是打发他上路的意思。金兀术嘿嘿嘿冷笑道："这样的败类，出卖自己的国家，就应当不得好死。"这个人没有留下名字，我们也没有必要记住他，那下场真是罪有应得。

按照那个人的办法，金兀术悄悄地率领部队逃出黄天荡，然后与其他金军会合去建康城。这时，建康城依旧在金军的占领下。

金兀术的先头部队已经进城，但最后的部队刚刚进入城南三十里的清水亭。岳飞听说金兀术已经逃离黄天荡，便判断其一定去建康，因为建康如今还在金兵手里，于是率领骑兵追击而来。金兵后续部队准备在清水亭休息一下，刚刚准备扎营，岳飞的骑兵就杀到，一顿混战。金兵是从黄天荡败退的残兵败将，而岳家军是连战连捷的得胜之师，士气高昂，战场上的士气非常关键，说"兵败如山倒"，真是一点不假。金兵向建康城败去，岳家军一路追杀，十五里地上尸横遍野。岳飞见敌人已进入城外的大营。一般军队扎营后都有一套守备设施，轻易难以攻破。岳飞下令鸣金收兵。站在高处观察一会儿，决定到建康城南面的牛头山扎营。

清水亭一战是在四月二十五日打的，驻扎牛头山后，安营扎寨，这里易守难攻，营寨中水源充足。白天让士兵们好好休息，晚上，选出几百精干的士兵，组成敢死队去骚扰金兵大营，分几拨去。去一次偷袭几座营盘，杀死金兵百八十人，然后就撤回，来去匆匆，令那些金兵不得休息，还不敢出营追击。其实，这便是"敌驻我扰"的游击战术，真是很高明。

五月初，金兀术已经不胜其烦，于是决定放弃建康城，撤军回北方。残忍贪婪的金兀术在撤出之前，对城中进行了大肆抢劫杀掠，凄惨的哭声喊声震天动地，到处是尸体和鲜血。然后从西北方的靖安镇（亦称龙湾）向北岸的宣化镇渡江。

侦察兵报告金兵烧杀抢掠后撤出建康，岳飞立即集合队伍，率领三百骑兵、两千步兵向建康城扑去。岳飞见建康城中火光冲天，眼睛都红了，率领三百骑兵风驰电掣般向建康城而去。

建康城门大开，岳飞带骑兵先进城，看到惨状目不忍睹，大喝道："这帮禽兽不如的屠夫，恶贼！弟兄们，跟我追击，追杀他们！"

士兵们也都义愤填膺，跟随岳飞从北门冲出去，朝金兵撤退的方向杀。很快便追上金兵殿后的队伍。岳飞血贯瞳仁，殿后的金军将领急忙拍马来迎，岳飞马快枪快而狠，一枪将敌将穿个透心凉，双膀一较劲，将敌将从马上挑下去。金兵见主将阵亡，呼啦啦一个劲疯狂逃窜，但骑兵追杀步兵，特别是溃败的步兵，那就如同切瓜砍菜一般，凡是敢于抵抗或继续逃跑的金兵都被杀死，而跪下举起武器投降的金兵则被后面跟随而来的步兵看押并往回送。

岳飞率军一路追杀，一直追杀到靖安的长江边上，凡是没有上船离岸的金兵不是做了刀下之鬼就是成了俘虏。江边肃清金兵，望着滚滚奔流的浩瀚江水，岳飞心情激动。这是他独立作战以来取得的最辉煌的胜利，他情绪高昂，信心百倍，金兵并不像传说的那样能打仗，打败金军、收复河山是完全可能的。

建康城全部收复，回到城里，先安排队伍帮助百姓灭火，秩序逐渐稳定下来，岳飞开始清理战果。

经过一番清点，不到半个月时间，岳家军收获的战果是：收复建康城，杀死金兵大约三千人，俘虏一千多人，其中万户、千户这样级别的军官就有二十多名。万户、千户都是女真的官职名，战时就是军官，当时有"猛安谋克"制度。万户相当于军师一级官员，千户则相当于团营一级吧。俘获的军官就这么多，可见战果辉煌之程度。

就在岳飞与敌人浴血奋战的时候，后方出现了严重的危机。留守大本营的后军统制刘经要谋杀岳飞亲兵和家属，兼并岳飞的军队。不过，岳飞为人真诚，对于属下真心关爱，刘经毕竟是岳飞的部下，他的部下对于岳飞都极其忠诚的，因此便有人将这秘密悄悄告诉岳飞的心腹，此人便来岳飞这里秘密报告这种紧急情况。

正是刘经的一位将官王万秘密跑来向岳飞告密，说刘经正在谋划杀掉岳飞的家属后吞并岳飞的部队。在当时，把其他将领杀掉而兼并其部队的情况时有发生。岳飞听说，知道事态严重，于是便派手下足智多谋的将领姚政火速赶回去，并授之密谋。

姚政火速赶回，在岳飞家里秘密安排好伏兵，然后去刘经处，说老太太接到家乡急信，有紧急情况，请求他前去商量。刘经信以为真，跟随姚政前去，刚一进院，便被埋伏的军兵杀死。岳飞也很快赶回来，到刘经的部队宣布他的罪行，把他的军队全部直接统领起来。

这样，岳飞快刀斩乱麻解决了心腹大患，然后将后军统治的大权交给好友汤怀，彻底免除了后顾之忧。正是：

兀术被困黄天荡，红玉击鼓战金山。
岳飞收复建康城，赵构得以回临安。

第十五回

初面圣岳飞受眷顾　再结婚鹏举得佳偶

　　收复建康之战结束半个月后，就到了五月下旬，江南早已进入夏季。岳飞率领自己的一千亲兵，押解着一千多俘虏，浩浩荡荡向越州（今浙江绍兴）而来。因为当时行在在那里，岳飞是奉诏前去。

　　所谓的"行在"是指皇帝临时居住的地方。此时，高宗从海上逃跑回来就临时住在越州。金兵已经全部退回北方，江南地区出现短暂的和平景象。一路上，岳飞看到战火没有烧到的地方，农民正在进行夏收和积极准备秋种。

　　岳飞看在眼里，心中涌动起对他们无比热爱的情绪，这样的百姓，怎么能不加以保护？保护朝廷的安全，保护百姓的安全是军人最神圣的职责，自己就要将这个千斤重担承担起来。想到这里，岳飞挺了挺腰板，轻轻打了马一鞭子，战马"嘚嘚嘚"小颠起来，行军的速度立即快了。

　　这一年是建炎四年（1130），岳飞28岁，进入武将的黄金年龄，身体最壮实，精力最旺盛，经验开始丰富，故总是信心满满，意气风发。

而高宗赵构24岁，其实也到了有担当、有经验的年龄，他手中还有许多好牌，当时就朝廷军队来说，便有韩世忠、张俊、刘光世几支大军，各有几万人以上，经过几年与金兵的作战，都已经积累了一定的作战经验。而且各地义军还有近百万，河北、河东义军虽然被金兵各个击破，但散在的还有许多，南方的义军起码还有二三十万。其实，这些人都是被压迫被剥削而走投无路的良民，都是可以团结利用的力量。好牌则需要好的打牌人啊！

高宗赵构总听人说"岳飞太能打仗""岳飞可堪大用"的话，如今岳飞来到行在，他急于看到这位栋梁之材，于是下诏要求岳飞立即觐见，不必等次日早朝。看来高宗是真的要好好看看这位叱咤风云的英雄人物了。

岳飞奉命觐见，脱去铠甲军服，穿便装朝服随着内侍进入高宗临时的内殿，岳飞撩衣跪倒，叩首道："微臣岳飞叩见陛下，吾皇万岁万岁万万岁！"这是大臣见皇帝必需的程式，岳飞是首次见到皇帝，这种礼数就更不能缺少。

高宗见自己面前的岳飞身材魁梧，相貌堂堂，天庭饱满，地阁方圆，虎背熊腰，一脸正气，满心欢喜。

君臣二人交谈几句，谈到当前的形势和应当如何布置防务时，岳飞道："臣以为建康为要害之地，所以臣帅兵进驻牛头山，抓紧机会收复建康。建康乃战略要地，宜选兵固守。臣以为贼若渡江，必先二浙，江东、江西两地偏僻纵深，金人亦恐怕重兵断其归路，非所向也。故臣乞益兵守淮，拱护腹心。"

高宗点头称是。于是收回成命，而命岳飞继续驻守原地，派兵守护建康。原来，此前曾经将岳飞的部队归属张俊统辖，张俊要求岳飞军队进驻江西洪州，即南昌。由于岳飞觐见，高宗批准，才得以不动。忽然感觉，这可能也是张俊与岳飞有隔阂的开端。高宗龙心大悦，又赐给岳飞金带、马鞍，那是极高的荣耀，当年王安石遥控指挥王韶取得河湟大捷，收复近三千里领土的时候，神宗皇帝才赐给王安石一条金带，一般大臣是很难得到如此高的礼遇的。可见高宗对岳飞是真的很重视。

越州便是当年春秋时期风云人物勾践卧薪尝胆而报仇雪耻的地方。这里还有越王台古迹。此时是岳飞心情最好的时期之一，好不容易得到几天休闲的时间，便到这里的名胜古迹参观游览一番。这天便来到越王台。

越王台位于今浙江省绍兴市区卧龙山东南麓，是为缅怀越王勾践卧薪尝胆复国雪耻而建。据《越绝书》记载："越王台规模宏大，周六百二十步，柱长三丈五尺三寸，溜高丈六尺。宫有百户，高丈二尺五寸。"后屡建屡毁。到唐宋时期，已经是闻名遐迩的重要旅游景区。其实，旅游业自古以来就有。唐代的李白到越州时，也曾特意来此参观，即兴写下一首诗《越中览古》："越王勾践破吴归，义士还家尽锦衣。宫女如花满春殿，只今惟有鹧鸪飞。"历史的沧桑感令人唏嘘。

休整数日后，岳飞率领部下返回宜兴张渚镇的岳家军大本营。六月十五日，岳飞回到宜兴，见过妈妈和两个儿子，全家人都非常高兴。

当时，岳家军指挥部借住当地大户张大年员外的宅院。这位张大年是宜兴县首富，也是深受百姓爱戴的开明士绅，百姓都称之为张员外。晚上，为庆祝这次建康大捷以及皇帝的嘉奖，岳飞犒赏全部官兵。

由于几个月前从金兵手中反抢回来一百多车的钱物，岳家军的家底很厚，而粮草又由宜兴县全部提供，故岳飞管辖下有一定的经济实力。全军官兵皆大欢喜。岳飞率领高级军官借助旁边五岳祠中的大殿举行庆祝晚宴，酒过三巡之后，岳飞感觉热血偾张，站起身来，对跟随自己出生入死的弟兄们道："牛头山一战，我岳飞感觉金兵可以战胜，中原可以收复，我真的希望弟兄们跟随本帅大干一场，从头收拾旧山河，还我中原！"

几位战友都受了感染，斟满酒杯，高高举起，大声道："我们一定跟随元帅，誓死杀敌，收复河山。"

岳飞见状，兴致更高，吩咐笔墨伺候，顷刻之间，笔墨准备好。岳飞早就观察好了，旁边便是一面粉白的墙壁，岳飞提笔，略微相看一下，找准起笔的地方和字体大小以及行距，落笔疾书，是行草之体。大家都不喝酒了，围拢来观赏他们元帅的文章和书法。只见上面写道：

自中原板荡，夷狄交侵，余发愤河朔，起自相台，总发从军，历二百余战，虽未能远入夷荒，洗荡巢穴，亦且快国雠之万一。今又提一旅孤军，振起宜兴；建康之城，一鼓败虏，恨未能使匹马不回耳！

故且养兵休卒，蓄锐待敌，嗣当激励士卒，功期再战，北逾沙漠，蹀血虏廷，尽屠夷种，迎二圣归京阙，取故地上版图，朝廷无虞，主上奠枕，余之愿也。

河朔岳飞书。[1]

关于《五岳祠盟记》有两种版本，本文选取其一而已，两者略有差异，但基本格调语气全同，本文采用其一，不作任何考证，但根据所写之内容语气，当是岳飞之真迹无疑，那种义薄云天的豪气，那种敢于亮剑的英雄气概，那种"待从头收拾旧山河"的大志，非岳飞何人能有？伟哉岳飞！壮哉岳飞！

为诸君阅读的顺畅，我直接意译出来，能把岳飞那种精神气魄基本表达出来我就心满意足了。

---

[1] 岳飞研究会：《岳飞诗文选注》，浙江古籍出版社1990年版，第45页。

近年来山河破碎，中原战乱频仍，金贼长驱直入，如入无人之境。我在河朔故乡时便发愤从军，从相州开始起步，总发之岁开始从军，大小经历二百余战。虽然未能远涉荒凉偏远的蛮夷之地讨伐扫荡他们的老窝巢穴，但也曾经痛快地报了国仇家恨的万分之一。如今又亲提一个营垒的孤军，在宜兴开始振兴壮大，建康之城，一战收复，贼兵拥挤着进入长江，在夜间逃跑，遗憾的是不能杀他们匹马无回。

所以我暂且令官兵们休息整顿，训练培养士兵，养精蓄锐以等待与敌人血战。如果朝廷能够顾念我们报国的决心，赐予我们兵器铠甲，使我们的武器更加完备，颁发降临恩赏，使官兵们蒙受浩荡皇恩。我们岳家军即将要深入敌人的腹地，攻入他们的老巢，绑缚贼人首领喋血马前，对敢于反抗的敌人赶尽杀绝，迎请我们的二圣返回中原，收复所有失地重新进入我们的版图。他时路过此地，则竖立石碑记载功绩，岂不是太快乐了吗？此种心愿一发，天地知之记之，理解知道我岳飞的人知之记之。

落款是建炎四年（1130）的六月十五。这便是可靠的文字了。

这一时期，岳飞暂时轻松无事，母亲和两个儿子已经接来团聚，但是妻子刘氏已经改嫁。他真的需要有一位新的妻子了。

正是在这种情况下，在进行军事训练中，一位武功好、身材窈窕且充满正义感的女兵被岳飞的英雄气概所感染，她看到岳飞书写的《五岳祠盟记》，对于这位能文能武的年轻将军产生了强烈的崇拜爱慕之情，同时她也知道岳飞现在的家庭状况，便下决心要服侍将军的后半生。于是就在训练结束后，来到岳飞前面，脸一红，说道："将军，在下有礼了！"

岳飞在观看女兵训练的时候，早就注意到这位女兵了，面熟。但她突然来跟自己说话，还是有点突然，不免一愣，马上回答道："您好，有什么事吗？"岳飞以为是关于训练的事情。

那位女兵的脸只是红一下，马上恢复正常，道："将军请借一步说话。"岳飞见状，挥挥手，身边的亲兵都站到一边去了，拉开点距离。

那位女兵道："将军，我叫李娃，见将军日夜操劳，家中还有老母和儿子，无人帮助将军料理家务，我愿意终身追随将军，陪伴将军。我看将军是爱国志士，正人君子，值得我敬仰，值得我爱，我愿意嫁给将军。不知将军意下如何？"

岳飞思索片刻，马上回答："谢谢你对我的爱，谢谢你的美意。你开朗而具有正义感，豪爽大方，能感觉到你对我是至情至爱，我愿意娶你为妻。我回去报告母亲，我们择日就可以成亲。"

或云：那时候封建，女子能这么大胆地追求爱情吗？岳飞能够接受这样泼辣女子的爱情吗？在爱情方面，岳飞和辛弃疾有相似之处，都是豪爽大胆，大踏步走来，不那么婆婆妈妈，磨磨叽叽的。因为这些都是光明正大之事，没有什么需要藏着掖着的。

岳母当然高兴，一切顺利。数日后，岳飞和李娃的婚礼简单举行。然后在附近一个叫唐庄的村子购买一个比较宽敞却不豪华的宅院，岳飞一家住了进去。岳飞过了一段温馨的家庭生活。岳母开心，岳云开心，岳雷开心，李娃开心，岳飞开心，全家人都开开心心，过得非常和谐温馨，其实这便是人生最大的幸福，家庭才是人生最温馨最幸福的港湾。

一年后，李娃为岳飞生下第三个儿子岳霖。岳飞死时岳霖才十二岁。岳飞平反后岳霖抓紧时间到朝廷请求把他父亲当年上的奏疏还给岳家，开始搜集父亲的遗物和一切可以搜集到的资料，并回到故乡访问遗老。那时家乡的很多人都亲见过岳飞，还有岳飞的一些战友和部下，采访许多人，留下许多口述历史。其后，他的儿子即岳飞的孙子岳珂继续父亲的工作，搜集完善对祖父生平事迹的记载。岳珂在宁宗朝权发遣嘉兴军府，兼管内劝农事，有惠政，常居郡治西北金佗坊，痛愤祖父岳飞为秦桧所害，作《金佗稡编》《吁天辩诬集》，又著有《桯史》，在父亲基础上搜集整理祖父岳飞遗留的文献、遗物和事迹等，为我们今天研究岳飞的生平和思想提供了最可靠的文献资料。而且，正是李娃在岳飞被杀后把几个孩子都抚养成人，可以说是位了不起的女人，也是一位值得大书特书的女人，是绝对的贤妻良母。

岳飞在宜兴张渚休息的时候，天下正在发生大的变故，金与南宋政权的斗争又出现变数。因此，此处一定要交代一下，因为这涉及岳飞日后斗争对象的复杂性以及对岳飞评价的难度。

先介绍一个人物——刘豫。刘豫（1073—1143？），字彦游，永静军阜城（今河北阜城县）人。进士出身，北宋末年曾任河北西路提刑官，金兵南下时，吓得屁滚尿流，弃官逃跑到江南避乱。高宗即位后，中书侍郎张悫与刘豫关系好，便推荐他出任济南知府。当时山东纷乱至极，起义军风起云涌，刘豫害怕，几次要求改派到南方去，遭到执政者的拒绝。于是他便怀揣一肚子怨气到济南上任。

当年冬天，金军继续南侵，大军包围了济南。包围济南的金军元帅是挞懒，他也了解刘豫的为人，便派奸细入城，引诱他投降，并答应他继张邦昌之后做皇帝。刘豫本来就是个有野心贪念之人，又对朝廷一肚子气，于是立即答应了。

但当时守卫济南的军事长官是大刀关胜，便是《水浒传》一百零八将中三十六天罡星中排在第五位的那位大刀关胜。一把大刀，挥舞起来出神入化，有万夫不当之勇，在河北一带赫赫有名。他领导的军队也有相当的战斗力。刘豫怕他不服从自己，便以请他议事为名，关胜没有设防，被丧尽天良的刘豫用毒酒活活害死。恶人是没有底线的，关胜这样的大将没有死在疆场却死在自己同僚的毒手下，真是可惜至极，刘豫则可恶至极。

害死关胜后，刘豫便献出济南。挞懒也真的让他继续主政济南。建炎四年（1130）三月，金兀术听说赵构已渡过长江，就派刘豫知东平府，任京东西、淮南等路安抚使，节制大名、开德府、濮、滨、博、棣、德、沧等州，刘豫的儿子刘麟为济南知府，黄河以南由刘豫统领。

刘豫将在济南等地大肆搜刮到的金银财宝全部给挞懒送去，因为挞懒曾经提出要拥立他当"张邦昌第二"，他心里企盼着。

挞懒再与金兀术、粘罕商量，最后请示金朝皇帝完颜吴乞买批准，册封刘豫为"大齐皇帝"，在册封的诏书中，有大齐皇帝对于金朝皇帝"以子事之"的明文，也就是说，刘豫这个皇帝侍奉金朝皇帝，要像儿子侍奉老爸一样，这便是名副其实的"儿皇帝"。

这一天是建炎四年（1130）的重阳节，即九月初九。首都定在大名府，然后把金兵占领的河南、山东的全部地域都划归给了刘豫，刘豫的地盘其实真的不小，足以赶上现代欧洲的一个中等国家。

其实，这是金朝在中原地区的代理人，刘豫就是一个十足的傀儡。他起用了一批文武大臣和地方官吏，大部分都是北宋时期的文武官员。这样，在南宋朝廷和金朝之间又出现"伪齐"这样一个政权，虽然在中国正史上无人承认这个儿皇帝，但大齐在当时也是五脏俱全。十月，刘豫封他的母亲翟氏为皇太后，妾钱氏为皇后。钱氏是宋徽宗宣和时的一个宫人，熟悉宫中之事，知道如何侍寝，如何哄皇帝开心，刘豫想仿照宫中各种规制，故立她为后。十一月，改年号为阜昌。居然有了自己的年号，但恐怕没有几个人知道，我在写作此书前是真的不知道还有什么"阜昌"的年号。

而且，刘豫在原来就有的一些军队外，在所辖地区招募壮丁，组建新的军队，而在这一地区或南宋境内的一些游寇盗匪也都投向他而来，于是他所拥有的武装力量也确实有一定的规模了。

"子系中山狼，得志便猖狂"，狼还得有狼心，狗还有狗肺，这刘豫简直连狼心狗肺都没有，就是穷凶极恶的魔鬼。他居然在自己的辖区，尤其是原来北宋首都开封汴梁城内去搜查宋朝宗室，要把赵宋王朝的根掘了。他毕竟做过赵宋王朝的官员，"君子失交不出恶声"，何况是曾经的臣子，怎么可以这样对待曾经的皇帝家族？有位叫阎琦的承务郎因为掩藏宗室子弟被他活活打死。

爱国女文人李清照有一首《咏史》诗说："两汉本继绍，新室如赘疣。所以嵇中散，至死薄殷周。"其实针对的便是刘豫的伪齐政权。诗中的"新室"是指王莽新朝，但王莽还真的当了十几年皇帝，处在两汉的中间。而两宋政权基本是衔接的，只差三个月左右时间，在纪元上没有问题。所以这个伪齐不就是赘疣吗？

完颜宗望本来想让出使金朝但宁死不降的名士洪皓去给刘豫当官，洪皓坚决不答应，便被流放到冷山（今黑龙江五常市大秃顶子山），前后十五年，最后写成《松漠纪闻》一书，此人是南宋洪迈、洪适、洪遵的父亲，父子四人都是文化名人。洪皓的《松漠纪闻》与洪迈的《容斋随笔》都极其著名。总之，许多志士仁人坚决不肯给他这个儿皇帝当官，表现出很高的气节。

再介绍一位志士，这就是楚州知州赵立。赵立（1094—1130），徐州张益村人，这也是一位狠人，是令金兵闻风丧胆的志士。他善骑射，不喜声色财利，能与士卒同甘共苦。每次作战，总是冲在前边，对临阵退却的人严惩不贷。钦宗靖康初，金兵大举南侵。赵立因屡立战功，被任为武卫都虞候。保卫徐州有功，被授予忠翊郎、权知州事。因守卫楚州被任命为泗州涟水军镇抚使兼知楚州。

在出任此职前，他曾经在王复属下共同抗击金兵，守卫徐州。当时的军事指挥是王复，而徐州知州是郑褒。金兵攻城时，赵立奉命督战。

战斗激烈，打退敌军几次强攻，赵立满身是血，依旧浴血奋战。徐州刚刚被攻破时，赵立和金兵巷战肉搏，杀开一条血路，要抢夺城门而出，结果被一金兵击晕，倒在死人堆里。混战中根本无人注意。

下半夜时下起小雨，将赵立浇得苏醒过来。他仔细回想一下，见夜间极其寂静，悄悄爬起来。经过一些周折，找到王复尸体将其掩埋。大哭一场。

王复，字景仁，淄州淄川县人，约出生于熙宁十年。官宦世家，曾祖王昊曾任国子博士，祖父王珍曾任尚书虞部员外郎，父王愈曾任澶州濮阳县令，赠光禄大夫。他少好读书，博通史传，慷慨有气节，家里藏有唐以来名臣画像，王复经常指着颜杲卿画像与人说："士当艰难时捐躯殉节，如颜公始无愧于天地间矣！"

后来，王复以门荫补官试六法中选授理评事迁本寺丞。后累迁京东辇运，京东路转运判官，两浙转运副使，因平叛方腊有功而擢徽猷阁待制，都转运使等。

高宗继位后王复知徐州。金将粘罕以数万人攻打孤城徐州，二十天后终因弹尽粮绝城陷。王复拒不投降，满门百口均遭杀害，极其惨烈。时建炎三年正月二十九日，王复方五十二岁。他以及家人的结局真的很像颜杲卿，满门忠烈。难道他当年说的话成了谶语不成？但颜杲卿的大名流传甚广甚深远，可能与颜真卿也有关系。故王复的满门忠烈也应该被记入历史，流传千古。

南宋的楚州是宋朝淮东重镇，在淮河和京杭大运河交汇处，是战略要地。宋淮东安抚制置使便驻在楚州。刘豫当上儿皇帝便想要建立功业，便派人招降楚州知州赵立，赵立根本不看他的书信，大骂"逆贼"，立即斩了他的使者。

刘豫不死心，又派赵立的朋友刘偲用写着大字的旗来诱降，并向城上喊话说："我是你的老朋友啊。"赵立说："我知有君父，不知有老朋友。"立场坚定，旗帜鲜明。

刘豫知道赵立无法招降，便请求干爹挞懒发大军攻打楚州。金兀术统帅的大军也来增援，一时间，楚州成为宋金两军大战的核心战场。开始时，在承州、楚州之间有樊梁、新开、白马三个大湖。金军将部队散落其中，断绝两地的联系。因此楚州的粮道被阻塞。开始被围困时，可以吃一些野菜、水草。后来就只能吃榆树皮。再后来承州沦陷，楚州成为孤岛，赵立派人向朝廷告急。

签书枢密院事赵鼎想要派遣张俊前去解围，张俊不肯。赵鼎说："江东的物产全部由两淮产出。失去楚州天下就会有危难，如是张俊害怕独自前往，我愿意与你同行。"张俊仍旧推辞，于是任命刘光世督淮南诸镇前往救援楚州。

张俊每到关键时刻都畏缩不前，错过大好的战机，后来却污蔑岳飞支援淮西逗留不进，真是颠倒黑白的高手。关键还是高宗赵构和奸贼秦桧借用他的口和手来谋害岳飞，想来便令人扼腕啮齿。他跪在岳飞像前确实不冤枉，这就是个机会主义小人。

当时，岳飞归属于刘光世部队，驻扎在泰州。岳飞也接到圣旨，要求驰援楚州。岳飞接到圣旨，立即集合人马，一边上奏章请求朝廷解决给养，然后马不停蹄赶往前线。岳飞的部队九月二十到达承州地界，与金军交战。

见有宋军来援，两军对阵，挞懒派手下的一员大将高太宝率军出战。岳飞拍马出阵，手提大枪，高太宝是金军一员猛将，手使一杆八十斤重的狼牙棒，武艺高强，也不搭话，双腿一夹战马，战马飞出，岳飞迎上去。高太宝抡起狼牙棒，带着风声向岳飞砸下来，当有千斤之力。岳飞本有神力，双手擎枪向上一搪，大声喊道："开！"就听"噌啷啷"的一声，狼牙棒被崩开好远，两马错过去。高太宝两个虎口发麻，知道遇到高人了。两人兜回马来，岳飞不想与他恋战，出枪如闪电，高太宝

· 147 ·

躲闪不及，被一枪挑下马去。岳飞部下见主帅大胜，立即战鼓齐鸣，将金兵杀得丢盔弃甲。首战大捷。

三日内，岳飞又发动两次攻击，但前来阻击他的是挞懒的精锐部队，两次都获胜，却无法解除楚州之围。而其他宋军都没有前来支援，张俊统帅几万大军却不敢前来，刘光世的其他军队也未到达战场。岳飞孤掌难鸣，无法解围。

九月二十五，金军发动了猛烈得近乎疯狂的攻城大战。赵立提前将城中破旧房屋的木料和茅草让士兵都扔到城下，敌人用云梯攻城，赵立命令敢死军向城下射带硫黄的火箭，点燃城下的茅草和木头，当火烧起来时，忽然转了风向，没有往金军的云梯方向燃烧。赵立仰天长叹道："难道苍天也不助我！"

忽然，风向大变，再折向云梯方向烧来。城头上，刚刚一露头的金兵就被砍下去。那边火又烧毁几个云梯，云梯上的金兵都掉了下去。赵立大喜，在城楼的台阶上观看。这时，金兵的几个火炮同时发炮，一个火炮的炮球击中赵立的头部，赵立大叫一声，仰面栽倒。部下急忙上前营救，赵立睁开眼睛，灼灼放光，仿佛用尽生命最后的气力说道："不能为国破贼了。到阴曹地府也要杀尽金贼！"说罢，怒目而视，停止了呼吸。当时只有37岁。这是我们不应该忘记的英雄，他的名字永远载入我们的历史，值得我们永远敬仰和纪念。

听说赵立战死的消息，岳飞知道自己在这里驻军已经没有任何意义，自己的一万军队是无法与金军将近二十万大军作战的。于是饮恨率领军队回到自己的防区泰州。

金军陷楚州一个月后，又以号称二十万兵力进犯岳飞的防区通州（江苏南通）、泰州（江苏泰州）。但手握重兵的刘光世违抗宋廷诏令，就是不出兵给予支援或策应。刘光世（1089—1142），字平叔。保安军（今陕西延安志丹县）人。南宋"中兴四将"之一。但此人名气大而军事才能实在一般，与张俊一样，都是名不副实之人。

　　十一月，岳飞因泰州无险可凭，便主动放弃泰州城，退保泰兴县柴墟镇以掩护民众南撤。为保护所有南撤百姓的安全，岳飞率军在南霸塘与金军鏖战数日，岳飞身中两枪，仍然坚持力战而击退了金军。直到掩护百姓全部渡江后进入安全距离后，岳飞才下令全军渡江。就是这样，岳飞始终将保护百姓作为自己军队的天职，这样的军队百姓能不爱护吗？有这样的将军才会锻造出这样的军队，因此，军队的政治素质是决定其战斗力的关键。岳飞到江阴驻屯后，将失守泰州罪责奏报宋廷，请求给予处分。朝廷知道具体情况，对岳飞没有任何责备，更没有处分，而是命岳飞在江阴就地驻扎，防守江岸。正是：

　　　　男儿立世当自强，亦须贤妻相衬帮。
　　　　岳飞身后多少事，仰仗李娃有后昌。

第十六回

战李成一万胜十万　　降张用片纸抵雄师

伪齐政权的建立，处在金与南宋朝廷的中间，实际上成了两个政权之间的战略缓冲区。连续征战，金要稍微缓解一下，暂时停止南下。而刘豫忙于建立巩固自己的政权，也顾不上对南宋政权进行攻击。何况，刘豫属下的官员基本都是南宋朝廷原来的人，向南宋进攻也难以有战斗力。于是，在一段时间里，金、南宋、伪齐政权这三个方面都获得一点喘息的时间。

我们把这一时期的大况也描述一下，也好理解当时各方的情形。由于在靖康建炎年间连续战乱，朝廷措施无方且政策多变，使大量失去家园失去亲人的百姓投入到动荡中来，朝廷原来准备收编的许多义军后来都被朝廷抛弃，只好继续起义，有的抗金，有的成为盗匪祸害地方。

被金军击溃的散兵游勇就形成了流寇，因得不到朝廷适当安置，这些人不得不结伙为盗，四处流窜，危害人民，其中势力最强、为祸最烈的有流窜于江、淮、湖、荆等地的李成、张用、曹成、孔彦舟等。

这样，安定后方，剿清这些游寇便成为朝廷的重要任务。建炎四年（1130）十二月，张俊被任命为江南路招讨使，主持讨伐李成等游寇。

张俊在洪州（今江西南昌）与叛兵首领李成对峙月余，战事毫无进展，便上疏请求调岳飞前去共同绞杀李成，朝廷立即批复。岳飞在绍兴元年（1131）正月十五日领兵从江阴赶回宜兴，和老娘以及妻子李娃匆匆见上一面后便统军前往洪州，于三月初三到达。

洪州即今日的南昌，张俊见岳飞率领队伍到来，急忙召岳飞前来商议。见面后，岳飞刚刚坐稳，张俊便问道："贼人在西山营寨连结，我们的军队无法突破敌人的防线，诸将也没有能够抵挡他锐气的。这样，我的军队和李成前后作战几次，都无法取胜，你为我筹划一下，该如何打败李成？"

岳飞道："这并不难，很容易。贼兵贪婪而不考虑身后，如果用三千骑兵，自上游悄悄渡过去，出其不意，便一定破敌。岳飞虽然不才，愿意担任先锋。"张俊大喜，立即同意。

初九这一天，岳家军刚刚到达洪州的第七天。夜色漆黑，岳飞点齐人马，只带三千骑兵，战马全部都戴上勒口，即马嚼子，使其无法嘶鸣，要求士兵都要默不出声，悄悄出城，沿着早就确定的路线很快便迂回到生米渡一带。岳飞身穿厚重的铠甲，第一个驱马过河，众军紧紧跟随，所到之处正是马进大营的上风头，恰好这里有一座小山包，岳飞要求士兵隐藏在山包的后面，紧急吃饭，准备厮杀。而马进并没有发现岳飞的军队，只是关注前面城中的动静。

早晨八点多钟，只见城门大开，张俊手下的大将率领两万大军出城正面攻击，马进的大军全面迎战，两军大战。正当双方打得不可开交之时，岳飞的三千骑兵突然从右后方杀来，一下子就把敌人的后方阵地冲垮。马进的队伍本来就是乌合之众，哪见过这样的局面，立即四处逃散，马进见状不好，急忙率领亲兵逃跑，几万军队就如同迁徙季节的大角马群，只见漫山遍野都是溃退逃跑的人。马进直接逃进了筠州，那里也在李成军队的控制之下。

岳飞聚拢军队回到洪州，稍事休息后便带领自己的一万人马直接到达筠州城东，安营扎寨。岳飞先去观察地形地貌，发现离东门六七里地的地方有一条狭长的山沟，两旁树木茂密，适合于埋伏，于是心中便有了作战方案。

马进就是一名武夫，根本不懂战略战术。见岳飞的军队不是太多，便把自己的全部家当都拉出来，布阵连绵长达十五里，声势浩大。

岳飞用一块大红布上面刺一个大大的"岳"字为军旗，精选二百名骑兵，由部下张宪带领，打着旗帜前行去接近敌阵挑战。马进见岳飞派这么少的人来，感觉受到侮辱，便指挥偏将出马。那偏将哪里是张宪的对手，只一个回合，便被张宪挑落马下。马进大怒，指挥部队一起蜂拥而上。张宪见敌人上钩了，便指挥骑兵边打边撤，敌人稍一犹豫，张宪便回身刺杀几名敌兵。几次下来，双方杀红了眼。

就这样，杀杀退退，张宪和那二百名骑兵成功将敌人引进那条山谷，当他们即将要撤出山谷时，大部分敌人已经进入埋伏圈了。岳飞一声号令："擂鼓！"鼓声大作，两面埋伏的八千步兵如下山猛虎般冲向敌人。

敌人立即乱了阵脚。这时，两边山上有许多士兵高喊："岳元帅有令：被包围的弟兄们，大家都是中原人，都是善良的百姓，是被迫上了贼船，只要是不跟贼的，举手坐下，投降不杀！""举手坐下，投降不杀！"……

敌兵们听罢，有的立即放下武器坐下了。如同传染一般，眼见大部分敌兵放下武器坐在地上。马进大怒，杀了几人，再要杀时，就有士兵反抗。马进见状不妙，带领几百亲兵和死心塌地当贼寇的人冲杀出去。

这一仗，岳飞大获全胜，受降几万敌人。不到一万士兵的骑兵步兵混合编队打败了十万敌人。岳飞当即进城,宣布所有俘虏一律不再处罚,愿意回家者发放路费,愿意参军者留下,就编入自己的军队中。其中很多人都知道岳爷爷是位爱国爱民爱兵的大好人,相互转告,自愿留下的就有几千人。岳飞的队伍再次扩大,已经有两万多人了。

再说马进率领残兵败将向南康逃窜,岳飞率领骑兵一路追杀,追到一个叫朱家山的地方时,马进派他手下武艺最高的大将赵万断后,拦截追兵。赵万手提大刀,立马横刀,哇哇怪叫,岳飞根本不听他喊叫的是什么,拍马挺枪过去。赵万抡起大刀就砍了下来,岳飞双手架枪往上一磕,崩开大刀,根本不把枪往回抽,而是顺势用枪杆横着向赵万扫过去,枪重力大,惯性太大,就听"啊呀"一声,赵万被扫下马去,当即阵亡。他的军兵见主将身亡,有的干脆投降,有的逃跑,岳飞率队追击。

李成字伯友,雄州归信(今河北雄县)人,北宋宣和年间考取武举人,能挽强弓,累次迁升至淮南招捉使。这也是当年的一个狠人,骁勇善战,善于驾驭部下。李成见天下大乱,便趁机招揽兵马,居然拥有十几万人。他们转战南北,最后到达江西,占据西南,是朝廷的心腹大患之一。

马进失败的消息传来,李成早就听说过岳飞的大名,知道马进不是岳飞的对手,便亲自率领全部部队前来迎战。这势必是一场恶战。

李成并没有和岳飞直接交过手,没有心理准备,他的军队尚未列好队形,岳飞率领三千骑兵便直接冲杀过来,李成慌忙接战,他本来武功就不如岳飞,只招架三个回合便败下阵来,岳飞紧紧追赶。李成的部队相互践踏,后军见前面溃败下来,便四散溃逃。李成率领残兵败将直接向北方投降刘豫去了。

李成的大本营在江州,岳飞打败李成,在江州安顿一下社会秩序便提师回返,在向西北行进到武宁县西一道叫作"骡马冈"的山岗上时,岳飞感觉视野开阔，远处一条河流向东流去。极目北眺，也无法望到中原，心中百感交集，于是吟诗一首，诗题就叫《题骤马冈》：

> 立马林冈豁战眸，阵云开处一溪流。
> 机舂水汕犹传晋，黍秀宫庭孰悯周？
> 南服只今歼小丑，北辕何日返神州？
> 誓将七尺酬明圣，怒指天涯泪不收。[1]

这首诗的意思是：我勒住战马，屹立在山岗的高处放眼望去，只见朵朵云彩开放的地方是一条河水在静静奔流。山下那抽水的机碓，是晋朝大将杜预传下来的技术，一片片长势良好的麦田，令人想起《黍离》诗所表现的对故国宫殿怀念的情愫，而今京师还处在敌人的占领之下，更令人忧愁。此次南下只是去消灭那些造反闹事的跳梁小丑，但那并不是我真正的冤仇。何日才能够率军北伐，打败金兵而迎请被俘的二位皇帝返回神州？我真的是望眼欲穿，激情荡漾，热血奔流。我发誓要用我的血肉之躯去报答朝廷和祖国，满腔怒火指向遥远的北方天涯而热泪难收。

"待重头收拾旧山河，朝天阙"，是岳飞终生的追求。内战并不是他的愿望，是无奈之举。

岳飞仰天长啸一声，放马前行，带兵回到洪州。岳飞下令，全体官兵休整三天，不出操，不训练，加强伙食，上下皆大欢喜。

张俊摆设酒宴款待岳飞，很是热情，岳飞是至诚之人，别人对他好一点便倾心相交，此时与张俊二人感情甚为融洽。宴后，张俊请岳飞到自己的会客室品茶聊天。这一年，岳飞28岁，正是青年时期，活力四

---

[1] 岳飞研究会：《岳飞诗文选注》，浙江古籍出版社1990年版，第20页。

射，信心满满。张俊是 45 岁，已经进入中年，经验丰富老到，对岳飞喜欢而佩服，二人轻松地交谈起来。

张俊问道："岳将军，我是真的很敬佩你的作战能力，太强大了。用几千人就把十多万人打得落花流水，请问，这是如何做到的？你在用兵方面有什么诀窍，也向我介绍一下，好吗？"

岳飞抱拳道："张将军您过谦了。您是著名大将，一直是在下的上司。您既然问，我就把自己带兵的粗浅体会说一下，还请您多多指教！"

张俊做了一个手势，道："请讲！"

"我带兵以来，始终注意五个方面，即仁、智、信、勇、严，缺一不可。"

张俊听罢，沉思一下，道："岳将军能否说得更详细一点？"

岳飞道："带兵者，首先要有仁者之心，爱护百姓，爱护下级，爱护士兵，以至诚之心爱护自己的士兵，得到士兵的真心拥护，士兵才会服从命令，才会勇敢无畏。所谓的智便是要会用脑子打仗，要运用智慧而非蛮力，要会一巧破千斤。战场局面瞬息万变，思维也要随之变化，这样，官兵也会有信心。所谓的勇便是要勇敢，要冲锋在前，士兵自然就会有高昂的士气。打仗其实打的就是士气，而士气高低是由主将决定的。"

见张俊在仔细聆听，岳飞接着说道："信，是带兵者所必须有的品格，不轻易许诺，说话就要兑现。所谓的严就是治军一定要严格，要有严明的军事纪律。要约束部队，不准骚扰掠夺百姓。有违反军纪的格杀勿论。要从严教育要求士兵，我们的军队是保护百姓的，百姓就是我们的衣食父母，我们要像爱护父母那样爱护百姓，这样才能得到百姓的拥护，得到百姓拥护的军队是不可战胜的。"

张俊听罢，连连叫好。张俊对这位比自己小十几岁的年轻将军真的是很敬佩，但在心底深处淡淡泛起嫉妒的涟漪，有点不是滋味。预感到岳飞将来的名气和声望一定要比自己强大。

正是这一点点涟漪不断放大，才促使张俊在后来犯下滔天的罪行，并永远跪在岳飞雕像前面的铁笼子里，与秦桧夫妇和万俟卨同样，横向一排，规规矩矩跪着，任凭风吹日晒，雨淋霜打；任凭人们唾弃和诅咒。嫉妒是人性中最要命的恶劣品质，一旦发酵就会毁灭自己。当然这些都是后话，此时二人的关系还算可以。

这时，江西境内还有一股不属于朝廷的武装力量，头目是张用。此人与岳飞同乡，也是相州人，妻子是巾帼女将一丈青，这夫妻俩为人正派而有勇力，故部下很敬服二人，唯他们的马首是瞻。此人也是正当年，比岳飞还大几岁。手下有兵五万人，活动在江州瑞昌县（今江西瑞昌）和洪州分宁县（今江西修水县）一带。岳飞与张用打过交道，并且曾经并肩作战过。岳飞对张用比较了解，于是向张俊建议，争取不动刀枪而用招降的方式解决张用的武装。

于是，岳飞给张用写了一封信，信中动之以情，晓之以理，先谈同乡之谊，再谈当年并肩抗金作战，共同在宗爷爷属下进行滑州大战的情形，再为他指出真正的前途是回归朝廷，参与到共同抗金的伟大斗争中来。最后写道："吾与汝同里人，南薰门、铁路步之战，皆汝所悉也。今吾自将在此，汝欲战，则出战；不战，则降。"

最后几句言辞非常坚决果断，张用是见过岳飞打仗的，那真是不要命，勇猛绝伦，是他平生所见过的第一猛将，也是他最敬佩的人。更主要的是岳飞爱国爱民的精神他早就深深敬佩，读罢此信，张用立即表态："岳爷简直就如同我的父母一样拯救了我，给我指明了前途，我怎敢不降！"于是招待使者，并明确表示愿意归顺朝廷。江淮一带平定。

张俊上奏朝廷，岳飞的功绩第一。七月，宋廷将岳家军的军号定名为神武右副军，任命岳飞为统制，驻屯洪州。十月，宋廷授岳飞亲卫大夫、建州观察使。十一月，岳家军改号神武副军，岳飞升为都统制，留在洪州，镇守江西。

当年在福建境内起义造反的范汝为势力很大，占领了邵武。邵武（今属福建省南平市下辖县级市）素有"铁城"之称，地处武夷山南麓、富屯溪畔，史称南武夷。此地毗邻江西，江西安抚使李回急忙发文，请岳飞分兵保护建昌军以及抚州。

保境安民是岳飞的愿望，于是先派出两支部队分别到建昌军和抚州去，先把"岳"字大旗插在城门之上。那些游弋的盗匪一看到大旗，便相互转告，千万不要去，岳家军可不是好惹的。

岳飞派出侦察兵向福建方向侦察，得到报告说有两股起义军向建昌军方向运动。岳飞立即派出两名大将王万、徐庆各统领五千兵马前去平定，兵出大捷。从此，范汝为的起义队伍再也没有侵犯江西地界。

平定李成，收降张用，保卫建昌军和抚州后，岳飞迎来了更大的考验，遇到更棘手的对手，这名对手就是曹成。正是：

偷渡突袭破马进，依山设伏胜李成。

五字精彩名将论，仁智信勇严必行。

·157·

第十七回

爱好汉封赏猛郭进　惜英雄义释杨再兴

乱世出英雄，其实这位曹成也是位英雄志士，因此我真的不想称他为"贼人"，他也真的不是贼人或盗匪。他是汝阴（今安徽阜阳颍州区）人，少有大志，但因家贫，十五岁便跟随父亲当了铁匠。手艺非常好，曾经给王彦的"八字军"打造过许多兵器。后来当金兵围攻顺昌（今安徽阜阳）时，宋朝大将刘锜统兵到来。他见刘锜是位真心抗金的将军，便鼓动乡亲们支持宋军，大声道："金人欺负我们太过分了。老子要在刘太尉手下英勇杀敌！"于是参加敢死队，冲杀勇猛，屡战屡胜，最后终于打败金兵，守住顺昌。

刘锜要对他封功行赏，他推辞道："倾巢无完卵，保乡卫土乃我分内之事。金兵已退，俺还有铁匠手艺做哩！"于是回到铁匠铺继续打铁，受到人们的敬重。看来顺昌与刘锜有缘分，刘锜首次抗金建功便是守卫顺昌，数年后的顺昌大捷在抗金史上非常著名，与岳飞的郾城大捷、颍阳大捷、朱仙镇大捷可以相提并论。而刘锜在顺昌首次大捷中，曹成是有功劳的。

后来当金兵再度侵入的时候，曹成便放弃铁匠生涯而坚决号召百姓们自发抵抗了。在与金兵的作战中队伍逐渐扩充，最后达到了十多万人的规模。到绍兴二年（1132）时，便进入湖湘一带，占据了道州（今湖南道县）与贺州（今属广西）。

在这种时期，政治方向正确才是关键的因素。因为依靠单打独斗和金兵作战是没有胜算的。南宋毕竟还有几支大军，几十万人的队伍，而且是正规军，是经过专门训练的。而义军的乌合之众战斗力毕竟是有限的。古语说"靡不有初，鲜克有终"，真是至理名言。而人是否成功，关键也是要有始有终。

这时，朝廷任命岳飞代理潭州知州，兼代理荆湖东路安抚总都管，是这一路的军政总长官，权力很大，并付给岳飞金字牌、黄旗，可以招安曹成。潭州治所在长沙，实际就是命岳飞去平定曹成。

曹成听说岳飞将至，吃惊地说，"岳家军来了"，便分道撤退。岳飞派人前去招安，曹成不接受。见曹成不接受，岳飞也很生气，于是上奏章道："比年多命招安，故盗力强则肆暴，力屈则就招，苟不略加剿除，蜂起之众未可遽殄。"朝廷批复同意。

这样，便只有坚决进军剿灭一条道路了。岳飞的军队到达贺州境内，刚刚扎营，抓捕到曹成的间谍，捆绑起来放置到大帐下。

这时，岳飞出帐外传令主管后勤的官员前来，岳飞问起军队粮草问题，军粮官员道："军粮没有了，可怎么办？"岳飞道："姑且先返回茶陵吧！"声音高低正好是那个被捆绑的间谍可以听到。

然后，岳飞好像忘了那个被捆绑的间谍，一边跺脚一边叹气进入大帐去了。那名间谍听得明明白白，动弹动弹，感觉捆绑得并不怎么结实，两手在后边鼓捣鼓捣，正好旁边是个固定大帐的斜钉的铁签子，他把捆绑双手的绳头往上边套一下，使劲一挣，绳子下去了。间谍大喜，立即悄悄逃跑回去向曹成报告。

曹成大喜，立即点齐人马，连夜悄悄行进到岳飞回军茶陵必经之途上埋伏好，准备要痛痛快快打击一下岳家军的气焰。

这边，岳飞传令军队抓紧时间吃点东西，连夜开拔，悄悄行军绕过山岭，天尚未亮，便到达曹成的大本营所在地太平场，直扑过去，端了曹成的老巢。曹成发现上当后急忙占据险要地形抵抗。岳飞乘胜出击，士气高昂，曹成的军队被击溃。他率残部逃至北藏岭，派兵扼守岭上的关口。

岳飞派遣前军统制张宪攻关，张宪帐前有一勇士叫郭进，手执盾牌和大枪奋勇冲出，打军旗的旗手也不示弱，紧随其后。其后便是众军，郭进最先登上关口，一枪刺死敌军守将，转身一枪刺翻敌军的旗手，敌人旗帜倒下，岳家军大旗高高飘扬。军队顺利拿下关口。

岳飞亲眼看见郭进的勇猛，大喜。战后，稍事休整，岳飞亲自倒一杯酒，赐给郭进，说道："壮士！"郭进单腿跪地，上手高举，接过酒，一饮而尽，道："谢岳爷爷。"军中都称岳飞为"岳爷爷"，虽然这时岳飞刚刚三十岁，但军中都如此称呼，实际是高度的敬佩、服膺与热爱。

这时，只见岳飞亲自解下自己系着的金带赐给郭进，一名随从拿出空白告身（授官文凭），亲自填写名字而晋升郭进为秉义郎。岳飞这种级别的独立大帅，朝廷都给一定数额的直接任命下级军官的权力，空白的任命文书随身带着，填上谁的名字谁就是，因为上面的玉玺事先已经盖好了。岳飞朗声说道："有功则赏，有罪则罚，我们岳家军就是要奖赏分明，纪律严明。"

秉义郎是下级军官，郭进一战便由普通士兵而晋升为军官。这种做法便是最好的激励，众士兵都欢欣鼓舞。

部队继续行进，由于刚刚取胜，岳飞部下的第五将韩顺夫便有些松懈，解下马鞍脱下铠甲，让一位刚刚俘虏的少妇陪他喝酒，美滋滋的。曹成属下的一位猛将杨再兴率领部下对韩顺夫发动了突袭，几百骑兵风驰电掣般冲杀过来，韩顺夫毫无准备，放下酒杯赶快上马，然而马没有鞍子，于是又急忙穿戴铠甲，还没有穿上，杨再兴已到面前，韩顺夫就是全副武装正常搏杀都不是杨再兴的对手，何况这种情况，结果可想而知。

岳飞率领部队赶到，杨再兴已率领部队撤走。岳飞大怒，尽杀韩顺夫的几名亲兵即警卫员，命令副将追擒杨再兴将功赎罪。

张宪和另外一名统制王经率领其部队刚刚赶到，岳飞命令他们两支部队去追击杨再兴，一定要替韩顺夫报仇。张宪也是猛将，武艺高强，立即率军向前猛追。杨再兴见后面有追兵，让部下继续撤退，他单枪匹马回来迎敌，延缓追兵的时间。几次三番，杨再兴杀死几十名追兵，其中居然有岳飞的弟弟岳翻。张宪见岳飞弟弟被杀，眼睛都红了，率领亲兵紧追杨再兴，杨再兴边战边撤，但他无法战胜张宪，两个人的武功基本相当，因此杨再兴颇感吃力，稍微一分神，忽然马蹄一滑，掉到一个两丈多深的山涧里，空间狭小。张宪和众军士在两边张开弓箭对准杨再兴。杨再兴高喊："我是好汉，我不能就这么死了，我要见岳飞，你们当让我去见岳飞。"

岳飞见到五花大绑的杨再兴，两个人的眼光一对，便如同心有灵犀一般，都相互赞许。"好汉！英雄！"岳飞完全放下杨再兴杀死弟弟的仇恨，亲自为杨再兴松绑，并说道："我们都是中原人，你是一条好汉，我不杀你，你应当用忠义报效国家！"

杨再兴单腿跪地，双手抱拳，高高一揖："杨再兴谢岳爷不杀之恩，当在您麾下驱驰，报国杀敌，粉身碎骨，万死不辞！"从此，杨再兴便跟从岳飞，成为抗金名将。

杨再兴投降后，曹成手下再无大将，曹成也无法重整旗鼓，便一路向东北方向逃窜，直接奔连州而去。岳飞告诫张宪道："如今曹成党羽已经没有什么战斗力，你率军追杀他们。那些士卒都是普通百姓，走投无路才入伙的。这些人很值得怜悯，你们把握一个尺度，坚决诛杀那些抵抗者，对于投降者，安抚后放他们回家。有自愿加入我们队伍的可以留下。"这样，曹成部下的士兵许多放下武器投降，被张宪打发回家去了。曹成后来被韩世忠招降，归顺了朝廷。

在解决曹成之后，岳飞率领部队回到洪州，休养生息。很快便过年了。朝廷发来圣旨，宣召岳飞进朝见驾，岳飞的大名高宗已经听到几名大臣推荐了。宰相吕颐浩、大将张俊和张浚都明确说过岳飞治军严明，打仗智勇双全，可堪大用。因此发来圣旨。

江西宣谕刘大中见到圣旨，有些焦急，急忙上奏疏请示曰："飞兵有纪律，人恃以安，今赴行在，恐盗复起。"因为岳飞的威名太大，怕他离开洪州就会再乱。刘大中的请示得到批复，于是要求岳飞暂缓进京，日期另定。

这些情况当然要告知岳飞。岳飞对于是否见到皇帝并不是太在意，他所关注的就是如今北方大片领土还处在金人的控制之下，虽然划归给了伪齐刘豫管辖，但那不就是个名头吗？一切都还是金人控制着。两个皇帝还被金人拘押在五国城，耻辱啊！

朝廷不规划如何收复中原，而将主要兵力都用在内部的平叛上。金人俘虏太上皇和皇帝，占领黄河两岸大面积土地，本来是有可能收复的，但朝廷从来不提及，真不知是什么意思。岳飞心情焦急郁闷，便出来散散心。

天正下着牛毛细雨，灰蒙蒙一片。岳飞来到庭院里的一个凉亭，凭栏远眺，无论怎么眺，都是灰蒙蒙的牛毛细雨。他心潮起伏，想到自己自从参军以来，仗打了很多，但有一半以上是镇压本朝的农民起义，而与金军拼杀的机会并不多，而且始终没有掌握重兵，如今自己的军队已经超过两万人，久经沙场，战士们都已经历练出来，可以说是一支铁军。可什么时候才能够统帅大军与金兵决一死战，收复中原……

雨渐渐停了，岳飞的眼前似乎出现金戈铁马的战场，他在驰骋疆场。他仰天长啸，于是高歌道：

> 怒发冲冠，凭栏处、潇潇雨歇。抬望眼，仰天长啸，壮怀激烈。三十功名尘与土，八千里路云和月。莫等闲，白了少年头，空悲切。
>
> 靖康耻，犹未雪；臣子恨，何时灭！驾长车，踏破贺兰山缺。壮志饥餐胡虏肉，笑谈渴饮匈奴血。待从头，收拾旧山河，朝天阙。[①]

我愤怒得头发冲冠，独自登高凭栏，阵阵风雨刚刚停歇。抬头远眺，天高空阔。我禁不住热血沸腾，仰天长啸，壮怀激烈。三十年的功名如同尘土，转战八千余里，经过多少风云和淡月，熬过多少个日日夜夜。人生啊，太短暂，光阴啊，太紧迫！有志的男儿，要抓紧时间建功立业，不要随随便便把时光消磨，等两鬓苍苍时徒自悲切。靖康年间的奇耻大辱，至今也不能洗雪。作为臣子的愤恨，何时才能泯灭！我要驾上战车，指挥千军万马横扫残胡，踏破贺兰山缺。我满怀壮志，饥饿时要吃敌人之肉，谈笑时若是口渴，也要喝敌人的鲜血。待我重新收复旧日的山河，再带着捷报去朝拜京城的宫阙，向皇帝奏报光复中原的喜悦。

提及这首词作，有两个问题需要说明阐释一下。一是岳飞此词中所云"驾长车，踏破贺兰山缺"，因为岳飞一生没有到过贺兰山，这是没

[①] 唐圭璋：《全宋词》，中华书局1965年版，第1246页。

有问题的,便有人怀疑此词不是岳飞的作品。这个问题要与后面的"壮志饥餐胡虏肉,笑谈渴饮匈奴血"两句综合思考。岳飞这里是用古代的匈奴代替当时的女真,是指代的手法。如果抗击匈奴则必须踏破贺兰山缺,因此这并不是否定本词是岳飞作品的理由。

另外,关于这首词的写作时间与背景,其实是难以确定的。但考虑"三十功名尘与土"一句,岳飞本年正好三十岁,是他人生事业正在上升期,春天曾得到皇帝的接见和奖赏鼓励,刚刚取得几次大的胜利,故有这种急于建功立业的雄心壮志是在情理之中的。故将其放置此处,应该是合情合理的,或许真的就是如此。

不久,接到圣旨,命岳飞平定在虔州、吉州一带盘踞的匪盗。还是要去镇压农民起义军,是奉旨镇压。

建炎四年(1130),继湖南钟相、杨幺起义后,地处江西、广东、福建交界处的虔州(今江西赣州)与吉州(今江西吉安)境内,数十万农民亦纷纷联合起来抗击官府的残酷压榨及官军抄掠。吉州义军首领彭友、李满等,号十大王,与虔州首领陈颙、罗闲十等,率领义军占据险要,扎寨数百处,依深山密林相互为援,共同抗击官军。其后纵横转战于今广东龙川西南佗城、梅州、潮州、惠州、英德、韶关西、南雄、南安、建昌及汀等州。历时三四年,屡败官军。声势很大,致使各地官府惶恐不安,纷纷急请宋廷遣劲旅镇压。正是在这样的背景下,岳飞接到朝廷圣旨,要求岳飞出兵专门镇压。

岳飞率军在前去平叛的途中,经过今江西省吉安市新干县境,在一个青泥市的萧寺做短暂的休息,于是在寺庙的墙壁上题诗一首表达自己的心志:

题新淦萧寺壁

雄气堂堂贯斗牛，誓将直节报君仇。
斩除顽恶还车驾，不问登坛万户侯。[①]

我堂堂正正的英雄之气贯穿斗牛，发誓抱着忠正之心要报君主被金人掳去的大恨深仇。等平定叛乱后将北伐金朝斩除敌人而迎还二帝的车驾，根本不问是否登坛拜将或封什么万户侯。

岳飞内心极其矛盾，他非常理解这些被逼上梁山的农民起义军的处境和难处，于是先派人前去招降，希望这些首领能够率众归降，朝廷不予追究。但虔州义军首领彭友表态，坚决不降。因为他们和官军也打过多次仗，胜多败少，虽然听说过岳家军的威名，但并不完全信服。于是这彭友不知天高地厚，亲自率领人马前来迎战。

岳飞遣使招谕，义军宁战不降，遂跃马出山奋击官军。激战中，彭友被俘，义军伤亡甚众，乃退保固石洞。

固石洞地势险要，三面环水，只有一条路可以上山，道路陡峭，易守难攻。岳飞移师瑞金（今属江西），分遣统领官张宪、王贵各率一路迂回两翼，自率一路正面进兵，约期合围固石洞。

待到达固石洞附近，岳飞仔细观察地形，于是按照当前的地形地貌以及敌人的兵力与武器特点，有针对性地进行了部署。命令骑兵都装备上厚厚的铠甲，在山下列阵，再派士兵伐木绑缚制造天桥。同时派士兵向上佯攻，引诱山上的义军往下投滚木礌石，连续三天，估计上面的滚木礌石差不多用光了，马上组织身穿重甲的三百人突击队，奋勇登山，很快攻破关隘。山下战鼓齐鸣，士兵高喊："杀啊！""杀啊！"鼓声和

[①] 岳飞研究会：《岳飞诗文选注》，浙江古籍出版社1990年版，第22页。

喊杀声混合在一起，惊天动地，威慑力太强大了。义军也不知道官军到底有多少人，惊慌失措而坠下山崖摔死不少，奔逃下山者全部被俘。李满等首领被活捉。岳飞下令，对俘虏一个不杀，愿意回家者遣散，愿意参军者留下。最难啃的硬骨头被岳飞三天就解决了。

岳飞大军开进虔州城，百姓们都非常恐慌。因为四年前隆祐太后就是在这里没有得到妥善保护而急匆匆逃跑的，被金兵追得逃跑到山上。这里的百姓最怕朝廷严厉处罚和报复。岳飞在接到圣旨时，真的有密诏，要求官军收复虔州后进行屠城，以报复其当年对隆祐太后的危害。岳飞上奏请求只杀首恶，其他百姓不问，连续诚恳请求三次才被默许。这样，岳飞以他的大慈大悲之心等于营救了虔州全城百姓的性命。虔州百姓后来知道这件事都感恩戴德，许多人家还画他的像供起来。余寇高聚、张成再侵犯袁州，岳飞派遣王贵前去，很快就平定了。

关于岳飞请求免于屠城之事，邓广铭先生在他的《岳飞传》中曾予以否定，关键是高宗给岳飞的密诏和岳飞请示奏疏的原件都没有保存下来。但既然是密诏便有可能不宜公开保存，而岳飞的请示奏疏同样的道理不适合保存。我对邓广铭先生是极其尊重的，但他的这种说法我则持保留意见。因为虔州百姓画岳飞像供奉是有文献记载的，如果不是大恩大德怎么会如此？

战事结束，岳飞统帅得胜的大军返回长沙途中，来到永州祁阳县大营驿临时驻扎休息。大营驿便是当时的驿站，是朝廷设置的供来往官员食宿的地方。由于圆满完成朝廷下达的作战任务，岳飞心情轻松愉悦，但他的志向不在这里，于是奋笔疾书，在驿站正厅的大墙上留下一篇题记，此文完整保存下来了。《永州祁阳县大营驿题记》：

权湖南帅岳飞，被旨讨贼曹成，自桂岭平荡巢穴，二广、湖湘悉皆安妥。痛念二圣远狩沙漠，天下靡宁，誓竭忠孝。赖社稷威灵，君相贤圣，他日扫清胡虏，复归故国，迎两宫还朝，宽天子宵旰之忧，此所志也。顾蜂蚁之群，岂足为功。过此，因留于壁。

绍兴二年七月初七日。[①]

我们先翻译一下：临时管理湖南军事的统帅岳飞，接受圣旨讨伐反贼曹成，自桂岭荡平贼人的巢穴，两广和湖湘地区全部平定安妥。我痛心二圣还被敌人拘押在荒远的荒漠地带，天下还没有安宁，我将要竭尽我忠孝的能力，仰赖天地国家的神威和圣灵，仰赖国君和宰相的圣明，他日要扫清金人势力，收复故土，迎请两位皇帝还朝，宽慰天子宵衣旰食的忧患。回顾这些起义的军队，如同是蜂窝蚁穴而已，哪里算得上什么战功呢。路过这里，顺便题壁于此，留此存照而已。

岳飞在平定农民起义军的时候，一直秉持着尽量少杀人的原则，尽最大能力帮助那些投降后走投无路之人，或发放粮食，或发放一定的生活用具而帮助他们活下来。我查遍岳飞所有镇压农民起义军的文献，都是如此。岳飞对最底层百姓是非常同情和关照的，没有丝毫虐待的地方。而镇压农民起义是非常无奈的。但岳飞在对待农民起义军和对待金人的态度上是完全不同的。因此对于岳飞镇压过农民起义军这一点便要给以足够的理解而不能批评。正是：

三十功名尘与土，八千里路云和月。
战马嘶鸣旗猎猎，足令顽敌肝胆裂。

[①] 岳飞研究会：《岳飞诗文选注》，浙江古籍出版社1990年版，第52页。

第十八回

挞懒派遣秦桧回国　初见秦桧赵构对心

靖康二年，金人在占领开封、掠走赵宋王朝全部家人要押往北国的时候，还要立一个儿皇帝，也算是政治交代，于是确定要立张邦昌，几位大臣提出反对意见，其中便有御史中丞秦桧，要求保存赵家的天下，文章写得还真不错，金人发现这是个人物，便同时把他也押走。秦桧的妻子王氏是个有主见的女人，主动跟随着丈夫而来。这一年秦桧37岁，是男人最好的年龄，成熟又不衰老，活力四射，很有吸引力。写到这里，就有必要交代一下此人来历了。

秦桧（1090—1155），字会之，生于黄州，籍贯是江宁（今江苏南京）。政和五年（1115）进士及第，再中词学兼茂科，任太学学正。当年25岁，算是青年才俊，写一手好字，行书楷书都非常漂亮。宋钦宗时，历任左司谏、御史中丞。王氏与他同岁，是贵族女子，王氏的爷爷便是和王安石同朝称臣、在王安石退出政坛后一直担任首席宰相的王珪，这样的家庭背景是极其优越的，因此这位王氏也是位有文化有见识有主意的女子。她能够主动跟随丈夫到遥远荒凉的北国来，就不是一般女子可以做到的。

一路上，秦桧夫妻和押解他们的主帅挞懒很快就混熟了。王氏是宰相的孙女，在贵族圈子长大，什么世面什么人物没有见过，故很会说话，会看风使舵。挞懒是一路军队的主帅，论辈分他是完颜宗弼即金兀术和完颜宗望即斡鲁补的叔父，辈分高，权力非常大，对秦桧夫妻很关照，于是他们俩便开始有了特殊待遇，与其他官员不在一起，而是随着徽宗和钦宗两个皇帝的队伍。

徽宗被拘押在悯忠寺（今北京法源寺）。就在悯忠寺中，那位颇富艺术才能而又没心没肺的徽宗皇帝还写了一首词，被选在《宋词三百首》的首篇，并不是因为词的水平高，是因为他的地位高。但平心而论，词写得也确实不错，我们姑且欣赏一下。

宴山亭（北行见杏花）

裁剪冰绡，轻叠数重，淡著胭脂匀注。新样靓妆，艳溢香融，羞杀蕊珠宫女。易得凋零，更多少、无情风雨。愁苦！问院落凄凉，几番春暮？

凭寄离恨重重，者双燕，何曾会人言语？天遥地远，万水千山，知他故宫何处？怎不思量，除梦里，有时曾去。无据，和梦也，新来不做。[①]

大意是说：仿佛是能工巧匠的杰作，用洁白透明的素丝裁剪而成。那轻盈的重重叠叠的花瓣，如同淡淡的胭脂色晕染均匀。新的式样，美的妆束，艳色灼灼，香气融融。蕊珠宫中的仙女，见到她也会羞愧得无

---

① 毕宝魁：《宋词三百首译注评》，现代出版社2014年版，第1页。

地自容。可是那娇艳的花朵最容易凋落飘零，又有那么多苦雨凄风，无意也无情。这情景实在令人愁苦，不知经过几番暮春，院落中只剩下一片凄清。　　我被拘押着北行，凭谁来寄托这离恨重重？这双燕子，又怎能理解人的语言和心情？天遥地远，已走过了万水千山，又哪里知道故国宫殿此时的情形？怎么能不思量，但也只有在梦境中才能相逢。可又不知什么缘故，近几天来，竟连做梦也无法做成。

水平确实不错，在这种背景下还能创作如此精彩的作品，真的是很有艺术天赋。由于秦桧夫妇得到挞懒的特殊照顾，没有和其他官员一起看押，而是随着这对昏君父子，因此有单独接触的机会，秦桧的学问文采都不错，尤其是书法好，与徽宗相处得越来越近乎。

正因为有这层关系，徽宗赵佶和秦桧的关系也越来越紧密，于是后来被拘押到金朝中京大定府（内蒙古赤峰市宁城县）时，徽宗听说儿子赵构已经建立新的朝廷，高兴之余便想讨好金人，给金主写了一封信，秦桧感觉有点太长，用典也多，金朝皇帝和大臣可能不愿意看，就帮助他修改一下，最后定稿是这样的：

赵氏自太祖不血刃取天下，……百余年间，不识兵革，斯民仰事俯育，衣食无憾，……今若因而存之，则世世臣属，年年输贡，得失可见矣。……

欲所得之利尽归公上，则莫若岁岁受金帛；使他人守疆，则莫若因旧姓而属之。在郎君宜熟计而审处。

闻嗣子有在南方为彼人所依，此祖宗恩德在人，未易忘也。如蒙郎君以佶前所言为然，望赐采择。佶欲遣专介，谕嗣子以大计。郎君可不烦汗马之劳而坐享厚利。

伏惟麾下多贤，通知古今、谙练世故者不为少，想当禅赞成画，笑谈而定。①

　　秦桧把这封信交给挞懒时明确表示，如果需要把这封信送到南方交给高宗赵构，他可以亲自效劳。挞懒是一路大帅，但在金朝，最有实权的是完颜宗翰即粘罕，其次是完颜宗弼即金兀术。挞懒把这封信转交给粘罕，粘罕根本没有搭茬，如果粘罕当时就答应的话，秦桧就会提前回到南宋。因为粘罕和金兀术看后都没有理睬，因此把秦桧南归的时间往后推了一段时间。

　　直到建炎四年冬天，就在金兵猛攻楚州、英雄赵立血战、岳飞为援救楚州而与金兵血战的时候，秦桧正随着挞懒的军队驻扎山阳（今江苏淮安）。一个漆黑的夜晚，秦桧带着夫人王氏和两名仆人，乘坐一条小船悄悄离开金军营寨，直接向宋军控制的涟水军水寨而来。涟水军便是宋朝控制的地方，然后他顺利回到临安，开始了出卖大宋的肮脏勾当。

　　秦桧夫妇到达临安后，宰相范宗尹和枢密院李回与他关系都不错。这二人还清晰记得秦桧当年给金人上书要求保存赵宋王朝、立赵家人为皇帝的气魄，也知道他陪二帝北去的事，故印象是不错的。

　　民间俗语常说："秦桧还有两个好友呢！"而秦桧刚刚回到南宋的这两个好友便是范宗尹和李回。

　　秦桧夫妇对别人说起他俩如何在暗夜里杀死监视他们的金兵，如何逃跑回来的过程，讲得有根有梢，但相信的人不太多，也没有人关心这些事。你们爱怎么回来就怎么回来的，其实真的是没有什么关系。但如果我们稍微思考一下，这其实便是"此地无银三百两"，因为他们就怕有人怀疑是金人派他们回来的，如果不是有这种顾虑，解释那些干什么？

　　范宗尹和李回的位置太重要了，都是皇帝身边的高官，一个主管政

---

① 《建炎以来系年要录》卷一六，建炎二年六月末记事附注，语序略有调整。转引自邓广铭：《岳飞传》，商务印书馆2015年版，第94页。

务，一个主管军事，两个人把秦桧推荐给高宗，并都竭力保证秦桧是忠实于朝廷的。于是这对君臣便见面了。

高宗立即接见秦桧，二人一见如故，因为秦桧看到了赵构写给粘罕、金兀术等人多封"乞哀书"，对于其政治态度早就摸得清清楚楚，同时又带回了徽宗以及被拘押人员的最近情况，高宗自然要重视。

再说岳飞平定江西境内的叛乱，局面相对稳定一段时间，岳飞终于有机会再去见皇帝了。九月，岳飞到达杭州，赵构很快接见，君臣见礼后，高宗先是奖励一番，对岳飞近二年来剿灭境内盗贼的功劳给予充分的肯定，并赐给岳飞铠甲、弓箭，更令岳飞感动的是高宗还亲手交给他一面锦旗，上面是高宗亲笔书写的"精忠岳飞"四个大字，作为军中张挂的大纛。这是武将的最高荣誉了。岳飞满心感激，跪倒叩头谢恩。后来有的书说岳飞后背刺的四个字是"精忠报国"，可能与高宗赐予的这面锦旗有关。

待岳飞起来，高宗赐座，岳飞坐好后，高宗和颜悦色地说："岳爱卿，朕听说你在洪州饮酒醉后痛打部下马铃辖赵秉渊，可有此事？"岳飞一愣，马上承认道："确有此事，臣罪该万死！"

高宗依旧和颜悦色，说道："你是大将军，要爱惜自己。以后不可酗酒，那样会失德，也会误事的。"

岳飞立即表态："微臣牢记圣命，臣保证，今后滴酒不沾，再不喝酒了。"

这是《宋史·岳飞传》中记载的情节。史书上明确记载"岳飞自此绝饮"。英雄人物的美好品质是多方面的，"不贰过"，是孔子赞美颜回的话，用在岳飞身上也非常合适。

杭州自古就是美丽的城市，苏东坡留下的"欲把西湖比西子，淡妆浓抹总相宜"的诗句真是美妙，西湖无论在什么季节什么气候都是美丽的。岳飞连年征战，如今来到天子脚下，来到这风光旖旎的地方，也借机休闲几天，游览一番。这天，专程游览参观名闻遐迩的上天竺寺。

在著名的灵隐寺南的群山环抱中，有下天竺、中天竺、上天竺三座古寺，均供奉观音大士，还有翻经台、七叶堂、三生石等许多文化胜迹。上天竺寺最大，创建于五代吴越王时，原名天竺看经院。

岳飞来到大殿，瞻仰一番，临行时在寺庙为游客准备书写的桌案上提笔写了一首五律《归赴行在过上竺寺偶题》：

> 强胡犯金阙，驻跸大江南。二帝双魂杳，孤臣百战酣。兵威空朔漠，法力仗瞿昙。恢复山河日，捐躯分亦甘。

强横残暴的敌人侵犯朝廷的京城，因此皇帝临时驻跸到大江之南。如今二帝双魂在遥远的北方，孤臣我正在拼死搏杀百战犹酣。我的军威即将令朔方大漠的敌人胆寒，要仰仗佛祖和观音法力的护佑保全。待到收复河山的时日，我岳飞就是粉身碎骨也心甘。此前不久，岳飞满怀豪情地写下"待从头收拾旧山河，朝天阙"的词句，这时再度写下"恢复山河日，捐躯分亦甘"的诗句，岳飞的忠义之心，可昭日月。

在岳飞临行前，高宗再授给岳飞镇南军承宣使、江南西路沿江制置使，又改神武后军都统制，仍为制置使，又将李山、吴全、吴锡、李横、牛皋的部队都划归岳飞统领，岳家军兵力得到扩充，达到两万多人的规模。

岳飞对于自己的队伍得到扩充是真心的高兴，但对于镇南军承宣使的任命，感觉有所不安，感觉自己尚没有那么大的功劳，便写奏疏推辞这一任命。

《辞镇南军承宣使第三奏》：

> 窃念臣将天威而远讨，致僭据之一空，妙策奇谋，悉遵圣训，破坚却敌，咸得士心。臣实何能，辄膺殊赏，既惭过量，

复付重权。是诚叨冒以踰勋，非谓谦辞而避宠。况九江乃控扼之重地，连武昌为襟带之要冲。用得其人，周瑜所以败曹公于赤壁；御失其策，隋何所以取黥布于湓江。难使非才滥膺此寄，伏望吝此咽喉之付以属大臣。俯从蝼蚁之诚，使安愚分所有。上件恩命，乞赐寝罢。干冒天威，死有余罪。谨录奏闻，伏候勅旨。①

将功劳归功于皇帝的英明和官兵的努力，这是岳飞的一贯风格，推功于人，是人品决定的。推功揽过便是君子，推过揽功则是小人，而能够推功揽过的君子则少之又少。

高宗见到岳飞的奏疏，并没有同意，便下发一个《辞免镇南军承宣使不允诏》：

朕以九江之会，襟带武昌，控引秋浦，上下千里，占江表形势胜地，宿师遣戍，而以属卿，增壮军容，并加使号，盖图乃绩，顾匪朕私。维卿殄寇之功，驭军之略，表现于时，为后来名将。江湖之间，尤所欣赖。儿童识其姓字，草木闻其威声。则夫进秩授任，就临一道，岂特为卿褒宠，亦以慰彼民之望，其尚何辞？②

岳飞奏疏和高宗赵构给岳飞的圣旨还有很多，之所以录出这篇，是想谈一下高宗当时对岳飞倚重的态度和高度的评价。"维卿殄寇之功，驭军之略，表现于时，为后来名将。江湖之间，尤所欣赖。儿童识其姓字，草木闻其威声。"几句对于岳飞的高度赞美一定出自高宗的手笔。他已经预

---

① 《金佗粹编》卷十三，《家集四》。
② 《金佗续编》卷三，《辞免镇南军承宣使不允诏》。

见出岳飞后来一定成为名将，儿童都能知道岳飞的姓名，草木居然也能够风闻岳飞的威风和名声。可见赵构对于岳飞的军事才能和人品是高度认可的，可是后来为何要必杀岳飞而后快呢？可以这样认为，最关键处是岳飞坚定的抗敌主张和收复中原的志向与他得过且过甘心当儿皇帝的跪舔心理是尖锐的对立，在这个问题上，他必定惧怕岳飞，惧怕岳家军。

不久，高宗又单独召见秦桧。高宗先问："朕即位以来，天下动乱。或战或和，群臣各执一端。国是未定，致使天下纷扰不已。今秦爱卿归来，是天赐我也。朕若用卿，卿当何以教之？"

秦桧答曰："如果要想天下无事，只能南人归南，北人归北，划疆而治。"很明显是主张与金人谈判议和，放弃中原。但这正是高宗早已形成的想法，因此高宗听后，龙心大悦，继续询问一些具体事宜。秦桧的理由主要是委曲求全，这样才能迎回太上皇和太后，安息万民，使天下太平，坐稳江山，并呈上早已写成的《与挞懒求和书》。高宗大喜，褒奖一番。由此可见秦桧处心积虑和谈，与挞懒早就密谋好了。秦桧是挞懒派回来的间谍可以百分之百确认。

次日早朝，高宗对众大臣说："秦桧忠朴过人，朕得到他后颇为愉悦。正可谓双喜临门，既听到二帝母后的消息，又得到一位佳士。"当即宣布，任命秦桧为礼部尚书。

这样，秦桧刚从北国归来便得到重用。前文提到过，秦桧作为挞懒的红人，经常接触徽宗和钦宗，而赵构写给金兀术的"乞哀书"他是能够看到的，因此他对于赵构的内心是能够准确把握和判断的，于是他便揣摩透高宗内心深处的隐衷，这便是一个字——"和"。

来年二月，秦桧再度被提拔，当上参知政事，即副宰相，宰相是范宗尹。范宗尹是宣和年间太学生，这年刚30岁，与秦桧早年关系较好，对秦桧在靖康年间的表现很是赞佩，因此极力推荐提拔。

秦桧上得这么快，除出自高宗的本心外，宰相的一味推荐也有很大

·175·

关系。范宗尹以为自己多了一个帮手，但他想错了，这是引狼入室，秦桧已开始觊觎宰相的宝座。

其后不久，秦桧在背地里向范宗尹提出要改革徽宗崇宁、大观以来的弊政，好像要帮助范宗尹干一件大事。范宗尹也想要重振朝纲，于是便向高宗提出要改革一些弊政的想法。没有想到高宗皇帝坚决反对，态度很严肃，二人的态度尖锐对立。

秦桧在一旁观察，默不作声。待范宗尹走后，秦桧劝高宗说："陛下请宽心，祖宗成法实在不应当破坏，现在事情纷繁，本来就很混乱，更不应该再生事端。范丞相年轻，想以此邀功，只是有些不谙事理，未必有什么恶意。请陛下不必动怒，只管守成罢了。"高宗这才消气。不久，免除范宗尹宰相之职，但没有任命新宰相。

这样，秦桧略施小计便得偿所愿。他了解高宗的为人，知道其没有雄才大略，只想坐稳龙墩便可，至于事业，什么收复中原之类，他从来也没有真正想过。而范宗尹年轻气盛，想在自己当宰相时干一番事业，故以改革弊政来劝说，最容易被采纳。利用高宗和范宗尹二人在对待政事方面的差异，巧妙地使二人形成对立局面，这样他便好渔翁得利了。宰相位置出缺，他自然也就有了机会。秦桧的这点伎俩，与盛唐权奸李林甫很相似，但他的实际水平比李林甫差多了。

秦桧排挤范宗尹，就是想要得到那个位置。可很长时间过去，还是没有动静，秦桧心中没底，便扬言说："我有二策，可以耸动天下！"有人问他为何不提出来，以扭转局面，秦桧便诡秘地说："现在没有宰相，无法实行，提出来有什么用。"话很快传到高宗耳朵里，便任命秦桧为右仆射同中书门下平章事兼枢密院事。前者是宰相的全名，"兼枢密院事"则是兼管枢密院。枢密院是宋代军事机构的最高权力机关。秦桧一下子便掌握了军政大权。

高宗对秦桧抱着极大的希望，以为秦桧当上宰相，那"可以耸动天下的二策"即可亲自实施了。可时间过去一年多,朝廷政治并不见成效。高宗有些失望,而大臣们也都想知道秦桧的二策是什么。

秦桧在这一年时间里,主要做的就是安插党羽,排除异己。高宗似乎有所领悟,便针对秦桧的做法采取了一些措施。秦桧的政敌吕颐浩推荐朱胜非,高宗当即批准。秦桧指使党羽胡安国弹劾朱胜非不但没有奏效,朱胜非反而再次被提拔。胡安国见势不妙,主动提出辞职,显然是带有试探性的,但高宗也是雷厉风行,立即批准。秦桧连上三个奏疏要求留下胡安国,但都如同石沉大海,没有动静。

几天后,高宗又批准吕颐浩提拔黄龟年为殿中侍御史,而把秦桧安排的吴表臣等八人全部罢免,实际上就是釜底抽薪,削弱秦桧的势力。秦桧在政治上面临着危机。

这时,黄龟年上奏章弹劾秦桧专主和议,阻挠恢复大计,安置党羽以固权势。并将秦桧比拟成王莽和董卓。高宗看到奏章,若有所思,便召直学士綦崇礼入对,綦崇礼极论秦桧是个大奸,不应该重用,并没有什么实际才能。

这时,高宗将秦桧的所谓二策也都亮了出来。原来,秦桧用来耸人听闻的所谓二策实际就是"南人自南,北人自北"的具体化,提出黄河以北归金朝,黄河流域归伪齐政权刘豫,淮河以南归南宋。高宗很生气地说:"秦桧一再说'南人归南,北人归北',朕是北人,将归哪里?又说'为相数月可耸动天下',现在已一年多,却毫无建树。"

綦崇礼将高宗的这些话都原原本本记录下来,写进训辞中向天下公布。其实,綦崇礼这一做法大有深意,就是向天下昭告秦桧的奸行。

綦崇礼是正人君子,在政治立场上是反对秦桧通敌出卖宋朝的。他还帮助过处在极度困难境地的李清照为赵明诚翻案成功,他是赵明诚的表兄弟,帮助李清照为自己的表兄弟翻案是情理之中的事,而李清照为此写过"谢启",在李清照研究中极为重要,也涉及李清照是否改嫁的问题，此问题非常复杂，此处不赘。李清照找他帮忙，他是赵明诚的亲属，而秦桧妻子王氏的祖父便是李清照的外祖父，她肯定是认识王氏和秦桧的，虽然秦桧夫妇比李清照小几岁，但如此亲近的亲属关系应该是有来往的。但李清照与他们夫妻没有丝毫来往，大概便是政治态度的不同甚至对立造成的。这个时候，綦崇礼和秦桧都在朝中，李清照没有去找秦桧而去找綦崇礼，本身便说明问题。

而李清照《金石录后序》中记叙自己在建炎三年赵明诚死后到绍兴二年的行程时，最后的落脚点便是"壬子赴杭"，而这一年正是綦崇礼受到高宗信任的时候，才有可能帮助李清照为赵明诚平反昭雪。这又涉及李清照生年的问题，但此问题太复杂，不是本书应该交代之点。

高宗下诏罢免秦桧宰相之职，改任为观文殿学士。黄龟年等继续揭发秦桧的丑行，高宗再度下诏罢免秦桧一切职务，在朝堂上张榜公布，以示永不录用。

一年后，韩肖胄出使金朝，金派两名使者随同前来，向南宋提出释放并送还战争俘虏的所有金人，与秦桧提案中的意见完全相同。有识见的人察觉到秦桧似乎与金有预谋，便预见到南宋的祸患远远没有消除。

可以说，就当时的形势看，秦桧受到的打击是很沉重的，按照正常情况推理，很难东山再起，因为他的执政方针和政策具有出卖南宋的性质，已经为朝野所鄙视和仇视。况且高宗已经认识到这一点，将其彻底罢免，并在朝堂上公布他的丑行。尽管形势如此严峻，但不到两年时间，秦桧竟真的重新站立起来，这才叫大奸。

当然，这种情况的出现，与当时错综复杂的局势有关，与高宗的为人更是关系密切。正是：

人以群分理所然，赵构怯懦秦桧奸。

臭味相投同跪舔，千方百计卖江山。

第十九回

出师北伐大获全胜　岳飞登楼感慨万千

　　刘豫已经成为金人的狗，而投靠刘豫的李成又成为刘豫的狗，两个狗共同请求主人帮助向南侵占地盘。于是金兵和伪齐的军队联合作战，先后攻破襄阳、唐州、邓州、随州、郢州及信阳军。这时，占据洞庭湖一带的起义军杨幺暗中勾结伪齐刘豫，要顺流而下，李成则打算通过江西陆路向东进攻，共同到两浙会合，灭掉南宋。高宗很紧张，一到这种时候高宗便想起岳飞了，立即下诏命令岳飞做好防备。

　　事情的经过是这样的。南宋绍兴三年（1133），宋神武左副军统制、襄阳府、邓州、随州、郢州镇抚使、兼襄阳知府李横率随州知州李道联合伊阳县凤牛山寨的翟琮北伐伪齐刘豫。伪齐部队纷纷倒戈，可见当时的人心还是向着南宋的。宋军进展迅速，已经威胁伪齐政权的首都汴梁了。

　　儿皇帝刘豫向干爹金朝求救，金还真的帮忙，立即派左元帅金兀术率军前来，在开封西北牟驼冈同宋军进行了决战，宋军主力被金方重甲骑兵即铁浮图和拐子马击溃。宋军各支部队都败退在长江一带。这使南宋的长江防线出现了巨大的缺口。伪齐的李成、许约等乘机联络割据洞庭湖与南宋对抗的杨幺势力,约定来年六月间南北夹攻,伪齐军和杨幺军水陆并进,顺江东下,"前去浙中会合",消灭南宋政权,双方"建国通和",即杨幺和伪齐刘豫瓜分南宋的领土而建立两个政权,然后与北方的金朝三足鼎立。想得确实很美,而如果没有岳飞,这种情况不是没有可能,诸君看到后文书便可知道此论不虚。

南宋政权再次遭遇严重危机。每到这个时候,就是需要用战争手段来解决最后的问题,而战争的关键是统帅。统帅的作用便是统和帅,统是统一行动,全部投入战斗的军队要统一步伐,帅是率先垂范,敢于打硬仗打头仗,而这两个方面岳飞都是最强大的。所以常说的"千军易得,一将难求",还真的正确而深刻,于是,这个时候,高宗首先想到的便是岳飞。

岳飞早就看到襄阳六郡的战略地位,曾上《请复襄阳札子》,其中说:"今日之计,正当进兵襄阳,先取六郡……况襄阳六郡,地为险要,恢复中原,此为基本。臣今厉兵饬士,惟俟报可,指期北向。"当时朝中主政的是赵鼎和朱胜飞,这两位都是正人君子,都坚决支持岳飞。

在朝廷最高会议上朱胜飞直接向赵构建议道:"襄阳上流,襟带吴蜀,我若得之,则进可以蹙贼,退可以保境。今陷于寇,所当先取。"赵构道:"今便可议,就委岳飞如何?"赵鼎回答:"知上流利害,无如岳飞者!"[①]

这样,朝廷经过一番讨论,最后意见一致了。这次北伐,以岳家军为主,刘光世的军队为策应。三月十三日,宋廷向岳飞发布出兵的省札,即枢密院发布的正式命令。正式任命岳飞为荆湖北路前沿统帅,荆湖北路安抚使司颜孝恭和崔邦弼两统制的兵马、荆南镇抚使司的兵马都归他统一指挥调动。又支付六万石米、四十万贯钱作为军需,后勤保障

---

① 《建炎以来系年要录》卷七五,绍兴四年四月庚子记事。

是没有问题的。又另外加二十万贯钱"充犒设激赏"。应该说，这是岳飞带兵以来所受到的最高待遇。

在兵部发的文件中还明确规定："这次出兵，仅仅是因为自通使议和以来，朝廷约束诸位将军一律不准出兵。伪齐政权乘机出兵侵犯，李成等人居然敢于侵犯占据我朝领土，所以必须派遣军队收复襄阳府、唐州、邓州、随州、郢州、信阳军六郡土地，即军队不能超出上面六郡的地界，所到达的州县，务必宣布朝廷的抚恤恩德之意，保存抚恤百姓。如果贼兵抗拒王师，当然应该进攻讨伐，如果逃跑出这六郡的领土，则不需要向远处追击，官吏军民前来归附者，不能拒绝和杀戮。招抚存恤的同时，不许夸大军事行动的规模，不许说'提兵北伐'或者'收复汴京'之类的话，免得招致伪齐政权或者金朝的不满。务必要做到收复前面所提到六郡领土的实利，仍然使伪齐政权没有借口。"①

不但怕金朝，连伪齐刘豫也害怕，足见赵构畏敌如虎的嘴脸。连"北伐""收复汴京"的话都不准说，因为汴京已经由金朝划归给刘豫了。

这时，岳家军的总兵力是两万八千多人，崔邦弼军约有三千人，颜孝恭军约有一千九百人，而荆南镇抚使解潜仅派统制辛太率一千二百名乡兵前来助战，岳飞此次进攻襄汉六郡的总兵力大致在三万五千人左右。高宗又命令张俊和杨沂中军队中各拨出一百骑兵交由岳飞指挥。岳飞以前曾经向朝廷保举王贵、张宪和徐庆三人屡立战功，但朝廷没有批复，这次也都补上了，给三人颁赐捻金线战袍各一领，金束带各一条。可见朝廷对于此次战役的重视。

绍兴四年（1134）四月十九日，岳家军正式出师，自江州向鄂州挺进。大军队伍整齐，浩浩荡荡，前面是迎风招展的大纛，大号特殊形制的军旗，刺绣着高宗亲笔所书的"精忠岳飞"四个红色大字，后面是大

①《金佗续编》卷五，《朝省行下事件省札》。

字号的岳字军旗。队伍严整，兵强马壮。岳飞骑在战马上，金盔金甲，威风凛凛，意气风发。

部队开始渡江，岳飞在江心对幕僚们发誓："飞不擒贼帅，复旧境，不涉此江！"部下深受感染，一个个都挺起胸脯，表示要大战一场。岳家军士气大振。

五月五日端午节这一天，岳家军开到郢州城下。岳飞先骑马带领几员大将绕城一周，查看地形，选择攻城的方向。然后派张宪劝伪齐郢州知州荆超投降。荆超不降，大战不可避免。这时，知州荆超和长寿知县刘楫合兵一处，共一万多军队守城，其实人数还真的不算少。

这时，管后勤的军官很紧张地前来报告，后勤供应出现问题，前敌军队的军粮只够吃两顿的了。岳飞淡定地说："两顿饭足矣。今天晚上吃完饭休息，明天早饭后开始攻城，已时我一定破贼，我们进城吃午饭！"

第二天即五月初六，天刚亮，岳飞便指挥在选定的地方猛攻，双方展开炮战，一大块炮石忽然落到岳飞的脚前，岳飞指挥若定，岳家军攻城的勇士们前赴后继，不到一个时辰便攻进城去，果然不到巳时便解决战斗了。荆超跳墙自杀，刘楫被活捉后斩首，伪齐守军被杀七千多人。

稍事休整，岳家军兵分两路，张宪和徐庆率军往东北方向去攻取随州，岳飞率主力向西北襄阳去进攻伪齐大将李成驻守的襄阳府。李成和岳飞交过手，一见岳飞就像耗子见到猫一样，根本不敢接招，岳飞还没到，李成就放弃城池溜之大吉了。岳飞于五月十七日率军进入襄阳城。

但张宪和徐庆前去攻打的随州却遭遇顽强的抵抗，数日没有攻打下来。牛皋自告奋勇前去增援，并拍着胸脯表示只带三天的军粮，三天内一定完成任务。这是牛皋跟从岳飞以来第一次独立执行作战任务。

牛皋比岳飞年长十七岁，是汝州鲁山（今河南省鲁山县）人，出身农民家庭，初为射士，武功精湛，擅长骑射。相貌不凡，豹头环眼，络腮胡子都带卷的，一看就是虎将。为人豪爽仗义，作战极其勇猛，还有谋略。这牛皋果然厉害，不到三天，便配合张宪与徐庆攻破了随州。当时岳飞把攻占随州的功劳记在牛皋身上，牛皋却推给张宪，并说："大家都是为国效力，用不着过分计较究竟是谁的功劳。"[①] 仅此话便足以看出其人的格局和器量。

一般小说中把牛皋描写成岳飞的结义弟兄，一开始就跟从岳飞，那是演义，不是历史。当年，岳飞长子岳云刚刚十六岁，便有万夫不当之勇，手使两杆几十斤重的铁锥枪，舞动起来密不透风。说岳云使用双锤，每个大锤八十斤，那也是演义，不是历史真实。这一仗，活捉七千多名伪齐军，知州王嵩被押赴襄阳斩首。

李成率领部队逃到新野，刘豫急忙调动兵力，又请来一部分金军，集结在邓州东南的新野、龙陂、胡阳、随州的枣阳县以及唐州一带，号称三十万，要与岳家军决一死战。

六月五日，岳飞派手下大将王万的军队与李成交战，岳飞亲率主力进行夹击，李成败退。

次日，李成列阵叫号，要与岳家军决战。岳飞登上高处观察，一眼便看出李成阵地布置的破绽。牛皋和王贵等纷纷请战，岳飞道："诸将不必着急，李成多次败在吾手，吾以为他一定长本领了。没有想到还是如此。诸位看，步兵之利在险阻，骑兵之利在平旷，李成却将骑兵布阵在江边，而将步兵列阵在平地，虽然有十万之众，能有什么作为！"

于是，岳飞举起马鞭向李成部队的左边方向一指，对李贵命令道："李贵听令！用你部队的步兵长枪队，直接攻击敌人的骑兵！要猛烈。"

"是，得令！"

再用马鞭指着李成的步兵道："牛皋将军，率领你的骑兵去攻击李

---

① 《三朝北盟会编》卷一五九，绍兴四年六月《岳飞克随州》条。

成的步兵，也要猛烈！"

牛皋大声回答："得令。"

岳飞勒马站在高处观战，以便随时指挥。

只见李贵的长枪队直接冲向李成的骑兵，一阵长枪乱戳就把李成前面的骑兵戳下马许多，或死或伤，阵形大乱，长枪队乘胜进击，越杀越勇，骑兵纷乱往回溃败，把后面的骑兵挤下河去淹死不少。再看牛皋的骑兵杀入李成的步兵队伍，更是如同狂风扫落叶一般，李成的步兵被杀得溃不成军，几乎没有什么抵抗能力就全线溃败。

岳飞平时训练部队就严格而刻苦，每名战士都有很高的军事素养而且听从指挥，一进入战争状态特别会打仗，单兵作战能力就很强，而李成的部队都是杂牌军，遇到真正强大的军队则不堪一击了。因此，岳飞这一仗打得特别漂亮。李成元气大伤，对岳家军已经构不成任何威胁了。

刘豫的主将李成连战连败，又向干爹金朝求援。当时金朝西路军主帅完颜宗弼刚刚在仙人关一战被宋军大将吴玠打败，元气受到一些损伤，何况金人都是北方人，怕热，谁都不愿意南下，只派一名二等战将刘合孛堇率领三万金兵前来助战。于是，李成重新召集伪齐政权统辖下的军兵几万人，两军合在一起能有十多万，驻扎在邓州西北，扎了三十多个营寨防守。

在筹备下一个战役期间，岳家军休息调整了一个月左右，这段时间，岳飞总部驻扎在武昌，他便带着儿子岳云和几名亲兵去游览鄂州（今湖北武昌）的黄鹤楼。

黄鹤楼坐落在长江边上，岳飞登上顶层，视野开阔，遥望中原方向，一片迷茫，许多城市的轮廓在隐隐约约之中。岳飞想象当年京师汴梁城中繁华景象，如今已经是满目疮痍，金兵和伪齐的军队遍布郊野，令人伤心气愤，气堵喉噎。岳飞咬咬牙，下意识地跺了一下脚。如今宋朝的军队在哪里？正在血雨腥风中拼杀，我们的百姓则正在生灵涂炭之中,太苦了,我的父老乡亲们。何时我能够率领我的岳家军直指河洛地区,驱除一切来犯之敌,恢复旧境,我再来重游黄鹤楼。于是,一首《满江红》的词酝酿产生了。

满江红·登黄鹤楼有感

遥望中原,荒烟外、许多城郭。想当年、花遮柳护,凤楼龙阁。万岁山前珠翠绕,蓬壶殿里笙歌作。到而今、铁骑满郊畿,风尘恶。

兵安在?膏锋锷。民安在?填沟壑。叹江山如故,千村寥落。何日请缨提锐旅,一鞭直渡清河洛。却归来、再续汉阳游,骑黄鹤。①

这首《满江红》词与《满江红·怒发冲冠》有异曲同工之妙,都表现了急于报效国家,驱逐一切来犯之敌,保家卫国的高尚情怀,"何日请缨提锐旅,一鞭直渡清河洛"与"待从头收拾旧山河,朝天阙"的意志是一样的。收复河山、保家卫国是岳飞一生的追求与信念,而我们中华民族太需要这样的英雄和统帅之才了!

岳飞一切准备停当,即将出兵之前,满含深情和爱国的赤胆忠心给高宗皇帝上了一道札子,其大意说:通过最近作战和观察,臣发现对金兵和刘豫都有可以战胜攻取的把握,进攻讨伐不宜拖延。如果延缓数月,敌人得以喘息,修造城郭,添兵聚粮,而后再战,必将事倍功半。臣马上提师讨伐,臣有把握打败金与伪齐联军,收复襄阳六郡全境为时不远。臣以为,如果趁此士气最旺盛之时,以精兵二十万直捣中原,恢复旧疆,民心归顺,可以大用,是可以借助之力。这样则是国家的长久

---

① 唐圭璋:《全宋词》,中华书局1965年版,第1246页。

之策，全在陛下英明睿智的决断。

岳飞前后接到的圣旨反复强调，岳飞此次作战，目标就是收复襄阳六郡，六郡之外不准涉及，更不准出兵北伐。如果超出这个范围，即使有功，也要严惩不贷。因此岳飞在出兵前再请示一次，答复依旧。

岳飞收到朝廷的答复后，虽然心情不痛快，也无可奈何，还是先把这一仗打好再说吧！于是部队出发，先派王贵和张宪分别率军从光化路和横林路向邓州挺进。七月十五日，王贵和张宪两军在邓州城外三十几里的地方同数万伪齐军和金军交战。这时，岳飞早就指挥急行军的王万和董先两部突然夹击，打败了对手。金将刘合孛堇只身逃窜。岳家军俘虏伪齐军将领杨德胜等二百余人，夺取战马二百多匹。伪齐军高仲退守邓州城。

七月十七日，岳家军开始攻城，岳云又是第一个登城的勇士，攻下邓州，活捉了高仲。岳飞为避嫌，只报了岳云随州之功，并未将邓州之功申报。时隔一年，宋廷查清此事，方才将岳云升为迁武翼郎。

七月二十三日，前锋军统制李道攻占唐州。与此同时，王贵和张宪在唐州以北三十里再次击败伪齐军和金军。同一天，信阳军也被攻下，岳家军俘虏伪齐唐州知州、信阳军知军、通判等官员共五十名。至此，襄阳之战全部结束，六郡全部收复。七月二十六日，刘光世的部将郦琼率五千援军赶到，但已经无仗可打。岳飞特别上奏，要求给这五千人颁发奖赏，虽然没有立功，但千里来援，如果士卒一点奖赏没有，也不近人情。可见岳飞处理事情合情合理，谁能不高兴。岳飞的这一做法，使郦琼受到很大的震动，没有打仗居然也得到奖赏，足见岳飞为人的公正和厚道，心中暗暗赞美钦佩。他真心想成为岳飞的部下，可惜失之交臂。郦琼是一员难得的虎将，后文还要提及。

岳飞收复襄阳六郡的伟大胜利具有重要的战略意义，岳家军从此控扼了长江上游，东可进援淮西，西可联结川陕，北可图复中原，南可屏蔽湖广，实在太关键了。这也是南宋政权建立后最有效的一次北伐，极大地鼓舞和振奋了民心。虽然打败的是伪齐政府的军队，但在作战过程中，面对的实际对手是伪齐军和金军联合部队，对于战胜金军具有巨大的心理作用。

战后，岳飞派遣两千人戍守襄阳，派出专门的部队去守卫另外几州城池。再命各州郡县级官员积极恢复生产，整修城墙和各种军事设施。为恢复农业生产，岳飞又大力兴办营田，招徕归业农民，向他们借贷耕牛和种子，并规定免税三年，未归业前的官、私债负一律免除，社会秩序几个月便稳定下来。

岳家军大本营便设在鄂州，即今武昌城。岳飞也有了节度使的头衔，成为真正的一路大帅。

秋天的一个夜晚，亲兵领来一个人要面见岳飞，说有机密。岳飞传令带进来。岳飞一见此人，立即屏退众人而与之单独交谈。原来，此人叫王大节，是一年前岳飞秘密派遣到刘豫政府中卧底的间谍。那时，刘豫大肆招收中原有能力的官员进入他们的政府，而高宗赵构特别希望能够招安李成，因为李成直接领导的武装力量几万人，是刘豫伪政权军队的主要部分，如果李成能够反正归来，则刘豫力量会有很大的削弱。岳飞和李成打过仗，也同意这种意见，便在刘豫政权大肆招人时派自己心腹幕僚，胆大心细却机智忠诚的王大节前去投靠。王大节聪明机巧，很快便成为刘豫儿子刘麟的心腹。岳飞的才能确实是多方面的，在运用智谋方面也很突出。

数日前，金和伪齐政权准备合兵侵扰南宋，夺回一些地盘。在商量作战方向时，王大节曾提出出兵四川，但金军统帅金兀术和刘麟决定以淮西为主攻方向。由于岳飞收复襄阳六郡的战斗过程中，李成一直在战斗前线，罪行累累，已经死心塌地成为朝廷的对立面，绝对没有反正的可能，于是王大节便抽空逃出敌营回到岳家军。岳飞接待他后，给他比较丰厚的奖赏，再把他派到临安直接向皇帝汇报，使宋朝得以早作准备。

金军果然从淮西一线侵犯南宋，朝廷虽然作了比较充分的准备，韩世忠、张俊、刘光世的军队全部都部署上，但高宗还是不放心，在张浚的建议下，亲自给岳飞写了一封御札：

> 近来淮上探报紧急，朕甚忧之，已降指挥，督卿全军东下。卿夙有忧国爱君之心，可即日引道，兼程前来。朕非卿到，终不安心，卿宜悉之。①

"朕非卿到，终不安心"八个字写出了面对强敌进攻时赵构最依赖相信岳飞的心理，可后来怎么能狠心将自己依靠的人置于死地呢？令人心疼。

金兀术和刘麟统领的南侵军队绕过岳飞的防区，很怕跟岳家军打仗。岳飞接到枢密院的指令和高宗的亲笔信，立即派牛皋和徐庆各率领本部人马前去增援。当时最危险的是庐州，牛皋和徐庆率领的骑兵刚到，金军的五千骑兵就要到来。庐州守将面露畏难情绪，牛皋请求出战，徐庆的骑兵也做好战斗准备。

牛皋只率领两千精锐的骑兵，前面打出"岳"字大旗，告诫对方这是岳家军。而"岳"字旗后便是"牛"字大旗，牛皋的名字在金军和伪齐军队中也是赫赫有名，随州一战，牛皋扬名天下。来犯的敌人已经被震慑了，牛皋率领这两千骑兵拼杀过去，五千金兵立即大乱，很快土崩瓦解。牛皋大胜。其他战场上，金兵也未占到一点便宜，金和伪齐联军这次南侵宣告失败。正是：

> 昔人已乘黄鹤去，岳帅亦曾登此楼。
> 极目北望心激荡，惟念统兵复神州。

---

① 《金佗稡编》卷一，《高宗皇帝宸翰》。

第二十回

随机应变智破杨幺　　神机妙算八日功成

高宗罢免秦桧，与当时宋金两朝的形势息息相关。南宋已一再向金表示议和的诚意，但金还是每年都大举进攻。高宗无奈，只好命令将领们进行抵抗，而高宗骨子里的思想还是想议和。他之所以如此，主要有如下三方面的原因：

一是他并不想真正恢复中原，尤其是怕岳飞提出的"收复河山，迎请二圣还朝"的口号实现。因二圣一个是他父亲，一个是他哥哥，都当过皇帝。尤其是哥哥钦宗，不过三十多岁，正当年，一旦回到朝廷，他怎么办？虽然说不至于让位，最起码有麻烦。因此，在他的灵魂深处绝不愿意这种局面出现。这也是秦桧所以能害死岳飞的关键所在。这是最深层次的原因。其实，岳飞后来似乎察觉到了这一点，因此在后来的诗文与奏疏中都没有"迎请二圣还朝"的字样了。但他坚决反对议和，坚持抗战的主张便与高宗心灵深处的投降严重对立。

其二，只要有半壁江山，他便可以有享受不完的荣华富贵，足以够他这生享用的，何必辛辛苦苦地去收复什么中原呢？

其三，金朝当时的军事力量确实很强大，收复中原也不是很容易的事。与其辛辛苦苦去打没有十足把握的仗，不如稳稳当当当个儿皇帝，儿皇帝也是皇帝。这便是秦桧再度被起用的真正原因。

绍兴五年（1135），金朝第二任皇帝完颜晟死，由其弟完颜昌即挞懒主持政务，挞懒便是秦桧在金朝时的主人。挞懒积极提倡与南宋议和，于是金军暂时停止了军事进攻，其意见与秦桧以前的提议基本吻合。实际金朝是在配合秦桧的说辞和行为。

高宗听说金朝有意议和，求之不得，马上起用秦桧为资政殿学士，并不断提升其官职，秦桧再度当上参知政事副宰相，经常陪伴在高宗身旁。

绍兴七年（1137）正月，出使金朝的何藓归来，带回徽宗和宁德后的死讯。高宗有了冠冕堂皇的借口，便开始要以坚决的态度推行议和政策，这更需要秦桧的帮助。其实，宋金双方议和的主要人物便是挞懒和秦桧，所以只要想议和就必须用秦桧。

九月，宰相张浚因不同意高宗的一些做法，主动提出辞职。高宗征求他的意见："谁可代卿为相？"张浚沉吟不语。高宗再问："卿看秦桧如何？"张浚明确答道："臣以前曾认为秦桧是个人才，近来与他共事一段时间，方知此人实在昏暗愚昧。"高宗说："既然如此，不如再用赵鼎为相。"张浚马上表态："陛下英明！"

原来，张浚与赵鼎是故友，交情很深。二人在一起品评人物时，对秦桧的看法迥然不同，张浚认为秦桧是个人才，赵鼎却说："如果此人得势，我们这些人便没有立足之地了。"张浚不以为然。

后来张浚出任宰相后，推荐秦桧当了副相。待与秦桧相处一段时间，才发现此人城府太深，很阴险，谁也难以知道他是怎么想的，因此辞职时才反对秦桧入相。秦桧一再提出议和，张浚坚决反对，但高宗很明显支持秦桧，张浚知道自己已被架空，不愿意在自己执政时向金朝屈服，留下千古骂名，于是才主动辞职。

张浚辞职，秦桧再度窥视相位，可高宗却起用赵鼎为相，秦桧在失望中对赵鼎怀恨在心。后来他知道是张浚反对他入相，更恨张浚。他便再度使用两面三刀的手法。他对新任首相赵鼎非常热情，对赵鼎的意见更是言听计从，逐渐赢得赵鼎的好感。

一天，秦桧对赵鼎说："万岁本来早就想召公为相，只因张浚多次阻挠，才拖延至今。"赵鼎虽然不全信，但对秦桧的态度与以前已大不相同，并放松了警惕。后来，赵鼎和张浚晚年时在福建相遇，谈及此事，才知道二人均被秦桧所卖。

秦桧和挞懒的联系很紧密，为了配合秦桧的和谈，金兵真的暂时不南下了。秦桧再高调提出议和，高宗更想抓紧时间，便再度将秦桧恢复原职——右仆射同平章事兼知枢密院事，秦桧真正恢复了相位。吏部侍郎晏敦复听到这个消息，双眉紧蹙说："奸人相矣！"

写到这里，则要把挞懒与秦桧合谋的一些情况以及金朝高层内部的斗争交代一下，这样便可理清一些事情的来龙去脉。

金的迅速崛起确实是金太祖完颜旻奠基的，说完颜旻一般人可能不知道，如果说完颜阿骨打则无人不晓矣。他在哥儿们中是老二，而他的四弟便是完颜晟，完颜晟的女真名叫吴乞买，全名就叫完颜吴乞买。挞懒名叫完颜昌，跟完颜旻、完颜晟是一辈，是他们的堂弟，即我们常说的叔伯弟弟，是一个祖父的孙子。而完颜宗翰（粘罕）、完颜宗弼（兀术）、完颜宗望（斡鲁补），则是下一辈人，故挞懒还是有一定地位的。

正因为有一定地位，故在对待南宋以及伪齐政权的态度和安排上，大部分是采纳挞懒的意见。刘豫被立为齐帝，也是挞懒提议并得到金太宗完颜晟的支持才成功的。而把秦桧送回南宋以及双方关于和谈的主要内容，都是挞懒的主张。但当时军队的大权实际在粘罕和金兀术的手里，因此挞懒没有能力阻止金兵的南侵，这便给秦桧造成很大的麻烦。

绍兴五年（1135）正月，岳飞入朝觐见高宗皇帝，高宗对岳飞很是信任和倚重，封岳母为国夫人，是大臣母亲封号的最高级别。再授岳飞镇宁、崇信军节度使，湖北路、荆襄潭州制置使，进封武昌郡开国侯；接着又任命岳飞为荆湖南北、襄阳路制置使，神武后军都统制。其实，这些提拔褒奖都是手段，目的便是要求岳飞剿灭朝廷的心腹大患杨幺。二月，朝廷命宰相张浚为诸路兵马都督，岳飞为荆湖南、北、襄阳府路制置使，这一切安排就为一个目的：剿灭盘踞在洞庭湖一带的杨幺势力。

南宋小朝廷不敢坚决组织军民抗击金的侵略，而是把一切危机都转嫁到自己百姓的头上，加强对百姓的压榨，大有敲骨吸髓的感觉，这样便更加重了南宋内部的政治危机。铤而走险的人不断出现。再有就是在与金军作战中失败的一些军队败退到南方来，朝廷没能有效接纳管理，也都成了游寇。这样，东南方百姓便处在水深火热之中。从赋税方面来看，除民户拥有的农田亩数，除夏、秋两季征收常税的税额之外，还要加征"正耗""加耗""和籴米""斗面米"等名目。以前需要缴一石粮米的，这时就要缴五六石粮米，增加五六倍。赵构在渡江之初，下令向农民每亩地增加税款一百文，各级地方官府再层层加码，百姓苦不堪言。制造军需的物质也全部摊派到百姓头上，如大量的翎毛、箭杆、牛皮、筋角、铁条、铁叶以及竹木等物，也要求百姓按户和土地亩数无偿输纳。百姓难以承受，故南方各地的义军和游寇难以平定，而钟相、杨幺起义的规模那么大，也与这种局面相关。

提起杨幺，则必须从钟相说起。钟相是宋朝鼎州人。鼎州是北宋大中祥符五年（1012）改朗州所置，州治武陵县（今湖南常德市），属荆湖北路。以神鼎出于其地而得名。辖境相当于今湖南省常德、汉寿、沅江、桃源等市县地。

钟相是武陵县唐封乡人，为人仗义明断，有一定文化，在乡间很有威望。相信摩尼教，即后来的明教。当初，他利用明教的方式，在家乡利用宗教活动组织群众，成立一个名叫"乡社"的民间互助组织，农民要交一点点钱粮，社内实行互助共济，因此都能"田蚕兴旺，生理丰富"。他宣称："法分贵贱贫富，非善法也。我行法，当等贵贱，均贫富。"这代表了农民要求财富上平均、社会地位平等而提出的政治主张。这些主张具有最初期的社会主义的雏形，因此深受群众拥护，被称为"老爷"或"天大圣"。周围数百里的贫苦农民积极加入乡社。很多年后，其影响扩大到洞庭湖周围各县。

"明教"是产生于中东地区的宗教，称作"摩尼教"。安史之乱中，由于唐朝要借用回纥军队的力量，而回纥当时便信奉摩尼教，故推广到唐朝，建了一些寺院，曾经兴盛几十年，后来由于唐武宗打压佛教同时也严厉打压摩尼教，从此便一蹶不振。到宋代，摩尼教才被意译为"明教"，教义被简明地归纳为"清净、光明、大力、智慧"八字。信徒中各个阶层人员都有，有农民、秀才、吏员、兵卒、绿林好汉、江洋大盗、武林俊彦等。教徒白衣乌帽，秘密结社，共同尊奉明使为教内尊神。当时由于处在秘密结社状态，为避人耳目，免遭官府查禁，于是教名也有了多种别称。据陆游《渭南文集》卷五《条对状》记载，除浙江称摩尼教、福建称明教外，淮南称"二桧子"，江东称"四果"，江西称"金刚禅"，福建又称"揭谛斋"等。可见当时人们对于南宋政权已经丧失信心，故用明教这种信仰来填补灵魂的空虚。

钟相居住的村庄，有条山脉名叫"天子冈"，又正逢天下混乱到了极点，这个地名和局势促使钟相产生了当天子的野心，于是便在天子冈处筑垒浚濠，以捍贼为名。正赶上孔彦舟的兵进入澧州，钟相便乘人心惶惶之际，提出要抵抗孔彦舟入境扰民，于是建立部队和政权。鼎、澧、荆南地区的百姓纷纷响应。钟相于是自称楚王，改元天载，立妻伊氏为皇后，子子昂为太子，发出指示称圣旨，补授官员用黄色的牒文，一段时间里地方骚然，他俨然成了皇帝。

当时鼎州没有守臣，而湖南提点刑狱公事王彦成、单世卿，全都带领家属顺流东下，逃之夭夭了，也都仅仅是保住身家性命而已。官府的一切都抛弃了。这为钟相提供了极大的方便。于是起义军便焚烧官府、城市、寺观及豪右之家，凡官吏、儒生、僧道、巫医、卜祝之流，皆为所杀。必须指出，这便是起义军的局限之处，何必如此烧杀？好好保存作为自己的官府或办公场所岂不更好？那些官吏、儒生、僧道、巫医、卜祝，何必要杀，都收归我用岂不是更好？因此，没有一定目标和政治素养的农民起义往往具有极大的破坏性。

从此以后鼎州的武陵、桃源、辰阳、沅江诸县，澧州的澧阳、安乡、石门、慈利，荆南的枝江、松滋、公安、石首，潭州的益阳、宁乡、湘阴、江化，峡州的宜都，岳州的华容，辰州的沅陵，一共十九个县，都成为钟相所谓楚王的统治区。声势浩大，震撼宋廷。

杨幺（1108—1135），名太，龙阳祝家岗（今湖南汉寿新兴乡）人，出生于雇工家庭。幼时读私塾二年，辍学后便在商船上佣工糊口。南宋初，钟相起事，杨幺为首领之一。钟相死后，他与夏诚、黄佐、周伦、杨钦等率其中余部，利用河湖港汊设立营寨，坚持战斗。他非常能战斗，有组织能力，一年前曾经和伪齐政权联合要水陆并进，到两浙一带会合，共同灭掉南宋，然后平分土地，与北方的金形成新的三足鼎立局面。

杨幺比岳飞小5岁，他22岁时便成为首领之一，在首领中是最年轻的。湖南方言称年龄小为幺，年幼的"幼"字去掉"力"字不就是幺嘛！因此我怀疑杨幺的名字不是他爸爸起的，是在义军中大家叫出来的。

杨幺加入钟相起义队伍一年多，钟相死去，在众多首领中，最年轻的杨幺居然脱颖而出，成为新的领袖。在当初的一段时间里，他率先垂范，深得人心。杨幺联络龙阳之夏诚、杨钦、杨广及慈利陈寓信、松滋李合戎、澧阳英宣等数十名首领，继举义旗，集结八万多起义将士，伐木为船，垒土成寨，沿湖一带寨栅林立，风帆栉次，声威大振。

同年六月，南宋王朝委任程昌寓为鼎、澧州镇抚使兼鼎州知府，镇压杨幺起义军，结果一败涂地，仅以身免。

绍兴元年（1131）正月，程昌寓再次征剿杨幺，结果再被打败，义军缴获剿官军车船及督料匠手即造船高级工程师高宣。高宣投降义军后，便积极为义军效力，在各水寨大造车船。战船高两三层楼，可容纳近千人。舱内装车轮，踏车击水，往来飞快。又设拍竿，长十余丈，上放巨石，下安辘轳，顶系绳索，遇敌船接近时，一拉绳索，便可以飞石击船。更添木老鸦、鱼叉、弩拿子等投掷武器和长兵器，使官船无法接近。义军踏动车船沿湖作战，势力伸向环湖各州县，地盘扩大，朝廷很是头疼。

绍兴二年（1132）十二月，宋高宗起用李纲为帅，四路合击杨幺，下决心要消灭杨幺。另一方面，杨幺也开始积极准备，为统一指挥，杨幺于绍兴三年四月被洞庭湖区各县起义军推为总首领，号称"大圣天王"，并用以纪年，立钟相少子钟子义为太子，封黄诚为军师、左仆射，杨钦为军马太尉。总寨设于宝台山（今围堤湖乡宝台村），关口要隘分置水寨七十余个，李纲的"四路围剿"依旧没有成功。

宋高宗再改派龙图阁直学士折彦质及荆南制置使王𤭁率兵镇压，均遭失败。钟相、杨幺领导下的洞庭湖地区起义军已经经受了南宋王朝的六次围剿，看来反围剿的能力是相当强大的，有相当强大的战斗力。

军事上的节节胜利使义军占领区日益扩大，杨幺继续推行钟相"等贵贱，均贫富"的政治纲领，并采用"陆耕水战""兵农相兼"政策，豁免义区钱粮赋税，发展生产，深受百姓拥戴。势力向东超过岳阳，西至鼎澧，北到公安，南至长沙界内，占据洞庭湖区七州十九县，拥有义军二十万。南宋、伪齐曾多次遣使招降，均被杨幺斩首沉江。杨幺与其他起义军首领的不同之处在于，他既反贪官，也反皇帝，是位彻底的造反者，坚决不受招安。

但是，杨幺当上大圣天王后便逐渐蜕化变质了，居然要享受皇帝的待遇，奢侈腐化，大摆排场，吃喝玩乐，还占据许多女人。这便是许多义军首领的通病，即没有远大的政治目标，有一定的势力便开始贪图享受。上行下效，其他首领也都奢侈腐化起来，义军从内部开始腐烂，离心离德。堡垒最容易从内部攻破，促进失败的最关键因素还是内部的腐败。如果杨幺不腐败，可能不会轻易被消灭。

朝廷的第七次围剿也开始了。这次与以前不同，这次围剿的前敌总指挥是岳飞，动用的军队是岳飞直接打造的岳家军，可以说是当时天下最强大的军队。绍兴五年二月，赵构命张浚以宰相身份组织军队剿灭洞庭湖杨幺。总指挥部设在潭州，即今日的长沙，而主力部队便是岳家军。此时，岳家军驻扎在池州（今安徽贵池）。

在出发前几天，岳飞带着儿子岳云和几名亲兵出去散散心。他早就发现在贵池南齐山顶上有一个亭子，问当地人，知道叫作"翠微亭"，便想上去看看。

早春二月，百花盛开，蝶舞蜂忙，岳飞几人沿着小路蜿蜒而登，将近中午，到达翠微亭。四处望去，池州城就在眼前，山山水水尽收眼底，青山环绕绿水，村庄错落，景致真美。岳飞深深呼吸几口微甜的空气，心情大好。想到如此大好的河山却遭受内忧外患的侵扰和祸害，心情很复杂。他感到肩上的担子太重了，他要为保卫这大好河山不被金人侵占而浴血奋战，他要保护这大好河山恢复平静和自然生态而努力，他即将要去平定杨幺，他是真的希望杨幺能够识大体，晓大义，接受招安而与朝廷共同对抗金建立的伪齐政权。

夕阳在山，群鸟回林，岳飞拉马走了一段不太好走的山路，便上马回营。听着"嘚嘚嘚"的马蹄声，岳飞酝酿出一首七绝来。

池州翠微亭

经年尘土满征衣，特特寻芳上翠微。
好山好水看不足，马蹄催趁月明归。[①]

战争的尘土经年落满我的征衣，寻觅美景我特意登上翠微。美丽的山水大饱眼福喜不自胜，"嘚嘚嘚"的马蹄声催促我披着月光回归。

岳飞的部队都是西北人，不习水战，而这次征剿杨幺关键是水战，这无疑给岳飞出了一道难题。

岳飞于绍兴五年（1135）四月下旬到达长沙。等张浚到达后，五月下旬，岳飞到达前线鼎州。经过仔细考察和分析，岳飞开始采取行动。他让许多军士化装成商人到市场上做买卖，趁机抓获上百名前来贸易的义军官兵。

岳飞将这些抓获的义军集中起来审讯。他严厉地说："你们这些人，在地方上为害多年，且杀死许多官军。今天被我俘获，还有何话可说？"

义军大都不怕死，无人哀求，都怒目而视。岳飞话头一转，道："我知道你们都是良民，因为难以维持生活才走到这一步。我只想问一下，你们在寨中生活到底怎么样？真的很好吗？为什么不放下武器接受朝廷的招安，过正常生活呢？"

那些义军则说明寨里生活很苦，尤其是食物短缺，经常忍饥挨饿。但如今没有办法。岳飞见状，命下人发给每个人一贯钱，让他们到市场上随意买生活必需品，然后回到各自寨子里。

岳飞事先安排人告诫市场里的买卖人全部按照七折卖，然后由官军补充缺欠的部分。这些人到市场上购买一些东西，感觉外面物价便宜，

[①] 岳飞研究会：《岳飞诗文选注》，浙江古籍出版社1990年版，第33页。

外面生活真的不错，与寨子里面的生活差距太大了。这些人回到各自的寨子里，便都成了义务宣传员。

同时，岳飞命令部队，对于义军占领区严密封锁，不准有任何物资流入其中。义军占领区几十万人口，粮食出现严重的危机，人心惶惶。这时，岳飞加大招降的力度，遣使去进行招降。一部落首领黄佐曰："岳节使号令如山，若与之敌，万无生理，不如往降。节使诚信，必善遇我。"于是便真的投降了。

这是良好的开端。岳飞上表授给黄佐武义大夫官职，然后单骑到黄佐的部队去，拍着他的后背说："你是知道顺逆大节之人。果然能建立功业，封侯岂足道哉？我想要派遣你至湖中，视其可乘者擒之，可劝者招之，如何？"黄佐见岳飞如此推诚，很感动，发誓以死报效。岳飞单骑敢于到刚刚投诚的义军首领大营去，这是何等的胆略？

这时，张浚以都督军事的身份到了长沙，是朝廷大员。长沙参政席益对岳飞并不了解，感觉岳飞对这次征剿杨幺没有太重视，如何征剿也没有向任何人透露过，心中没底，便和张浚谈起自己的看法，并想把这种情况上报朝廷。张浚说："岳侯，忠孝人也，兵有深机，怎么可以轻易说出作战方案？"席益感觉很惭愧，便没有再说话。

黄佐再率军袭击周伦的大寨，杀了周伦，擒其统制陈贵等。岳飞报他的功劳，升迁为武经大夫。

四月，岳飞一面继续招降，一面乘机攻打外围营寨。首先命黄佐率部攻击薄弱的周伦水寨，周伦败走，部卒被杀死和坠入湖中者甚多，寨栅粮船或被缴获或被焚烧。

接着，岳飞又选择地形，水陆并用，事先埋伏好军队。水军利用芦苇荡，陆军则更容易潜伏。然后派曾经参加过几次剿灭杨幺、多次被杨幺部下打败的任士安出战诱敌。义军将领一见任世安，便哈哈大笑道："手下败将，还敢来！前两次让你跑了，这次爷爷非捉住你，剥你的皮，吃你的肉！"

任世安也不示弱，道："不要夸口，看我怎么收拾你们。"任世安领的军令便是许败不许胜，只要将敌人引入前面设好的伏击圈便是大功一件。于是先与敌人拼命搏杀，敌人便倾巢而出与之大战，都是水兵对水兵。拼杀一阵，水面上都是鲜血和尸体。任世安边战便退，渐渐将敌人引入伏击圈里。双方都很累了，突然鼓声大作，四面埋伏的岳家军全线出击，迎面是水军，其他方向则是陆军，强弓硬弩如同飞蝗。这一仗大获全胜，消灭和俘虏一万来人。

五月初，张浚奉命回朝廷一趟，预作防止敌人秋天来攻的战略部署。他与岳飞商量道："杨幺水寨设防紧密，经营已经六年，恐怕短时间内难以攻破，是否暂时休兵一段时间，等来年徐图进取？况且岳家军基本是陆战部队，水战是短板，以短攻长，也难以为功。"

张浚的担心并不是多余的，也确实如此。于是，岳飞拿着一张自己绘制的作战地图去见张浚，指着地图说："岳飞已经有了一定的规划，都督如果能够稍微停留一下，不超过八天，我便可以扫平贼寇。"张浚疑惑地问："怎么说得这样容易？"岳飞回答道："当初王四厢是率领朝廷的步兵攻击水上的贼寇，当然非常困难，我用水上的贼寇进攻水上的贼寇就很容易。水战是我们的短处，是贼寇的长处，用我们的短处攻击敌人的长处，怎能不艰难呢？如果借用敌人的将领统率敌人的军队，夺取敌人的手足之助，离间敌人的腹心之托，使敌人各自孤立，然后用朝廷大军乘胜攻击，八天之内，便能够俘获各位贼寇的首领来献。请都督放心！"张浚见岳飞如此有信心，也知道岳飞以及岳家军的战斗力，便同意等待数日，但心中依然免不了有些疑惑。

岳飞率领部队出发，先到达鼎州。鼎州是北宋大中祥符五年（1012）改朗州设置的，以神鼎出于其地得名，治所在武陵县（今常德市），辖境大致在今湖南常德、汉寿、沅江、桃源等市、县地，归属荆湖北路。鼎州更接近前线了，岳飞先侦察附近几个水寨首领的情况。他派投降的杨华为间谍，悄悄潜入水寨，进行游说诱降活动。同时，岳飞也在相应地方设置大寨，陈列战船兵舰，进行战略威慑。

六月二日，根据杨华送来的可靠情报，岳飞派已经受降的黄佐前去，同时派自己的机密官，相当于现代的贴身副官黄纵随行，进入杨钦大寨招降。杨钦对杨幺的高高在上、奢侈腐化已经相当不满，对于杨幺一改以前关怀下属关怀民生的作风强烈反感，又见岳飞是真心招降，也了解岳飞说话算数的品质，便率领全寨陆军水军以及百姓一万多人，其中全副武装的战士三千多名，乘坐几百艘船只，浩浩荡荡前来投降。

岳飞非常高兴，亲自前来受降，并立即报告朝廷，对杨钦给予封赏，对其属下的几名主要官员也都有一定的赏格。投降的义军官兵皆大欢喜，他们再把这种情形传向其他的义军大寨，影响大而迅疾。

岳飞又派遣杨钦和他部下的人与周围几个水寨关系密切的人去劝说他们投降，早日回归正常的生活，并且现身说法，有很强的说服力。于是全琮、刘诜等大寨的义军也都全部投诚，又是两万多人。

岳飞的这一招叫作釜底抽薪，最后在湖区深处坚持据守，坚决不降的只有杨幺和夏诚两个大寨了。这两个大寨是洞庭湖义军的核心，杨幺大寨当然是核心中的核心。

杨幺大寨里戒备森严，杨幺召集部下开会，表示要与官军决一死战，六次围剿都坚持过来了，这次也一定可以坚持住。杨幺这年二十八岁，正是精力身体俱佳的时期，小伙子长得魁梧高大，虎背熊腰，确实是打仗的材料。由于多年艰苦劳动的历练以及这几年在枪林弹雨中拼杀的锻造，有胆有识，确实有很强的感召力，故他的下属对他很是敬服。岳飞知道，对杨幺进行招安劝降是行不通的，只能进攻，但又不能强攻，只能智取，用最小的代价换取最大的胜利，这才是大将的风范。

岳飞根据杨钦等人的描述以及侦察兵的报告，立即制定出攻取杨幺的作战方案。湖区里的地形复杂，湖水很深，官军的小船无法对抗杨幺的楼船和车船。于是岳飞安排人先开堰闸放水，减低湖水的水位，然后放置木筏堵塞湖中各个港口，让义军无法逃窜。再在湖面上撒上青草，因为轮机会被青草纠缠住，让大型车船和楼船不能快速行驶，这样，杨幺水军的一切优势便都没有了。

万事俱备，岳飞立即对杨幺大寨发起总攻。杨幺的大寨坐落在龙阳县江水北岸，岳飞亲自率领牛皋、傅选等将领的精锐之师，数百条官军的大小船只将大寨包围，陆地上更是包围得如同铁桶一般，一只苍蝇也休想飞出去。杨幺乘坐最大的战船在众多小型车船保护下往出冲。

当他已经看到岳飞的大旗时，知道无法冲出，但依然坚决不投降。他并不知道，钟相之子仲子仪的亲信小将官已经与官军联系好，将仲子仪的船只劫持着投降了岳飞。仲子仪船上有龙床等物件。仲子仪先成了俘虏。

杨幺仰仗自己的大战船继续往外冲，无奈湖面上漂浮着大量的青草，而刚出深水区就发现水位下降很多，大船搁浅，无法动弹了。而官军的小船却来往穿梭一般毫无阻碍。杨幺知道难以逃脱，纵身跳入水中，却被岳飞的水兵救了上来，被五花大绑。

杨幺和仲子仪被押解到岳飞大帐，立即斩首，其首级分别装入木匣送往张浚的都督行府。

杨幺一死，树倒猢狲散，其他义军纷纷放下武器举手投降。岳飞指挥军队乘胜追击，攻打最后一个大寨即夏诚营寨。夏诚是起义军中最有智谋的人，大寨三面临江，背靠大山，易守难攻。岳飞亲自统帅大军前去。

牛皋担任前锋主攻的重要责任，在接受任务时他建议道："就这么样的一个杨幺，就敢于占据洞庭湖造反作恶，致使朝廷忧虑烦扰。王四厢当日虽然统帅数万大军围剿，还被他打败损兵折将而回。如今节度太尉亲自统帅大军前来讨伐扫荡贼寇的巢穴，贼寇畏惧将军的虎威，大部分都已经从湖中出来投降，唯独这个杨幺还负隅顽抗，如今已将他擒获杀戮，如果不把他手下的党羽稍微加以斩杀，怎么可以显示我们的军威？我想请求大帅允许，对杨幺手下进行清洗扫荡，也让后人知道有所惧怕。"

岳飞立即制止道："杨幺的这些党羽部下本来都是普通的村民，先被钟相用妖言惑众的妖法欺骗迷惑，又因为程吏部怀恨鼎江被劫掠的耻辱，不再有抚恤保存这些人的念头，一定要斩尽杀绝，以雪以前的耻辱，这才导致贼寇的势力越来越大。其实这些百姓只是苟全性命，聚众逃生企图活命而已。如今各所大寨既然已经出来投降，罪魁祸首杨幺已经被公开诛杀，其余党羽部下都是平民百姓，杀害他们岂不是有伤恩惠？何况不战而屈人之兵，保全自己的部队为最上策，这才是兵家所重视的。如果任性屠杀而取得敌人的首级，不是好事。只要把大事了结即可，还要仰附朝廷的好生之德，对上可以宽解圣君贤相的担忧，对自己以及军队也没有重要责任，对于本职也没有任何惭愧和遗憾。不能杀！绝不能杀戮！"

岳飞连连摆手，坚决制止牛皋大肆屠杀贼寇的要求。[①]

岳飞观察夏诚大寨周边的地形后，采取了对应的进攻方式。因其依靠的是山溪之险，于是命令部队伐树做成大木筏，先把大寨出入的各个水道、沟沟汊汊都塞满，切断其逃跑撤退的出路。又在上游投入许多乱树枝和腐草，让其顺流而下，把湖面的浅水地段基本淤积起来。然后挑选两千多名口齿伶俐、善于喊话骂架的士兵到各个大寨前面的浅水中站着骂战，刺激寨子里的贼人。

各寨子里的人受不了这种刺激，纷纷扔出砖头瓦块等各种投掷物，结果是更加堵住了里面的船只，反而为外面的岳家军铺了路。

岳飞见时机成熟，立即发起总攻，夏诚的大营很快土崩瓦解，战斗胜利结束。

[①] 鼎澧逸民：《杨幺事迹》卷下，转引自邓广铭：《岳飞传》，第190页。

岳飞立即传令：不准滥杀无辜，凡是精壮之士愿意参军的，一律收编，老弱病残者都给予一定的粮米，让他们回家种地。收服壮丁五万多人，安置回归故土的两万七千多户十多万人，缴获船舶一千多艘。一切都清点完，准备班师回潭州。

岳飞在率军离开前，幕僚黄纵建议道：

孔明之所以对孟获七擒七纵，是要以此收服南人之心，免得他们再次反叛。咱们兵不血刃地平定了杨幺之乱，但是散匿于湖山之中的兵丁还多得很，他们见德而未见威，我看有师回复反的可能。所以我们应先耀兵振旅，然后回军鄂州。

岳飞采纳了黄纵的意见。撤军之前，在洞庭湖畔举行了声势浩大的阅兵式。两万多参战部队排成许多阵型，队伍整齐，旗帜鲜明，口号响亮，军容整肃威严，在当地影响久远。

当地百姓见到了岳家军的军威军容，感受到岳家军严格的军风军纪，对岳飞产生深深的敬仰和爱戴之情，都想要目睹这位大帅的风采。

为了不打扰百姓，岳家军在黎明时即出发，许多百姓都来相送，但见岳飞和大部队已经过去，他们只看见了背影。岳飞在荆湘一带的民望实在是太高了。

从六月初二岳飞派人招降杨钦开始，到全部战役结束，是六月初十，恰好是八天，真是神机妙算一般。张浚非常敬佩，对岳飞说："岳侯真是神机妙算啊！佩服！佩服！"因为这一仗，岳飞进封为武昌郡开国公，后又升荆湖北路、襄阳府路招讨使，并提升官阶为检校少保，从此岳飞才有"岳少保"的称呼。在岳飞被害死后，荆湖路的许多百姓冒着被打击的危险而供奉着岳飞的神位。正是：

精心打造岳家军，赤胆忠心为人民。
岳飞屈死民心在，家家供奉岳飞神。

第二十一回

陪伴銮舆奉制作诗　侍奉慈母送终尽孝

绍兴五年（1135）冬，宋廷将其军队统一改称行营护军，岳飞的部队为行营后护军。岳飞这时驻扎在鄂州，即今日的武昌。全家人其乐融融，母亲姚氏已经被封为国夫人，妻子李娃和长子岳云、次子岳雷还有小儿子岳霖都喜气洋洋，全家人过了一个和谐圆满的春节。

岳飞非常孝顺，只要在家，每天早晨晚上都要到母亲房间问安。有时给母亲揉揉腿、捶捶背，岳母总是微笑。李娃极其贤惠，尊老爱幼，对岳云和岳雷视如己出。岳云已经是一员骁将，受父亲言传身教的影响，对奶奶和继母都非常孝顺。一家人的日子和谐美好。

家庭是每个人心灵避难的港湾，无论遇到多大的挫折和打击，只要家庭是和谐完整的，便可以治疗一切创伤。而且家庭生活的质量对人生成功与否起着重要的作用。妻贤子孝，父严母慈，夫唱妇随，和和美美，便是平静的人生。有时候尽管平淡，但也不失幸福感。

过完年就是绍兴六年（1136），岳飞三十四岁了。正月，在太行山有一支义军,名字叫"忠义保社",其意是忠义保卫社稷,社稷即指南宋王朝。这是一支既不肯投降金朝,又不承认伪齐政权的义军。忠义保社的首领梁兴率领部下拼死杀开一条血路投奔岳飞而来。共有一百多骑兵,全部是精兵良将。岳飞立即收留安顿,然后上报朝廷。赵构下诏同意岳飞的意见,接纳安排,然后通知岳飞到镇江参加重要的军事会议。

二月,岳飞到设在镇江府的大都督府参加最高军事会议。韩世忠、刘光世、张俊等都出席。会议部署北伐事宜,最后决定,由韩世忠担任东路北伐军总指挥,从承州和楚州过淮河向金和伪齐政权攻击。由岳飞从鄂州出发,先到襄阳府驻扎,从襄阳出兵向北进攻。

张浚只比岳飞年长6岁,此年刚到不惑,年轻得志,作为军队的总司令,部署指挥全面的北伐。北伐是岳飞一直向往的,他对张浚颇有好感。岳飞光明磊落,坦坦荡荡,对于任何人都没有嫉妒心理,也不设防,他对张浚的北伐真心拥护,即兴作了一首诗:

送紫岩张先生北伐

号令风霆迅,天声动北陬。
长驱渡河洛,直捣向燕幽。
马蹀阏氏血,旗枭可汗头。
归来报明主,恢复旧神州。[1]

诗中充满收复故土的强烈愿望和英雄主义精神,气势雄壮,豪气冲天。我们姑且意译过来供读者诸君品味。

统帅下达进军的号令如风雷一般气势如虹,

---

[1] 岳飞研究会:《岳飞诗文选注》,浙江古籍出版社1990年版,第37页。

天地之间传遍了天子北伐的号令。
大军长驱直入攻击黄河洛水地区，
直捣燕山和幽州之处敌人的大本营。
战马高傲地践踏着金军首领的鲜血，
军旗上高高悬挂着敌人统帅的头颈。
胜利归来时向圣明的天子报告凯旋的喜讯，
我们的大军已经恢复了往日朝廷的全境。

  会议结束，岳飞应召到临安去见高宗皇帝。原来张浚在开会前向高宗赵构汇报当前的军事形势时，曾经特别称赞韩世忠忠诚勇敢，岳飞沉着雄鸷，都可以倚靠而成就大事。高宗赵构对岳飞早就另眼相看了，这次大战前想再见见岳飞。这次见面，高宗对岳飞的态度很亲近。岳飞提出建议，把最近新设的襄阳府路改回旧名，依然叫作京西南路，表示不忘北宋朝廷。高宗欣然接受。对于州郡一级地名也不是说改就改的，可见当时岳飞说话是有一定分量的。

  谈完政事，高宗对岳飞道："岳爱卿，你经常戎马倥偬，今天也清闲一下，随朕游一游御花园。"

  太出乎意料了，岳飞愣了一下，才忙说道："谢万岁隆恩，臣遵旨。"

  内侍早就准备好轻便的龙辇和仪仗，赐岳飞骑马随行，来到大内西的御花园。二月时分，杭州是最美丽的季节，御花园曲径通幽，廊桥回环，岳飞第一次身处此种景色中，心旷神怡。君臣随时对话，都很轻松自如。这是近二年来最愉快的一天。事后岳飞写诗道：

从驾游西内应制

敕报游西内，春光蔼上林。
花团千朵锦，柳撚万条金。

燕绕龙旗舞,莺随凤辇吟。

君王即天地,化育一仁心。①

"应制"是指大臣应皇帝要求作的诗,如果应太子作的诗叫"应令",而应亲王命令作的诗则叫"应教",唐宋诗中这样的诗题都有,从本诗的诗题便可以看出此诗是高宗命岳飞作的。

诗很轻松,奉皇帝的旨意伴随圣驾游览大内西边的御花园,温煦柔和的春光笼罩着帝王的园林。姹紫嫣红的花朵锦绣成堆,柳树垂下的枝叶如同万条捻成的金丝。燕子围绕着龙旗飞舞,黄莺跟随着凤辇唱着美好的乐音。君王如同天地一样,以一颗仁爱之心来化育万物,滋养百姓。从诗的内容分析,当时皇后也应该跟着游园了,否则便不会有凤辇。

岳飞怀着兴奋的心情回到鄂州,积极准备出师北伐。而且,这次高宗又给岳飞加了一些头衔,由荆湖北路、京西南路招讨使升为宣抚副使,并由镇宁、崇信军节度使移镇为武胜、定国军节度使。进军之时,岳飞可在自己的官名上添入宣抚"河东"及"节制河北路"头衔。

岳飞踌躇满志,做好北伐的一切准备,想要在此次北伐中大干一场。因为这次北伐是朝廷统一制定的战略部署,自己承担西路大军总指挥的角色,手下直接统帅的军队就有五万多,大将多员,兵强马壮,是自己从军以来实力最强大的时候。

但是,已经七十高龄的老母亲此时病情加重,岳飞在部署完军事任务后就到母亲床前服侍汤汤水水,服侍母亲吃药。再孝顺的儿子也无法挽救母亲的生命。二月二十六这天,岳母在平静中死去,脸上留下的是微微的祥和的笑容。可以知道,她临终时内心是很满足很轻松愉快的,

---

① 岳飞研究会:《岳飞诗文选注》,浙江古籍出版社1990年版,第40页。

这便是寿终正寝，便是人生很好的结局。岳母是一位伟大的女性，也是一位有福的女性，因为生育了岳飞这样的儿子，使她的光辉事迹传流后世，光照千古。

母亲的去世对岳飞是非常大的打击，由于前几年多在盛夏酷暑时统兵打仗，岳飞患上眼病，怕光而痛苦。眼睛在虹膜和眼白交界处有一个高粱米粒大的白点，实际便是眼疮，眼睛是容不得灰尘的地方，容不得灰尘的眼珠长出这么大的一个疮，不就太痛苦了吗？每天早晨刚刚醒的时候，黄白色的厚厚的眼屎黏糊糊地把眼睛粘住了，要费很大力气，甚至需要用水沾湿才能慢慢把眼睛张开。眼珠则红红的，但不太影响视力。

岳飞早就为母亲选择好了墓地，于是便向高宗请示，要把母亲安葬在庐山脚下。因为岳母是皇帝封的国夫人，是大臣母亲受封的最高等级，去世首先要报告皇帝，高宗批复，赐葬庐山。

庐山是很大的范围，具体地点当然要由岳飞自己选定了。这个墓地，是几年前岳飞驻兵池州，即今江西九江市时选定的。那时岳飞和东林寺的两位高僧有交往，一位法号叫慧海，一位法号叫轸。岳飞有《送轸上人之庐山》一诗："何处高人云路迷，相逢忽荐目前机。偶看菜叶随流水，知有茅茨在翠微。琐细夜谈皆可听，烟霏秋雨欲同归。翛然又向诸方去，无数山供玉尘挥。"[①]

岳飞当时刚刚驻兵到池州，对于周围的地理尚不熟悉，知道庐山是著名风景区，稍微得闲的时候，便向庐山方向走去。忽然看见山上流下的溪水中居然有菜叶，便知道小溪的方向一定有人在居住，于是沿着小溪便来到一个茅草屋里，里面居住的居然是位和尚，法号叫作轸，于是主客二人便谈论起来，都有相见恨晚之感。后来两个人便结成友谊，轸

---

① 《金佗稡编》卷十九。

上人有时来岳飞这里彻夜长谈。后来这位和尚决定回庐山，岳飞便写了这首诗赠送他。

另一位和尚法号叫慧海，有诗为证。

寄浮图慧海

溢浦庐山几度秋，长江万折向东流。
男儿立志扶王室，圣主专师灭虏酋。
功业要刊燕石上，归休终伴赤松游。
丁宁寄语东林老，莲社从今着力修。①

从诗意来体会，岳飞和这名僧人的关系更密切一些，诗题一称《寄浮屠慧海》，都是寄，便是离开池州后邮寄去的。溢水环绕庐山，庐山山清水秀，几度春秋过去了，长江千万曲折向东方滚滚奔流。男子汉大丈夫立志要辅佐王室，奉圣主的命令而来消灭这些造反的地方土酋。我要建功立业如同当年勒铭燕山的窦宪那样，待功成名就我就来陪伴赤松子作神仙之游。我诚恳寄希望东林寺的老和尚慧海，在莲社里要精进修行而不断提升。

"男儿立志扶王室，圣主专征灭虏酋"两句值得注意品味，岳飞在这里已隐约写出自己与朝廷的矛盾，他本人的意志是辅佐朝廷抗击金兵，而高宗的注意力则专注于镇压境内的农民起义。

在一位僧人的指点下，岳飞把母亲埋葬在这里。这个地方就是当今江西省九江市的庐山株岭东北端的"卧虎舐尾"处，在群山掩映下，一条不高的山岗，前面有流水，后面有靠山。环境清幽，该墓用湖广石块砌成，圆形拱顶，坐东南朝西北，如今已经成为当地的一个旅游景点。

---

① 岳飞研究会：《岳飞诗文选注》，浙江古籍出版社1990年版，第30页。

岳母的后事办妥后，岳飞奏报朝廷，一面自行解职，扶母灵柩至庐山安葬；一面接连上表，乞守三年终丧之制。

当时的北伐即将开始，朝廷连续下诏催促下，岳飞深知忠孝难以两全的道理。在古代，如果朝廷有军情等特殊需要，有重要职务的官员便不能居家守孝，而要服从朝廷的需要提前上任，当时叫作"夺情"，因此岳飞紧急赶回军中。

六月，因天气即将转凉，张浚决定放弃进攻计划，令诸大将"先图自守，以致其师，而后乘机击之"。

岳飞还是决定按既定计划进军，于七月开始出师北伐。

岳家军兵分两路：一路往东北，由熟悉京西地理的牛皋统领，直奔镇汝军。牛皋早年在汝州鲁山县同金军打过仗，此时重返故地，精神抖擞，一战即攻克汝城，生擒伪齐骁将薛亨，接着又向颍昌府（河南许昌）至蔡州（河南汝南县）一带扫荡，焚毁了伪齐军的粮草辎重。旗开得胜。

另一路王贵、郝晸、董先等向西北方向进军，在攻克卢氏县后，又西取虢略（河南灵宝）、朱阳（河南灵宝市朱阳镇）、栾川（河南栾川县）三县，一路缴获粮食十五万石，降众数万。岳飞命把粮食作为军需，投降的伪齐军卒和百姓全部就地遣散。王贵在收复虢州后，又率军向西，力拔上洛（陕西商洛市商州区）、商洛（陕西商洛市商镇）、洛南（陕西洛南县）、丰阳（陕西山阳县）和上津（湖北郧西县西北）五县，席卷了商州全境。

岳家军继续攻取伪齐顺州州治伊阳县（河南嵩县）。八月十三、十四日，杨再兴两战两捷，大败伪齐顺州安抚司都统制和安抚使的人马，收复长水县（河南洛宁县西南），缴获粮食二万石，分发给军卒和百姓，并夺取了一个伪齐马监，获得战马万匹。

这一万匹战马可太重要了，成为岳飞组建大规模骑兵的重要因素。

接着，顺州另外两县永宁县（河南洛宁县）和福昌县（河南洛宁县东北）也被攻克。但岳家军因孤军深入陕西山区作战，粮草难以接济，没有其他部队的策应，不得不班师返回鄂州。一些已经收复的地区得而复失，但商州全境和虢州的部分地区从此为南宋所控制，直至1141年被朝廷割让给金。

当时岳飞留王贵一支人马戍守前线，对自愿随军南撤的居民，抽调一万石军粮予以接济，并且"拨牛借种，召募耕种"，安排他们的生活和生产。岳飞的安排措施非常得当。正是：

陪伴銮舆尽忠悃，送终慈母尽孝时。

出兵北伐爱黔首，忠孝节义全伦彝。

第二十二回

将领告状有伤风雅　　岳帅谨慎处理得当

　　岳飞率领大军回到鄂州大本营后，准备好好休整一段时间，却出了一件令岳飞很生气也很棘手的事。原来，当岳飞率领手下的将领们在前线浴血奋战时，军人家属大部分都留在鄂州。这次回来，手下一位叫贺舍人的将领来向岳飞告状，说他的妻子和一个和尚通奸，有确凿证据。

　　岳飞一想，将领们在外舍生忘死，家里的媳妇却与人偷情，这太不公平了。这种事情又不好向地方政府告发，还是自己解决吧。那个时代虽然没有军事法庭，但军队中也是有类似的机构和人员的，当然，最高统帅则是这个机构中的最后裁判者。

　　于是，岳飞便派人将两个当事人传来审问。这两个人立即招供，马上承认，并且说这不是他们俩的问题，很多人都是这么干的。结果把全寺庙的和尚大部分供了出来，说他们寺庙的许多和尚都有姘头，都有名有姓，而且姘头无一例外都是岳家军将领的妻子。

　　这种情况让岳飞十分为难。如果把供词中的这些军官家属和那些和尚都抓起来严厉惩处的话，打击面太宽，而且名声太坏了，对于士气将是无形而巨大的打击。许多男人是最忍受不了这种情况的。岳家军的军官们都怎么了？岳家军的军属们都怎么了？如果不惩处，感觉又对不起跟随自己出生入死的这帮弟兄。于是他把参谋薛弼找来，征求他的意见。岳飞十分为难地说："部将们到前线作战，家中却发生许多这样的事，如果置之不理，对不起诸位将领；如果学取唐代柳公绰的办法，把这许多犯了通奸罪行的男女一齐投入江中，又实在于心不忍，究竟怎样处理才好？"

岳飞这里说的"唐代柳公绰的办法"，是中唐时期著名大臣柳公绰在讨伐淮西叛将吴元济的时候，以御史中丞的身份到前线亲自坐镇指挥。在作战的过程中，便有一些军官家属不守妇道而与人通奸。柳公绰进行严厉的惩治，凡是有这种行为的，抓住现行或证据确凿后，便将当事男女一齐捆绑投入大江。

很有意思的是，当年柳公绰坐镇指挥的地方也正是鄂州，而岳家军的大本营就在鄂州。或许岳家军大本营所在地就是当年柳公绰军营的所在，这是完全可能的。因为在旧军营上面建造新军营的情况太多了。

据《旧唐书·柳公绰传》记载：鄂军在征讨淮西行营时，柳公绰多次命亲随探访慰问下级官兵之家，如有人遭遇患病、生育、丧葬之类的事，他一定赠给许多钱粮。军士的妻子嬉游放荡的，柳公绰就把她沉到江里去。官兵都很感激，说："中丞（指柳公绰）为我等操持家事，还能不拼命作战吗？"所以鄂军每战必胜。

岳飞对于自己的部下也如同柳公绰一样，凡是部下将领有什么事情，都亲自过问，赠予金钱等。

薛弼仔细看了供词，思索一会儿，道："举发自己的妻子犯奸的，只有贺将一人，那些被供出来的男女，既全难证实，很可能只是这一对犯奸男女任意捏造出来，借以遮盖自己的丑行，希图减轻自身的罪过的。"

薛弼的这些话还没有完全说服岳飞。岳飞以为，供词那么多有名有姓的人，恐怕未必都是捏造，如果一概不过问，也感觉对不起这些跟随自己的部下。

薛弼再开导说："这些将领的眷属多半是在战乱情况下凑合在一起的，以正道得之的大概不多。如今若把牵连所及男女一一穷追治罪，其夫妇感情原来较好的，必将要怨您无恩；愿意顾全面子的，又必怨恨您暴露了他们的家丑，这样，势必要使三军之情有所动摇，怎么还能算得起他们呢？"

岳飞一听，感觉有道理，便只处理了贺将军的妻子和那个和尚。因为薛弼说的这两种情况都存在，而且这种事情是私不举官不纠，哪有本人不出面告发而官府主动管这些事的？

事后，岳飞让自己的妻子李娃分别找那些当事的女子拉家常，原来这些女性大都过了中年，大部分都是本分人，确实没有那些腌臜事。而贺将军可能也后悔了，不久便在懊悔、郁闷中死去。岳飞庆幸采纳了薛弼的意见，没有犯错误，并且对薛弼表示感谢道："若不是听了你的话，不知还要得罪多少人呢！"[①]

这件事虽不大，但起码可以看出岳飞在两个方面所具有的优良品质。一是他虚心听取别人意见的胸怀，当有事情犹豫难断的时候，咨询同僚的意见并采纳。这件事情处理得很理性且充满人情味。二是可以证明岳飞是酷爱读书的人。他开始思考时有意参照柳公绰的做法，说明他阅读过柳公绰的传记。也可以推测他阅读过《旧唐书》或者《新唐书》，否则便不可能知道柳公绰的事迹。这一点是非常重要的，正因为如此，我们说岳飞是一名儒将是完全有理由的。

---

① 薛季宣：《浪语集》卷三三，《先大夫行状》后所附薛弼行述。

岳飞公正廉明，爱兵如子，绝对不克扣官兵的丝毫利益，凡是所得的赏赐全部合理分配给部下官兵，故官兵对他敬佩有加。俗语常说"人在做，天在看"，其实更关键的是"人在做，人在看"，是百姓在看，任何一个领导干部，尤其是掌握人、财、物实权的高官，其是贪腐还是清廉，他直接的下属是最清楚的。岳家军的军魂便是岳飞仁义道德与清廉公正。"不偏不倚""周而不比"是最高尚的品质，尤其是官员。

有一次，岳飞派机要秘书黄纵到下面部队去办事，忽然有紧急军务需要他尽快回来，便派一名亲兵去给黄纵送信。

黄纵收到信，回头一看，这位士兵只穿了一件单布衫，这时天气转寒，黄纵便关心地问："军中的待遇过分微薄，致使你衣不得暖，你对此是否感到不满？"

送信的士兵马上说："没有不满意，一点也没有。"接着又说道，"如果在别个大将的部队中，所应得到的请给总要被克扣一些，所余的部分还要强令去制作衲袄之类。本人虽然能够穿得暖些，眷属老小不免受到饥寒冻馁。独有岳宣抚这里不然。军中所得给养，规定多少就实得多少。从不减克一文，而又听凭每人自行支配，不强令去做这样那样的衣物。我的衣着之所以单薄，是由于家累太重，把所得请给全部用在家小身上之故，既不曾受到上层的克扣，我又有何不满？"①

这位士兵的话说出了岳飞清廉自持的品格而得到属下官兵普遍热爱的情形。同时也反衬出克扣军饷是其他部队比较普遍的现象。而克扣军饷的情况能够发生，肯定是主帅的原因，他如果不贪腐，下面谁敢？如果他贪腐，下面各级军官可能都有这种情形，层层剥皮，士兵就太苦了。

而另一路北伐大帅张俊，便是极端贪腐之人。据《宋史·张俊传》

---

① 《金佗续编》卷二七，黄元震《岳武穆公遗事》。转引自邓广铭：《岳飞传》，商务印书馆 2015 年版，第 316 页。

载:"张俊贪婪好财,大肆兼并土地,年收租米达六十万斛。"宋代的一斛是五斗,那么六十万斛就是三十万石,那需要多少田地才可以收这么大数量的租米啊?他不克扣士兵的军饷,这么多的财富是怎么来的?

九月初,朝廷陆续收到来自前线的岳飞北伐的捷报。赵构对于这些捷报的态度很冷淡,有点阴阳怪气地说:"岳飞的捷报,恐怕兵家不是没有夸大其词的地方。应当通过书信详细问询。不是朝廷吝啬赏赐,只是想要知道他具体处置的方式而已。"张浚马上回答说:"岳飞的战略部署非常严密而广大,如今他的军队已经到达伊水、洛河一带,那么太行山一带山寨上的义军,必定有相互通谋者,自从梁青前来投奔岳家军,岳飞收编义军的意志更加坚定了。"张浚亲自见过和领略过岳飞的军事才能和谋略,因此他在高宗面前力挺岳飞。

高宗的态度实在值得琢磨,其实,从他当皇帝的第一天起,就没有收复中原的想法,连想都没有想过。如果动过这种想法,当时宗泽在汴京联系招安百万义军,朝廷军队和义军联合作战共同对抗金军的话,收复中原失地不是没有可能的。

赵构内心里是恐惧人民力量的,他骨子里根本就蔑视或敌视百姓,故从来没有把百姓当作可以依靠的力量。宗泽和岳飞在这一点上却是惊人的相似,因为他们都有坚决抗战收复失地的决心。这样,如何看待、如何对待两河即河北、河东地区义军的态度便是衡量判断这一问题的标尺和试金石。

当年宗泽与北方百万义军已经完全达成协议,停止内战,停止反叛朝廷而一致对外,共同抗击金兵。义军当时明确提出,只要朝廷承认他们是自己的军队就可以,其他什么条件都没有提。宗泽一口答应,许多义军首领真心投向宋朝的怀抱,要参与到抗击金军、收复故土的洪流中。由于赵构以及投降派的阻挠,使大好的抗金局面毁于一旦。

宗爷爷完全可以驾驭百万义军是十年前的事情,如今岳飞几次提出

"联结河朔"的策略即联系河朔地区的义军共同结成同盟，共同抗击金兵。许多义军首领早已准备好"岳"字大旗，等岳家军一到，便将旗帜打出来。其实，战争的最雄厚最伟大的力量蕴藏于人民群众之中。是相信人民，依靠人民还是视人民为敌，视人民为贱民、为奴隶，为只配被统治的对象，这是一切政治家的立场问题，也是最终能否成功的关键问题。

赵构的内心深处只是想保住自己儿皇帝的位置，他从来也不是真正坚决抗击金朝的坚定的主战派，只要金兵不进攻，他是不会主动出击收复失地的。后来他同意的北伐，所面对的是伪齐皇帝刘豫。因此岳飞在收复襄阳六郡时两次提出趁机北伐，进攻燕山等金人占领区，他都极其坚决地制止，并明确规定，兵锋不准超出六郡，如果超出，即使有功也要降罪，就是不想得罪金朝。当金兵大举南下进攻的时候，他不得已起用武将，只是为了保住他的帝位。

已经进入朝廷权力核心层的秦桧则是彻头彻尾的投降派，秦桧在这个时候已经是金朝的代理人，是典型的内奸。他是无论何时何地都反对抵抗金军进攻的。而这时候，正进入所谓讲和的关键期，故高宗关心的是和谈的进展，并不太在意战事的进展状况。正是：

历史动力在人民，战争胜负在人心。
骑虎握蛇惧百姓，认贼作父跪舔金。

第二十三回

排挤赵鼎秦桧再相　　矫情以孝赵构辱国

在岳飞这一战结束后，形势渐渐和缓，高宗便想抓紧时间议和，再度将秦桧恢复原职——右仆射同平章事兼知枢密院事，秦桧真正恢复了相位。吏部侍郎晏敦复听到这个消息，双眉紧蹙说："奸人相矣！"①

秦桧再度入相，权位与赵鼎相垺，便开始重新提倡议和。正当此时，出使金朝的王伦返回，金派使臣马陵思谋随同前来。秦桧派吏部侍郎魏矼负责接待工作，魏矼推辞道："前些日子下官担任御史时曾坚决反对议和，现在不可做接待之事。"

秦桧问他为何要反对议和，魏矼陈述金兵的罪恶，也分析了现在的形势，认为有条件制而胜之，根本不必屈膝投降。秦桧道："你以智谋之心来推测敌人，而我以忠诚之心来对待敌人。"魏矼应声道："只恐敌人不能以诚心来对待相公。"秦桧见魏矼态度坚决，便改派他人。

---

①《宋史·奸臣·秦桧传》。

秦桧所说的"以忠诚之心来对待敌人"倒是实话,秦桧对于金朝真可谓忠诚了,完全站在金的立场来考虑问题。

高宗接见金朝使臣后很高兴,便召集大臣商议议和大事。赵鼎坚决反对接受金的苛刻条件,大臣们多数不同意议和,对金侵占的大片领土都不同意划归,因为这样就等于承认其入侵的合法性,更不接受割地、赔款、称臣、纳贡的苛刻条件,群情激奋。高宗见议和阻力重重,闷闷不乐地散朝。

宰相赵鼎见状,入内启奏道:"陛下与金人有深仇大恨,君父之仇不共戴天。陛下今欲屈己讲和,无非是为了梓宫和母后着想;群臣慷慨陈词,也不过是由于忠君爱国所致,陛下不宜动怒加罪。陛下如果将这种意思宣示明白,自然可以平息一下众议。"高宗的气这才消了一些。

但高宗也意识到,赵鼎是反对议和的大旗,而只有秦桧才跟自己一心,才最理解自己,真正愿意议和。秦桧更明白,赵鼎在相位,和议难成,自己也就难以独掌大权。但他老谋深算,知道直接攻击赵鼎很难奏效,而参知政事刘大中态度最鲜明和坚决,是个坚定的抗战派。于是他便安排自己的亲信萧振为侍御史,指使他先弹劾刘大中。高宗对主张抗战的大臣一律反感,见到弹劾的奏章马上批复,刘大中被罢免职务。

赵鼎一再挽留没有奏效,便说道:"萧振是醉翁之意不在酒,其意不在大中,不过是拿大中开刀罢了。"萧振听了,马上接茬道:"赵丞相真是知趣之人,不等弹劾就想着要主动辞职,绝顶聪明。"

秦桧再安排其他党羽弹劾赵鼎,说他内结台谏,外连诸将,意不可测。赵鼎知道秦桧已向自己下手,便以有病为由,主动辞去相位,高宗当即批准,命赵鼎为忠军节度使,出知绍兴。

赵鼎心灰意冷,临行告别高宗时肯定地说:"臣去后必有以孝悌之说来挟制陛下之人。"赵鼎确实是个人才,对于秦桧将要以孝悌来挟制高宗已经预见到了。其实,细想,不是秦桧挟制,而是高宗本人只能用这种理由来为自己的投降跪舔披上合理的外衣。

秦桧带领僚属特意安排筵席来为赵鼎饯别，以表现他的大度。赵鼎根本不理睬，也不参加宴会，向众人一揖而别。南宋朝廷最后一位坚决主战的宰相就这样抱着遗憾离开京师。随着张浚和赵鼎的先后离开，秦桧推行投降路线的障碍越来越小了。

赵鼎走后，秦桧入见，高宗哭丧着脸说："先帝梓宫只要能迎还就行，早点晚点倒无大碍。即便等个三年五载也没什么关系。只是太后春秋已高，朕旦夕思念，想尽早见面，以尽人子之道，为此才不惜屈己希望和议早成。可惜群臣不能体察朕之苦心。"秦桧劝慰几句而退，但他已体察到高宗的本意。

迎请梓宫是高宗投降反战的最冠冕堂皇的理由，其实不过是怯懦无能的借口罢了。

翌日，秦桧照例与几名主政大臣晋见，他人退后，秦桧留下来对高宗说："臣僚们多首鼠两端，不足以成大事。如果陛下决意议和，以早日与太后见面，请专与臣议，不要让群臣参与。"高宗当即表态道："若和议可成，朕就专门委卿办理。"秦桧道："臣恐陛下决心未定。请陛下更思三日，容臣再奏。"

三天后，又如此重复一遍。高宗连续等了九天，迫不及待地等秦桧拿出具体的实施方案。秦桧见高宗不再迟疑，便拿出拟好的所谓和议方案，并提醒高宗，这个方案肯定会遭到群臣的反对，他是为了高宗早尽孝心，为了天下生灵尽快免于战火涂炭才肯冒天下之大不韪的。请高宗要有思想准备，要能够顶住众大臣的反对意见，由他专权去办，和议肯定成功。

再说岳家军回到鄂州，岳飞的眼病又犯而且非常严重，右眼珠全红了，眼睛磨得慌，不时流泪，只能将军务交给张宪和宣抚司参谋官薛粥、参议官李若虚处理。高宗听说后，立即派出御医紧急赶往鄂州专程给岳飞治疗眼睛。岳飞的眼睛大有好转。

岳飞夺回商州、虢州地区，对伪齐刘豫是很大的威胁。刘豫又震惊又害怕，立即签署命令，调集组织三十万军队，号称七十万，杀向淮西战场，以儿子刘麟、侄刘猊为两路大军总司令。俗语说"上阵还要父子兵"，刘豫也知道这个道理，因此把自己的儿子和亲侄都推向了战场。

在这个即将大战的时刻，刘光世想要放弃庐州，张俊想要放弃盱眙，两个人同时上奏朝廷请召岳飞的队伍东下，让岳家军直接面对金人和伪齐的伪军，而他们两个人得以撤退自保。

见到奏疏，张浚说："岳飞的军队一动，襄阳汉中一带怎么控制？"明确表示不同意。高宗皱皱眉，道："张俊和刘光世实在难堪重任，怕他们两人抵挡不住。还是明令岳飞东下。"当然还是皇帝具有最后的决定权，下诏岳飞出兵。

接到圣旨，岳飞当日便率军出发。当岳飞到达九江时，刘豫的儿子刘麟已经失败。高宗接到刘麟失败的消息，岳飞出兵的奏疏也到了。高宗很开心，对宰相赵鼎说："刘麟败北不值得高兴，诸将知道尊奉朝廷才是可喜可贺之事。"于是赐札子给岳飞："敌兵已去淮，卿不须进发，其或襄、邓、陈、蔡有机可乘，从长措置。"于是岳飞还军鄂州。高宗的话透露出他内心最大的担忧是诸将不听调遣，可以看出岳飞服从朝廷调遣是他最开心的，也可以看出他对岳飞的猜忌是很重的。

果然如张浚预测的那样，岳家军主力部队和襄阳府守军的调动给了刘豫可乘之机。十月末到十一月初，刘豫又卷土重来，向襄阳、汉中、商州和虢州地区发动猛攻。告急军书纷纷到来，岳飞当机立断，立即调集精锐部队第三次出兵北伐，以攻为守，与敌人展开对攻。

岳家军是经过岳飞严格训练和严格要求打造出来的部队，具有极强的战斗力和执行力，各个守城的部队都极其能战斗。岳飞出师到达各地之前，部将寇成、王贵、秦祐等已多次打退敌军进攻。岳飞大军开到前线，"精忠岳飞"的大纛和岳字军旗迎风招展，给守城将士以极大的鼓舞，对于围城或攻城的敌军更是极大的震慑，纷纷解围而去。最危急的商州转危为安。

岳飞下令，张宪、牛皋兵分两路，进攻伪齐和金联军。张宪一路用轻兵诱敌之计，然后进行夹击，将五万敌军打得落花流水，满地找牙。牛皋一路就用八千步兵在方城县（今属河南南阳市）东北昭福地区击败了几万伪齐军，取得重大胜利。这样伪齐和金联军全线溃败。岳家军已经进军到蔡州（今河南汝南县）境内，岳飞很想趁着胜利的势头，一举攻下蔡州以打击伪齐和金军的嚣张气焰。但接到的圣旨是，不准越过原有的战争界限，不能进攻蔡州。岳飞只能长长叹气，且见所带军粮又不是很多，便下令退兵。这次战役，又以全胜战绩收官。每次有机会对敌占区进攻的时候，都会被朝廷掣肘。岳飞真的是非常郁闷而又无奈。

岳家军撤军的消息传到敌占区，刘豫手下的大将李成立即组织军队进行追击。王贵的队伍撤到白塔地区时，李成亲率刘复、孔彦舟等十多员大将合力追来。王贵、董先率军迎击，双方展开激战，岳家军各个如同猛虎下山，蛟龙入海，如同虎入狼群，伪齐军队被杀得落花流水。一仗下来，俘获伪齐将领十多员，俘虏士兵几千人，战马三千多匹，武器铠甲各种军用物资无数，敌兵尸体横躺竖卧布满原野和山谷，拥挤掉河里淹死者也不计其数。

对于被俘的伪齐军队的士卒，岳飞一个也没有杀，而是把他们集合起来进行训话："你们都是中原的百姓，都是大宋朝的赤子，不幸被刘豫强行驱使才到这种地步。我今天释放你们。回去见到中原的父老乡亲，向他们传布朝廷的大恩大德，等到大军前来收复江山时，你们要各自率领豪杰来接应官军。"

众俘虏都齐刷刷跪倒，高声道："谢岳爷不杀之恩，敢不奉命！"

岳飞对被迫从敌的百姓始终抱着同情怜悯的态度，尽量少杀不杀，在多次处理战俘的时候都秉持这种态度，是很可贵的。没有比较便没有鉴别，我们看看同为"南宋中兴四大名将"的刘光世是如何对待义军俘虏的。

建炎四年到绍兴元年（1130—1131）之间，在贵溪和弋阳两县爆发了大规模的农民起义，首领是王宗石，人数达二十多万，朝廷先后派张俊和刘光世征剿。刘光世是著名的"养威避事"之将。养威实际是保存实力，而避事就是躲避硬仗，主要是指不敢与金军直接打大仗。可以说是内战内行，外战外行，主要还是有"恐金症"。

朝廷最后将征剿王宗石义军的任务交给了刘光世。经过几场大仗，刘光世将义军打败后，竟采取了灭绝人性的杀光烧光的"两光"政策，二十多万人死在这场灾难中。[①] 这种处理方式与岳飞形成鲜明的对比，更显出岳飞精神的可贵。正是：

首恶必杀胁从赦，即便剿匪亦爱民。
对照残忍刘光世，便知岳飞爱民心。

---

① 《建炎以来系年要录》卷四三。

第二十四回

出尔反尔赵构反复　处置失当淮西兵变

绍兴七年（1137）二月，岳飞奉旨入京觐见。高宗从容问道："爱卿得到过宝马良驹吗？"

岳飞回答道："臣曾经有过两匹宝马良驹，每天吃几斗好的豆子，饮一桶泉水，不是甘美清洁的食物则不接受。跃马奔驰，开始还不算太快，行走百里之后开始加速，速度极快，从中午到酉时，还可以奔驰二百里。解下鞍辔也不喘也没有汗，好像没有事一样。这样的马可以担负重大使命而不苟且索取，力量充裕而不求逞强，具有致远的才能。不幸相继都死了。如今所骑乘的马匹，日食不过几升谷物，吃草料没有选择，饮水也不需要泉水，揽辔尚未坐稳便开始使劲奔跑，刚刚过百里便喘息而无力了，好像要累死一样。这样的马匹没有什么要求而容易满足，好逞强而容易力竭劲穷，是驽钝之劣才也。"

高宗连连赞叹道："说得好！说得好！你的议论精彩极了。"于是岳飞随从高宗到建康，岳飞的官职也升至荆湖北路、京西南路宣抚使兼营田大使。高宗又明确答应，淮西的王德、郦琼两支部队归属岳家军，并下诏给两人说："听飞号令，如朕亲行！"一天，高宗将岳飞召至"寝阁"，向岳飞授命说："中兴之事，朕一以委卿。"再一次明确要把刘光世部下王德、郦琼等兵马五万余人划归岳飞统领，隶属于岳飞。这是朝廷因刘光世在淮上之役希图换防避战，退军当涂几误大事，将其剥夺兵柄后作出的措置。

高宗的信任和推心置腹的谈话令岳飞很受鼓舞，尤其是"中兴之事，朕一以委卿"的话，更令岳飞感觉责任重大，于是岳飞便在三月十一日满怀深情呈上《乞出师札子》，因为这涉及岳飞当时北伐思想和部署的全部内容，故全部引用，并作简单的分析。

臣自国家变故以来，起于白屋，从陛下于戎伍，实有致身报国、复雠雪耻之心，幸凭社稷威灵，前后粗立薄效。陛下录臣微劳，擢自布衣，曾未十年，官至太尉，品秩比三公，恩数视二府，又增重使名，宣抚诸路。臣一介微贱，宠荣超躐，有逾涯分。今者又蒙益臣军马，使济恢图。臣实何能，误荷神圣之知如此，敢不昼度夜思，以图报称。

臣窃揣敌情，所以立刘豫于河南而付之齐、秦之地，盖欲荼毒中原，以中国而攻中国，粘罕因得休兵养马，观衅乘隙，包藏不浅。臣谓不以此时禀陛下睿算妙略，以伐其谋，使刘豫父子隔绝，五路叛将还归，两河故地渐复，则金人之诡计日生，浸益难图。

然臣愚欲望陛下假臣岁月，勿拘其淹速，使敌莫测臣之举措。万一得便可入，则提兵直趋京、洛，据河阳、陕府、潼关，以号召五路之叛将，叛将既还，王师前进，彼必舍汴都而走河北，京畿、陕右可以尽复。至于京东诸郡，陛下付之韩世忠、张俊，亦可便下。臣然后分兵浚、滑，经略两河，刘豫父子断可成擒。如此，则大辽有可立之形，金人有破灭之理，四夷可以平定，为陛下社稷长久无穷之计，实在此举。

假令汝、颍、陈、蔡坚壁清野，商於、虢略分屯要害，进或无粮可因，攻或难于馈运，臣须敛兵还保上流，贼必追袭而南。臣俟其来，当率诸将或挫其锐，或待其疲。贼利速战，不得所欲，势必复还，臣当设伏邀其归路。小入则小胜，大入则大胜，然后徐图再举。

设若贼见上流进兵，并力来侵淮上，或分兵攻犯四川，臣即长驱捣其巢穴。贼困于奔命，势穷力殚，纵今年未尽平殄，来岁必得所欲。亦不过三二年间，可以尽复故地。陛下还归旧京，或进都襄阳、关中，唯陛下所择也。

臣闻兴师十万，日费千金，邦内骚动七十万家，此岂细事？然古者命将出师，民不再役，粮不再籍，盖虑周而用足也。今臣部曲远在上流，去朝廷数千里，平时每有粮食不足之忧。是以去秋臣兵深入陕、洛，而在寨卒伍有饥饿而死者，臣故亟还，前功不遂，致使贼地陷伪，忠义之人旋被屠杀，皆臣之罪。

今日唯赖陛下戒敕有司，广为储备，俾臣得一意静虑，不为兵食乱其方寸，则谋定计审，仰遵陛下成算，必能济此大事。异时迎还太上皇帝、宁德皇后梓宫，奉邀天眷以归故国，使宗庙再安，万姓同欢，陛下高枕万年无北顾之忧，臣之志愿毕矣。然后乞身归田里，此臣夙昔所自许者。伏惟陛下恕臣狂易，臣无任战汗。取进止。

三月十一日，起复太尉、武胜定国军节度使、湖北京西路宣抚使、兼营田大使臣岳飞札子。①

为读者诸君理解方便，大意如下：

　　臣岳飞自从国家变故以来，起于普通百姓之家，实怀捐躯报效国家、雪耻复仇的雄心，幸凭国家的威灵，前后初步建立微薄的功效。而陛下念及臣的微薄功劳，从一介布衣开始提拔，还没有到十年，就官至太尉，品帙可比三公，皇恩数次比拟相府和枢密院二府，又增重节度使之名，宣抚诸路。臣一个微贱的小民，荣耀宠幸超越等级，有过分特别的恩宠，如今又蒙万岁增加臣的兵马，使臣承担济世恢复的重任。臣是什么身份，承蒙神圣知遇如此深厚，敢不昼思夜想，揣摩谋划，来报答万岁的知遇之恩。

　　臣揣测敌人的企图，所以在河南建立刘豫伪齐政权，而把齐、秦之地都交付给他，大意是想要荼毒中原百姓，用中原人进攻中原人。粘罕因此得以休息自己的兵马，观察机会而乘隙而动，包藏的祸心很深。臣如果不及时将敌人的阴谋禀告陛下，及时筹谋讨伐敌人，使刘豫父子隔绝、五路叛将回归、两河故地逐渐收复，那么金贼诡计会日益得逞，他日将越发难以图谋了。

　　臣愚钝，望陛下给臣一定时日，不要拘束臣一时的快慢，这样会使敌人无法揣测臣的用兵举措。万一有机会可以利用，臣会提兵直趋京师和洛阳，占据河阳、陕府、潼关号召五路叛将，那么刘豫一定会舍弃汴都而向河北逃跑，京畿、陕右地区可以全部收复。至于京东诸郡，陛下交付给韩世忠和张俊，也

---

① 《金佗稡编》卷一一。

可以拿下。臣然后分兵濬、滑，经略两河，刘豫父子一定可以擒获。这样的话，被灭的大辽国的地域便可以重新夺回，占领中原的金贼便会被消灭，四方部族都可以平定，为陛下社稷作长久无穷之计，实际就在此举。

假如敌人在汝、颍、陈、蔡等地坚壁清野，在商於、虢略分别驻兵守住要塞，臣进兵没有粮草可以补给，进攻或难以运输补充，则臣就需要收兵，还占据保护上流之地。贼兵一定会追袭而来。臣当预设伏兵，在敌兵的归路上打击他们，敌兵进入伏击圈的人少就小胜，进入的多就会大胜，然后徐谋再举。假如贼敌见我们上流进兵，并力来侵犯淮上，或分兵进犯四川，臣马上率兵长驱捣其巢穴。贼敌一定会困于奔命，形势会极端窘迫，战斗力也会耗尽，即使今年没有完全消灭，来年也一定可以实现战略任务。不会超过三两年，可以全部收复故土，陛下是还归旧都，或者进一步以襄阳、关中为首都，任凭陛下选择。

臣听说十万军队行动，一天就要耗费千金，地区内就要扰动七十万人家，这可不是小事。然而古代任命大将出兵，百姓不再度服劳役，粮食也不再征集，是考虑周详而用度充足。如今臣的部队远在上流，离朝廷几千里，平时经常有粮食不足的忧患。所以去年秋天臣的部队深入陕、洛地区，而在军营的士兵有因为饥饿而散逸逃跑的情况，因此臣急忙回军，没有完成前面的功业，致使贼地陷入伪齐政权的忠义之人很快便被屠杀，都是我的罪过。如今只有仰赖陛下下旨告诫有关部门广为储备，使臣能够一心一意静心思考军事，不为军队粮草而乱我的方寸，则谋定计划周详，遵从陛下成算，一定能够完成这种大的事业。

到时候迎接太上皇帝、宁德皇后梓宫，奉邀天眷归国，使宗庙再安，万姓同欢，陛下高枕而没有北方的忧患，臣的志愿就全部实现了。然后乞求身归田里，这就是臣很早以来的愿望。恭敬地请陛下饶恕臣的狂妄大胆。臣难以胜任战栗汗颜，请陛下裁夺进止。

三月十一日，起复太尉、武胜定国军节度使、湖北京西路宣抚使兼营田大使臣岳飞札子。

通过岳飞这篇请求出师的札子，我们可以体会到岳飞对宋朝的一片赤诚，对于战略部署和如何战胜敌人收复大好河山的规划都很切合实际，具有很强的现实可能性和可实际操作性。在内容与性质上与诸葛亮的《出师表》确实有相近之处，可惜岳飞的计划完全付诸东流，令人扼腕叹息！我们还应该注意，岳飞在这封札子中再也没有提"迎请二圣还朝"的字样，一是徽宗已经死了，二是岳飞也可能觉察到高宗的心理，故将钦宗只是包含在"天眷"之中而已，是作为宗室中的普通一员，说明岳飞是很有政治智慧的。

赵构看过岳飞的札子后，龙心大悦，亲赐御札嘉奖。都督府也把刘光世军队拨付给岳飞统领的正式公文发给岳飞，此事似乎成为定局。皇帝亲自答应，并下手诏给两名大将，都督府也明确表示，并且给岳飞发了正式公文，还能有问题吗？

但是还真的就有问题了。原来，问题便出在秦桧身上。秦桧对于岳飞反对和议的坚决态度早就恨之入骨，这时他已经升任为枢密使，即主管军事的最高官员。这样的事情当然要通过他。时为宰相兼都督的张浚也附和秦桧的意见。张浚大概还是嫉妒岳飞，担心他成就大事业，故没有坚持力挺岳飞而与秦桧一唱一和，居然反对将那五万军队划归岳飞指挥。

而且，张浚还有另外一层私心，即他要亲自遥控这支部队，于是便附和了秦桧的意见。作为皇帝的高宗赵构如果态度坚决也还是没有问题，但是赵构在一些关键问题上从来就没有坚决过，不能坚决的关键还是缺乏对于人的准确认识和对于全局的把握和控制能力。这时他也改变主意，居然说话不算数，下诏给岳飞说："淮西合军，颇有曲折。"

具体事宜还需要都督张浚与岳飞具体交代，于是张浚便传岳飞到都督府去。张浚先也不解释为什么要取消将淮西军归属岳飞，而直接问："王德为淮西军所服，我想用他为都统，而任命吕祉以督府参谋统领，如何？"岳飞说："王德与郦琼一直相互不服，一旦提拔王德在郦琼之上领导他，郦琼一定不服。吕尚书不熟悉军旅之事，恐难以服众。"

张浚又说："张宣抚怎么样？"

岳飞说："张宣抚暴而寡谋，尤其为郦琼所不服。"

张浚再说："这样就得杨沂中了？"

岳飞道："杨沂中与王德大体相同，怎么能够驾驭这支军队？"

张浚脸色变了，没有好气地说："我就知道非得你岳飞不可了？"

岳飞本来就有气，见张浚生气了，他也有些气愤，说道："都督以正事问岳飞，岳飞不敢不尽忠以正回答，哪里是以得到军队为念？"

岳飞满肚子的话无法说，暗想如果这样处理，恐怕这支军队就交待了。但高宗、秦桧和张浚就要如此，又能如何。岳飞将事情看得明明白白却无法挽救，内心的苦楚是可想而知的。

高宗反悔，说话不算，这是此事的起因，秦桧就是要阻挠岳飞，而张浚本来是了解岳飞的，为什么在此事上也如此？大概是看秦桧和高宗的态度。而与岳飞谈话也不投机，感觉岳飞对他这个顶头上级不够尊重，于是便完全变了，从此，他居然成为加害岳飞的一份力量了。

前文已经提到，张浚在几件关键的大事上处理得都不好，而且全部是失败的，给宋朝造成的损失都是致命的。他的一生不值得肯定。第一次是他奉命统帅大军收复川陕一带，在大好局面下指挥失误大败亏输，使朝廷蒙受巨大损失。这次在处理淮西军归属上,他作为总都督不听岳飞的建议而造成淮西军内乱,郦琼率领四万军队投降刘豫的严重后果。这其实也是很致命的,他是大都督,是具体处理此事的人,直接责任太大了。再后来孝宗朝北伐,他根本不听辛弃疾的建议而使北伐大业失败,都是有重要历史责任的。邓广铭先生评价说:"张浚是一个虚浮夸诞、缺乏实干能力的人,即使用最宽恕的字样来评价他,也只能说是一个志大才疏的人,而他还贪权、怙势、轻率、跋扈。"①

合军北伐已成为泡影,没有回旋的余地。三月下旬,按照朝廷指令,岳飞返回鄂州。途中,岳飞将整件事的前后反复回顾,仔细思考,认为自己在合军一事上没有半点私心,完全是出于收复失地的想法。而且并不是自己主动要求的,是高宗许诺的啊!而且还发了正式文件。作为皇帝,怎么可以出尔反尔?岳飞性格直率,按捺不住心中的怒火,宋高宗曾给予他北伐的鼓励,他也曾将一腔热血洒在北伐大计上,现在又突然对他进行无故打压,让他十分难受。

思虑良久,岳飞决定退出朝廷。这种情形,即使立下再大的功劳,也无济于事,稍有不慎就会被罗织罪名,甚至性命难保。秦桧那阴险的眼光,张浚那嫉妒的难以窥测的内心,高宗那反复无常的做法,都伤透岳飞的心。想到这里,岳飞不禁打个寒战。还是退出朝廷吧,退出官场吧!太险恶了。但他不好直谏高宗,便以与张浚观点不合为由,请求解除军务。岳飞生性倔强,不等高宗批示,便径直前往江州庐山东林寺,为母守孝,将岳家军一切事务暂时交由张宪处理。张浚得知岳飞擅自离职后,多次上奏宋高宗控告岳飞。张浚如今已经完全成了岳飞的政敌,在这件事上,张浚便是纯粹的小人。

高宗接到岳飞要求解除军职的奏疏后,同样怒不可遏,此前对岳飞

---

① 邓广铭:《岳飞传》,商务印书馆2015年版,第89页。

的好感瞬间烟消云散，高宗将岳飞此举视作对自己权威的挑战，遂同意张浚提议，委派张浚的亲信张宗元前往鄂州，乘机剥夺岳飞兵权，由张宗元直接取代岳飞掌管岳家军，直接归属都督府，其实就是直属张浚。就这件事和高宗的操作看，说张浚没有私心恐怕没有人会相信。张浚不仅想要控制淮西军，还要直接控制岳家军，这是可以体会出来的。

张宗元的到来，使得岳家军人心惶惶。其实，如果这次剥夺岳飞兵权成功，岳飞可能就不会被陷害至死了。但岳飞太强大了，他在人们的心目中，尤其是在岳家军的心目中是不可撼动的。我忽然感觉，"撼山易，撼岳家军难"的关键还是撼动岳飞在人民尤其是在岳家军心中的地位更难。

恰逢张宪也因病请假，不在军中，一时间谣言四起，将士们以为朝廷已同意了岳飞的辞职请求，由张宗元继任统帅，接替岳飞。对于跟随岳飞征战多年的将士，他们实在难以接受这种结果。于是人心躁动，军队出现乱象，十分危急。

当时担任都督府随军转运副使，专门负责岳家军后勤保障工作的薛弼害怕发生兵变，因为那个时代发生兵变的事件太多了，他赶忙请张宪带病主持军务。张宪命令岳家军将士少安毋躁，不得私下讨论，有问题向薛弼咨询。众将士忙去询问薛弼，薛弼回答道："张宗元张大人是朝廷应岳大帅的请求派来的，岳大帅离开军营才几天，你们就败坏军法，不听朝廷调遣，岳大帅知道后，一定会不高兴。"

"况且朝廷已经派遣敕使前往庐山，强令敦促岳大帅起复，相信岳大帅不日即可回到军营。"在张宪和薛弼的劝解下，全军将士的情绪才逐渐稳定下来。

与此同时，宋高宗愤怒难平，隐瞒了自己在淮西刘光世军团归属问题上的反复无常，歪曲事实真相，向大臣们指责岳飞骄横跋扈。众人纷纷附和高宗，指出应严惩岳飞，以儆效尤。

高宗经过一番权衡，感觉还需要岳飞到前线浴血奋战，于是驳回张浚剥夺岳飞军权的请求，将岳飞的奏札退回，派人去庐山勒令岳飞回军营，与张浚共同去巡视淮西军。高宗内心可能也有一点点的良心发现，更主要的是还需要岳飞为他浴血作战。他心里清楚，没有岳飞是很难抵抗金军进攻的，故做出这样的决定。

还没有等岳飞回来，淮西便如同岳飞预料的那样发生了惊天动地的兵变。王德原来与郦琼是平级，而且在抗金方面郦琼的功劳比王德还大，本来心里就不服，而王德还极其高傲，贪污军饷，欺压下级，军中气氛不好。张浚再派自己的心腹吕祉前去监军，吕祉没有带兵打过仗，怎么能服人心，只能是加剧矛盾而已。

矛盾不断积累加深，终于爆发。绍兴七年（1137）八月八日，郦琼发动叛乱，杀死吕祉以及不服从号令的将士，裹胁淮西军团4万余人，外加随军家属、当地民众共计10余万人，到河北投降伪齐刘豫去了，史称"淮西兵变"。

岳飞的预见不到三个月便成为现实。就这件事看，张浚实际是历史的罪人，给朝廷带来的危害极其深重，对于岳飞的伤害也是致命的。其实，郦琼最敬服的就是岳飞，前文提到过，他曾率五千军队去支援岳飞的北伐，但部队到达时战事已经结束，但岳飞对于他和部下依旧给予奖赏，令他和部下都非常开心和敬佩，感觉受到尊重，其实从那一刻起，他便真心想当岳飞的部下，故听说要归岳飞统辖时，他内心是很期待的。郦琼的叛变是朝廷赏罚不公、用人不明造成的。

郦琼投靠刘豫后，痛心疾首地揭露了南宋朝廷赏罚不公、用人不明的弊端，都深中要害，并表示与朝廷决裂的决心。正是：

若无好人无好事，秦桧阴损张浚贪。
更兼赵构多反复，淮西兵变属必然。

第二十五回

岳飞忠心光昭日月　赵构多疑心理暗阴

　　岳飞连续接到要求他回到朝廷的圣旨，不得不在六月回去，并直接向高宗谢罪，请求"明正典刑，以示天下"。高宗虽然好言安慰，但君臣的隔膜已成。秦桧见岳飞再回来带兵，愤愤不平，却也无可奈何。秦桧是大奸，他认识到岳飞是他搞成和议的最大障碍，必欲将他赶出朝廷或害之而后快。

　　"淮西兵变"使岳飞的先见之明完全得到应验，与此同时，张宗元回到朝廷，他与岳家军将士们朝夕相处四个多月，对岳飞及其率领的岳家军有了一个崭新、完整的认识。张宗元便将其所看、所感向高宗上奏道："将和士锐，人怀忠孝，都是岳飞训练所致。岳家军军容雄伟，士气高昂，纪律严明，上下一心。每日严格训练，时刻准备深入中原，收复失地，实为一支精锐之师。"张宗元真是一位正人君子，能够客观评价岳家军和岳飞。

　　岳飞回到军营，给高宗上奏章曰："比者寝阁之命，咸谓圣断已坚，何至今尚未决？臣愿提兵进讨，顺天道，固人心，以曲直为老壮，以逆顺为强弱，万全之效可必。"又奏："钱塘僻在海隅，非用武地。愿陛下建都上游，用汉光武故事，亲率六军，往来督战。庶将士知圣意所向，人人用命。"

受到如此大的委屈和挫折，岳飞不但不心灰意冷，还想着北伐的事，可见其专心北伐，维护宋朝利益的忠心。

奏章上去一直没有回复。淮西兵变发生之后，张浚才后悔不迭。因为用人不当，措置无方，张浚引咎辞去宰相。岳飞听到淮西兵变的消息，立即上疏表示愿意率军进驻淮河流域地区，寻找机会进攻郦琼，争取消灭这股叛军。朝廷批复不许，指示驻扎江州，随时作为淮河流域和两浙的援军。

当时的斗争确实很复杂，伴随军事斗争，政治斗争一刻也没有停留过。

九月、十月之间，岳飞因收到谍报，说金朝要放归钦宗太子赵谌接替伪齐皇帝刘豫的地位，在中原再建立政权，据说也叫宋朝。这样，钦宗太子是徽宗的嫡长孙，如果从血脉上看，确实比高宗本人都正统。高宗没有儿子，而且也不可能有儿子了，这是全天下人都知道的公开的秘密。金朝打的这是政治牌，真是很厉害的一招。如果真的这样做，对于南宋政权还真是一个威胁。

岳飞对此深表担忧，在去入觐高宗的路上，与自己的贴身副官薛弼谈起这件事，并准备向高宗建议立储。贴身副官薛弼皱皱眉头，有些担心地提醒岳飞道："你身为大将，手握重兵，如果提出或参与立储之事，恐怕会遭到皇上的疑心啊！"

战马快步而平缓地走着，岳飞说："我也不是没有考虑这一层，关键是怕万岁不知道金朝的这种情况，提醒一下，应该没有关系。我从来没有考虑过自己的名利地位，这关乎大宋社稷之安危，只要对大宋对朝廷有利，就无所顾忌。"

岳飞的心灵纯洁得如同灵泉里的水，没有丝毫的杂质，如同是珠穆朗玛峰的顶峰，是地球上的极顶，如同是喜马拉雅山上的雪莲，绝对美丽高洁。

高宗曾经问他天下怎样才能够安定时，他说："文官不爱钱，武将不怕死，则天下定。"官吏清廉才可能政治清明，政治清明才可能有凝聚力，军队才可能有战斗力。而当年的情况正是文官爱钱，武将怕死，这样的天下能好吗？

俗语说，"以小人之心度君子之腹"，这句话大概就是为高宗赵构量身定做的，当赵构听完岳飞的报告和建议早日立储后，脸色就像霜打的茄子一样难看，说道："卿言虽忠，然握重兵在外，此事非卿所当预也！"

我们可以理解，岳飞完全是替高宗着想，但高宗可能是误解了。他或许想，你岳飞对我不满意，是想要让我早点交班吗？有学者认为，岳飞和宋高宗之间的矛盾，就是从这一年开始逐渐加深的。先是高宗出尔反尔，张浚与岳飞交谈又话不投机，便进谗言。而一旦有了隔阂，高宗便把正常的建议往歪处想，把两件事联系起来，感觉岳飞是否有让他早点交权给太子的意思呢。因此，赵构对岳飞的怀疑越来越重，嫌隙越来越深，但岳飞坦坦荡荡，光明磊落，自己并没有感觉到。

写到这里，笔者将此事的来龙去脉再理顺一下，我们也好理解岳飞光辉俊洁的人格以及赵构的多疑与卑鄙。

北宋是太祖赵匡胤建立的，但他死后，却是他弟弟赵光义当皇帝，以后是他的后代继续当皇帝，并且一直到北宋灭亡，也就是说，大哥打的天下，弟弟以及后代坐江山一直到灭亡。而南宋是赵光义后人赵构建立的，但他身后的八位帝王却都是太祖赵匡胤的后代，真是很有趣的历史现象。而高宗赵构确立接班人是这一转折的关键。

北宋灭亡，对于赵宋王朝来说，是天翻地覆的大事件。当年金太宗完颜晟来北宋出使的时候，宋朝许多大臣见过他，都感觉他太像太祖赵匡胤了。后来就是他决定并指挥灭亡北宋，而把赵宋王朝的所有直系男子全部掠走，只有赵构漏网。

一百多年来，关于赵匡胤之死，一直有"斧声烛影，千古之谜"的传说，而且赵匡胤的两个儿子赵德昭和赵德芳据说也是赵光义害死的。这种传说在民间非常普遍，赵光义的后代始终无法摆脱这种心理阴影。当年又有到过金朝的人，隐约间说金太宗完颜吴乞买便是赵匡胤借尸还魂，来向赵光义讨取血债，因此把他的所有后代都依照花名册而全部掠走，实际就是讨取当年的血债。

很蹊跷的是高宗只有一个儿子还死了，而且再也没有生育能力了。这样，赵构的接班人如果在赵家血脉中选拔，便只有属于赵匡胤的一些后代子孙。而在南宋朝廷一直保护养育着的宗室后代中，便都是赵匡胤的后代。真是蹊跷，有一位无名氏所作的《呻吟语》中记载："吴乞买当金太祖朝尝使汴京，其貌绝类我太祖皇帝塑像，众皆称异。"[①] 从民间传说中可以体会出对赵光义后人尤其是对徽宗钦宗的失望情绪。关键是赵光义支脉只有高宗一个后人，而高宗还不会有后人，这才是关键中的关键。

于是人们对于这件事便又重新提起，都盼望太祖的后代能够重新回到皇帝位置上。据说还有这样一件事，那位举足轻重的隆祐太后有一天做了个梦，醒后感觉非常吃惊和诧异，便把梦境告诉赵构，并说应该如何如何。赵构也点头称是。但做梦的具体内容没有记载，二人谈话的内容也没有记载，只不过是不久便发生一件很怪异的事情。[②]

[①]《呻吟语》是《靖康稗史》七种之一，作者不详。转引自邓广铭：《岳飞传》，商务印书馆2015年版，第247页。
[②]《宋史》卷三十三，孝宗记一。

在绍兴元年（1131）六月，上虞县丞娄寅亮趁赵构在绍兴的时候，上一道奏章说：

> 先正有言："太祖舍其子而立弟，此天下之大公也。……"仁宗皇帝诏英宗入继大统，文子文孙，宜君宜王，遭罹变故，不断如带。今有天下者独陛下一人而已。恭惟陛下克己忧勤，备尝艰难，春秋鼎盛，自当"则百斯男"，属者椒寝未繁，前星不耀，孤立无助，有识寒心。天其或者深戒陛下，追念祖宗公心长虑之所及乎？
>
> ……欲望陛下于"伯"字行下遴选太祖诸孙有贤德者，视秩亲王，使牧九州，以待皇嗣之生，退处藩服。①

这里有几个问题值得思考，这位娄寅亮仅仅是上虞县的一个县丞，相当于今天一个副处级干部，而且还不是中央皇帝身边的人，他是怎么知道赵构已经不可能生儿子了，当年赵构才 24 岁啊。何况他又怎么知道赵匡胤的七世孙是"伯"字辈？而"伯"字辈又恰恰是赵构的下一辈？一个小小的副县级的县丞怎么敢贸然上如此大胆的奏疏？因此，这件事的后面一定有丰富复杂的故事。但这种故事可能成为永久的历史悬案而无法考证了。但有一点可以肯定，娄寅亮一定与高宗或者隆祐太后身边的某人有密切联系，应该是有人授意才可能。

奇怪的是高宗见到奏章后，不但没有生气，反而立即提拔他当了监察御史，并且把委任状直接送到他的家中，又很快将其工作调动到朝廷来，把家属也带来了。真是一步登天一般。作为一个县丞的小官，直接提出这么大的建议，高宗都没有怪罪，作为一路大帅的岳飞只是提出把

---

① 此据《宋史·娄寅亮传》、《建炎以来系年要录》卷四五，绍兴元年六月辛巳记事、参修。转引自邓广铭：《岳飞传》，商务印书馆 2015 年版，第 248 页。

赵伯琮明确立为太子，高宗至于就那么生气吗？更至于要把岳飞害死吗？

就是高宗的行在在绍兴的时候，与大臣即宰相范宗尹、参知政事张守、同知枢密院事李回便公开讨论过这个问题，高宗明确说道：

> 艺祖以圣武定天下，而子孙不得享之，遭时多艰，零落可悯。我今如不选取太祖后裔作为我的过继子嗣，何以慰他的在天之灵。而且此事也并不难行，只须从"伯"字行中选择一个相宜的人就可以了。①

在做出这一决定后，便派人去选，第一次选来五个小男孩，赵构都没有相中，都被退了回去，绍兴二年，在秀州选来一个七岁小男孩，长得端庄大气，叫赵伯琮，高宗看好后就确定了。由高宗宠爱的张婕妤抚养。但后来高宗另外一个得宠的吴才人也要养一个，高宗又答应了，于是又找一个叫作赵伯玖的男孩，也是赵匡胤一脉养在宫中的后代。这样，赵构的接班人已经确定在这两个小孩之间了。这些情况岳飞都知道，他在觐见高宗的时候还见过赵伯琮，对这个小男孩印象相当好。这里说明一下，这位赵伯琮便是后来继任高宗赵构为南宋第二位皇帝的孝宗，后来改名为赵昚。而孝宗见过岳飞，对于这位赫赫有名的大帅也颇有好感，因此即位不久就为岳飞平反。

岳飞在前线听说金准备把钦宗的儿子送到中原来当皇帝，这无疑打的是政治牌，因为在这个时代，赵家宗室还是有一定号召力的。因此岳飞才想到请赵构明确立赵伯琮为太子，这样就可以在政治上占得先机。他是绝无私心，更无意参与人家的家事，岳飞以大君子之心把赵构当作

---

① 《建炎以来系年要录》卷四五，绍兴元年六月戊子记事。

· 239 ·

自己的天子和朋友，但赵构并不这样想。很多人说赵构杀岳飞主要是因为这件事，我认为不是如此。赵构杀岳飞的关键还是对于金朝是跪舔还是战斗之态度的尖锐对立，尤其金兀术要求不杀岳飞不和议的要挟，而岳飞始终坚持抗战而反对投降的态度，在岳家军中有强大的影响力，对于赵构和秦桧的跪舔都是无形的巨大障碍，这是问题的关键和症结，因此秦桧在前面操刀，赵构在后面支持罢了。根源不在于此。我们细想，岳飞提出正式确立太子，对于赵构有什么威胁呢？正是：

兄打江山弟登基，传到亡国方到期。
天道轮回归兄脉，亦传八帝算相抵。

第二十六回

接受诏谕赵构屈膝　怒斥投降胡铨骨鲠

　　岳飞知道刘豫结交的是粘罕和挞懒，刘豫是粘罕和挞懒共同册立的，而金兀术一直厌恶刘豫，便使了一条反间计。正好军中捕获一名金兀术的间谍。岳飞知道此人身份后，便令人把他带过来。一见到他，岳飞假装认错人了，有点吃惊地说："你不是我军中的张斌吗？我先前派你到齐国去，约定引诱四太子，你怎么不回来了呢？我继续派人去联系，齐国已经答应我，今冬将以两军会合进攻江南为名，致使四太子到清河。你所持的信却一直没有回复。你怎么能背叛我呢？"

　　间谍怕暴露身份被杀，便假装承认自己是张斌，连连检讨说没有完成任务，愿意将功赎罪。于是岳飞写信封在蜡丸里，信中写了自己与刘豫共同密谋杀金兀术的事，对间谍说："我今天饶恕你，一定把此信亲手交给齐主，将功补过。"于是又打发假张斌到齐国去，询问其起事的日期，把蜡丸放间谍大腿上的绑腿里，非常隐秘。告诉他无论遇到什么情况都千万不要泄露。

那间谍谢过岳飞，出去走一段路立即拐向金兀术的大营，把蜡丸交上去，并把经过复述一遍。金兀术一听，大惊大怒，立即上报给金朝皇帝完颜晟，完颜晟批复可以捉住刘豫并废弃这个伪齐政权。

刘豫的儿子刘麟和侄儿刘猊出兵不久，便大败亏输，引起中原和南方百姓的普遍不满，金朝见刘豫没有什么利用价值，便趁虚将其捉住，改封为蜀王。刘豫后来在金朝憋憋屈屈死去。这样，伪齐政权也就不存在了。

刘豫被废弃，岳飞抓紧时间练兵，时刻准备出兵。由于伪齐政权的崩塌，原伪齐境内的许多军民纷纷倒戈，岳家军各部都不断接收前来归顺的伪齐政权下的军民，岳飞感到这是趁机收复中原的大好时机。于是上疏请示："宜乘废豫之际，捣其不备，长驱以取中原。"但就是没有回音。

岳飞数次上疏请求出兵北伐，朝廷均没有答复，眼看着大好的战机失去，岳飞心急如焚。正逢枢密副使王庶到前线视察军队时，岳飞给他写信道："如今年不举兵北伐，我当缴纳节度使的职务而回乡赋闲。"王庶并不是决策人物，但他理解岳飞的心情。

此时，赵构在左相赵鼎和枢密使秦桧的策划下将首都由前线重镇建康迁至江南的临安。这些年，首都并没有正式固定下来，赵构为了避开金兵的进攻，也为议和，又进一步升任秦桧为右相，并令其与金尽快接通关系，加紧议和的进程。

赵构在接见了金使兀林答赞谟（乌陵思谋）之后，又召韩世忠、张俊、岳飞三路大帅来临安商议。张俊见风使舵，表示尊重朝廷意见，同意和议。岳飞和韩世忠对和议一事表示坚决反对，态度非常坚定直白，岳飞说得更直接："夷狄不可信，和好不可恃，相臣谋国不臧，恐贻后世讥议。"

意思表达十分清楚，金人是不可信任的，所谓的和好是不可以仰仗凭依的，相国图谋国事不善，恐怕会给后世遗留讥笑和非议。秦桧是进士出身，听得明明白白，对岳飞的恨又深了一层。

高宗默不作声，韩世忠也坚决反对和谈，接连上书十余次，赵构都置之不理。

秦桧表面上很厉害，但怕媳妇却怕到了极点，王氏一瞪眼珠子，秦桧的手就不知道往哪放。他们夫妻一生也没有孩子。而秦桧还不敢纳妾，想都不敢想。王氏从自己的娘家侄之中选一个过继为自己的儿子，起名叫秦熺，其实秦熺与秦桧一点血缘关系都没有，而是王家的血脉。

十一月，金廷派出江南诏谕使张通古、萧哲，携带诏书，来同南宋"讲和"。金人不称宋朝而称"江南"，不说是"议和"而说是"诏谕"，更要求赵构亲自跪接金朝皇帝的诏书，把南宋完全置于藩属地位，消息传开，朝野上下，舆论沸腾。宋廷诸大臣对此议论纷纷，多有反对者，然而这些主战派人物如枢密副使王庶、枢密院编修胡铨等，或被罢官，或被贬谪，就连支持议和的赵鼎也因不同意金人的划界条款而被罢相，秦桧自此开始独揽大权，成为执政宰相。

十二月二十七日，秦桧以宰相身份代表宋高宗赵构跪在金使脚下，宋帝"奉表称臣"，承认宋为金的藩属，接受金"赐给"的河南之地，并每年贡奉银二十五万两、绢二十五万匹，南宋与金的第一次和议达成。

"每年贡奉银二十五万两、绢二十五万匹"，这是正式写入和议的文字，是每年都要按时给人家送去的贡品，那都是南宋劳动人民的血汗啊！

果然如秦桧预料的那样，他的所谓和议方案一出台，立即遭到那些主战而且耿直大臣的强烈反对。其中最强烈的是王庶，他自从到枢密院任职以来与秦桧的政见始终不合，连续上七个奏疏极言和议的弊端，并当面指责秦桧道："相公忘了在汴京要保留赵氏时的情景了吗？现在为何一味主和?"秦桧在高宗的支持下,什么都不顾,指派党羽弹劾这些人,他再以借口将其全部罢免,驱逐出朝廷的要害部门。王庶从此便成为秦桧最恨的人之一,在数年后还要将他的两个儿子置于死地,这在前文已经提到。

秦桧的倒行逆施只吓倒一些软弱者,并没有吓住所有的抗战派大臣。枢密院编修官胡铨义愤填膺,奋笔疾书一封言辞激烈的弹劾秦桧等卖国贼的奏章,这就是千古传诵的《戊午上高宗封事》。

文中痛快淋漓地揭露了金人和谈的阴谋及秦桧等人出卖宋朝的丑恶行径,痛心疾首地说:

夫天下者,祖宗之天下也;陛下所居之位,祖宗之位也。奈何以祖宗之天下为犬戎之天下,以祖宗之位为犬戎藩臣之位?陛下一屈膝,则祖宗庙社之灵尽污夷狄,祖宗数百年之赤子尽为左衽,朝廷宰执尽为陪臣,天下之士大夫皆当裂冠毁冕,变为胡服。异时豺狼无厌之求,安知不加我以无礼如刘豫也哉!夫三尺童子至无知也,指犬豕而使之拜,则怫然怒。今丑虏,则犬豕也。堂堂大国,相率而拜犬豕,曾童孺之所羞,而陛下忍为之邪?伦之议乃曰:'我一屈膝,则梓宫可还,太后可复,渊圣可归,中原可得。'呜呼!自变故以来,主和议者,谁不以此说唊陛下哉?然而卒无一验,则虏之情伪已可知矣。而陛下尚不觉悟,竭民膏血而不恤,忘国大仇而不报,含垢忍耻,举天下而臣之甘心焉。就令虏决可和,尽如伦议,天下后世谓陛下何如主?况丑虏变诈百出,而伦又以奸邪济之,梓宫决不可还,太后决不可复,渊圣决不可归,中原决不可得。而此膝一屈,不可复伸;国势陵夷,不可复振,可为痛哭流涕长太息矣。……臣窃谓不斩王伦,国之存亡未可知也。……

臣窃谓：秦桧、孙近亦可斩也！臣备员枢属，义不与桧等共戴天。区区之心，愿断三人头，竿之藁街。然后羁留房使，责以无礼，徐兴问罪之师，则三军之士不战而气自倍。不然，臣有赴东海而死耳，宁能处小朝廷求活耶？小臣狂妄，冒渎天威，甘俟斧钺，不胜陨越之至。[1]

慷慨激昂，理足气盛，今日读来，依然令人感奋。

此书一经公布，朝野振奋，人们奔走相告。后来，此书传到金朝，金朝君臣读后都感到可怕，但无不佩服胡铨的凛然大义，并不惜重金要购买原稿。

秦桧见到奏疏，大为恼火，当下派爪牙弹劾胡铨狂妄悖缪，指斥万岁，蛊惑人心，阻挠国事，应加严惩。高宗批复，将胡铨除名并编管昭州。

胡铨要被押走时，一位叫陈刚中的官员写文章为胡铨送别，秦桧大怒，立刻命吏部将陈刚中贬往赣州安远县。此处是当时最落后的地方，谚语云："龙南，安远，一去不转。"是说被贬到这里的人没有能回转的。果然，陈刚中后来真的就死在那里。

还有一位志士，曾经参加过李纲领导指挥的汴京保卫战的著名文人张元干，他义愤填膺，亲自前去送别，还创作长调《贺新郎·送胡邦衡待制赴新州》：

梦绕神州路。怅秋风、连营画角，故宫离黍。底事昆仑倾砥柱，九地黄流乱注。聚万落千村狐兔。天意从来高难问，况人情老易悲难诉！更南浦，送君去。

---

[1]《续资治通鉴》宋纪卷一百二十一。

凉生岸柳催残暑。耿斜河，疏星淡月，断云微度。万里江山知何处？回首对床夜语。雁不到，书成谁与？目尽青天怀今古，肯儿曹恩怨相尔汝！举大白，听金缕。

"天意从来高难问"是说对高宗如此做的意图实在无法理解，实际是严厉批评与抗议。

高宗用胡铨之事告诫群臣，要和朝廷保持一致，不要阻挠和议大计。但还有几名忠心赤胆的大臣上奏疏表示坚决反对，其中以枢密院另一编修官赵雍的言辞最为沉痛激烈，与胡铨观点完全一致，坚决反对议和。秦桧不予理睬。

司勋员外郎朱松、馆职胡珵、张扩、凌景、夏常明、范如圭六人联合上一奏疏，所论最为透辟深刻：

金人以和之一字得志于我者十有二年，以覆我王室，以弛我边备，以竭我国力，以懈缓我不共戴天之仇，以绝望我中国讴吟思汉之赤子。以诏谕江南为名，要陛下以稽首之礼。自公卿大夫至六军万姓，莫不扼腕愤怒，岂肯听陛下北面为仇敌之臣哉！天下将有仗大义，问相公之罪者。①

高宗不理睬，秦桧更不在乎。为了牢牢把握权势，巩固地位，秦桧广置党羽，他利用职权之便豢养一大批走狗，分布到市井街道及宫廷内外，到处都有他的密探，形同后世的特务，牢牢控制舆论。有公开反对议和或讽刺他的人，立刻抓入大牢。

皇帝身边的御医王继先也被他收买，秦桧夫人王氏又认王继先为弟

---

① 《宋史·奸臣·秦桧传》。

弟。于是，王继先便成了秦桧死心塌地的心腹。秦桧不但可以知道高宗的动向，高宗的身体情况他也了如指掌。

在秦桧的一再退让和具体操作下，和谈正式进行，很快达成了一个屈辱的和议。宋朝皇帝要接受金的册封。高宗还要顾惜一点脸面，反问秦桧曰："朕嗣守太祖、太宗基业，何能接受金人册封？"

秦桧依旧以屈己求和方能迎回梓宫和太后为名，要求高宗接受。高宗听后默默无言。秦桧暗地里又与金朝大使商量，偷偷将金朝对高宗册封的国书迎进禁宫，不举行什么册封典礼，免得惹起事端。金朝使臣勉强同意。

秦桧命亲信起草一个完全接受金朝各项条款的国书。和议终于最后签字。在和议中还有一个附加条件，即宋朝不得随意更换宰相。这一条款是专门为秦桧量身制作的，其理由就是担心南宋政策有变化。

这样，实际上就等于指定秦桧为南宋的终身宰相。高宗至此一切都不在乎了，既然皇帝都听凭金朝册封，宰相由金朝指派也没有什么可大惊小怪的。秦桧以和议的最后完成而欢喜，高宗赵构则等待着母亲和父亲棺椁的归来。

和议进行中，在外地任职的张浚、李纲先后上疏请求拒绝和议。张浚在政治上一直比较清醒，他始终不是跪舔派，没有那种政治倾向，但人品和能力有问题。秦桧见到后当然不会理睬。大将岳飞接到御札后再度上书曰："金人不足信，和议不足恃，相国考虑国家大事不周，恐怕会遗讥于后世。"又说，"救暂时危急而解倒悬未尝不可，如以此为长远久计而欲尊中国则不可能也。"

秦桧见书，更加忌恨岳飞。这便是一切奸人的共同特征，即最怕别人指责自己时说到关键处。秦桧知道岳飞是个劲敌，对于岳飞的恨更加深一层。

绍兴九年（1139）正月，由于和议签署成功，金已开始准备将原来刘豫伪齐政权的地盘和金兵这些年抢夺的一些地盘再还给宋朝。同时也答应把死在金朝的徽宗的棺材和活着的高宗的生母送回来，高宗在做着这一切顺利实现的美梦，于是宣布大赦天下，庆贺和谈的成功。

岳飞收到大赦的表文之后，循例要上谢表。于是岳飞让幕僚张节夫起草了一份《谢讲和赦表》，大意如下：

> 本月十二日，准进奏院下发传递赦书一封，臣已立即亲自率领全部将领军官以及一切文官向着京师方向宣读完毕。
>
> 观察时局的变化而制定政令，敬仰圣上的宏观伟略，善胜而不争，实在是帝王的神机妙算。考虑这种战争艰难的日子太长，姑且听从讲和休战之事。圣上的恩泽遍布天下，百姓的舆情相互欢悦，臣岳飞也同样欢欣鼓舞，叩首叩首。
>
> 但臣私下里认为，娄敬向汉高祖献策与匈奴和好，魏绛向晋国国君上书主张与戎狄讲和休战，都是结盟盟书的墨迹未干，口喝歃血之盟的血还没有干，很快便驱驰南下的战马，立即就发动北伐的军队。大体来说，好的军事家要防备不合常情的情况，胁迫下的盟约是难以凭信的。不要死守金石般的约定，难以填充贪婪者的欲望和要求。如果图谋暂时安定一下百姓以解除民之倒悬，作为暂时的缓兵之计，还是可以的。如果想要用这种方式使中国受到尊重，怎么可能呢？
>
> 恭敬的皇帝陛下，您拥有大德而宽容之心，神通威武而不杀戮，效法天刚健的特性，行使巽卦所象征的灵活权变的手段，务必和睦众人来使百姓生活安定。于是讲信修睦，已经逐渐返还边境和领土，想象见到皇帝仪仗的威仪。
>
> 臣幸遇清明之时，获得观赏如此盛事的情景，身居国家将帅之职，没有丝毫军功有补于社稷，口中诵读诏书，脸面感觉

有愧于军人。臣还有些自作聪明而有过分的考虑,徒自犹豫而有一定的怀疑,以为不要使那些请和之人图谋大事,恐怕卑躬屈膝而增加进贡之钱的人晋升。

臣愿意谋求全胜,期望收回两河之地,唾手夺回燕云十六州,最终要复仇报效国家,向天地发誓表示决心,当令敌人叩头而称藩属之国。

臣无法瞻仰天子圣上,激切惶恐到了极点,仅奉表上疏,请皇帝了解臣的忠心。[①]

最后几句说,我还是有点自作聪明而过于多虑,徒自犹豫而多有怀疑。认为没有事而主持请和之人的计谋,恐怕是那些卑辞媚敌而多给敌国金钱的人得以进身。臣愿意确定全胜的谋略,期望收复两河的土地,唾手而夺回燕云十六州,最终要复仇而报效国家,向天地发誓我的赤胆忠心,当令敌人叩头请饶而称藩属。依旧坚持要求北伐。正是:

跪舔丧权又辱国,亮剑方能有尊严。
秦贼沮丧像前跪,岳飞英气万古传。

[①]《金佗稡编》卷一〇,据《三朝北盟会编》卷一九二引文校改。

第二十七回

金人毁约大举南下　岳飞亮剑重创兀术

岳飞刚刚说完"金人不足信，和议不足恃"，金人便真的撕毁合约，大军气势汹汹向中原杀来。

原来是金朝内部出了问题。金政权的奠基人是完颜阿骨打，本名叫完颜旻，即金太祖。第二位皇帝是金太祖的四弟完颜晟，也叫完颜吴乞买。此人倒很讲究很义气，因为天下是二哥完颜阿骨打打下的，自己继承的是二哥的位置，于是便提前确定二哥完颜阿骨打的嫡长孙完颜亶即位，这便是金朝的第三任皇帝。但他当时年龄小，大权在金兀术和完颜宗干手里掌握着。而金太宗没死的时候，比较相信完颜挞懒的意见，而与秦桧讲和的具体操作都是挞懒的主谋。但是和议刚刚签署完还没有具体实行时，金太宗完颜晟就一命呜呼了。

完颜晟死得有点不是时候，因为完颜亶太年轻，不能独自掌握大权。于是正在这个节骨眼上，金政坛发生地震，金兀术和完颜宗干发动政变杀死了挞懒，他们俩便掌握大权，对于这份和议轻易就把两河地区交还给宋朝他们感到非常不满，于是便撕毁合约，一切都不算数了。所以，秦桧和高宗苦苦等待合约的落实便没有希望。岳飞说的"金人不足信，和议不足恃"，没有想到还不到一年时间就验证了。可以说这对专主和议的秦桧狠狠地打了脸。

在秦桧和高宗忙忙碌碌与金人和议以及后来发出和谈成功的大赦令并庆祝的时候，刚定都不久的临安一片热闹繁荣的景象，到处张灯结彩，灯红酒绿，妓院一条街上满是拈花惹草的浪荡公子和妖冶献媚、浓妆艳抹的女子，红袖招招，彩旗飘飘。浮言浪语，打情骂俏，搔首弄姿，搂搂抱抱。西湖上有许多画舫游船，笙管笛箫，琴瑟琵琶，真是热闹。如此短暂的休战便使人们忘记了刚刚过去的伤痛，又飘飘然起来。但也须说明，能够加入到这种高级消费和享乐队伍的永远都是那些达官贵人和富商大贾，普通百姓是没有份的。

高宗赵构和老贼秦桧为自己和议的成功欢欣鼓舞，又是下诏书，又是庆祝，又派遣官员前去接收金朝答应的划归领土，又派王伦和蓝公佐两个人为使节到金朝去具体落实各项议程，喜气洋洋。

不料，前去办理交接的两位使臣却不顺利，遇到了大麻烦。王伦与蓝公佐到达金便感觉气氛不对，但并不知道金发生了类似政变的大事。金熙宗完颜亶继位后，金兀术等几位权臣合谋杀了金太宗在位时主政的挞懒完颜昌，金兀术执掌大权。金兀术对挞懒搞成的和议一直不满意，尤其是将大片领土还给宋朝更不认可。所以，金上层已经准备撕毁和议条约了。

次日，王伦和蓝公佐上朝后，金兀术问他们，挞懒已经被杀了，你们知道吗？王伦道："不知道。"于是金兀术道："你们这次奉使，并无一言涉及岁币，却专谈割地的事。你们只知道有个挞懒，哪里还知道有个大金朝廷！"

双方对话的距离太大，王伦无权也不敢签字，于是金将王伦扣留，放蓝公佐回朝廷传话,要求南宋首先考虑确定岁贡的数量,誓表的措辞,要改用金朝的正朔,接受金的册命,还要索取河北、河东流寓到南方的所有人口。①

蓝公佐回到朝廷,如实汇报了在金朝的情况,大臣们都感觉事态严重,恐怕要有变数,应该积极做好战争准备。但高宗和秦桧感觉不至于真的就有战争,还想要派人去金朝积极争取。右正言陈渊在反复陈请都得不到答复的情况下,写了一封奏疏献上去,大有留此存照的意思,因为这样的奏疏一般都要存档的。

> 近因蓝公佐归自金国,而同时正使王伦辄为金人所留。又闻金人尽诛往日主议之人,且悔前约,以此重有邀索。国事之大,无过于此。于是辄以和战二议不可偏执之说,仰恩宸严,冀以少塞臣责……
>
> 且陛下既知今日之和自当以战为主,则和之不可坚守而战之不可不备也审矣。今乃急于遣使而不及其他,此臣所以疑也。
>
> 且"使"之不可不遣者,以房之不能无求,而我亦不得不许也。虽不得不许而亦有不可许者。如取河北之民则失民心,用彼之正朔则乱国政,若此类者,诚不可许。至于誓书之有从违,岁币之有多寡,又在夫可许与不可许之间,斟酌而予夺之,尤所当慎也。盖誓书之未行,必待岁币之有定,而岁币之数,寡则可从,多则难继。彼方挟强以凌我,求之者多而与之者寡,必不谐矣。且为后日之计,又不可多。然则"使"其可遽遣而莫之议乎!……

---

① 《建炎以来系年要录》卷一三二,绍兴九年十月辛亥及月末记事。

盖和战两途，彼之意常欲战，不得已而后为和；我之意常欲和，不得已而后有战。战非我之意，和亦非彼之意，不能以相异也。……然则和之必变，可立而待矣。或者必欲多与之币而幸其久而无变，无是道也。

故臣愿陛下以和为息战之权，以战为守和之备，惜财以厚民，吝予以存信，不务目前之利，必为长久之策……①

为广大读者诸君明白，笔者翻译一下：

近日因为蓝公佐从金朝归来，而同时出使金朝的正使王伦辄被金朝扣留了。又听说金朝全部杀害了往日主和的人，而且撕毁先前的合约，用这种方式重新加重要求和勒索。国家之危机，没有比这更大更严重的了。于是就将和战二议不可偏执的意见写出来，忧虑皇上面临问题的严重，希望稍微尽一点臣子的责任……

况且陛下既然知道今日之议和自然应当以战为主，那么不可坚守和议，不可不积极备战的道理就非常清楚了。如今陛下急于派遣专使而不顾及其他方面，这是臣子最为疑虑的。

况且"使"不可以不派遣，因为敌虏不可能不提这种要求，而我朝也不能不答应。虽然不能不答应派出专使，但也有不可以许诺的一些问题。如敌虏提出要河北的百姓划归他们就会失去民心，用他们国家的年号和正朔就会打乱我们国家的政事，像这些问题，实在不可以答应。至于盟誓之书有与没有，每年进贡的钱财多少，又都在可以答应与不答应之间。斟酌答

---

① 陈渊《默堂先生文集》卷十三。

· 253 ·

应还是不答应，尤其应当更加谨慎。大概双方盟誓之合约没有实行，一定在等待每年进贡钱币数量的确定，而进贡钱货的数量，少就可以听从，多了就难以为继。对方挟持其军事力量强大而欺凌我们，索求多而我们给予的少，一定不能顺利完成签约。而且为日后打算，又不可以多。这样的话，"专使"怎么可以很快就派遣而不事先讨论呢？……

大体来说，和谈与战争这两个选项，敌人的心意常在战争一方面，不得已之后才会和谈；我们的心意常在和谈一方，必不得已之后才勉强应战。打仗不是我们的想法，而和谈也不是金朝的想法，这种情况不能相互改变。……这样就可以知道目前的和平局面一定会改变，战争可能马上就要到来。有人想要多给金朝钱币而希望对方长久不变，没有这种道理。

因此臣希望陛下用和谈作为停止战争的理由，而用积极备战作为讲和的准备，爱惜钱财而使百姓丰厚，严于要求自己来取信于民，取信于天下，不追求眼前的利益，一定要有长远的规划……

把形势分析得非常到位，"盖和战两途，彼之意常欲战，不得已而后为和；我之意常欲和，不得已而后有战。战非我之意，和亦非彼之意"，鞭辟入里，极其深刻。其实，如果没有一定的武装力量支撑，连求和的可能也没有。

正在这个时候，有一位名叫张汇的人沦陷在金朝，听到金兀术的秘书蔡松年透露出来的确切消息，说金已经准备撕毁合约而大举南犯，便悄悄与几个好友偷渡过黄河，来到临安，给朝廷上了一封密奏，对当时金朝内外交困的情况进行了分析：

敌国如今是君主软弱而大将骄横，兵员缺少而内心胆怯，又都离心离德，都有异心。邻国伸长脖子来窥探机会，大臣们都斜眼观察出现变故。强盗贼寇从外面起来，亲戚家属在内部搞叛乱。再加上从前有名的王爷和大将如粘罕、挞懒等人不是被诛杀就是得病而亡……内部有羽毛零落的忧患，外面又失去刘豫伪齐政权的藩篱和支援，就像有人自己截断手足而又剖其腹心，想要求活，不也是很难吗？这些都是皇天后悔灾祸，眷顾我神圣的宋国，又借助敌人的手而铲除群凶，特别把良好的机会交付给陛下，这是周宣王、汉光武帝中兴大业的机会啊……

何况当前河北人心未安，而在河南废弃伪齐政权之后，人心又一次动摇。朝廷的军队如果先渡过黄河，那么战场就在河北而不在中原，假如金兀术先侵犯河南，那么战场就在中原而不在河北。只要能够先渡河，就会有得到天下的主动权，如今胜负的机缘就在于渡河先后了，而金兀术已经有向南进犯的意图，臣恐怕朝廷失去这次机会，反而让敌人占据先机。

张阜的信对于当时形势的分析以及对金内部局势的告知都是非常重要的情报，金已经是外强中干了，内部矛盾深刻复杂，官民都离心离德，战斗力已经不如以前。而刘豫的伪齐政权已经被废除，河南实际上暂时属于权力真空，金和中原即南宋谁先出兵占领河南的洛阳和开封谁就占有先机，即使和谈也更有主动权。

陈渊的奏疏也是这个意思，即使想和议，也要通过战争才能够达到目的。因为金已经决定发兵了，你还想什么和议呢，那不就是异想天开吗？因此，积极准备战争，调动军队，安排部署攻防是当务之急。秦桧是绝对不想迎战，其实高宗也不想，但前提是金不消灭南宋，让他当儿皇帝。这对跪舔派君臣惶惶不可终日,错过了大好的时机。

先不谈秦桧和高宗这对跪舔派君臣,因为实在令人沮丧郁闷,我们再到鄂州看看岳家军吧。

鄂州岳家军大营,刚刚过完初一便开始了严格的军训。岳飞全神贯注每一个细节。步兵和骑兵分别进行各种科目的训练。步兵训练的一个项目是注坡跳壕。参加训练的步兵要满身铠甲,重58斤,还要带一张弓十支箭,全副武装起码超过八十斤,然后从一定的坡度向下奔跑,一段路程后有一个壕沟,还要一跃而过,是对体力和意志的极大考验。这样反复训练,对于增加战士的体能帮助极大。

这样的训练,骑兵也有,不过战马奔跑的路程更长而需要跳过的战壕更宽而已。有一次,岳云马失前蹄,被岳飞打了三马鞭子。

一年前,牛皋和杨再兴在与伪齐军作战中俘获了15000匹战马,这对于岳家军太重要了。于是岳飞抓紧时间训练出三支骑兵部队,一支是背嵬军,一支是踏白军,一支是游奕军。作战时各有优势,在各种不同的战场和战争形势下各自出战。

我们先看看这支铁军中的铁军——背嵬军的构成和其强大的战斗力。岳家军中的"背嵬"是精锐中的精锐。首先,其成员的选拔极其严格,在军中进行军士技能比武时,将胜出的士卒登记在册。一旦旗头和押队一类的低级军官阵亡,则迅速以这些优秀士兵补充进去。这些被登记的勇卒之间也会经过多次选拔并决出优胜者来,一旦各级将官有伤亡需要补缺,则再从这些优胜者中进行选拔。这些人最后才有可能进入背嵬军。一旦进入背嵬军编制的士卒便享受到与岳家军各级统制相同的待遇,受人尊重,犒赏也异常丰厚。能够成为"背嵬军"就是很难的事,背嵬军在作战时所承担的往往是最艰巨的任务,在战事最激烈的时候,"背嵬军"往往被作为突击队或敢死队使用。

背嵬军是岳飞的亲兵卫队,骑兵步兵各五千人,由岳云统一节制。

步兵由岳云统制，骑兵由王刚统制。两支部队的装备情况是这样的：骑兵背嵬主要装备有长、短刀，约十支短弩，二十支硬弓的弓箭，围盔，铁叶片革甲。背嵬军战术多变，常常分成多个独立的战斗小组，紧密配合。

在开始作战时，往往距离敌人一百余步便由七八人放箭，七八人用短弩射马，然后开始长刀对劈，个个都是刀法纯熟，动作迅疾，战斗力超强。往往是迅速冲锋，迅速集结，再冲锋，从而大量杀伤敌兵。凭借着这支强悍的部队，岳飞百战百胜。这是岳家军的撒手锏，无坚不摧。

这时是岳家军最强大的时候，兵精粮足，总数达10万多人，将官也多。岳飞帐下有统制官22人、将官252人，其中正将、副将和准将各84人。而同一时期，另外两大帅张俊手下只有10名统制官，韩世忠手下也只有11名。岳飞一个人的兵力和将官数量足以比得上张俊和韩世忠二人。

岳家军的十万大军总分为十二军，计有：一、背嵬军；二、前军；三、右军；四、中军；五、左军；六、后军；七、游奕军；八、踏白军；九、选锋军；十、胜捷军；十一、破敌军；十二、水军，也称横江军。可见岳家军包括骑兵、步兵和水兵，在当时就算是兵种齐全了。

岳飞对于军风军纪要求极端严格，有敢取百姓一捆青麻来喂马者，立即斩首并向全军展示，绝对不准动百姓的一针一线。士兵们有时候露营在大街上，有的百姓开门请进去，都没有人敢进院。军中流传的口号是"冻死不拆屋，饿死不掳掠"。即使冻死也不拆百姓的房屋，也不骚扰百姓，即使饿死也不抢劫掠夺一点百姓的食物。这样的军队百姓怎么能不热爱？

岳飞爱兵如子，士兵有病了，他亲自去慰问，给调理医药。属下有的将官远行作战，便派遣妻子李娃去慰问家属，阵亡烈士则哭之而抚育他的子女，或者负责其子女的婚丧嫁娶。凡是朝廷有犒赏，则全部颁发给官兵，自己秋毫不占，而且公开公正，赏罚分明，因此赢得广大官兵的倾心热爱和敬服。这便是岳家军精神形成的关键，岳飞的人格魅力本身便凝聚成极大的精神力量。

岳家军的教练场上，人声鼎沸，群情高昂，士气直冲云霄。

绍兴十年（1140）五月，在金兀术和完颜宗干发动政变杀死挞懒后，也是在他们俩的授意下，金熙宗以完颜挞懒擅割河南地为由撕毁和约，降诏元帅府，下令把刚刚划归宋朝的河南、陕西之地重新抢回来。

金兀术亲统十万大军，自黎阳（河南浚县）直趋开封；以山东聂黎孛堇和河南李成为左右翼，取道开封向两淮进军；右路副元帅完颜撒离喝统帅西路军，从同州（陕西大荔县）攻陕西。

金兀术本性就是好战分子。他兵强马壮，自己便统帅30万金兵，更关键的是他有两把撒手锏，在当时绝对是重量级的军队编制，这就是金兀术有一个"铁罗汉"骑兵师和一个"拐子马"骑兵加强军。那真是赫赫威风，在战场上无坚不摧，攻无不克，金兀术横行中原，最主要的是这两支部队的配合作战。

"铁罗汉"是指全副重铠甲武装起来的骑兵，人和马都用厚厚的铁盔甲武装，头盔直接套到头上，只露出双眼，上身的铠甲披上，下身和战靴也都有铠甲防护。战马头和身子也都披挂上铠甲，可以说刀枪难入。这样的骑兵并排发起攻击时，普通的骑兵只有被冲垮的下场，是重型武器，类似现代战场上的坦克战斗群。一旦发起攻击则具有碾压式的效果。"铁罗汉"骑兵队是五千，可以想象，这样的骑兵在广阔的战场摆开作战的话，其威力确实是太大了。"拐子马"则是轻装，骑兵穿的是正常的铠甲，战马也有保护装置，但比较轻便，这样灵活机动。"拐子马"共15000人，在作战时，配合"铁罗汉"军队从两侧进行包抄，如同包饺子一样将几千人的部队全歼，确实是非常强悍的军事力量。"铁罗汉"也称作"铁浮图"。

顺便说明一下，以前的岳飞传之书，都说明"铁浮图"和"拐子马"都是三匹马用绳索连在一起，并排冲锋陷阵。清代乾隆皇帝是通晓事理并明白军事的，他对用绳索或皮索将三匹战马连在一起便表示怀疑。他在令其臣僚以他的名字编纂《御批通鉴辑览》时，认为《宋史·岳飞传》中"三人为联，贯以韦索，号拐子马，又号铁浮图"之说不通，因而写了一条"御批"，对之进行驳斥，说道：北人使马，惟以控纵便捷为主。若三马联络，马力既有参差，势必此前彼却；而三人相连，或勇怯不齐，勇者且为怯者所累，此理之易明者。"拐子马"之说，《金史·本纪·兵志》及兀术等传皆不载，唯见于《宋史·岳飞传》《刘锜传》，本不足为确据。况兀术战阵素娴，必知得进则进，得退则退之道，岂肯羁绊已马以受制于人？此或彼时列队齐进，所向披靡，宋人见其势不可当，从而妄加之名。并不是因为是皇帝的话，关键是说的有道理，宋史专家邓广铭先生也不同意这种说法，关键是在现实中难以运用。故本书便不再采用"铁浮图"和"拐子马"三匹战马连锁在一起的说法。

这位好战的金兀术统帅着几十万大军，浩浩荡荡，杀向中原。朝廷急忙派刘锜率领近两万人马去驻守开封，对于其他地区基本没有设防，很多地区被金军攻陷。五月下旬，金军大兵推进到顺昌（今安徽阜阳），刘锜大军在这里驻守，刘锜向朝廷告急。

高宗一看，再不抵抗是肯定不行了，于是改变态度，令诸将迎击金军。又悬赏声讨金兀术，并颁布赏格。

宋金罢兵休战，使得南北生灵都能够得以休息。但是金兀术没有仁道，杀害了他的叔父完颜昌，没有任何名义便发动战争，首先挑起战乱。将帅军民有能够生擒或杀死金兀术者，现任是节度使以上职衔的，授予枢密院权柄；没有达到节度使品级的，授予节度使职衔。官高的任命为节度使同平章事，现任统领军队的仍然授命为宣抚使，其余人等赐银五万两，绢五万匹，田地一千顷，住宅一套。①

六月一日，命三大宣抚使韩世忠、张俊、岳飞兼河南、河北诸路招讨使，分别晋封太保、少师、少保。岳飞的岳少保之名头就是这么来的。赵构又给岳飞下诏，让他火速增援顺昌，并表示同意北伐，收复失地。

岳家军训练如火如荼，忽然接到要求出兵的圣旨，立即进行总动员。岳飞要求，各个部队都要做好战斗动员，必须明确告诉战士们："此次出征，我们面对的是多次侵犯我们的金贼，他们侵占我们的土地，杀害我们的父兄，抢夺我们的财产，是我们不共戴天的凶恶的敌人。我们只能胜利不能失败，失败就亡国亡家，就会成为天下的贱民，就会任人宰割。因此我们必须抱着必胜的信心出征。"犒赏三军将士，准备出发。

大军出征之前，岳家军将士们纷纷与家人告别，没有悲伤，没有眼泪，只有相互勉励，约定胜利归来喝庆功酒，然后便可以过安定的日子了。

大军出发，前面是高高悬挂的"精忠岳飞"的大纛，后面紧跟着的是大字"岳"字军旗，战鼓齐鸣，军号嘹亮，各个部队还有各自的军旗，队伍浩浩荡荡，声威赫赫。岳飞先派出张宪和姚政去驰援顺昌。正是：

议和成功喜洋洋，大兵压境方慌张。
临灾烧香求岳帅，求和亦须靠武装。

---

① 见《三朝北盟会编》卷二〇〇，绍兴十年五月二十五日戊戌条。这段话原文是："两国罢兵，南北生灵方得休息，兀术不道，戕杀其叔，举兵无名，首为乱阶。将帅军民有能擒杀兀术者，见任节度使以上，授以枢柄；未至节度使以上，授以节使。官高者除使相，见统兵者仍除宣抚使，余人仍赐银绢五万匹两，田一千顷，第宅一区。"

第二十八回

刘锜智勇顺昌大捷　秦桧阴险矫诏班师

岳家军奉命紧急驰援顺昌，因为顺昌之战很吃紧。顺昌（今安徽阜阳）之战的经过是这样的：当金兵大举南下时，高宗和秦桧慌了手脚，因为刚刚签订的和议，朝廷派王伦到金去具体落实交接土地的时候，突然产生这么大的变故，完全出乎意料。在如何应对方面，赵构和秦桧都不知所措。

刘锜比岳飞大五岁，这一年四十多岁，为人沉稳坚定，有谋略有主见，并有儒将之风。金兵南下，他受命为东京副留守，率领他的部队和新从殿前司拨给的三千名步兵，用了九百艘船只载着，沿着淮河溯流而上，要到汴梁赴任。走了四十多天，五月十五才到达顺昌府界面。这时，接到探马来报，金兵已经占领了洛阳、开封，并且进兵陈州（今河南淮阳），距离顺昌只有三百多里了。顺昌地处淮北颍水下游，是金军南下必经的战略要地。刘锜是深知军机的大将，于是便决定固守顺昌，保护江淮地区。他对自己统领下的两万军队很有信心，因为这支军队的主力便是当年的"八字军",是与金兵有血海深仇且特别能战斗的铁血军队。

军队进入顺昌,刘锜下令凿沉船只,大有当年韩信破釜沉舟的用意。激励将士决心守城,誓与顺昌共存亡。再四面派出侦察兵察明金军的动向,广泛发动民众连夜环城修筑土围,用以护城屯兵;同时加固城池,增设障碍,聚集守城器具,全面准备迎战金军。

经过十天的紧张筹备,二十五日,金军游动的骑兵到达顺昌城郊,刘锜设埋伏活捉金军的两名千户即下级军官,得知金军将领韩常和翟将军部队驻扎在距离顺昌三十里的白龙涡。刘锜派侦察兵侦察准确,在当天夜里派出一千骑兵偷袭敌人大营,斩杀敌人两三千人。

二十九日,金军三路都统和韩常、翟将军两军共三万多人,渡过颍水迫近顺昌城下。刘锜大开城门,用的是疑兵之计,敌人不知虚实,反而不敢进城,在那犹豫不决。这时,刘锜指挥弓箭手突然出现,强弓硬弩万箭齐发,弓箭手一退,手持长枪、大斧的步兵一阵猛冲。金军抵挡不住,向颍水溃退,噼里啪啦掉河里不少。宋军又胜一阵。

六月初二,金军移驻到城东拐李村。刘锜利用金军骑兵在夜间作战不利的状况,便派骁将阎冲率领五百精兵前去偷营,五百精兵突然杀入敌营,一阵混乱,金兵损失很惨重。

金兀术听说顺昌城没有拿下,大怒,亲率十万精兵由汴京前来驰援。六月初七,大军到达颍水北岸,与龙虎大王、三路都统等先头部队连营扎寨,人马蔽野,骆驼牛马纷杂其间,毡车、奚车也有几百辆,扎下营盘。声势浩大威武。

与宋军交战多年,金兀术对于宋军极其蔑视,对先头部队不能攻克顺昌大为恼火,他率领几位大将到顺昌城外视察一番,训斥道:"顺昌城壁如此残破,用靴子尖就能把它踢倒。明天本帅亲自指挥,到顺昌城里去吃午饭。城里的财宝和女人,你们谁抢到就归谁!"说罢折箭为誓，表示说话算话，决不食言。

刘锜也知道金兀术前来，一些将领提出撤出顺昌，暂避其锋。刘锜道："众位将官，我们已经没有退路，现在必须下定决心与敌人血战。因为敌人一旦越过这里，江淮地区便无险可守，我们的身后便是我们的父老乡亲和妻子儿女，我们要用我们的血肉之躯为他们遮风挡雨！大家也不必惧怕。我已经想好了战胜敌人的策略，大家听我指挥，明天和金兀术决战！"

众将官听后，各自回去动员自己的官兵，全城百姓也是同仇敌忾，士气大振。刘锜命令主管军需的部门准备上千个竹筒，又煮了许多豆子，都煮出香味来，香喷喷的。然后再派人在颍水上游撒一些专门泻肚子的药，要有一定的量，使水和草中都有。

一天之后，初九日的凌晨，双方似乎都准备完毕，金兀术调动自己和先头部队的十万大军再次包围顺昌城。金兀术率领自己的三千亲兵，四面指挥，大有要一举攻破的架势。

顺昌城有外面的土围，可以抵挡一阵。而刘锜命令军队准备好弓箭，坚守不战，任凭敌人如何变换花样，就是不出城。命令五千精兵准备好一切武器，只等号令。

这个季节刚刚进伏，天气炎热，金军大部分都是北方人，最不耐热。硬攻几次都被强弓硬弩射回。刘锜让人把一副铠甲放在烈日下晒，晒到一摸快要烫手的时候，才下达命令：五千精兵立即披挂铠甲，全副武装带好兵器，前面出击的一千军队每人手拿一个竹筒。并命令和金军的骑兵接触后便将竹筒塞子打开后向敌军骑兵中扔去。然后拿麻扎刀和大斧专砍敌军的马腿。

下午一点左右，城上战鼓齐鸣，五千精兵分几批杀出。金兀术立即派出自己的撒手锏三千"铁浮图"前来对冲，要用碾压式将宋军杀败。不料，这一千宋军原来都是王彦手下的"八字军"，那战斗力是超强，而且早有准备。两军刚一接触，一千个竹筒便扔向"铁浮图"的战马中。战马一闻到香喷喷的豆子，便都低头去吃，绊在竹筒上就会跌倒，没有跌倒的也被宋军用麻扎刀或大斧子将马腿砍折。"铁浮图"一下子便一团糟。金兀术的骑兵大败。后面的步兵刚刚上来，但各个已经疲惫不堪。他们一直穿着铠甲，早已经晒得不行，被烤得大汗淋漓，而宋军都刚刚披挂上的铠甲，一点不热。金兵几乎是不战自败。

金兵全线溃败，史书上载，当天是"西风怒号，城土吹落，尘霾蔽天，咫尺不辨"，金军的情况则是"毙尸倒马，纵横枕藉"，金军损失十分之七八，丢弃的铠甲兵器满地都是，极其狼狈。

撤退之后，金军首领们在总结这次大战失败之情景时说："自从与南朝作战以来，已达十五年之久，却从来没有失败得像这次一样，这必是南朝从外国借来了鬼兵，我辈是无法抵抗得住的。"[①]

金兀术遭到如此惨败，整顿人马回汴京去了，顺昌保卫战取得胜利。这次大捷极大地打击了金兀术的气焰。金军已经产生退意。

其实，在战斗进行当中，刘锜便接到了来自朝廷的圣旨："方金贼在城下，得递到御笔'刘锜择机班师'，太尉以方御敌，未敢为进止。"因为当时处在战争状态，是无法撤出战斗的。另外，刘锜对于这道御笔圣旨也是心存疑虑的。李心传的《建炎以来系年要录》也在绍兴十年六月乙卯记"顺昌围解"后注解道"宗弼之未败也，秦桧奏'俾锜择机班师'，锜得诏不动"。并于"班师"下加注说，《顺昌破贼录》所说"递到御笔云云，其实宰相所拟也"。《宋史·高宗本纪》（六）在绍兴十年六月记述了顺昌战役之后也说道："初，秦桧奏命锜择利班师，锜不奉诏，战益力，遂能以寡胜众。"

以上命令刘锜"择利班师"的诏书不管出自谁手，都可以看作是赵

[①] 杨汝翼：《顺昌战胜破贼录》（《三朝北盟会编》卷二〇一）；《朱子语类》卷一三六。

构和秦桧共同的意见,在还没有和金军正面作战时便诏命其选择时机班师。由于刘锜没有执行,而是坚守顺昌,在战胜后也没有执行诏书的命令班师,对岳飞的北伐起了相当的策应作用。

南宋军队不能乘胜追击金军,失去了一次大好的机会。当年被扣留在金的宋朝使臣洪皓这时从燕京写密信给南宋说:"顺昌之役,虏震惧丧魄,燕之珍宝悉取而北,意欲捐燕以南弃之,王师亟还,自失机会,可惜也。"[1]

在顺昌战役期间正出任顺昌府通判的汪若海,经历了这次战争的全过程,事后给南宋一位高级官员写信道:

> 刘锜所统不过二万人,又只用其中的五千人出战,而终能打败敌人的大军。现今诸大将所统之兵均多于刘锜,若乘刘锜战胜之后,士气百倍之际,诸路并进,兀术之兵即可一举而破,此断非难事,只可惜把机会错过了。[2]

洪皓当时就在燕京,对于金人收拾东西准备回北方而放弃燕京以南即黄河流域的情况当然知道,也知道这是金贵族上层的想法。而南宋军队自己先主动撤回了,放弃了最好的时机。

汪若海则是当时就在战场的人,他们的观察和感受是很可靠的。顺昌大捷便是很好的时机。当时,张俊在高宗严厉诏命下出兵攻占了淮西庐州和宿州,韩世忠大军也打败了进犯的金军。战场的主动权完全在宋军一面。就在顺昌大捷的时候,岳家军刚刚启动,那更是令金军胆寒的伟大的军事力量。只有二万军队的刘锜便可以打败十多万金兀术亲自挂帅指挥的金军,如果朝廷统一指挥,坚决支持,宋军收复中原地区同时

---

[1]《建炎以来系年要录》卷一三六,绍兴十年闰六月己亥。
[2] 同上书,卷一三七,绍兴十年七月庚午记事。

收复燕云十六州并不是不可能的。如果在这种形势下再与金人谈判，那将是什么结果？

岳飞向来反对消极防守，主张积极进攻。这次出兵，岳飞将十万大军分成奇兵、正规军和留守部队三部分，呈梯次配置，主动发起战略进攻。

奇兵是深入敌后的游击部队，骚扰敌人后方，配合正面战场作战；正规军是担任正面战场的主力部队。后方留守部队包括全体水军，岳飞为稳固后方，派岳家军接管了直到江西路江州、江东路池州（今属安徽）的江防，以拱卫长江中下游的安全。部署得很周密，进可攻，退可守，岳飞真的是一名军事天才。

岳飞开始部署战略进攻时，在西面，派出一支部队切断金兀术与西线陕西战场的撤离喝部金军的联系，护卫岳飞主力军的侧后。在东部，岳飞亲自统率重兵，向辽阔的京西路（今河南大部、陕西、湖北局部）平原地区疾进。

同时，派出前军统制张宪和游奕军统制姚政，率部驰援顺昌府（今安徽阜阳）刘锜。整个兵力部署呈两翼展开、中央突破的战略态势。岳飞战略反攻的步骤是：由南向北逐次推进，开始扫荡开封外围的敌军，然后进一步攻克开封，随后再渡河收复河北失地，然后直接进攻燕山府，先收复燕云十六州，再挥师出关，直捣黄龙府。

六月初，岳飞部队全面开始战略大反攻之后，势如破竹，不到半个月的时间，便席卷京西，兵临大河，胜利地完成了扫清开封外围的第一步战略任务。

当时全线战场的形势是：金军西路与川陕宣抚副使胡世将、行营右护军都统制吴璘等部陷入相持阶段，战事十分胶着。岳家军还没有到达顺昌时，刘锜已经打败进攻的金军。就在西线金军受阻而不能前进，东线顺昌解围而脱离险境，局势稍微有一点点稳定时，胆小如鼠的赵构又命时任司农少卿的李若虚向岳飞传达诏命，告诫岳飞"兵不可轻动，宜且班师"。

六月下旬，李若虚赶到已开进至德安府（湖北安陆）的岳飞军中，向岳飞传达旨意。岳飞向李若虚陈述他恢复中原的谋略，详细介绍了当前战场的态势以及岳家军和中原义军相互配合完全掌握了战场主动权，是全面反攻的大好时机。机不可失，时不再来啊！

李若虚素主抗金，又原是岳飞宣抚司中参议官，当然理解岳飞的苦心，也完全同意岳飞对战场局势的分析，因此不顾矫诏之罪，主动表示支持岳飞北伐。

于是岳飞继续挥师北上，在六月、闰六月之间，张宪的前路军攻下蔡州，牛皋的左军在京西路打败金军，随后便挥师东向，与大军会合。统领官孙显也在蔡州和淮宁府之间打败金兵。张宪、傅选又大败金将韩常，顺利收复颍昌府（河南许昌）。胜利的喜讯不断传来，金军极其被动，岳家军越打越神勇。

牛皋、徐庆随后和张宪会师，继而收复了陈州。董先、姚政率踏白军与游奕军又在颍昌府城外打败企图夺回颍昌府城的金军的六千余骑兵。中军统制王贵所部也在闰六月底和七月初接连攻下了郑州和西京河南府（洛阳）两座较大城市。

与此同时，韩世忠部将王胜收复了海州（江苏东海县东），张俊率军收复了宿州（安徽宿州）和亳州（安徽亳州）。金军处在全线溃败的态势中。战争形势一派大好。岳飞信心满满，岳家军的将士更是斗志高昂。

十多年来，岳飞与中原地区许多义军都有联系，相互鼓励，许多义军首领都高度赞美岳飞的抗敌决心和伟大的人品，他实施"连结河朔"的策略已有十年，黄河南北共有数十万人参加义军，金朝自燕山以南，"号令不复行"。这次岳飞派往河北的李宝、孙彦、梁兴、董荣、孟邦杰等义军首领都积极活动，负责在太行山区和河北、河东等路组织当地忠义民兵，在后方配合岳家军作战。

这种做法已经开始收到极大的效果。截至七月初，李宝、孙彦在曹州地界两次打败金军，梁兴、董荣席卷了绛州、怀州、卫州、孟州等地，这些地区都是山西和河南的战略要地。河北路忠义统制赵俊、乔坚收复了赵州，孟邦杰攻克了永安军、南城军。

黄河北岸十多个州的忠义民兵也都很兴奋，相互联络鼓励，约定好以"岳"字旗为号，"期日兴兵"，盼望等待岳飞的大军过河。在不到两个月的时间里，岳飞所部和由他联络的各地忠义民兵，对金兀术盘踞的东京已经形成了南、西南、西、西北、北、东北六面包围的态势。抗金形势真是一派大好。

随着被收复失地的不断增多，岳家军不得不分散兵力来守御新占领的地区。而韩世忠、吴璘等军都与金军相持不下，无法直接配合岳家军作战，牵扯敌人的兵力，而张俊则在闰六月底收复宿州和亳州之后就奉命匆匆班师；刘锜在顺昌战胜后，一直屯驻顺昌，既不进击，也不奉宋廷诏命南撤。

这样，真正投入北伐战场的便只有岳家军一支部队了。岳家军北伐主力面临着孤军深入的危险，岳飞只得放缓攻势，将兵力逐渐收拢于郾城县（河南漯河市郾城区）—颍昌府一线，又接连上奏宋廷请求支援，反复强调民心所向，是收复中原的最佳时期，也出现了最好的战机。岳飞盼望朝廷能够调动其他军队配合一下，明确提出"民心皆愿归朝廷，乞遣发大兵前来措置"，但始终也不能盼到半个援军。正是：

错失战机甘跪舔，卖国求荣罪孽深。
可怜南宋苦百姓，血汗果实变贡金。

第二十九回

郾颖大战天崩地裂　　岳飞神勇兀术惨败

　　奸贼秦桧和昏庸怯懦的高宗赵构正在积极策划如何投降，如何撤回岳家军，岳飞怎么可能盼来援军呢？尽管没有援军，但岳飞毫不气馁，指挥自己的岳家军独自与金军作战，而且越战越勇。

　　金兀术的侦察兵侦察到岳飞就在郾城，而且那里的兵马并不多，便调动他的重武装，战斗力最强的"铁浮图"五千和"拐子马"一万扑向郾城，企图一举消灭岳家军的指挥中枢。

　　七月初八这一天，金兀术与龙虎大王完颜突合速、盖天大王完颜赛里（汉名宗贤）等，率领金军的精锐"铁浮图"和"拐子马"在郾城北与岳家军对阵。

　　金兀术用"铁浮图"为主力，正面进攻，左右翼又辅之以"拐子马"进行包抄，这是金兀术最成熟的战法。

　　岳飞对于"铁浮图"和"拐子马"早就有防范和对付的策略，因为有战斗力极强的背嵬军，那是由五千骑兵、五千步兵组成的铁军，因此胸有成竹。见金兀术果然先放"铁浮图"过来。岳飞下令岳云率领背嵬军的骑兵迎敌，直接和马上的敌人交手。而早就准备好、经过专门训练的背嵬军中的步兵手持大而厚的铁盾牌，这种盾牌可以往地面上倾斜着一戳，迎着铁浮图骑兵的方向，人往里一蹲，手持麻扎刀、提刀、大斧之类兵器，专劈"铁浮图"的马腿，因为无论怎么武装，也没有办法把马腿都包裹起来，战马的大腿是必须裸露出来的，否则便无法行动。所以，只要用刀或斧子砍断一条马腿，一个"铁浮图"连人带马就报废了。后面的战马或者被前面倒伏的战马绊倒，又有背嵬军在上面砍杀。"铁浮图"的攻击力便被化解。

这是宋军和金军最大的对决，具有战略决战的性质，强强对决，一战可以见高低，岳飞和金兀术都下了血本。

"拐子马"并不是全部铠甲，岳家军也用同样的战法，岳家军的游奕军也是具有超强战斗力的骑兵，连同地上的精锐步兵砍马腿的战术，"拐子马"也一败涂地。岳家军的步兵与金军的步兵进行肉搏，刀砍枪刺，从下午申时即三点多钟一直拼杀到天黑，金兵战马的尸体横倒竖卧，士兵的尸体布满原野，最后溃败逃走。这是岳飞和金兀术主力部队的第一次直接碰撞，岳家军伤亡不多，而金军的"铁浮图"损失近半，"拐子马"也损失几千。至于士兵更是难以统计。

刚刚打个大胜仗，就接到圣旨，要求岳飞把部队交给属下临时指挥，立即去见驾，商讨大事。岳飞又气又急，于是急上奏章，一是请求周边大将留守前线，牵扯敌军，二是分析开封前沿的有力态势，力劝赵构火速命诸军协同并进，共克金贼，成中兴之大业，反复强调："民心皆愿归朝廷，乞遣发大兵前来措置。此正陛下中兴之机，乃金贼必亡之日，若不乘势殄灭，恐贻后患。伏望速降指挥，令诸路之兵火急并进，庶几早见成功！"

金兀术和宋朝打仗已经十几年，根本瞧不起宋朝军队，但他跟岳家军没有真正交过手，这次大败，一点不甘心，多少还有点不服气。回到军营狂饮一顿后，下决心再与岳家军较量一场。于是只休息一天，初十日，金兵再犯郾城，岳飞在城北的五里店再一次大败金军。

金兀术实在咽不下这口气，便又调集了十二万大军向临颍县集结。而岳飞的军队分散于各地，要防守新占领的城池，在前敌的军队不到三万人，宋朝的其他军队在其他战场上已经早早撤出，只剩岳飞孤军在浴血奋战。军援没有，粮草也不能支持很久，金兀术似乎看到这一点，便想要打败岳家军，解除对金兵的威胁。

十三日，大将杨再兴只率领三百踏白军出去巡逻，踏白军是岳家军的主力之一，是骑兵中的精锐部队。当走到临颍县南的小商桥时，突然遭遇金兀术的大军，黑压压的部队一路涌来，根本看不见队伍的尾。

狭路相逢勇者胜，杨再兴是杨家将后代，勇猛异常，武艺高强，于是先发制人，大喊一声："弟兄们，跟我上，杀！"一马当先冲向敌群。当时正是初秋季节，还很热，金兵走得又累又渴，突然遭遇如此猛烈的攻击，立即溃不成军。杨再兴率领这三百骑兵如同猛虎率领群狼进入羊群一般，只听哭喊声、哀鸣声和兵器撞击声，金兵反应过来也殊死抵抗，双方格斗了一个多时辰，金军不断涌来，岳家军是死一个少一个。

杨再兴是无人可以抵挡的，他左右拼杀，已经杀开一条血路，忽然战马陷入淤泥，因为小商桥便是小商河上的桥梁，杨再兴怎么打马也不行，人骑马上，马本来就负重，只能越陷越深，周围的金兵还是没有人敢接近，胡乱放箭，顷刻间，杨再兴和战马的身上都是箭。在战斗结束之后，杨再兴的尸体被运回焚烧，他身上的箭镞就足有二升多。[①]

最后，杨再兴和三百踏白军全部战死疆场，他们的鲜血洒在自己热爱的国土上，他们英雄的躯体卧在自己热爱的原野上，亲吻着生养自己

---

① 《三朝北盟会编》卷二〇四，绍兴十年七月十四日记事。

的大地。

这一仗，杨再兴只率领三百骑兵，竟杀死了金兵二千多人，其中包括一百多名军官，是一比七的战绩，死得其所！

写到此处，笔者对于杨再兴以及三百名勇士极其崇敬，作诗一首歌颂之：

岳家军中兮众多将星，威震敌营兮杨氏再兴。
统率部下兮出外巡逻，只带三百兮踏白骑兵。
遭遇强敌兮数万金军，跃马挺枪兮率先冲锋。
主将拼命兮士兵眼红，舍生忘死兮三百英雄。
以一敌百兮千古谁见？视死如归兮中华精魂。
大战酷烈兮地暗天昏，马为血马兮人为血人。
马陷淤泥兮敌不敢近，万箭齐聚兮魂升天旻。
英雄遗体兮箭簇三升，令人心动兮仰望星空。
诚既勇猛兮何等威武，始终刚强兮不可欺凌。
身首分离兮已成精灵，魂魄在鬼兮也是英雄。
小商河畔兮草木葱茏，至今犹记兮三百精魂。

第二天，张宪率领三千踏白军出战，把金兵全部赶出临颍。

在这种战场对峙的关键时刻，赵构派人送来诏书，而且是金牌诏书。这表明诏书是最紧急最重要的，是在发出诏书时同时发出的。要求岳飞班师，撤回鄂州，因为重启的和谈即将成功。既然和谈就要休战。其实，没有刘錡和岳飞的坚决抵抗和殊死搏斗，金朝怎么会重启和谈呢？

原来，岳飞血战所得来的伟大胜利就是给高宗赵构获得求和的机会，赵构很怕岳飞的进攻惹恼了金人而取消和谈，居然在这种双方主力对决的情况下用金牌命岳飞班师撤退。令人扼腕痛心！

岳飞来不及多想，倚马立即写一封奏疏，道：

"契勘金虏重兵尽聚东京，屡经败衄，锐气沮丧，内外震骇。闻之谍者，虏欲弃其辎重，疾走渡河。况今豪杰向风，士卒用命，天时人事，强弱已见，功及垂成，时不再来，机难轻失。臣日夜料之熟矣，惟陛下图之。"

大意说：臣勘察到金虏重兵都聚集在东京一带，屡次被臣打败，锐气全无，垂头丧气，极其沮丧。听闻谍说，金虏想要抛弃其辎重，疾走渡河逃窜。况且如今豪杰向往官军，官兵用命，天时人事，强弱已见，大功将成。时不再来，战略机遇难以轻易失去。臣日夜思考非常透彻了。请陛下仔细考虑。

话说得很透彻。然后便立即准备战斗了。

一场大战马上就开始了。

七月十四日，金兀术率十万步兵和三万骑兵猛攻颍昌，一场惨烈的大决战在颍昌城西拉开大幕。从地理位置上看，颍昌府在今郑州和开封的南边，在郾城之北，如今颍阳府城已经被岳家军占领，对于东京开封的威胁实在是太大了。因此金兀术便拿出自己所有的精锐部队来这里要夺回颍昌城。

料敌如神的岳飞已经预计到金军会来决战，早就率领重兵集结在颍昌城外，以逸待劳，专等敌军前来。

当金军抵达城外二十余里处时，岳飞依旧派遣他的儿子岳云出城迎敌打头阵，并下命令道："必须取胜而后还，如不用命，吾先斩了你！"

为对付金军"铁浮屠""拐子马"的骑兵战术，岳云令背嵬军的骑兵以刀枪剑戟刺杀马背上的敌人，背嵬军的步兵则以麻扎刀、提刀、利斧等砍斩敌军马脚，上下交攻，威力倍增。金军的"铁浮图"虽然装备很强大，但马腿却是致命的死穴，只要砍断一条马腿，一个"铁浮图"

就彻底报废。同时又会挡住后面的骑兵，因此被岳家军砍得乱作一团。"铁浮图"和"拐子马"的优势完全被岳家军打掉。

以前，金军与宋军交战的最大优势就是战斗力极强的骑兵，而骑兵中的精锐便是"铁浮图"和"拐子马"。这次，岳家军就在广阔的原野，既无山险可倚，也无城垣可凭依，又没有任何工事的情况下，在最有利于女真骑兵发挥威力的平川旷野上与之进行正面会战，规模如此之大，战争场面如此之惨烈，在宋金战争中尚属第一次。

鏖战空前激烈，双方皆以命搏。如同掰腕子的两个势均力敌的对手，处在相持阶段，双方都用尽洪荒之力，也无法将对方压下去。金方的后援部队源源不绝而来，十余万大军陆续开进战场。

战斗到了最激烈的关键时刻，鼓声震天，黄尘蔽日。那真是"旌蔽日兮敌若云，矢交坠兮士争先"。只见岳飞披坚执锐，双目如电，亲率十四骑驰突而出，身边一名部下见状，大惊失色，急忙拉住其马头道："大帅，您是国家重臣，安危所系，不可如此冒险！"

军情十万火急，岳飞来不及解释，只得轻轻一鞭打在部下手上，道："正因我是将领，才必须如此！"

岳飞策马冲向敌阵，接近敌人时，先左右开弓，岳飞的箭术精湛，射左眼不会中右眼，箭无虚发，十几个敌人纷纷落马。

岳飞一马当先，随身的十四骑兵左右护卫，如同一把锋利的尖刀刺向敌阵的心脏。岳飞机敏过人，眼睛一瞥，发现前面敌阵中有一位头戴盔甲、身披紫袍的将军正在指挥，感觉是个够品级的高官，当机立断，便直接向他猛烈冲杀过去。

敌阵中被撕开一道口子，那位将军还没有反应过来的时候，岳飞的马已经到了，马快人快枪快，一下子把敌将穿个透心凉，岳飞借劲一挑一甩，敌将被甩出很远，把几个骑兵打下马去。岳家军官兵见主帅投入战斗，士气大振，个个精神抖擞，嗷嗷喊叫着拼命厮杀，如同小老虎一般。双方的势头马上就出现变化，金兵阵脚开始混乱。

正在这时，城里的守军看出端倪，立即出城投入战斗，这是三千生力军，冲击力太大了，本来已经出现混乱的金兵阵地完全溃败，如同迁徙时成千上万的角马一样黑压压的拼命狂奔。

在此战中，岳家军没有一个人回头，都拼命向前，三个多小时的搏杀，史书上记载，杀得"人为血人，马为血马"，是极其壮烈血腥的大战。

战斗结束，岳家军完胜，金兵惨败。斩杀金军五千余人，其中包括金兀术的女婿万夫长夏金吾，就是岳飞枪挑的那位头戴盔甲、身披紫袍的将军。俘虏士卒二千余人、将官七十八人，并缴获战马三千余匹，金印七枚，旗、鼓、刀、枪、器甲不计其数，金方副统军身受重伤，抬到开封后就一命呜呼了。

大战结束，岳家军一片欢腾，许多中原百姓和一些义军首领自发送来许多粮食和军用物资，岳家军和前来的百姓以及义军朋友欢乐的场面很感人。一位七十多岁的老叟紧紧握住岳飞的手，两眼噙着泪花说："岳元帅，你们岳家军打得太好了！太好了！真是太好了！替我们大宋子民争气啊！收复中原有望了！"岳飞道："老人家，我们岳家军就是保家卫国的，就是保护人民百姓的。您放心，岳家军在，就不会让你们任人宰割！"岳家军的粮草得到很大的补充。

金兀术率领残兵败将，灰溜溜、连滚带爬撤退进了开封。郾城和颍昌这两场大战把他的"铁浮图"和"拐子马"打掉一大半，军队损失十多万人，副统帅和自己的爱婿也都命丧黄泉，这是他出兵南侵以来从未遇到过的惨败。

金兀术仰天哀叹道："我起北方以来，未有如今日屡见挫衄！"据史料记载，"挫衄"是金兀术说的原话，衄本义是鼻子出血，引申为战争失败。这句话确实是他发自肺腑的感受。

金军大将韩常也不愿再战,秘密派特使向岳飞请降。

岳飞为连续两次巨大的胜利所鼓舞,对部下诸位大将说:"马上出师,包围东京汴梁,彻底杀败金人,一直到黄龙府(按:岳飞的黄龙府实际指燕山,即今北京市),当与诸君痛饮!"岳飞的豪言壮语很快在岳家军中传开,士兵们都高呼:"杀到黄龙府,一起痛饮!"

岳家军全线进击,包围开封。七月十八日,张宪与徐庆、李山等诸统制从临颍县率主力往东北方向进发,又击败五千金军,追击十五里。王贵自颍昌府发兵,牛皋也率领左军进军。

岳家军向开封进发形成包围态势。金兀术久经沙场,不能在开封等着被包围,于是便主动出城应敌,在开封西南四十五里的朱仙镇摆开战场,要与岳家军进行最后一搏。开封在朱仙镇之东北,而岳家军当年大本营在郾城,正在朱仙镇的南方,因此金兀术的大军是从北南下,而岳家军是从南向北进发。在距离朱仙镇四十五里的尉氏县驻扎。金兀术大军横在岳家军和开封的正中间。大决战一触即发。

岳家军士气高昂,金兀术军队士气低落,没有开战之前其实胜负已分。岳家军开进到主战场。

金兀术已经是黔驴技穷,没有什么招数,依然摆出仅剩的几百"铁浮图"和不到一千的"拐子马",其他骑兵和步兵紧随其后。岳家军前锋的五百背嵬军首先进入战斗状态,刚刚一交锋,随着"铁浮图"和"拐子马"的失败,金军大溃退。这次大战的局面完全一边倒,金军有点不堪一击了。

金兀术仰天长叹道:"撼山易,撼岳家军难!撼山易,撼岳家军难啊!"此时金兀术才从心里服了,已经没有任何想要再与岳家军对抗的心理了。他再次率领残兵败将退回开封。

回到开封后,金兀术立即命令马上全面准备撤出开封,渡过黄河逃跑。一脸愁苦的金兀术正忙着收拾东西,准备全线撤退,渡过黄河的时候，有个北宋时的太学生却要求进见，一听来人的身份，金兀术便传令召见。

来人四十多岁，神秘兮兮，对他说："太子不要忙着撤走！京城可守也！岳少保即将要退兵了！"

金兀术一脸蒙圈，忙问："岳少保以五百骑破吾精兵十万，京师中外日夜望其前来，你怎么还说可守？"

那人说："不然，自古未有权臣在内，而大将能立功于外者！以愚观之，岳少保祸且不免，何况成功乎？"说着，挤眉弄眼，好像他什么都知道。接着，低声对金兀术说了一番话。金兀术转愁为喜，不再想撤兵过河，而是静等好消息了。郾城、颍阳、朱仙镇三次大战，将金兀术打得丢盔弃甲，狼狈龟缩回汴京。正是：

郾颍大战逞神威，金军主力一战摧。
郾城颍阳朱仙镇，山河草木忆岳飞。

第三十回

胜券在握奉命班师　　良机顿失憾恨千古

　　高宗赵构在对待北伐抗金一事的态度上表现得颇为反复无常，令人难以捉摸。每次在战场局势转向对宋军有利之后，他即下诏给岳飞，不准向金人占领区发动进攻。只有当金兵撕破合约而大举南下要消灭南宋政权时，赵构才临时抱佛脚下诏要求岳飞出兵，每次都是被迫才下令反击。几次反复，错过了几次大好的战机。

　　岳飞郾城大捷后，赵构在秦桧的鼓吹下向岳飞发了一道班师的金牌圣旨。岳飞没有执行，而是写了奏疏。

　　颖阳大捷后，战局对于南宋极其有利，金兵已经完全被动了。秦桧便急得如热锅上的蚂蚁，在相府里来回踱步。因为如果岳飞打败金兵，促使金兵撤退，便证明他的和议政策是失败的，而且也容易把他出卖南宋的丑行和罪恶全面揭露出来，那就太可怕了。那他秦桧这辈子就完了，他怎能不焦急万分呢？

　　投降派狗腿子殿中侍御史罗汝楫紧密配合秦桧，上奏说："兵微将少，民困国乏，岳飞若深入，岂不危也。愿陛下降诏，且令班师。"

见高宗赵构没有发出令岳飞班师的圣旨，秦桧便亲自来见高宗，装作极其焦急的样子说："圣上，金人派专使来两次，提出停战恢复和议。我们应该抓住机会，立即完成和议。这样梓宫和太后就可以回来了。梓宫晚几年倒还可以，太后春秋不少了，可不能再等了。可不能再等了。"愁眉苦脸，好像高宗的亲妈是他亲奶奶一样。

其实，秦桧好像是替高宗说话，意思说徽宗的棺材晚几年回来没有关系，太后的年岁可不小了，不能再耽搁。高宗于是下令秦桧拟旨下诏书，命令岳飞班师撤兵。秦桧又提示说："岳飞执拗，他的性格陛下是知道的，普通圣旨恐怕难以奏效！"

"用金牌，就用金牌，你看着办，可以紧急加发。"

老贼秦桧一听，心花怒放。回到相府便发起金牌圣旨来。两三刻钟发一道，内容都一样："见旨立即班师，违旨必严惩！"

传递十二道金牌的专使一个接着一个从临安出发，向朱仙镇飞奔。

写到这里，就必须交代一下什么叫金牌，附加金牌的圣旨为什么紧急重要。所谓的金牌，不是金子做的，而是红漆刷的条状木片，牌长尺余，上刻八个大字："御前文字，不得入铺"。所谓"御前文字"，就是指从朝廷皇帝身边传来的公文、信件。所谓"不得入铺"，就是减少时间浪费，不得在驿站内交接，而是在马背上接力传递。即歇人不歇马，加快传递的速度。金牌上并没有圣旨的具体内容，内容在圣旨上书写。

两天后，士气高昂的岳家军开进到朱仙镇，离开封只有四十多里地，如果骑兵进击，一个小时左右就可以兵临城下。前来声援岳家军的百姓和义军非常多，军民相互鼓励，那气氛真令岳飞感动。

就在这种岳家军群情激昂，各个方向的军队对开封形成包围，金兀术准备逃跑的关键时刻，岳飞在一天内接到了朝廷发来的十二道金牌，严令其班师，他本人立即去见驾，不得怠慢和迟误。

岳飞接到如此荒唐的命令，见到第十二块金牌时，愤怒、无奈，仰天长叹，两眼流泪道："臣十年之力，废于一旦！非臣不称职，权臣秦桧实误陛下也。"[①]

这时，岳飞已经完全想明白了，一心投降的老贼秦桧和一心议和的赵构是绝不允许自己抗金成功的，如果这时还不奉诏班师，朝廷随时可能切断大军的粮草供应，并有可能向天下通告自己抗旨不遵形同造反，甚至可能调动大军前来围剿，这种情况不是不可能的。金军全力对付岳家军，朝廷军队再来，如果这样双管齐下的话，岳家军便会走向绝路，而自己也无法说清楚，必将成为千古罪人。

这时，外面电闪雷鸣，大雨倾盆，仿佛要替岳飞哭泣和不平，在替宋朝的百姓愤怒和不平。

岳飞接到第十二块金牌诏书的时候，知道一切都完了，一切都完了。他迅速在大脑里闪现，如果不班师将会如何。淮东的韩世忠大军和张俊大军都已经奉命撤退到江南，刘锜的大军虽然还在顺昌，但顺昌也在岳家军的东南，并没有对岳家军有一点支持的作用。就目前形势判断，岳家军独自抗击金兀术的大军是没有问题的，岳家军攻克开封也是没有问题的。但是，自己孤军深入，朝廷一旦完全断绝粮草供应，一旦翻脸出兵讨伐岳家军，那么岳家军便只有死路一条了。因为十二道金牌都不奉诏，说自己背叛朝廷是有理由的。何况老贼秦桧一直在寻找机会残害自己呢！

想到这，岳飞万念俱灰，忍住眼泪和悲愤，艰难地下达军令："后队作前队，全军撤退，牛皋负责断后和掩护。"

百姓听说岳家军撤兵，很多人拦阻在岳飞的马前，哭诉他们担心军队撤走后会遭金兵报复："我等戴香盆、运粮草以迎官军，金人悉知之。

[①]《三朝北盟会编》卷二〇七，《岳侯传》。

相公去，我辈无噍类矣。"

岳飞无奈，说不出话来，含泪取出诏书出示众人，说："众位父老乡亲，我也不想撤兵啊！我真想统帅岳家军直捣黄龙府，报仇雪耻。但圣旨严厉，十二道金牌，我不能抗旨不遵，擅自逗留！我……我……是万般无奈啊！"说罢，泪如雨下。

见岳飞哭了，岳家军将士哭声震天，百姓们也都大哭起来。哭声只有倾诉委屈的作用而没有任何抗敌的功能。而作为官兵和普通百姓又能怎么样呢？那些声援岳家军的百姓有许多就随着岳家军向南撤去。

大军撤至蔡州时，又有成百上千的人拥到衙门内外，一名进士率众人向岳飞叩头说："某等沦陷于腥膻之地，被金人凌辱盘剥，将要超过十二年了。听说岳家军出师北伐，志在恢复，某等终日翘足期盼战马之声，以日为岁，度日如年。如今先声所至，故疆渐渐恢复，金贼已经奔逃，百姓方家家庆祝。以谓有幸可以摆脱异族的统治，有幸脱去左衽之服。忽然听说大军即将班师，实在想不明白，即使岳家军不以中原百姓为念，怎么能忍心抛弃垂成之功业？这可是千秋功业啊！"

岳飞又拿出班师诏出示众人，大家都失声痛哭。岳飞见状，最终决定岳家军留军五日，来掩护当地百姓迁移襄汉，以免遭金人的报复和蹂躏。在这种紧急特殊情况下，岳飞还心系广大的百姓，丹心可鉴！

岳家军班师鄂州，岳飞则前往临安去见高宗。金兀术听说岳家军果然撤走并返回鄂州，立刻来了精神。他知道一定是秦桧起的作用，果然马上就接到了秦桧派人送来的密信，请求尽快落实和议的全部内容。

金兀术一见秦桧的信就有精神来了威风，立即给秦桧写了回信，其中说道："尔朝夕以和请，而岳飞方为河北图，且杀吾婿，不可以不报。必杀岳飞，而后和可成也。"你早早晚晚絮絮叨叨的就是请和，可是岳飞总在图谋恢复河北，而且他还杀了我的爱婿，这样的大仇不可以不报，你必须先杀了岳飞，然后才可以讲和。提出的要求非常明确。

再说岳飞在前往临安的途中，不断传来噩耗。原来，自从岳家军撤回鄂州，金兀术没有任何顾虑，便放开手脚调动全部金兵对被岳飞解放的州县展开进攻，而原来在这里驻守的岳家军已经全部撤出，有的是由义军守护，有的干脆没有军队。这样，河北的义军都被金兀术镇压，而那些州县的城池全部落入金人的手中。岳飞听到后，心里流血，眼睛流泪，不由仰天长悲："所得诸郡，一旦都休！社稷江山，难以中兴！乾坤世界，无由再复！"

回到临安，岳飞已经心灰意冷，"哀莫大于心死"，他就像变了一个人一样，完全没有了当日的激情。再也没有慷慨陈词，而是沉默寡言。岳飞反复上疏诚恳请求解除军职，交出兵权，回到庐山脚下，在母亲墓地所在的青山绿水之间隐居而安度晚年。

但得到的答复是："未有息戈之期"，不准。

赵构不允许岳飞离开军队的关键真的就是因为金兵并没有退回去，战争随时有可能再度发生。赵构为何坚决阻止岳飞抗金到底呢？真正的问题就在于只要抗金，就必须重用武将，就没有办法防止武将权势大。

尤其是岳飞，作战能力和治理军队的能力超常，而且深受百姓的拥护，抗金战场上一路打一路赢，打得金兵丢盔弃甲，鬼哭狼嚎，岳飞在主战派及中原百姓心里，威望比赵构都高了。

如果任凭岳飞打过黄河，直指燕云，取得盖世之功，那还了得！到时江山是收复了，但岳飞是否还能够控制就很难说了，因此不能让岳飞建立更大的功业。赵构的阴暗心理是：只要能够抵抗金兵不让宋朝灭亡就可以，全胜与否并不重要。唯有见好就收，重开议和，才能保我皇位永无忧。至于什么宋朝分裂，沦陷区人民水深火热，跟皇位相比都不重要。这便是赵构最阴暗的心理。

岳家军被迫班师半年后，金军又耀武扬威，卷土重来。绍兴十一年正月，岳飞获悉谍报，金兀术又将渡淮南侵。永远也不可能对南宋及其人民的危难坐视不理的岳飞再一次主动上奏：令臣提军前去，会合诸帅，共同掩击，兵力既合，必成大功。结果这封奏章被秦桧扣压。

金军在淮西一带大举进攻后，岳飞奉命前去支援。岳飞又提出趁敌穴空虚、直捣其老巢的"围魏救赵"之奇策，赵构没有同意。岳飞再提出岳家军绕到敌后，与淮西军南北夹击，把金军围歼于江、淮之间。

当岳家军到达庐州时，淮西战场已取得一次大胜，得意忘形的张俊误信假情报以为金军即将撤兵，妒贤嫉能，一心想要独吞战功，于是立即送信给岳飞，说敌军已退，"前途粮乏，不可行师"，给岳家军下了逐客令。张俊此时的身份是枢密使，负责南宋武装力量的总调度，岳家军于是临时停止前进。

不料金兀术不但没有撤兵，反而设计将淮西宋军精锐之部六万人诱入濠州城伏击之，宋军就此大败，绝大部分士兵变作淮河边上的累累白骨。

在舒州待命的岳飞听闻消息后，火速兼程北上，而金军得知岳家军正紧急向濠州城挺进，远远看见岳家军的大旗便一溜烟渡淮北撤。

这是岳飞生平最后一次抗金，并没有与金兵直接交锋，便把敌人吓得望风而逃，可见岳家军在敌人心目中的威慑力。正是：

奉旨出师援淮西，心底未有一毫私。

颠倒黑白成罪状，欲加之罪便有辞。

第三十一回

随同张俊视察楚州　　力主恢复反遭诬陷

　　四月，赵构下诏，将三大帅张俊、韩世忠和岳飞全部调离军队，把他们的兵权都解除了。任命张俊、韩世忠为枢密使，岳飞为枢密副使。
　　宋朝的建立是太祖赵匡胤以武将的身份发动政变黄袍加身的，对于这样的历史赵构当然是非常熟悉的，他对武将一直心存忌惮，尤其对韩世忠和岳飞更是如此。故才一次性将三位统兵的大帅调离他们统帅的军队，用明升暗降的方式来安置三人。韩世忠和张俊被任命为枢密使，而岳飞是枢密副使，这样的安排倒也无所谓，因为韩世忠和张俊在资历上比岳飞确实高很多，岳飞是后起的最年轻的大帅。这种安排的主要目的就是解除其兵权，然后派自己的心腹去统帅这三支大军，这样就可以高枕无忧了。
　　其实天下人都能够看出高宗和秦桧的这点伎俩，何况三位大帅呢？岳飞立即上疏，辞去这个没有任何实际意义的职务，其中说："少保枢密副使臣岳飞札子奏：臣已累具札子，乞解罢枢密副使职事。……岂惟旷职之可虞，抑亦妨贤之是惧。冀保全于终始，宜远引于山林，伏望圣慈，察其诚心，实非矫饰，速降睿旨，许罢机政。取进止。"

这几句话说得很清楚，为了保全始终，应该远离朝廷到山林间隐居，出自内心而不是矫情。深深感受到岳飞已经察觉到现实的威胁，因为他知道坚决抗战得罪了秦桧，而高宗的几次反复无常也令他不敢深信。因此想远离是非之地，但高宗没有批准，而是重新任命其为两镇节度使。岳飞则再度上疏请求辞去一切带有具体职务的官职而请求一个只有虚衔而没有任何职责的宫观使。

《辞除两镇乞在外宫观第二札子》："少保臣岳飞札子奏：臣，今月十二日，伏蒙圣恩赐臣少保武胜定国军节度使充万寿观使诰一轴，仍奉朝请，臣已谢恩外，缘臣见具札子辞免，已将诰命寄纳临安府。……夙夜以思，虽粉身碎骨，何以图报万一，愧深汗溢，感极涕横，重念臣才疏德薄，人微望轻，若不自列滥当优宠，必致颠隮，上辜宸眷，欲望圣慈追寝成命，除臣一在外宫观差遣。取进止。"在外宫观指的是没有任何实职的宫观使。宫观使是从北宋真宗时开始设置的一种官职，只有虚衔有待遇而没有实职。岳飞真心请求这样的闲职便是为了离开凶险的官场，他真的不适应。

但这样的要求也不被批准。岳飞并不知道，金兀术在给秦桧的信中明确要求，"必杀岳飞，而后和可成也。"所以秦桧正在绞尽脑汁怎样落实金兀术给他的最高指示，高宗也在暗中默许。他们俩是如何商量的，如何密谋的只有天知道了。但他们俩的意见高度一致则是不必怀疑的。高宗不点头，秦桧怎么敢随便逮捕、审判、杀害一个在职的枢密副使？

但迫害岳飞的第一个人却是他多年前就打过交道，并且曾经并肩作战过的张俊。前文提到过，张俊（1086—1154），字伯英，凤翔府成纪（今甘肃省天水市）人。他出道比较早，南宋初年名将，与岳飞、韩世忠、刘光世并称南宋"中兴四将"。故其在朝廷中的地位一直在韩世忠和岳飞之上，他比岳飞年长17岁。韩世忠则比张俊小4岁，比岳飞大13岁。而在这个时候，三个人都被解除了兵权，但三支军队还都在。

赵构语重心长地说了一席软硬兼施的言辞，大意为：李光弼、郭子仪同为中唐名将，都有大功于王室；但李光弼到死都不肯放下兵权，以至陷于嫌隙，死于忧惧；而人家郭子仪闻命就道，得以位极人臣、享尽富贵，这就是同人不同命。所以说，功臣在去留取舍之间，一定要懂得辨明是非利害。

当然，单单解除三大将的兵权还不够，因为这三支军队还原封不动地驻守在防区上，以这三个人的影响，军队随时都有被他们策反的可能。张俊在开始议和时便与高宗和秦桧保持一致，而在抗金方面是最消极的，故秦桧很放心，秦桧放心高宗就放心，故他早就进入秦桧和高宗的阵营了。

韩世忠和岳飞是秦桧和高宗合力打击的对象。岳飞和韩世忠的军队在民间被冠以"岳家军""韩家军"之名，私人武装色彩浓厚，要消除这方面的疑虑和隐患，赵构和秦桧决意彻底地肢解这两支军队。

赵构和秦桧的计策和做法是分而治之，先解决韩世忠的问题，下一步再解决岳飞。而在这方面，则必须依靠张俊的力量，他本人就是带兵的人，最知道怎样瓦解拆散一支军队。高宗和秦桧配合很默契，因为张俊早已经表明立场，是支持议和的，属于自己阵营的人，可以充分相信和利用。于是，赵构下旨，由张俊和岳飞代表枢密院组成二人审核小组，前往韩世忠军驻地楚州，随便找个理由，先把韩世忠的军队肢解了。

绍兴十一年五月二十日，赵构诏令枢密副使岳飞和枢密使张俊到淮南东路检阅韩世忠的旧部，把淮东军撤回长江南岸的镇江府。

临行前，秦桧特别向两人说明，这是借检阅为名搜集韩世忠的过错，网罗罪状，"激其军，使为变"，肢解其军队，打乱其原来编制。张俊则接着秦桧的话向岳飞说明,一旦韩世忠的军队被肢解,将由他和岳飞分别统领一部分。这是在讨好岳飞,好像秦桧是重视他们二人似的。

岳飞一听,感觉这样做太不公平,坚决不愿意干这种损人利己的事情,何况这样对待韩世忠实在太不公平,便直接回复秦桧说:"若使飞捃摭同列之私,尤非所望于公相者。"意思是说,让我岳飞做诬陷同僚的事,我可不是相公你所希望的那种人。

见秦桧的面子都不给,张俊心里也不舒服,感觉岳飞太耿直,但也不好说什么。二人带着各自的随从来到韩世忠部队驻扎的第二个地方,镇江韩家军大营。这里驻扎着韩世忠的亲军,也是韩世忠部队的精锐,即五千背嵬军。当年宋军最强大的武装便是背嵬军,岳家军和韩家军的精锐都称作背嵬军。

张俊对于赵构和秦桧的意图心领神会,于是张俊便用商量还有点讨好的语气说:"咱们首先把这里的背嵬军拆散,分别插入其他部队去,你看如何?"

岳飞立即提出反对,说道:"不可以这样做,因为目前大宋朝真能领兵作战的人,只有咱们三四人,若图恢复,也只有依靠咱们,万一若再用兵作战,皇上再令韩枢密出而主管军队,我们将有何面目与之相见呢?"[①]

张俊被问得张口结舌,无法回答。岳飞时刻想的是"恢复",而赵构和秦桧时刻想的是如何解除兵权。因为解除了武装,便只有议和一条路了,只有这样,才能显出他们君臣政治正确。张俊没有再说话,对于岳飞之恨加深了一层。

张俊和岳飞来到韩家军大本营楚州,岳飞住在城里衙门里,张俊住在城外。第二天,韩世忠帐下的中军统制王胜率领一支全副武装的军兵

[①]《野史·岳飞传》,转引自邓广铭:《岳飞传》,商务印书馆2015年版,第381页。

到城外去见张俊。张俊有些紧张,怕对自己不利,这也可看出他心中有鬼,否则怕什么。他急忙派人去挡驾,问王胜为何要全副武装,王胜说:"枢密使来检阅部队,当然要全副武装啊!"

张俊要求他们一定要卸掉武装才可以检查会谈。王胜等也都照办,但张俊对此始终耿耿于怀。

张俊和岳飞按照韩家军花名册点名视察了韩家军的全部人马,总共才三万人马。就这样的一支部队,不但震慑得金军不敢进犯,而且还有余力去北图山东并连连获胜,战斗力确实非同一般。岳飞对此感到由衷的敬佩,对韩世忠治军的本领也深感佩服。岳飞是治军能手,对于治军非常内行,因此赞美韩世忠说:"真算是一名奇特非凡人物!"[1]

有一天,张俊和岳飞登上楚州城楼,张俊看到城墙有倾倒的地方,有的残破一些,便对岳飞说道:"这些地方应该加固修整,便于防守。"岳飞没有回答,张俊便再问一遍,岳飞不能不表态了,便说:"吾曹蒙国家厚恩,当相与努力,恢复中原;今若修筑楚州城池,专为防守退保之计,将如何去激励将士?"[2]

岳飞的意思是说作为朝廷大将,应该思考如何收复中原的大计,不应该将心思放在修筑城墙而防守和退保的方面。如果总是这样做,怎样去激励将士们奋勇作战?"当相与努力,恢复中原",表述得何等清晰明白。

张俊一听,岳飞没有顺着他的话说,便很生气。因为这么多年来,他一直是岳飞的上级,当他已经是一路大帅的时候,岳飞还是名小小的军官,即使现在岳飞也是枢密副使,而自己是枢密使,岳飞年龄还比自己小了17岁,感觉岳飞就应该顺从他。于是阴着脸,迁怒于自己身边

---

[1]《三朝北盟会编》卷二一六,《张俊、岳飞至楚州》条。
[2]《野史·岳飞传》,转引自邓广铭:《岳飞传》,商务印书馆2015年版,第382页。

的两名随从，因为其中一人随便说了句"岳帅说的也是"，他便怒不可遏，要杀了两名随从，岳飞相劝也不行，那个多嘴的随从还连带着一个人被杀。其实是杀鸡给猴看，有威胁岳飞的意思。从这时候起，张俊内心里便产生要杀害岳飞的强烈念头了。

  回到朝廷后，张俊歪曲岳飞的本意，说岳飞要放弃淮东，放弃楚州，连修缮城墙都反对，只想以长江为防线云云。秦桧以及死党也跟着起哄，一时间沸沸扬扬，说岳飞消极等。岳飞也无意去辩驳，而且是百口莫辩。其实，要放弃中原、消极抗战的正是张俊等人，尤其是赵构和秦桧等，反而把这种罪名安到岳飞的头上，真是颠倒黑白到了极点。正是：

    力图恢复遭歪曲，苍蝇织锦喧谤声。
    赵构秦桧相附和，满身是口辩不清。

第三十二回

出卖大宋出卖百姓　跪舔成功玷污历史

秦桧和赵构在抓紧陷害岳飞的同时，正在抓紧时间干着不可见人的出卖大宋出卖人民的勾当。

本来，战场上主动权在宋朝一方，顺昌大捷，已经挫败了金军统帅金兀术的锐气，他在顺昌城下碰了钉子，灰头土脸地撤退回开封。不久，在偃师和颍阳三次大战，被岳家军打得丢盔弃甲，满地找牙，狼狈至极，已经准备收拾东西逃之夭夭了。是秦桧派出的奸细告知他暂时不要撤退，朝廷正准备全面撤兵。于是金兀术以及在燕京的全部金兵才安然不动，等着宋朝自毁长城。

金兀术试探着向淮南一带发动一次攻击，不但没有占到便宜，反而损兵折将，军兵和辎重都遭受严重损失，因此金兀术才再次提出和议，但还是要掌握主动权，想用威逼利诱的方式来与南宋签订条约。于是在这年（绍兴十一年，1141）八月，把一直扣押在金军大营的南宋使臣莫将、韩恕两个人放回来，并让他们带回一封信，是这样写的：

爰念日者国家推不世之恩，兴灭继绝，全畀浊河之外，使专抚治，本期偃息民、兵，永图康乂；岂谓画封之始，已露狂谋，情不由衷，务欲惑乱。其余详悉条目，朝廷已尝谆谕蓝公佐辈。厥后莫将之来，辄申慢词，背我大施。寻奉圣训："尽复赐土。"谓宜存省，即有悛心。乃敢不量己力，复逞蜂虿之毒；摇荡边鄙，肆意陆梁，致稽来使，久之未发。而比来愈闻妄作，罔革前非，至于分遣不逞之徒，冒越河海，阴遣寇贼，剽攘城邑。考之载籍，盖亦未有执迷怙乱，至于此者！

今兹荐将天威，问罪江表，已会诸道大军水陆并进，师行之期，近在朝夕。义当先事以告，因遣莫将等回。惟阁下熟虑而善图之。①

其实，金兀术便是这次撕毁合约、金军南下突然袭击、全面重启战争的主谋，但在这封信中却把战争的责任全部推给宋朝。其大意是，当初我们国家要推行最大的恩德，兴灭国继绝世，才把黄河以南的地方全部划归给你赵构，让你统治，本来期望偃旗息鼓，休养百姓和军队，使宋朝安康太平，怎么知道刚刚划出新的疆界，你们就露出猖狂的阴谋，情不由衷，务必要挑起战端。其余各条，朝廷已经谆谆诏谕蓝公佐，让他带信回去了。其后莫将来，辄更显得傲慢，背叛我们对你们的恩赐，于是皇帝才发出圣旨训令，"全部收复赐给你们的领土"，意谓应该把土地都收复回来观察你们的表现，让你们有悔过的表现。你们却敢不自量力，又敢于折腾抵抗，呈现蜂虿的狠毒，敢于对我们进行杀伤，使边境上动荡，战争不断，肆意跳梁，致使我稽留你们的来使，很久没有放回

---

① 《三朝北盟会编》卷二〇六，《金人遣莫将、韩恕》条。

·291·

去。而近来越发听说你们还有妄想，不能痛改前非，至于分别派遣一些不法之徒，冒越河海，阴遣寇贼，劫掠城邑都有记录。鉴于这种情况，我现在准备再发天威，兴师问罪，已经回合诸道大军水陆并进，军队出发的日期就在朝夕之间。道义上应该先告诉你一下，因此把莫将打发回去，希望你认真考虑一下。

宋朝这边的情况金兀术当然都清楚。因此才敢如此气势汹汹地进行恐吓威逼。这时候，韩世忠的韩家军已经拆散，韩世忠也远离朝廷悠游去了。张宪、岳云已经被抓入大牢，岳飞也被押送而来，正在临安的大牢里。这两支最能打仗的军队已经被瓦解，当然便没有抵御金兵进攻的武装力量了。因此秦桧和赵构的惊恐是必然的。

于是，秦桧和赵构立即派遣刘光远、曹勋二位大臣带着哀告求饶的信前去，好话说尽，那种跪舔唯恐对方不舒服的软媚丑恶的口吻和嘴脸实在令人作呕。我们看看信的主要内容：

> 莫将等回，特承惠书，祗荷记存，不胜感激。构昨蒙上国皇帝推不世之恩，日夜思惟，不知所以图报，故遣使奉表，以修事之大礼。至于奏禀干请，乃是尽诚，不敢有隐，从与未从，谨以听命。不谓上国遽起大兵，直渡浊河，远踰淮浦。下国恐惧，莫知所措。夫贪生畏死，乃人之常情，将士临危，致失常度，虽加诛戮有不能禁也。
>
> 今闻兴问罪之师，先事以告，仰见爱念至厚，未忍弃绝，下国君臣，既畏且感。专遣光州观察使、武功县开国子、食邑五百户刘光远，成州团练使、武功县开国子曹勋往布情恳。望太保、左丞相、侍中、都元帅、领省国公特为敷奏，曲加宽宥，许遣使人，请命阙下。生灵之幸，下国之愿，非所敢望

也。惟祈留神加察，幸甚！①

这封信中说，我朝下等使臣回来，承蒙您特意恩赐的书信，只能精心记录保存，不胜感激。赵构承蒙上国皇帝推广的永远的恩德，日思夜想，真不知道用什么来报答，因此派遣使者奉上表书，以修成此事的大礼。至于上奏禀报请求之事，乃是极其忠诚的，不敢有一点隐瞒，至于您听与不听，都听从上国的意思。没想到上国突然就出动大规模的军队，直接渡过黄河，远处越过淮河的河岸。我们小小的国家非常惊恐惧怕，真不知道该怎么办。贪生怕死是人之常情，官兵们面临危险时，致使他们失去正常的做法（因此进行了抵抗），即使加以杀戮也有不能禁止的时候。如今听说您将要兴起问罪的军队，而事先告知，可以看出对下国爱护惦念非常深厚，不忍心抛弃绝情，下国君臣既非常畏惧也非常感激，专门派遣光州观察使、武功县开国子、食邑五百户的刘光远，成州团练使、武功县开国子曹勋前往表示深情的恳求。希望太保、左丞相、侍中、都元帅、领省国公特别为下国上奏请示，委婉地加以宽大饶恕，请派遣专使到上国朝廷请求诏命。生灵的幸运，下国的愿望，不敢有别的奢求。请求您留神体察，赵构我就太幸运了！

对金一口一个"上国"，而自称为"下国"，对金在宋朝领土前线的一个元帅，赵构则自称为"构"，哪里还有一点自尊。胆战心惊地写的回信，很怕有所冒犯，但还是被对方训斥一番。其实，本来是金撕毁合约，却好像宋朝理亏似的。外交凭借的就是武装力量，就是拳头，拳头硬就有理。

刘光远和曹勋在绍兴十一年（1141）十月初四到达金兀术的军营。六天后，即十月初十，金兀术给赵构又写了一封信，主题是两点：一是

---

①《三朝北盟会编》卷二〇六，《朝廷遣刘光远、曹勋使于兀术》条及十月乙亥条。

斥责赵构用词不当，信中所说"遽起大兵，直渡浊河"是错的，是宋朝挑起的这场战争；二是刘光远和曹勋的官阶太低，派更高品级的官员前来，才能最后签订和议的文本。我们还是看看金兀术信的原文：

> 今月四日刘光远等来，得书，审承动静之详为慰。所请有可疑者，试为阁下言之：
>
> 自割赐河南之后，背惠食言，自作兵端，前后非一，遂致今日鸣钟伐鼓，问罪江淮之上。故先遣莫将等回，具以此告，而殊不见答，反有"遽起大兵，直渡浊河"之说，不知何故。虽行人面对之语深切勤至，惟曰阃外之命是听。其书词脱略甚不类。如果能知前日之非而自讼，则当遣尊官右职、名望夙著者持节而来。及所赍缄牍，敷陈画一，庶几其可及也。惟阁下图之。①

其大意是说：本月刘光远等人来，看到了你的信，知道你汇报动静而感觉欣慰。你所请求之中有可疑之处，我跟你说一下。

自从割让恩赐给你们河南之地后，你们背弃恩惠自食其言，挑起战争和兵端，前后不一，于是使我们今日鸣钟击鼓，到江淮地区问罪，故先派遣莫将等回去，把全部想法都告诉你。没有看见正面回答，反而有"遽起大兵，直渡浊河"的说法，不知是什么缘故。虽然你们的使者在我面前语言诚恳深切，说全部听从我的命令，但你信上的话并不明确。如果你真能认识以前的错误而自我检讨的话，就应当派遣尊贵的级别高的官员，有名望的大臣持节前来，并带来具体的信件，在商讨陈述统一意见，大概还有希望最后完成和议。希望你认真考虑一下。

---

① 《三朝北盟会编》卷二〇六，《朝廷遣刘光远、曹勋使于兀术》条及十月乙亥条。

金兀术给赵构的信是十月初十写的，刘光远和曹勋得到信就往回赶，估计也得四五天，回到临安的时候便是十月十四或十五了。而岳飞正是本年本月十四日开始被这些败类从大牢里提出进行审判的。当赵构和秦桧见到金兀术回信而欣喜，恨不得跪下叫祖宗的时候，令金兀术丧魂落魄的英雄岳飞正在遭受非人的待遇，在被拷打。赵构和秦桧的罪恶行径和丑恶的嘴脸不就是更令人恶心、扼腕啮齿吗！

我们再看看这对败类给金兀术的回信和后面一系列出卖宋朝出卖人民的操作吧！回信道：

> 刘光远、曹勋等回，特承惠示书翰，不胜欣感。窃自念昨蒙上国皇帝割赐河南之地，德厚恩深，莫可伦拟；而愚识浅虑，处事乖错，自贻罪戾，虽悔何及。
>
> 今者太保、左丞相、侍中、都元帅、领省国会奉命征讨，敝邑恐惧，不知所图，乃蒙仁慈先遣莫将、韩恕明以见告；今又按甲顿兵，发回刘光远、曹勋，惠书之外，将以币帛。仰念宽贷未忍弃绝之意，益深惭荷。今再遣左正议大夫、尚书吏部侍郎、文安郡开国侯、食邑一千户魏良臣，保信军承宣使、知阁门事兼客省四方馆事、武功县开国伯、食邑七百户王公亮充禀议使、副。
>
> 伏蒙训谕，令"敷陈画一"，窃惟上令下从，乃分之常，岂敢辄有指述，重蹈僭越之罪！专令良臣等听取钧诲，顾力可遵禀者，敢不罄竭以答再造！仰祈钧慈特赐敷奏：乞先敛士兵，许敝邑遣使拜表阙下，恭听圣训。①

---

① 《三朝北盟会编》卷二〇六，《魏良臣、王公亮使于金国》条。

为使读者诸君完全理解，笔者将其翻译出来：

刘光远和曹勋等人回来，特意呈上承蒙您赐给的书信，非常感激和欣慰。私下里感念蒙受上国皇帝恩赐的河南的领地，德行宽厚恩情深重，是无与伦比的，而我见识愚蠢思虑短浅，处理事务乖戾错误，自己讨取的罪责，虽然后悔也来不及了。

如今太保、左丞相、侍中、都元帅、领省会合众人奉命进行征讨，我们小国恐惧不知该怎么办。承蒙您的仁慈，先派遣莫将、韩恕明确前来告知。而今又按兵不动，打发回来刘光远、曹勋，在惠书之外，还有钱币和绢帛。仰念您对敝国未忍心抛弃绝情的情意，我深感惭愧和罪责。今天再派遣左正义大夫、尚书吏部侍郎、文安郡开国侯、食邑一千户魏良臣，保信军承宣使、知阁门事兼客省四方馆事、武功县开国伯、食邑七百户王公亮为向您禀告商议的大使和副使。

跪伏而承蒙您训诫指示，并命令他们"陈述的意见前后一致"，而且我私下里认为上国的命令下国就要听从乃是礼之常，岂敢还有什么要求，重蹈僭越的罪过。专门指示魏良臣等人听取您的重要指示，如果我们有能力遵从您教诲的，怎么敢不尽心尽力报答您的再造之恩！只是仰仗您的仁慈特别请求：请先收敛您的军队，允许我们小小的卑微的小邑派遣大使前去，在您的门下拜送我的书信，恭敬听您的训导。

语气之谦卑，对于金兀术没有立即发兵感激涕零，千恩万谢。然后遵照对方的要求，派出两名品级更高的官员前去，然后表示"听取钧诲，顾力可遵禀者，敢不罄竭以答再造"，一切都听从您的指示，在我们力所能及的前提下，只要提出什么要求，都会"罄竭"满足，即竭尽

· 296 ·

全力地满足。只是请您千万高抬贵手，先不要发兵。这两位大使走之前，秦桧和赵构拟定一个每年上贡的清单，到时候让两位大使口头告知，或者另外有一个清单而不能写进这封信中而已，否则金兀术回信的数量是怎么出来的？不管是什么方式，都是他们俩先提出的数量。我们看看金兀术给赵构的回信便一目了然了。

近魏良臣至，伏辱惠书，语意殷勤，自讼前失。今则唯命是听，良见高怀。昨离阙时，亲奉圣训，许以便宜从事，故可与阁下成就此计也。

本拟上自襄江，下至于海以为界，重念江南凋敝日久，如不得淮南相为表里之资，恐不能国。兼来使再三叩头，哀求甚切，于情可怜，遂以淮水为界。西有唐、邓二州，以地势观之亦是淮北，不在所割之数。来使云岁贡银绢二十五万匹两，既能尽以小事大之礼，贷利又何足道，止以所乞为定。

淮北、京西、陕西、河东、河北自来流寓在南者，愿归则听之。理虽未安，亦从所乞。外有燕以北逋逃，及因兵火隔绝之人，并请早为起发。今遣昭武大将军、行台尚书户部兼工部侍郎，兼左司郎中、上轻车都尉、兰陵县开国伯、食邑七百户萧毅，中宪大夫、充翰林待制同知制诰兼右谏议大夫、河间县开国子、食邑五百户邢具瞻等奉使江南，审定可否。其间有不可尽言者，一一口授，惟阁下详之。

既盟之后，即当闻于朝廷。其如封建大赐，又何疑焉。[①]

[①]《三朝北盟会编》卷二〇六，十一月七日辛丑条（据《建炎以来系年要录》卷一四二同日记事附注所载此信校补）。转引自邓广铭《岳飞传》商务印书馆2015年版389页。

我们依旧翻译过来：

近日魏良臣到来，承蒙您给我写了一封信，语意非常殷勤，自己检讨了以前的错误，如今则完全听从我的命令，可以看出很高明的情怀。前些日子我离开朝廷时，亲自接受皇帝的指令，允许我根据情况自己决定处理一切事务，因此可以和你共同成就此次谈判，决定一切事情。

我本来打算上游自襄阳，下游到大海作为两国分界，后来又考虑江南地区凋零残破很久了，如果得不到淮南地区相为表里，相互借助，恐怕不能立国。再兼来使一个劲磕头，非常恳切地哀求，其情形很是可怜，于是决定以淮河为界。但西面有唐、邓二州，以地势观察，也是淮河以北，但不在割让领土之内。来使说，你们每年向我们进贡白银二十五万两，绢二十五万匹，既然能够尽以小国侍奉大国的礼数，所奉献的货币利益多少就不值得提了。就以你们所乞求的这个数量为定数吧。

淮北、京西、陕西、河东、河北自愿来流动寓居在南方的百姓，愿意回归南方就听从他们的愿望。从事理上虽然有不安不妥之处，也听从你们的乞求。另外，有从燕地以北逃亡的人，以及被战火隔绝的人，都请早一点让他们起身出发。如今我派遣昭武大将军、行台尚书户部兼工部侍郎，兼左司郎中、上轻车都尉、兰陵县开国伯、食邑七百户萧毅，中宪大夫、充翰林待制同知知诰兼右谏议大夫河间县开国子、食邑五百户邢具瞻等人出使江南，审定各种条款，其间有不可以在此处说的事情，令专使直接一一面谈，希望你能够理解。一旦盟约确定之后，我立即告诉朝廷，其他如封你为下国皇帝这样的事，又有什么可疑虑的呢！

通过金兀术给赵构的这封信，我们起码可以确定几件事，即金兀术本来打算以长江为界，但赵构的两位大使一个劲叩头哀求，请以淮河为界，后来金兀术开了天恩，感觉南宋失去淮南之地难以为国，才答应以淮河为界，但在淮南的唐州和邓州还不给宋朝。第二件事是"来使云岁贡银绢二十五万匹两"，可见这个数量是赵构和秦桧确定的。三是"其间有不可尽言者，一一口授"的内容是什么。邓广铭先生猜测是要求必杀岳飞，否则和议便不能最后签署。这种推测是符合逻辑的。因为这样的内容不便于写进书信中。金兀术写给秦桧的信中已经提到过，但那是私人信件，可以毫无顾忌，但这毕竟是两个政权之间的行为。这样，这对奸贼便已经在用"其间有不可尽言者，一一口授"的方式答应对方一定要杀了岳飞。

金兀术的这封信和捎来的话促进了秦桧和赵构杀害岳飞的决心和进程。他们立即给金兀术写了回信，表示了对于金朝惟命是从的态度和甘当儿皇帝的决心和孝心。我们看看部分原话：

臣构言：窃以休兵息民，帝王之大德；体方述职，邦国之永图。顾惟孤藐之踪，猥荷全存之赐，敢忘自竭，仰答殊恩！事既系于宗祧，理盖昭于誓约。……既蒙恩造，许备藩方，世世子孙，谨守臣节。每年皇帝生辰并正旦，遣使称贺不绝。所有岁贡银绢，二十五万匹两，自壬戌年为首，每春季差人般送至泗州交纳。……既盟之后，必务遵承，有渝此诏，神明是殛，坠命亡氏，踣其国家。臣今既进誓表，伏望上国早降誓诏，庶

· 299 ·

使敝邑永有凭焉。①

这段话说：臣赵构向您禀报：臣私下里认为，休养士兵，安抚百姓，是帝王最大的恩德；体恤地方官员允许其陈述自己的职责，是国家长远大计。能够考虑我孤独渺小的人，承蒙保全生存的恩赐，怎么敢不竭诚仰望报答您的大恩大德？此事既关涉到臣继承家族宗庙的大事，情理上应该在盟约上写清楚。既然承蒙您大恩再造，允许我成为您的藩属，世世代代，子子孙孙，一定谨慎遵守臣子的礼节，每年皇帝的生日和正月元旦，臣都会派遣专使去祝贺，永远不断绝。所有每年进贡的白银二十五万两和细绢二十五匹，以壬戌年为开端，每年春季派差役搬运到泗州交纳。……签订盟书之后，我们必定遵守答应的一切条件，如果有不遵守此盟约的地方，让神明灭了我。让我死亡，灭亡赵氏，灭掉我们国家。臣赵构既然奉上盟誓的表章，仰望上国早日降下正式的盟约，也可以使我们偏敝的小国永远有个凭证。

全文很长，这里只选择关键语句择录而已。"既蒙恩造，许备藩方，世世子孙，谨守臣节"，哪里还有一点独立政权的尊严，自称是金的藩属国，并表示要谨慎遵守臣子的本分。"每年皇帝生辰并正旦，遣使称贺不绝"，这一条后来真的执行和遵守了。这便是南宋朝廷每年都要派"贺正旦使"的缘起。南宋许多文学家都干过这种差事。"所有岁贡银绢，二十五万匹两，自壬戌年为首，每春季差人般送至泗州交纳"，则具体明确每年岁贡的品种、数量以及送达的地方和起始年份。壬戌年便是绍兴十二年，即签订合约的第二年便开始向金朝进贡。

这样，秦桧和高宗所追求的议和便完全确定了。其后还有一些交

---

① 此系参据《金史》卷七七《宗弼传》及《建炎以来系年要录》卷一四二绍兴十一年十一月庚申条附注合并引录。转引自邓广铭《岳飞传》商务印书馆2015年版390页。

往，我们就没有必要叙述了。这样，秦桧和赵构便专心要实现向金兀术承诺的杀害岳飞一事了。杀害岳飞是这对奸贼的既定目标，岳飞怎能逃过魔掌呢？这正是：

出卖国家是国贼，出卖人民是民贼。
秦桧赵构一丘貉，扫进历史垃圾堆。

第三十三回

守正义营救韩世忠　有预感无法脱网罗

　　秦桧和张俊开始的意图是先瓦解韩家军，搞掉韩世忠，然后再拆散岳家军，搞掉岳飞。张俊却秉承赵构、秦桧的意旨，把事情搞得满城风雨。张俊指使韩世忠治下的淮东军总领胡纺状告军中大将耿著，造谣说耿著捏造"二枢密来楚州，必分世忠之军"的谣言，指控耿著是想趁此机会发动叛乱，"谋还世忠掌兵柄"。又污蔑这种做法是韩世忠背后操纵的，这样韩世忠便有谋逆的嫌疑。于是，秦桧和张俊下令逮捕耿著，成立专案组，大力严查审讯，首先要搞掉韩世忠。

　　岳飞十分气愤，仰天长叹道："我与韩世忠共同忠于王事，如果眼睁睁地看着他无辜入狱，实在有负于他啊。"于是他立即给韩世忠写信，告诉他要加强防备。韩世忠看了岳飞的信，知道自己处境的危险，吓出一身冷汗，急忙进宫面见赵构，表白自己的忠心。

　　耿著也经受住了考验，绝对否认张俊的指控，义正词严，这样对保护韩世忠也起了作用。而最关键的还是高宗只是想瓦解韩家军，根本就没有杀韩世忠的念头，秦桧也并没有一定要杀韩世忠的想法，只是想收回他的军权，敲山震虎让他老实一点而已。更主要的是金兀术也没有提出杀害韩世忠的要求，因此韩世忠才能躲过这一劫。高宗、秦桧不想杀，金也没有提出要求杀，故韩世忠的性命便没有什么危险。

说起来，当年在杭州发生"苗刘兵变"，韩世忠可是赵构的救命恩人。赵构最终放了韩世忠一马，对秦桧党羽的攻讦全部"留章不出"，"留章不出"就是所有弹劾韩世忠的奏章都扣压而不拿出来，韩世忠这才死里逃生。

韩世忠虽然躲过一劫，但他的淮东军全部被撤还镇江，其中最为精锐的背嵬亲军惨遭拆散，抽调至临安府屯驻。

韩世忠军队的精锐也是背嵬军，是他的亲兵，具有极强的战斗力。背嵬军被拆散，韩家军就算解体了。韩世忠从此退出军界，退出政界，与夫人梁红玉在杭州郊区隐居，寿终正寝。

经常见到有人疑惑，不明白韩世忠为什么不营救岳飞。试想，韩世忠连自己的性命都勉强保住，有能力救岳飞吗？他在朝廷上当众质问秦桧岳飞究竟犯了什么罪，必欲杀之而后快。秦桧的回答才留下"莫须有"的名言，后文会专门写到。他所能做到的只是如此而已。

岳飞则没有他这么幸运，高宗默许、秦桧精心策划的对岳飞多方面陷害的阴谋正在紧锣密鼓地进行中。

跟从张俊处理完韩家军，岳飞心情很不好，预感到岳家军也会被拆散，但这些就不必管，也管不了了。他只好苦闷离开自己精心培养的岳家军而回到江州，即庐山脚下的家中，过了几天消停的日子。

一张巨大的恶毒的网向他罩来。

秦桧指使他的党羽万俟卨、何铸、罗汝楫等人弹劾岳飞，给岳飞列了三大罪状：一，生活低迷、意志消沉；二，淮西用兵，违诏抗旨；三，出使淮东，动摇民心。但这些罪名还无法逮捕岳飞，更不能治罪。

而这三条罪状完全是子虚乌有，随意捏造的。

于是秦桧授意张俊，一定要把岳飞治罪，一定要治成死罪，一定要杀了岳飞，并告诉他这是皇帝的意思。

张俊已经是高宗秦桧的同伙人，开始的运作便是从张俊和岳飞视察楚州开始的。在楚州，关于是否修缮楚州城墙，岳飞与张俊的意见并不一致。岳飞意在恢复，故认为修缮城墙不是当务之急。说话的时候明明有"意在恢复"之语。

张俊和岳飞是七月初回到杭州。月末，张俊再去镇江处理韩家军，岳飞便没有同行，一是岳飞和张俊难以合作，二是岳飞已经遭受到右谏议大夫万俟卨的弹劾，我们看看弹劾的内容便知道怎么回事了。

> 臣伏见枢密副使岳飞，爵高禄厚，志满意得，平昔功名之念，日以颓惰。今春敌寇大入，疆场骚然，陛下趣飞出师，以为犄角，玺书络绎，使者相继于道，而乃稽违诏旨，不以时发，久之一至舒、蕲，匆卒复还。所幸诸师兵力自能却贼，不然，则其败挠国事，可胜言哉！①
>
> 比与同列按兵淮上，公对将佐谓山阳不可守，沮丧士气，动摇民心，远近闻之，无不失望。
>
> 伏望免飞副枢职事，出之于外，以伸邦宪。

岳飞与张俊在楚州城墙上所说的话，被张俊断章取义加以歪曲便完全变了。前面关于岳家军驰援淮西的事更是张俊颠倒是非所为。前文书已经写到过，岳家军负责长江中游几百里防线，见到圣旨便立即派兵支援，途中接到张俊的信告知敌兵已退，可以返回。岳飞在这件事上一点

---

① 《建炎以来系年要录》卷一四一，绍兴十一年七月壬子、癸丑记事。转引自邓广铭《岳飞传》，商务印书馆 2015 年版，第 395 页。

责任都没有，明明白白，用岳飞的话说："天日昭昭。"可以推测，是张俊和秦桧、万俟卨三人密谋后由万俟卨出面打头阵，他的位置适合。这当是这份奏章形成的过程。

高宗见到这份奏章，丝毫不加分析，对秦桧说道：

> 山阳要地，屏蔽淮东。无山阳则通、泰不能固，贼来径趋苏、常，岂不摇动！其事甚明。比遣张俊、岳飞往彼措置战守，二人登城行视，飞于众中倡言："楚不可守，城安用修。"盖将士戍山阳厌久，欲弃而之他，飞意在附下以要誉，故其言如此，朕何赖焉！①

因为要投降跪舔，而岳飞是其投降跪舔的最大障碍，最起码是坚决的反对者，即使在视察楚州城墙时还不忘"意在恢复"，这令高宗极其反感，何况金兀术明确要求"必杀岳飞"，因此他在带节奏，加快迫害岳飞的速度。

秦桧一听，立即附和道："岳飞对人之言乃至于是，中外之人或未知也。"其意思是要将其公布于世，扩大岳飞罪恶的影响。

不久，御史中丞何铸和殿中侍御史罗汝楫便又相继上疏，内容与万俟卨的奏疏大同小异，最后敦促朝廷应该尽快处理。接着，万俟卨把这三封弹劾奏章都抄了一份副本，派人直接交给岳飞。

岳飞见后，知道百口莫辩，辩也无用，于是提出辞职。朝廷立即批复，八月八日免除其枢密副使的职务，另外安排"武胜定国军节度使充万寿观使"，就是没有任何实际职务的虚衔。岳飞的十一名亲信和幕僚同时都被打发到外地去了。这样，秦桧一党便把岳飞彻底孤立起来。

---

① 《建炎以来系年要录》卷一四一，绍兴十一年八月甲戌、己卯记事。转引自邓广铭：《岳飞传》，商务印书馆 2015 年版，第 396 页。

但这些还不够，还无法把岳飞定成死罪，于是阴险的张俊便开始从岳家军内部下手。岳家军有一位副统制名叫王俊，为人刁钻古怪，专好抢功诿过，人缘很差，人们都称他为"王雕儿"，其人品可见一斑，就是一个无赖小人。张俊唆使派人找到他，让他出面告岳飞，并封官许愿。此人是有奶便是娘，于是便写了所谓的《告首状》，其内容大致是说：有一天晚上，张宪找他谈话，说岳飞传话，让他率领全部岳家军转移到襄阳驻扎，因为襄阳在上游，距离金军很近。这样，朝廷可能就会派岳飞回来。这样就等于营救岳飞了。他当时提出一些质疑，但张宪告诉他是岳云的意见，而且岳云还给张宪写信了。说岳飞遇到危险了，只有这样做才可以营救岳飞云云。大意是说岳飞指示岳云，岳云写信给张宪，张宪找他商量如何如何。

正文很长，没有具引。正文后还有一个《小帖子》道：

> 契勘：张太尉说，岳相公处来人教救他，俊即不曾见有人来，亦不曾见张太尉使人去相公处。张太尉发此言，故要激怒众人，背叛朝廷。[1]

王俊知道他的顶头上司都统制王贵和张宪一直有矛盾，便把这封《告首状》呈交给王贵，王贵立即上交给枢密院，便直接到了张俊的手里，张俊便有了由头。

就在王贵把这封举报信送往京师枢密院以前，张宪和岳云已经被枢密院公文传唤前去汇报。这时候，张宪和岳云便都在京师住在宾馆里。张俊拿到这封《告首状》是九月初八，便立即下令将张宪和岳云直接逮捕，当即就要求两名属吏在临时的枢密院进行推勘。两名属吏推辞说，

---

[1] 自《金佗稡编》卷二四《张宪辨》转引。转引自邓广铭：《岳飞传》，商务印书馆2015年版，第402页。

枢密院没有推勘审问的权力，不接受。张俊也不说别的，另外指定一个人审问，当堂便判定《告首状》中一切罪状属实。严刑逼供，还要张宪承认是岳云先给他写信要求他如此做的。张宪质问，请拿出证据来。那人便说岳云给他写的信已经被张宪烧了。因为事情牵连了岳云，于是把岳云也逮捕了，然后派人专门送进杭州大理寺的监狱中严密看押。这样便有理由要求岳飞前来作证，他是主谋。

于是，魔爪立即指向岳飞。正是：

精心设计布网罗，告状传唤相配合。
张俊秦桧并赵构，三个人渣是恶魔。

第三十四回

编制罗网秦桧逞威　　恶人作恶底线全无

　　岳飞被解除职务后回到庐山脚下的家，消息闭塞。张宪和岳云被严刑逼供，被投入大狱的情况他还不知道。

　　绍兴十一年九月某一天，秦桧派殿前司统制杨沂中带领部分亲兵前去庐山脚下岳飞家中把岳飞带回杭州来，并特别嘱咐："要活的岳飞来。"

　　当杨沂中带亲兵到达岳飞家时，岳飞已经产生强烈的不祥之感，但他依旧像平常一样接待。在当时将官们曾经结拜的排名中，杨沂中排行第十，于是岳飞打招呼道："十哥，你为什么到这里来？"

　　杨沂中把"堂牒"即传岳飞前去的公文交给岳飞，并告诉他张宪和岳云已经在监狱里，有些事情需要他前去对证。岳飞一听，知道事情很严重，但他认为自己光明正大，没有任何对不起大宋王朝和百姓的事。何况不去又能如何，除非自杀，那不更证明自己有罪了吗？

　　于是告别妻子儿女，跟随杨沂中向杭州而来。十月十三这天，岳飞到达临安。老贼秦桧听说岳飞到达，心中暗喜，立刻派人去向岳飞说：

"请相公略到朝廷，别听圣旨。"岳飞便跟随那人前行。那人把岳飞直接领进了大理寺，岳飞感到莫名其妙，大声质问道："怎么把我带到这里来了？"

根本没有人理睬岳飞，所有的房屋都垂挂着门帘，阴森恐怖。这时从里面走出四个衙役，并喝道："这里不是你待的地方，到里面去，中丞正在等你回答问题。"

岳飞直接被带入审讯大堂，主审官是何铸、罗汝楫、周三畏。

何铸是御史中丞，是秦桧的心腹，秦桧便让他担任主审官，周三畏是大理寺卿，与罗汝楫担任陪审。这时，来人给岳飞上了绑绳，岳飞大怒，立而不跪，朗声道："我岳飞是朝廷命官，大半生为国家出生入死，凭什么抓我？"

何铸拿起惊堂木，狠狠一摔，"啪"的一声，道："岳飞，你已经被免除官职，本官奉命审讯你图谋不轨，想要造反的罪行。有人告你要调动军队，对抗朝廷，可有此事？"

岳飞怒目而视，说道："我岳飞十年间精忠报国，大小一百多仗，与灭我宋朝的金军浴血奋战，圣上曾经亲赐'精忠岳飞'锦旗大纛，说我造反，有什么证据？"

"你曾经写信给你的部下张宪，让他带兵先去占领襄阳，还你的军权，可有此事？"

"笑话！这完全是诬陷！说我造反，有何证据？请你们看！"

说罢，岳飞把上衣脱掉，将内衣直接脱到腰部，露出清晰的"尽忠报国"四个大字，何铸一见，那四个字真真切切，而且岳飞尽忠报国的事迹他早有耳闻，便宣布审讯暂时到此，把岳飞收押后退堂。第一次审讯草草结束，岳飞再度被押解回大理寺监狱（原址在今杭州小车桥附近），等着下次的折磨。

何铸良心发现，他一看到岳飞后背"尽忠报国"四个大字，额头立即出汗了，他结束审讯——去见秦桧，汇报审判的经过以及亲眼见到岳飞后背"尽忠报国"四个字的情况，说岳飞是冤枉的。何铸事前也仔细看了卷宗，即罪行的事实与证据，已经发现许多都是不符合事实逻辑的，已经心存怀疑了。再亲眼看到岳飞后背的那么扎眼的"尽忠报国"字样，便良心发现。秦桧非常生气地说："这么点事你都办不明白，不必说了，他就是再冤枉也得死，这些都是万岁的意思！"何铸没有完成秦桧交给的任务，被边缘化了。

半个月后，开始对岳飞进行第二次审判，这次的审判官主角是大理寺少卿周三畏。周三畏（1103—1181）与岳飞同龄，字正仲，原籍是汴梁（今开封），他是北宋大理学家周敦颐第三代孙。周敦颐便是留下《爱莲说》的著名人物，是北宋五子之一。周三畏参加了第一次对岳飞的审讯，对于岳飞后背"尽忠报国"四个字印象颇深，因此他对于岳飞抱有一定的同情。但因为他上次不是主审，不能直接与秦桧对话，知道何铸是想要为岳飞辩冤的，故等待最后的结果。

岳飞住监狱已经一个多月，人被折磨得面容憔悴，但精气神不倒。被带入大堂后，依旧立而不跪。周三畏对岳飞有同情感，于是命令衙役搬过一把胡床让岳飞坐下回答问题。

周三畏展开对岳飞审讯需要落实的罪名道："岳飞，本官先问你两个问题，请从实招来。你先回答第一个。你曾经说自己三十岁建节为节度使，与太祖（赵匡胤）同岁，这便是指斥乘舆罪。你可知罪？"

岳飞道："我的原话是'我三十二岁上建节，自古少有'，是感激皇恩浩荡，是对于朝廷的感恩之语。根本没有说过三十岁的话。是有人恶意篡改，把年龄降低两岁，再比并太祖，这是蓄意陷害。何罪之有？"

周三畏道："我再问你第二个。有人指控你在第四次援助淮西时，'拥重兵'而'逗留不进'，犯了'拥兵逗留'罪。"

岳飞嘿嘿冷笑道："真的想不到会如此颠倒黑白，那就是今年年初的事情。我接到圣旨便火速前去增援淮西。当军队行进到半途时，接到张俊写信给我说敌军已退，让岳家军不要再行前进，我收到信件后，也曾即刻禀明高宗，请其定夺行止。后来濠州兵败，我又火速驰援，一切都是有往来公文可查的，哪有一点逗留？十年间，我岳飞出生入死，坚决抗战，维护朝廷，保家卫国，大小百余战，血战疆场，就算没有功劳，也不能如此无中生有，如此陷害忠良。如此昧良心，天理难容！"

这时，进来一个秦桧的心腹走狗，小声对周三畏说："相爷让你尽快定罪，一定要定成死罪！"

周三畏听罢，很严肃地说："你回去告诉秦丞相，枉法以害忠良，博好官而甘唾骂，吾忍为乎哉！"然后宣布："审讯到此，将岳飞押回大牢。"连罪人的字眼都没有用。

周三畏默默背诵曾祖父"予独爱莲之出淤泥而不染，濯清涟而不妖，中通外直，不蔓不枝，香远益清，亭亭净植，可远观而不可亵玩焉！……莲，花之君子者也"的语句，暗下决心道："朝廷被贼人秦桧弄得乌烟瘴气，黑暗透顶，是非颠倒，指鹿为马，比淤泥更污浊，我干脆离开这污浊的朝廷，也不能干遗臭百年的勾当。"

于是，回到大理寺衙门，拿出自己的大印，写了一个字条，压在大印下面，字条上写道："岳飞忠义可光日月，可泣鬼神，威命实在难为，而人言可畏，功名易弃，鬼神难欺，天良尚在，不可泯灭，思之再三，志不可夺。宁可弃官，不可陷害忠良！"

回家后，带领全家人当天即离开临安。为了躲避秦桧的追杀和祸害，便沿着钱塘江上游溯流而上经由富春江找一个偏僻的山村隐居起来。

秦桧听说周三畏弃官走了，大怒，便安排他死党中的坚定分子万俟卨出任审判岳飞的主审官，一定要把岳飞定成死罪。

这万俟卨是跪在岳飞像前的四个人之一，故需要交代一下。万俟卨

（Mò Qíxiè）这三个字的读音就很特别，如果不是因为常年跪在岳飞像前，一般读者恐怕很容易将这三个字读错，恐怕会读成"万死窝"的。他是1183年生人，比岳飞大了20岁，所以他出任主审官的时候已经快花甲之年了。一个如此大年龄的人，还昧着良心干这种残害忠良之事，而获取万世唾骂的臭名，想来也是个智商不高之人。我们无从看到他的画像，只能从在岳飞像前跪着的白铁像看出立体的他，是大酱块子脸，一脸阴损相。

万俟卨是秦桧的铁杆心腹，便决心要把岳飞定成死刑铁案。半个多月后，万俟卨摆开架势，把大堂布置得如同阎罗殿一般，他本人也如同凶神恶煞一般。岳飞再度被押进大堂，满身伤痕。

在岳飞刚刚被带进来后，马上就把被五花大绑的张宪和岳云也带了进来。岳飞看到这种情形，心如刀绞，知道自己是在劫难逃了。

万俟卨将王俊的诬告状等摆在岳飞面前，喝问道："国家有何亏负，汝三人却要造反背叛？"岳飞回答："对天盟誓，吾无负于国家。汝等既掌正法，且不可损陷忠臣。你们如此诬陷忠良，如此丧心病狂，岳飞即使到冥府，也要与汝等对质！"

万俟卨又说："相公既不反，记得游天竺日，壁上留题曰，'寒门何载富贵'乎？"几个陪审狗腿子附和道："既出此题，岂不是要反也！"岳飞悲愤难当，怒喝道："这与反有什么联系？吾知道今天既然落到国贼秦桧之手，使吾对国家的赤胆忠心，我为国家浴血奋战的战功都化作了罪恶。如此颠倒是非善恶，天理难容！"然后任凭狱卒拷打，紧咬牙关闭紧嘴唇，一句话也不说。

万俟卨一定要岳飞在罪状的后面签名服罪，岳飞怒不可遏，提笔写了八个大字："天日昭昭！天日昭昭！"这便是岳飞留下的最后八个字。

岳飞被拖回大牢，便想绝食而死，向这个黑暗的朝廷抗议。儿子岳雷来到临安，到监狱中看望父亲，哭着劝说，岳飞勉强恢复吃饭，继续活下来。

万俟卨卑鄙凶狠，对岳飞严刑拷打，但依然审问不出罪状。实在没有办法，便也用张俊审张宪的招法，自己给岳飞捏造一个罪名，说岳飞曾令所属将领于鹏、孙革致书张宪、王贵，令他们虚报敌情以惊动朝廷。又说岳云曾与张宪通信，让张宪想办法还岳飞的兵权。又说："书已被焚，无从勘证，应再求证人，以求谳狱。"秦桧悬赏募集证人，一个多月无人应募。岳飞的案子还定不下来，岳飞的死刑依然无法定，秦桧很焦虑。

万俟卨见一切罪证都无法落实，便挖空心思再找罪证。他想起张俊指责岳飞淮西之役逗留的事，便派人到岳飞家中搜查罪证，把当年岳飞保存的御札和行军文书全部收来。对淮西之役时的所有文件一一对照，发现岳飞行军日程与作战时间与御札没有丝毫出入，连一点破绽也找不出来。这可难坏了万俟卨，也使老贼秦桧大为恼火。"岳飞罪名就是找不出来？怎么才能将他治死？"

两个多月的折腾，就是找不出岳飞的罪证。朝廷中的大臣有几个正义且有胆量的，上书为岳飞鸣冤，高宗不予理睬，秦桧更不在乎。

大将韩世忠当着文武大臣的面质问秦桧："岳飞所犯何法？长期关押而不释放？"秦桧说："飞子云与张宪书，虽未得实据，恐怕亦是莫须有的。"韩世忠愤愤地说："'莫须有'三字何以服天下？"下朝后偕夫人梁红玉愤而挂冠而去。

这正是：

证据虽无莫须有，穷凶恶极丧天良。
秦桧犯难无计处，毒妇毒谋在东窗。

第三十五回

东窗密谋秦桧阴损　　助夫为虐王氏狠毒

这些败类折磨迫害岳飞的时候，也正和金兀术眉来眼去大献殷勤中。他们跪舔的目的已经实现了，金朝已经承认南宋政权是合法政权，附属于大金，承认赵构还是宋朝的皇帝，同时写明不得随意更换宰相，必须让秦桧担任。这样，这对跪舔者终于达到了目的。但他们承诺杀害岳飞的事更一定要办，因此岳飞必须死。然而岳飞的罪证又找不到，大臣及舆论压力越来越大，老贼秦桧忧心忡忡。

秦桧回到家里，晚饭都吃不下去，在地上走来走去，满面忧愁。妻子王氏见状，便问道："相公，你是个很有主见的人，究竟为什么事如此犯难啊？"秦桧道："是关于岳飞案件，如今是骑虎难下了。"

王氏压低了声音道："这可是大事，咱们到东屋好好商量一下吧！"

原来王氏这里所说的"东屋"是一个非常隐秘的房间，隔音效果好，进去之后，把门关好，在外面布置好心腹守护，便可以在里面商量机密之事了。如果夫妻俩不说，谁也别想知道他们商量的是什么。

唐代大奸臣李林甫家中也有这么个房间，是在一个封闭的小单元里，因为门是半月形的，所以李林甫命名为"偃月堂"，和秦桧不同的是李林甫的老婆不跟他掺和政事，因此史书上没有李林甫妻子有恶行的记载。李林甫是每次遇到棘手的事情便一个人在偃月堂里冥思苦想，一旦想明白，当他微笑着走出偃月堂的时候，就一定要有大臣倒霉了。秦桧的水平与李林甫有差距，李林甫害人，神不知鬼不觉，害谁谁还感谢他。因此在中国大奸臣中，就水平而言，李林甫是超一流的，那才叫高手。而秦桧则不同，他害谁谁知道，他害死岳飞，天下人都知道。

夫妻二人前后进了东屋，来到东窗下，点燃一盏油灯，将灯火调到最小，这样更迷幻而有神秘色彩，也更增加保密性。

秦桧把如何审判岳飞，寻找罪证如何艰难，并把何铸不肯帮助再审岳飞，周三畏挂冠留印而去，万俟卨无论如何也撬不开岳飞的嘴，而且一切罪证都没有办法落实的情况向王氏如实汇报。

王氏听罢，小嘴一撇，道："不就这么点事嘛！还至于如此犯难吗？"

秦桧一脸苦相，道："你说得轻巧，岳飞是著名大将，为朝廷立下许多汗马功劳，又是枢密副使，没有罪名怎么可以杀了他？可如果放了他，那就是放虎归山，后患无穷啊！"

王氏说："相公说的对。岳飞就是猛虎，如果放虎归山，那后患无穷啊！这有何难，干脆除掉他，以免他人再来多言。"

"可罪名不好确定。"

"相公何必如此犹疑多虑，捉虎易，放虎难！罪名嘛，随便安两个不就行了嘛！什么罪名重就安什么，那不都是相公说了算嘛！"秦桧一听也只能如此了。

两个人又窃窃私语一会儿，两个半身人影映在东窗之上。神不知鬼不觉。

于是秦桧便连夜给岳飞捏造罪名。捏造的两条罪状是：岳飞在与人闲聊时说他和太祖一样，都是30岁当的节度使，这便是指斥乘舆，有不臣之心；淮西之役逗留观望，贻误战机。高宗立即批复，岳飞赐死狱中，张宪、岳云斩首。公开行刑。

秦桧上报的奏状中，提出将岳飞处斩刑，张宪处绞刑，岳云处徒刑。宋高宗赵构当日批复："岳飞特赐死。张宪、岳云并依军法施行，令杨沂中监斩，仍多差兵将防护。"看那意思，秦桧好像还要给岳云留一条生路，而赵构则更残忍决绝。

这对丧心病狂、丧尽天良的昏君奸臣就这样以莫须有的罪名给为南宋为人民立下赫赫战功的英雄判了死刑。

秦桧我们可以不说，因为他就是金朝豢养的狗，往死咬人是恶狗的特性。他是金朝利益的代表，他的出卖大宋朝与岳飞的坚决抵抗是水火不相容的。

但是赵构为什么也如此？他忘记自己将要被金兵消灭时急忙请求岳飞出兵抵抗时的窘迫了吗？他忘记钟相、杨幺占领洞庭湖一带朝廷进行六次围剿都损兵折将，而岳飞出兵不到两个月，最后的决战只用八天便消除这个心腹大患了吗？他忘记自己答应将淮西军归岳飞节制而又说话不算而造成郦琼反叛的巨大损失，是他对不起岳飞了吗？他忘记张俊和张浚都几次向他推荐岳飞是可用之大将之才了吗？他忘记自己亲自书写"精忠岳飞"赐给岳飞了吗？自己亲自高度赞美的"精忠岳飞"怎么就成了反叛了呢？

其实，他不可能忘记，只是为满足金兀术的要求，为当稳儿皇帝。因为经过十几年的战争，金朝统治者已经认识到无法灭掉南宋统一天下，因为他们根本不具备统治天下的能力。就是他们占领的中原地区，百姓的反抗一天都没有停止过。所以，他们认识到不如就让赵构和秦桧代替他们管理，每年给他们交纳二十五万两白银，二十五匹绢布，与他们实际统治这个地区获取的经济利益相差不多，又是何等省心何等惬意,因此当时金朝的上层统治者也是真心停战求和了。

高宗安心当儿皇帝,秦桧安心出卖江山,都过上荣华富贵的生活,何乐而不为?至于百姓生活困苦与否,他们根本不关心。但赵构的心灵深处,对于岳飞一定会有终生的愧疚感。否则,他就不是一个正常的人。但他永远不可能承认罢了。因此,只要赵构活着,岳飞便永远不可能平反。

绍兴十一年十二月二十九(1142年1月27日)夜间,秦桧派几个自己心腹走狗,穿上狱卒的服装,蒙上面罩,只露两只眼睛,人手一把大锤,进入岳飞的狱房。岳飞用眼角斜着看这几个凶神恶煞般的人,再见他们的打扮,当然知道是干什么来了。两眼一闭,任凭他们吧。

一顿大锤,岳飞的肋骨被砸碎,惨死狱中。

正是大寒季节,北风烟雪,将天地笼罩,这是历史上最黑暗的一天。岳飞被丧尽天良的赵构和秦桧这对跪舔君臣和他们豢养的走狗残酷害死。

关于秦桧在风波亭偷偷勒死岳飞的说法是小说家言,给秦桧一千个胆子,如果没有高宗的同意和批准,他也不敢害死岳飞,更不必偷偷摸摸。

次日,由杨沂中监斩,戒备森严,将张宪、岳云斩首。

曾经把金军杀得鬼哭狼嚎、闻风丧胆的岳家军的两名功绩齐天的最年轻的英雄就这样死在这些败类的手下。

岳飞死后不久,就出现歌颂岳飞斥责秦桧的诗,一位无名氏,只知道是建康(今南京市)人的诗道:

强金扰扰我提兵,血战中原恨未平。
大厦已斜支一木,岂期长脚误苍生。

原来秦桧出身于一个小官僚家庭，其父秦敏学做过县令。秦桧少年曾经拜汪伯彦为师，以后入大学就读。因他善于干一些跑腿的小事，同学每次出外游玩时都事先让秦桧筹划操办，因为擅长跑腿，因此得了"秦长脚"的绰号，并不是他的脚大。

应该是岳家军中的武昌军士有诗曰：

自古忠臣帝主疑，全忠全义不全尸。
武昌门外千株柳，不见杨花扑面飞。

需要知道，岳飞死后，秦桧长期专权，这些最基层的百姓或士兵敢于冒着被打击甚至杀头的危险而表达对岳飞的同情和歌颂，是很了不起的。而这些诗能够流传下来，也颇不容易。

关于岳飞之死，人们熟知的是秦桧所害，张俊和万俟卨都是秦桧的走狗，但忽略了赵构的罪恶。明代才子文徵明《满江红》（题宋思陵与岳武穆）词道：

拂拭残碑，敕飞字，依稀堪读。慨当初，倚飞何重，后来何酷！果是功成身合死，可怜事去言难赎。最无辜，堪恨更堪悲，风波狱！

岂不念，疆圻蹙？岂不恤，徽钦辱？但徽钦既返，此身何属！千载休谈南渡错，当时自怕中原复。笑区区一桧亦何能，逢其欲。

嘉靖九年十月二日书

"宋思陵"便是宋高宗，因其陵墓称"永思陵"，后人便称他为"宋思陵"了。根据词意，当是作者拂拭一个残破的墓碑时所写，此墓碑应该是岳飞的墓碑，而墓碑上面"敕飞"字样，或者是后代皇帝敕建的岳飞墓碑？但词题为"题宋思陵与岳武穆"，倒颇值得品味，实际是题写宋高宗与岳飞的关系。这样再来分析词的主旨便清楚了。

大意说：拂拭残破的墓碑，"敕飞"的字样，依稀可以读出来。让人愤慨的是当初倚靠岳飞何等器重，后来对于岳飞又是何等残酷！果然是功成了身就应该死吗？可怜的是事情已经过去用语言无法赎回。最无辜的是，最可恨最可悲，就是"风波狱"的最大冤案。难道你不想一想，疆土在日渐缩减？难道你不顾惜，徽宗和钦宗两个皇帝的屈辱？但是，如果徽钦二帝真的返回中原，你赵构的地位该怎么算？所以千年以来不要总说赵构南渡是历史的大错，当时赵构本身就是害怕恢复中原。可笑的是，区区一个秦桧算个什么东西，他有什么能耐？他打的不过就是逢迎赵构欲望的小算盘。

文徵明深刻批判赵构，揭示其阴暗的内心，认为杀害岳飞的首恶便是赵构，而秦桧不过是逢迎他阴暗的心理罢了。深思熟虑，真的就是如此。赵构是皇帝，是最高权力者，秦桧只能附和逢迎他罢了。最后的决策是赵构而不是秦桧。

杀害岳飞后，这对君臣便如同一个绳上拴着的蚂蚱，相互害怕，如同共同干坏事的两个恶人，都怕对方把真情完全抖搂出去。因此秦桧死前，高宗的靴子筒里始终藏着一把匕首，时刻准备与老贼同归于尽。高宗在，秦桧便永远是首席宰相，不仅仅是金国的约束，也是赵构本人的需要。因为否定秦桧便是否定自己。因此说残害岳飞的首恶是赵构是有道理的。但在前台表演和操刀的是老贼秦桧无疑。两个人的罪恶是同样的，就不必分彼此了吧！正是：

机关算尽太聪明，穷凶极恶害英雄。
善恶到头终有报，长跪千年蒙骂名。

第三十六回

爱国英雄光照千古　　卖国奸贼遗臭万年

　　岳飞被害在半夜，肋骨都被大锤击碎，血肉模糊。尸体也不能放在监狱里，需要扔出去。狱卒隗顺三十多岁，对于岳飞的遭遇充满同情。他冒险将岳飞遗体背出杭州城，一边走一边哭，将岳飞遗体埋在钱塘门外九曲丛祠旁，记住准确的位置。每当过年时，他都悄悄来到这里，给岳飞烧几张纸，是个重情重义之人。高宗在位，秦桧当政，岳飞便不能平反，他也不敢把此事公开。秦桧死后，万俟卨当了首席宰相，更不可能给岳飞平反。所以一直到隗顺死，岳飞也没有平反，故一直到临终前，隗顺才将此事原原本本告知他的儿子。

　　岳飞的死讯传出，杭州百姓都为之哭泣，岳家军将士更是满营哭声。消息传到金朝，金朝大臣们为此摆设宴席庆贺，都大喜过望道："和议自此坚矣！"

　　岳飞和岳云被害的消息传到在鄂州的家中，岳飞夫人和孩子都痛哭失声，岳飞夫人还要照顾几个孩子，而且知道他们的处境也极其危险，不知道秦桧将如何折腾他们。岳飞夫人李娃一眼没有看到，刚刚十三岁的二女儿便不见了。急忙出去找，却已经不见人影。原来，此孩非常像岳飞的性格，刚烈不屈，她悲愤自己无能为父兄申冤报仇，便怀抱一个银瓶投井而亡。①

在绍兴十一年年末，即岳飞被杀后，南宋朝廷刑部大理寺宣布的判决书的最后一段是："岳飞、张宪家属，分送广南、福建路州军拘管，月具存亡闻奏。编配并岳飞家属，并令杨沂中、俞俟，其张宪家属令王贵、汪叔詹，多差得力人兵防送前去。不得一并上路。岳飞、张宪家业籍没入官，委俞俟、汪叔詹逐一抄札，具数申尚书省。"②

广南在今云南省广南县，是云南、贵州、广西三省交界的地方，极其遥远，荒凉偏僻。岳飞的家产本来很少，又被抄没，人口还多。就当时看，起码便有岳飞夫人楚国夫人李氏、长女岳安娘、次子岳雷、三子岳霖、四子岳震、五子岳霆，还有岳云的妻子巩氏和两个儿子岳甫、岳申，都是幼童。这样算来，岳飞的直系亲人便有妻子、四个儿子、一个女儿、一个儿媳、两个孙子八口人，被人拘押着凄凄惨惨到达广南，开始了长达二十年的苦难生活。

岳飞被杀，南宋百姓为之悲哀，怨愤，尤其是岳飞生活过战斗过的地方。荆湖北路的人民不顾秦桧奸党如何的高压，也不惧怕什么人祸，百分之九十以上的人家，都把岳飞画像供奉起来。他们还把岳飞的一些事迹编成具有传奇色彩甚至有一定神话色彩的故事辗转传播，到处都是歌颂岳飞的声音。而在江苏宜兴，吉州（今江西省吉安市）、虔州（今江西省赣州市）也是如此。岳飞死后不久就被神化了，可见其精神力量的强大。

---

① 关于岳飞女儿银瓶之事，说法不一。根据清代学者俞樾《银瓶徵》一文，可信。关于此女传说甚多，一说是张宪妻子，此说不妥。张宪被杀害时岳银瓶方十三岁。
② 《建炎以来系年要录》卷一六三。

高宗和秦桧都在位时，岳飞是绝对不可能平反的，因为平反只能暴露他们俩的罪恶。秦桧在位期间，让他的儿子秦熺出任翰林学士、秘书少监、礼部侍郎等职，掌管文书典籍以及历史文献等。前文提到过秦熺是秦桧妻子王氏哥哥王唤的孽子，孽子一般指小妾或婢女所生，有的说是私生子。他秉承秦桧的旨意，将不利于秦桧而有利于岳飞的一些档案全部销毁。因此，岳飞的一些原始文字材料大部分被这对父子毁掉。但岳飞的丰功伟绩是任何人都销毁不了的。

绍兴三十一年（1161）十月丁卯日（二十八），朝廷发出圣旨，允许岳飞家属从流放地返回江州原来的家中。正好是二十年。因为这一年金朝的第四任皇帝完颜亮向南宋发动了大规模的进攻，朝野一律要求抗战，要求给岳飞平反。高宗虽然没有答应平反但签发圣旨，允许岳飞家属返回原籍。

绍兴三十二年（1162）六月初十，高宗赵构禅位给过继儿子赵眘，他自己当起太上皇来。赵眘便是孝宗，是个有一定骨气的人，他对于秦桧的专权和所作所为很反感，秦桧对他也进行陷害，但始终未能得逞，最后他还是正常接班了。前文提到过，他是太祖赵匡胤的血脉，故他的继位，使天下人又产生很高的希望。他对于岳飞的惨遭迫害深感痛心，《金佗稡编》卷九于《昭雪庙谥》一文后附记道："淳熙五年五月五日，臣霖以知钦州召见，赐对便殿，上宣谕曰：'卿家纪律，用兵之法，张、韩远不及。卿家冤枉，朕悉知之，天下共知其冤。'"

因此，在孝宗受禅之后不久，同年的七月初十，刚刚一个月时间，孝宗便以仰承太上皇旨意为名，下诏为岳飞平反，追复岳飞原有的官职"少保、武胜定国军节度使、武昌郡开国公，食邑六千一百户"[①]。岳飞的妻子和岳云的一切爵位封号和职务也全都恢复。

[①]《金佗稡编》卷十三，《追复少保两镇告》。转引自邓广铭：《岳飞传》，商务印书馆 2015 年版，第 463 页。

隆兴元年（1163）七月二十九日，经岳霖儿子岳申的陈情，朝廷发还了没收的岳飞在江州的所有家产，按照当年没收时的清单逐一偿还。共有：

钱：三千八百二十二贯八百六十三文

田：七顷八十八亩一角一步

地：十一顷九十六亩三角

水磨：五所

房廊草瓦屋：四百九十八间。①

给岳飞平反后，朝廷拿出五百贯的赏钱寻求岳飞的遗体，隗顺的儿子一直盼望这一天，并不要赏赐而主动报告岳飞遗体的所在。朝廷礼部派人用隆重的仪式将其迁葬于栖霞岭下，就是现在岳飞墓的所在地。南宋嘉定十四年（1221），在岳王墓旁修建一所寺庙，初称"褒忠衍福禅寺"，明朝天顺间改额"忠烈庙"，因岳飞追封鄂王而称"岳王庙"。如今，便以岳王庙而著称。

乾道六年（1170），湖北转运司上书朝廷，请求在鄂州为岳飞建造庙宇进行纪念，朝廷答复说："奉敕，宜敕忠烈庙为额。"可见当时岳飞还没有谥号。

到了淳熙四年（1177），江东转运副使颜度上奏疏请为岳飞确定谥号，太常寺提出"谥以忠愍"，孝宗没有同意，要求复拟，太常寺便再提出一个方案：

> 兹按谥法，折冲御侮曰武，布德执义曰穆，公内平群盗，外捍丑虏，宗社再安，远迩率服，猛虎在山，藜藿不采，可谓折冲御侮矣；治军甚严，抚下有恩，定乱安民，秋毫无犯，危

---

① 《金佗续编》卷十三，《户部复田宅符》。

身奉上，确然不疑，可谓布德执义矣。合兹二美，以武穆谥公，于是为称。①

这段话的意思是：按照追认谥号的方法和原则，使敌人折服不敢侵犯，能够抵御敌人的侮辱，就可以称作"武"；遍布恩德、坚守正义，就可以称作"穆"。岳飞能够对内平定众多匪盗，对外捍卫宋朝抵抗强大的金的入侵，使朝廷社稷再次安定，远近全部折服。如同猛虎在山，人们都不敢进山采摘野菜，可以称得上折服强敌、抵御侮辱了。治理军队非常严格，对下级有恩德，能够安定叛乱的盗匪，对百姓秋毫无犯，宁可自己危险也侍奉国家朝廷，丝毫没有异心和疑虑，可以算是遍布恩德、坚守正义了。综合这两种美德，用"武穆"作为岳飞的谥号，是最适合的。

这便是岳飞被尊称为"岳武穆"的原因。其后，对于岳飞的歌颂和褒奖一直持续下来。到南宋宁宗朝，再追封为"鄂王"，这也是岳飞庙能够题匾额为"岳王庙"的原因。

在众多歌咏岳飞的诗词中，有两首诗引起我的注意，一首是与岳飞同时代而坚决反对投降并上疏请求斩秦桧之头的志士胡邦衡，他因为上疏与秦桧对着干而被编管，知道岳飞被害死后写诗《题岳忠武王庙》：

匹马吴江谁着鞭，惟公攘臂独争先。
张皇貔虎三千士，支拄乾坤十六年。
堪恨临淄功未就，不知钟室事何缘。
石头城下听舆议，万姓颦眉亦可怜。

这首诗高度赞美岳飞坚决英勇抗击金军的英雄气概。"张皇貔虎

---

① 《金佗续编》卷十四，《武穆谥议》。

三千士,支拄乾坤十六年"两句是本诗的关键一联,对于岳飞抗击敌人支撑南宋江山的伟大功绩给予充分的赞美。张皇是夸赞岳家军气冲斗牛的高昂士气,"支拄"两字非常有力,支撑顶住天下十六年,实际是从岳飞起兵抗金的1126年算起,到岳飞被害的1141年,正是十六年。无论是抵抗剿杀金兵,还是镇压南宋境内的反叛,关键的硬仗几乎都是岳家军打的,平定洞庭湖杨幺,剿灭江西巨盗曹成,招降张用,北伐刘豫,收回襄阳六郡,最著名的是颍阳、偃师、朱仙镇三次与金兀术的主力大决战,惊天动地,乾坤震荡,重创金军。确实是岳家军独自支撑着南宋小朝廷。

岳飞死后几十年,南宋后期著名文人叶绍翁的七律也令人赞叹。他的《题鄂王庙》:

万古知心只老天,英雄堪恨复堪怜。
如公更缓须臾死,此虏安能八十年!
漠漠凝尘空偃月,堂堂遗像在凌烟。
早知埋骨西湖路,学取鸱夷理钓船!

"如公更缓须臾死,此虏安能八十年"两句最沉痛尖锐,如果岳飞不死,怎么会让金人如此压榨八十年。此诗是1220年前后所作,距离岳飞死大约八十年。

岳飞庙最引人注目的对联是"青山有幸埋忠骨,白铁无辜铸佞臣"。

如今,在杭州岳王庙中,岳飞气宇轩昂端坐在大殿上,一身官服,手按宝剑,威风凛凛,栩栩如生。在他脚下,秦桧夫妇和张俊、万俟卨四贼倒剪双臂,跪在岳飞前面的铁栅栏里,一个个垂头丧气,一脸苦相。

许多人或向岳飞鞠躬,或上香叩头,对岳飞顶礼膜拜。对于秦桧四人则侧目而视,根本不拿正眼看,或唾弃斥责,几百年皆是如此。下面我们也看看秦桧的下场。

那是绍兴二十年（1150）正月，秦桧乘坐大轿入朝，当走到望仙桥时，突然从桥下蹿出一名刺客，身手矫健，秦桧的保镖还未反应过来已经到了轿边，从后面照准秦桧的后腰处一刀扎进去，秦桧本能地往上一蹿，躲过这致命的一刀。

刀是从上往下戳的，没有戳到人，用力过猛，刀刺进秦桧所坐的那块木板上。木板很厚，刀进去一大截，刺客用力往出拔了两拔没有拔出来。

这时，秦桧的保镖已经反应过来，一齐向刺客杀来。刺客只好弃刀，徒手格斗。没有兵器，再好的武功也施展不开。秦桧的保镖也都会几招，几个回合后，刺客被擒。

秦桧惊魂初定，看一眼插在座位上的刀，心里直突突。要不是自己鬼使神差地往上一蹿，这一刀肯定会从后腰右肋处插入，从前边肚脐眼附近出来，弄个大窟窿。

秦桧也不上朝了，将此人带回自己的府邸审讯。此人也不等审问，自报姓名，原来是殿前小校施全，并大骂秦桧道："像你这样的奸贼，卖国求荣，残害忠良。天下之人，谁不想吃你的肉，寝你的皮！我生前不能为天下除害，死后化为厉鬼，也要追你的奸魂！"秦桧立命将其凌迟处死，施全至死骂声不绝。

这一吓一气，秦桧立刻病倒，精神恍惚，从此落下病根，经常心神不定，爱做噩梦。他感觉到自己执政多年，迫害许多大臣，仇家太多。

施全"天下之人，谁不想吃你的肉，寝你的皮"的话总出现在他的脑海中。每想到此，他便不由自主地出一身冷汗。他预感到属于自己的时间不多了，要在这有限的时间里，把自己的反对派全部消除掉。

于是，他加强了对自己安全的保卫工作，出门时，由经过专门培养和训练的50名家丁前呼后拥保护着，谁也休想接近他的大轿；晚上睡觉时，也同样有50名训练有素的家丁专门负责保护他住的地方，其他看家护院的家丁不下300人。从此，终日提心吊胆，活得真累。

一天，秦桧和夫人王氏在"一德格天"阁里处理文件，夜色已深。每当有重要事务需要处理时，夫人王氏总是陪伴在秦桧的身旁。

这时，秦桧已经66岁，他在凝眉阅读一件案卷，并不时在上面圈圈点点，苦苦思索，待想了一会儿后，眉头舒展开，提笔蘸墨准备在案卷上签字，可他忽然感觉笔有千钧重，怎么使劲也不肯往下落。他诧异地一抬头，不由得大叫一声，身子一晃，倒在太师椅旁。

王氏有些困倦，秦桧的叫声使她一惊，待要来扶时，晚了一步，秦桧瘫倒在地上。王氏忙叫人来将秦桧抬到床上。只见秦桧浑身抽搐，嘴唇哆嗦，两眼圆睁，像一口要被宰杀的猪一样瑟瑟发抖。

王氏连忙问他这是怎么了。秦桧的嘴好像不听使唤，费了很大劲，才从牙缝里挤出八个字来："我已无命，快备后事！"

王氏派人去叫来秦桧的党羽名医王继先，王继先仔细号脉检查后，开了几服汤药，叹了一口气，走了。

那么，秦桧在处理什么案卷？他一抬头看见了什么而吓得如此呢？一般野史逸闻笔记小说之类在这个情节上都说秦桧看到了岳飞、岳云、张宪、施全等被他迫害的人，一个个满身血污，愤怒而义正词严地斥责他不要再害人了。这都是作者的想象，根据秦桧的所作所为应当是这个样子，而且很可能就是这个样子。

但在正史上，查不到文字根据，秦桧即使看到的真是岳飞、施全等人，他也不会对任何人说的，包括王氏。以他的大奸的性格，他不会在临死前承认自己被别人索去了性命。双重焦虑加上幻觉的刺激，他才大叫一声瘫倒在地。

当天夜里，秦桧如同被杀的猪一样嚎叫而死，时年66岁。这一天是绍兴二十五年（1155）十月二十二日。

听到秦桧死的准确消息，高宗长长出了一口气，对晋见的杨沂中

· 327 ·

说："朕今日始免于膝裤中带匕首矣！"可见高宗始终在防备秦桧害他，秦桧胁迫高宗便是不言而喻的事实了。

据明代田汝成《西湖游览余志载》：秦桧死后，王氏请道士招魂，道士看见秦桧身披枷锁，囚首垢面，对道士说："可烦传语夫人，东窗事发矣！"这是几百年后的人所写，其真实性值得思考，但人们却深信不疑，并留下一个"东窗事发"的成语。

这是因为，秦桧是最坚决主张和议的人，而和议正是高宗所需要的。秦桧的所作所为都与高宗有密切联系，否定秦桧便等于否定高宗自己，因此，只要高宗在位，秦桧的地位便不可动摇，岳飞再冤也无法得到平反。这便是封建专制制度的现实。但历史永远是公正的，秦桧生前最害怕的情况还是发生了，而且比他自己预计的还要糟上无数倍，因为他无论如何也想象不到自己连同妻子王氏会永远跪在岳飞的脚下，遭万世唾骂。

宁宗开禧二年（1206）四月，追夺秦桧王爵，改谥谬丑。

人民是历史功过最公平的裁判者。秦桧死后，临安开凿运河，役夫故意将挖出的污泥堆放在秦桧府邸的墙外。一位叫左鄯的人路过这里，见秦桧旧宅被污泥堆积，便题诗于墙上：

过秦氏旧宅

格天阁在人何在，偃月堂深恨亦深。
不见洛阳图白发，但知郿坞积黄金。
直言动便遭罗织，举目宁知有照临。
炙手附炎俱不见，可怜泥泽满墙阴。

左鄯并不著名，我查不到他的生平，但他亲眼看到了这种情景，便一定是这一时期的人无疑。他将秦桧与汉末的董卓、唐朝的李林甫相提并论，可见人们早已把他归入到奸臣的行列中。这是一首七律诗，水平真的不错。阳宅被人甩的全是污泥，而阴宅则全是粪便和尿，秦桧死后的遭遇真是不堪极了。

秦桧死后不久，宋将孟珙率军途经牧牛亭秦桧坟时，故意将军队驻扎在此，命军兵在坟上便溺，臭味、尿臊味熏天，于是人们称秦桧墓为"秽冢"，与秦桧的"桧"还是谐音双关，可见人们的创造力。

南宋大诗人杨万里曾在《宿牧牛亭秦太师坟庵》诗的尾联说："今日牛羊上丘陇，不知丞相更嗔不？"最后的"不"字实际是"否"字，要发否字的音。杨万里是1127年生人，秦桧死的时候他快三十岁了，对于当时的许多是非尤其是舆情是非常清楚的，故本诗的揶揄和讥讽之情是完全可以体会的。

明朝成化二十一年（1485），秦桧死后330年，秽冢被盗发，尸骨狼藉。时人快之。明正德八年（1513），都指挥李隆给秦桧、王氏、万俟卨铸造三个铜像，反绑双臂，跪在岳飞塑像前。人们对其痛恨至极，在遭受许多唾沫和砖头瓦砾后，不久即被击碎。八十年后，明万历二十二年（1594），按察副使苑涞再为秦桧等三人重新铸像，但改用白铁，再增加张俊，其姿势一如其旧，从此这四个迫害岳飞的历史罪人便永远跪在岳飞的脚下，直到今日，规规矩矩，一动也不敢动，尚不断遭到人们唾沫的唾弃和砖瓦的抛击。

清代，秦桧后人叫秦涧泉的在岳飞墓前抒发感慨道："人自宋后少名桧，我到坟前愧姓秦。"确实，自从秦桧之后，几乎看不到用桧作名字的人，可见人们对其厌恶鄙视痛恨的程度，而名"飞"，名"鹏举"（岳飞字鹏举）者却随处可见，人们的爱憎何其鲜明！

数年前看到一幅漫画，画面上是一个祖宗陵园，一人来认祖先，守护陵园者告之曰："除了秦桧，都被认走了。"可见人们对秦桧的憎恨程度。

秦桧最怕的是迫害岳飞的事暴露，而恰恰是这件事使他永受恶名。他最怕的就是"东窗事发"，天理昭彰，东窗事能不发吗？

岳飞生平大事年表

纪年与年龄	天下大事	岳飞主要事迹
徽宗崇宁二年，癸未1103，1岁	蔡京为右相，加大对"元祐党人"打击力度。	农历二月十五日生于河南省汤阴县永和乡孝悌里岳家庄。
徽宗政和四年，甲午1114，12岁	蔡京执政，加大打击"元祐党人"力度，刻元祐党人碑。大肆挥霍。	拜"陕西铁臂膀周侗"为师学习射箭及武功。
徽宗重和元年，戊戌1118，16岁	宋派遣特使马政从海路赴金，金派使者从马政至登州，宋金通好开始。	娶妻刘氏
徽宗宣和元年，己亥1119，17岁	加童贯为太傅，泾国公。时称蔡京为"公相"，童贯为"媪相"。	长子岳云出生。
宣和三年，辛丑1121，19岁	方腊起义失败，被杀。	为生活所迫，岳飞曾到"昼锦堂"韩家当短工，帮其射死强盗张超。

续表

纪年与年龄	天下大事	岳飞主要事迹
宣和四年，壬寅 1122，20岁	宋、金夹击辽，金将关外辽地全部攻占，宋攻辽失败。	岳飞师父周侗死，岳飞为其送葬。 河北官员刘韐于真定府（河北正定县）招募"敢战士"。岳飞应募，被任命为"敢战士"分队长。平定贼寇陶俊、贾进。生擒二贼以归。父死，回家葬父。
宣和五年，癸卯 1123，21岁	金攻占燕京，席卷金帛女子而去，另勒索一百万缗。宋徐兢出使高丽，首次用指南针辨别方向。	岳飞在家守丧。
宣和六年，甲辰 1124，22岁	宋遣童贯至太原任宣抚使，蔡京独揽大权，朝政黑暗，河北、山东义军蜂起。	河北等路发生水灾，岳家生计艰难，岳飞为谋生，前往河东路平定军（山西平定县）投戎，充当骑兵效用士，不久被擢为偏校。
宣和七年，乙巳 1125，23岁	金擒辽天祚帝，辽亡。十月，金攻宋，太原、燕京等沦陷。徽宗传位给钦宗。	岳飞率兵驰援太原，太原已陷，返途中遭遇金兵，突围后回家保护家乡。
钦宗靖康元年，丙午 1126，24岁	正月，金兵围汴京，钦宗要逃跑，大臣李纲力阻方留下，李纲部署守城，金兵进攻未果，最后勒索钱物、三城而去。	岳母刺字当在此年，其后岳飞第三次参军，被张所重视，将其编入王彦军，攻占被金兵占领的新乡。大战突围后率部脱离王彦。独立作战。
靖康二年建炎元年，丁未 1127，25岁	年末，金兵再围并攻破汴京，俘虏徽、钦二帝即宗室子弟、后妃，抢劫大量金银财物及国家重器北去。立张邦昌为楚帝。宋哲宗废后孟献皇后立赵构为新君，南宋建立。	宗泽为东京留守。王彦"八字军"声势浩大，岳飞回归，王彦没有处分岳飞，让他归宗泽。
高宗建炎二年，戊申 1128，26岁	宗泽全力经营汴京，联合义军共同抗金，请高宗回东京。高宗不支持，忧愤而死。	宗泽对岳飞极其重视，直接划归他500骑兵，他率领部队去攻占被金兵占领的滑县，建立功勋。借宗泽上疏机会给朝廷上疏遭训斥。

· 331 ·

续表

纪年与年龄	天下大事	岳飞主要事迹
建炎三年，己酉 1129，27岁	金兵南下，高宗从扬州逃跑到杭州，发生苗刘兵变，被软禁一个月。秋，金兵南下，追赶赵构和隆祐太后。赵构逃跑到海上，太后逃跑到山里。赵构给金兀术写《乞哀书》，自愿奉金为宗主，宋朝甘当藩属。	宗泽死，杜充接替，情况变。杜充放弃东京，后又放弃建康投降。岳飞独立作战。在溧阳一带与入侵的金兵作战，六战全胜，肃清该地区金兵。"岳家军"已有雏形。
建炎四年，庚戌 1130，28岁	金兀术追赶赵构，赵构逃跑到海上。金兀术追赶不到，便大肆抢劫明州（今浙江宁波）、临安、平江（今苏州），均抢掠焚烧。回撤途中在黄天荡被韩世忠夫妇阻挡48天。金立刘豫为齐帝，建立伪齐政权。秦桧回到南宋。	正月，岳家军入住宜兴，官兵关系、军民关系极好，打造岳家军之始。岳飞袭扰金军后方，坚决打击金军，追击金军并收复建康。
高宗绍兴元年，辛亥1131，29岁	秦桧受重用，二月为参知政事，八月为宰相。金攻取陕西之地给伪齐刘豫。南宋发行纸币"关子"。	岳飞率领岳家军到洪州，与张俊大军合作，先破游寇李成大将马进，再败李成。后招降游寇张用。
绍兴二年，壬子 1132，30岁	伪齐刘豫以汴梁为都。八月秦桧罢相。	闰四月，岳家军破游寇曹成于连州、贺州。
绍兴三年，癸丑 1133，31岁	杨幺继承钟相起义部队占据洞庭湖区域，势力很大，朝廷六次围剿均失败。	四月，岳飞击破虔州义军彭友、李满等。九月，岳飞至临安见高宗，高宗赐"精忠岳飞"锦旗。
绍兴四年，甲寅 1134，32岁	三月，金军攻仙人关，吴玠、吴璘大破之。金人从此不窥蜀。金太宗完颜晟死，金军撤回。	五月，岳飞第一次北伐，收复伪齐占领的襄阳、郢州（今湖北钟祥）、唐州、随州、邓州，取得全胜。八月，任命岳飞为清远军节度使、湖北路荆、湘、潭州制置使。
绍兴五年，乙卯 1135，33岁	金熙宗完颜亶即位。四月，宋徽宗死于五国城，今（黑龙江依兰）。五月，张浚至潭州，督岳飞镇压杨幺。	六月，岳飞用招降、围剿的双重策略，最后阶段计划用八天解决，果然如期剿灭。前此，朝廷派不同的军将和大兵进行过六次围剿，均失败。

· 332 ·

续表

纪年与年龄	天下大事	岳飞主要事迹
绍兴六年，丙辰 1136，34岁	宋张浚命韩世忠部进围淮阳（今江苏邳州市），旋以金援军至而撤回。伪齐签乡兵，大举攻宋。刘豫子麟、猊统兵至淮南。宋杨沂中军大破刘猊。伪齐兵全线撤退。	正月，太行山忠义保社首领梁兴率百余骑投岳飞。二月，岳飞出席在镇江召开的北伐军事会议，张浚主持。岳飞回鄂州后，将岳家军开到襄阳，第二次北伐。三月二十六日，岳母去世，岳飞回江州葬母，请假守丧。朝廷不许，回襄阳。七月开始北伐，两月间占领许多地方，俘获大量粮食和一万多马匹。
绍兴七年，丁巳 1137，35岁	宋任秦桧为枢密使。宋得徽宗死讯，派王伦为逢迎梓宫使赴金。刘光世因避敌不战，被解除兵权。高宗本来答应淮西军划归岳飞。但遭秦桧和张浚阻挠未果。其后不久，发生淮西兵变，大将郦琼率五万兵裹挟百姓十几万人降刘豫。	岳飞见高宗谈千里马之论。高宗答应岳飞，要把淮西军划归岳飞统领，但遭到秦桧和张浚阻挠。张浚有意自己统领，与岳飞商讨时二人意见相左，归岳飞之事取消。对岳飞伤害很大。朝廷损失很大。
绍兴八年，戊午 1138，36岁	秦桧独掌军政大权，抓紧投降议和。十一月，胡铨上奏章弹劾秦桧，并请斩秦桧、孙近、王伦三人之头。秦桧对其严厉打击。岳飞、韩世忠也多次上奏章反对议和。	二月，岳飞还军鄂州，坚持"勤力练兵"，"日夜训阅"。伪齐刘豫失势，使原齐境内很多军民纷纷倒戈，岳家军和其他各路宋军就曾多次接纳前来归顺者。岳飞认为正可乘机恢复中原，数次上奏倡议北伐，但赵构不许。
绍兴九年，己未 1139，37岁	正月，宋金和议成。宋对金称臣纳贡，年贡岁币银、绢各二十五万两、匹。金许还河南、陕西及徽宗梓宫和韦太后。七月，金政变，杀挞懒等主和派，毁约，扣留宋使臣王伦。	岳飞接到赦书之后，让幕僚张节夫起草一份《谢讲和赦表》，"今日之事，可危而不可安，可忧而不可贺。可训兵饬士，谨备不虞；而不可论功行赏，取笑夷狄。"
绍兴十年，庚申 1140，38岁	金毁约大举攻宋，宋将刘锜在顺昌大败金兀术，没有趁势反击，接到"班师"诏书，刘锜没有执行，但也未出兵反击。	岳飞举行反击，在郾城、颍阳两次激烈大战，大败金兀术主力"铁浮图"和"拐子马"，又进军朱仙镇，再大败金兀术。然连续接到十二道金牌令班师，无奈撤退。千秋功业，毁于一旦。

· 333 ·

续表

纪年与年龄	天下大事	岳飞主要事迹
绍兴十一年，辛酉，1141，39岁	四月，高宗、秦桧召三大帅张俊、韩世忠、岳飞至临安，收其兵权。拆散三支军队。八月至十一月，与金兀术谈判，一再退让，最后依旧称臣纳贡，受金册封。	正月，金兀术再度领军南下。二月，岳飞领兵第三次驰援淮西。这是他最后一次参与抗金战斗。四月，被解除兵权。被高宗、秦桧、张俊等设计诬陷害死狱中。张宪、岳云也被害死斩首。
绍兴三十二年，壬午，1162	绍兴三十二年（1162）六月初十，高宗赵构禅位给过继儿子赵眘。	七月初十，孝宗下诏为岳飞平反，追复岳飞原有的官职"少保、武胜定国军节度、使武昌郡开国公，食邑六千一百户"。岳飞的妻子和岳云的一切爵位封号和职务也全都恢复。
隆兴元年，癸未1163	张浚主持北伐，因将帅不合造成符离之败。张浚引咎辞职。与金进行和议谈判，史称"隆兴和议"。	七月二十九日，经岳霖儿子岳申的陈情，朝廷发还了没收的岳飞在江州的所有家产。
孝宗乾道六年，庚寅，1170	范成大使金，求陵寝地，无成。为岳飞在鄂州立庙。辛弃疾上《九议》，陈述恢复之计。	湖北转运司上书给朝廷，请求在鄂州为岳飞建造庙宇进行纪念，朝廷答复说："奉敕，宜敕忠烈庙为额。"
宁宗嘉泰四年，甲子，1204	韩侂胄掌权，在镇江立韩世忠庙。	追封岳飞为"鄂王"。

后　记

2022年春天，接到写作《武穆悲歌》的约稿信，于是开始准备。当时在辽宁师范大学海华学院临时工作，由于新冠疫情而被隔离在那里。于是向海华学院图书馆馆长王晓红女士求助，请她帮助借阅或下载电子版图书，她很慷慨给予我很大帮助，下载并转发我几种电子版的岳飞传记方面的图书，尤其是邓广铭先生在抗战胜利之年出版的《岳飞传》，对我的创作提供了很大的帮助。这里首先表示对王晓红女士的诚挚谢意。

写完岳飞的故事后，一直想写一首诗表达对岳飞的敬意和纪念，但一直未找到灵感。最近，偶然了解到一段往事，说的是1954年毛主席在杭州时，提出并指导了西湖边古墓的清理工作，在这项工作开展过程中，毛主席特意要求保留岳飞墓。毛主席指出：岳飞是中华民族的英雄，他的精神，永远值得我们学习和发扬，保留岳飞墓，不仅是对历史的尊重，也是对民族精神的传承。

灵感突然涌现，于是我写出如下诗句，作为本书的结语：

青山有幸埋忠骨，白铁无辜铸佞臣。
自古英雄同气概，伟人钦佩岳将军。
西湖湖畔坟千座，下令迁移唯此存。
武穆悲歌歌一曲，高歌中华民族魂。

作　者

2024 年 11 月 2 日

青山有幸埋忠骨白铁无辜铸佞臣自古英雄同气概伟大钦佩岳飞将军图湖岸畔坟茔镌诗歌唯此存老穆悲诗歌唱出高歌中华民族魂

自题武穆悲秋岳飞传 甲辰岁冬 毕宝魁诗并书